Vía crucis

GIANLUIGI NUZZI

VÍA CRUCIS

Traducción de
Federico Villegas y Jaime Arrambide

mr · ediciones

Obra editada en colaboración con Grupo Editorial Planeta S.A.I.C. – Argentina

Diseño de portada: Departamento de Arte y Diseño. Área Editorial Grupo Planeta.
Fotografía de portada: © Giulio Napolitano / Shutterstock
Fotografía del autor: © Yuma Martellanz

© 2015, Nuzzi Gianluigi
© Federico Villegas, Jaime Arrambide, por la traducción
Colaboró en la traducción: Francesca Capelli

Todos los derechos reservados

© 2015, Grupo Editorial Planeta S.A.I.C. – Buenos Aires, Argentina

© 2016, Editorial Planeta Mexicana, S.A. de C.V.
Bajo el sello editorial MARTÍNEZ ROCA M.R.
Avenida Presidente Masarik núm. 111, Piso 2
Colonia Polanco V Sección
Deleg. Miguel Hidalgo
C.P. 11560, Ciudad de México
www.planetadelibros.com.mx

Primera edición impresa en Argentina: diciembre de 2015
ISBN: 978-950-49-4916-9

Primera edición impresa en México: mayo de 2016
ISBN: 978-607-07-3432-8

Impreso en los talleres de Litográfica Ingramex, S.A. de C.V.
Centeno núm. 162-1, colonia Granjas Esmeralda, Ciudad de México
Impreso en México – *Printed in Mexico*

A Edoardo, Giada, Giovanni, Margherita y Matteo,
mujeres y hombres del mañana

ÍNDICE

ADVERTENCIA

Los datos relatados en este libro fotografían la situación económica y financiera del Vaticano según los documentos estudiados, por tanto, están actualizados hasta el invierno de 2013-2014, cuando no se diga explícitamente lo contrario. Se ha decidido divulgar documentos reservados, secretos o bajo secreto pontificio dada la autoridad de las fuentes de las que provienen. La enorme relevancia testimonial y de crónica en ellos contenidos, los hace de evidente interés público.

Estos documentos se han puesto, libremente, a disposición de varios sujetos que podían consultarlos en cualquier momento. Ningún documento se ha visto o reproducido de manera ilícita. Un hecho que es fácilmente documentable en el momento en que se considere oportuno, o necesario, desmentir cualquier posible acto o maniobra que intentara deslegitimar el contenido.

INTRODUCCIÓN

LAS LLAGAS DEL VATICANO

Es la tarde del 12 de septiembre de 1978. Después de solo dieciocho días de pontificado, el papa Juan Pablo I descubre que dentro de la curia se mueve un poderoso grupo masónico con ciento veintiún miembros. La noticia que recibe es sobrecogedora. Cardenales, obispos y presbíteros no siguen las palabras del Evangelio, sino que responden al juramento de la fraternidad masónica. Es una situación intolerable. Así pues, el 19 de septiembre, el nuevo Pontífice empieza a preparar un plan de reforma radical de la curia.

Al final de la tarde del 28 de septiembre siguiente convoca al secretario de Estado, el poderoso cardenal Jean-Marie Villot, para informarle de los cambios que pretende realizar. Tiene una lista preparada de los altos purpurados que es necesario destituir. Una verdadera revolución. Los primeros nombres son los de Paul Casimir Marcinkus, el monseñor que dirige el IOR (el banco del Vaticano), y sus más estrechos colaboradores, Luigi Mennini y Pellegrino de Strobel. Medidas análogas se tomarán con el secretario de la institución, monseñor Donato De Bonis. Están todos muy vinculados con los banqueros cuestionados Michele Sidona y Roberto Calvi. Una vez destituidos, deberán abandonar la curia al día siguiente.

Entre las otras figuras de relieve que hay que sustituir se encuentran el arzobispo de Chicago, cardenal John Patrick Cody, y el vicario de Roma, cardenal Ugo Poletti. El propio cardenal Villot está destinado a ser apartado. De hecho, sus nombres están presentes en la lista que el Papa recibió el 12 de septiembre y que lo dejó anonadado. La discusión con el secretario de Estado duró dos horas, hasta las 19:30. Al amanecer del día siguiente, sor Vincenza Taffarel encuentra a Juan Pablo I sin vida en su lecho. El Pontífice había dejado sobre el escritorio su último discurso, que debería haber leído ante los procuradores de la Compañía de Jesús, la orden de los jesuitas, al día siguiente (30 de septiembre), cuando fueran recibidos en audiencia.

Es 3 de julio de 2013 y se conmemora la fiesta de santo Tomás. Como cada mañana el papa Francisco se despierta al alba en la habitación 201, una de las pocas suites de la Casa de Santa Marta, la residencia donde ha decidido alojarse desde que fue elegido, rehusando trasladarse a los suntuosos apartamentos papales y rompiendo con todas las costumbres y formalidades. Todo parece desarrollarse en la más absoluta normalidad con las plegarias y la celebración de la misa en la capilla de la residencia. Durante la misma, después de un desayuno frugal, el Papa usa una poderosa metáfora, «lo que Jesús nos pide hacer con nuestras obras de misericordia es lo que Tomás había pedido: entrar en las llagas», pero no será un día cualquiera. A casi cuatro meses del cónclave, ha llegado la hora de abordar la profunda obra de reforma prometida a los católicos de todo el mundo.

Es el comienzo de una guerra. Una guerra todavía en curso, librada en las estancias secretas de los palacios vaticanos. Este libro la relata mediante documentos hasta ahora inéditos y con las pruebas de la gigantesca y en apariencia imparable corrupción que el Pontífice está desafiando con un coraje y una determinación sin precedentes.

Esperan al papa Francisco en la reunión convocada para discutir el presupuesto del Vaticano. Es una reunión reservada, en la que, como de costumbre, participan los cardenales del Consejo para el estudio de los problemas organizativos y económicos de la Santa Sede, la estructura presidida por el secretario de Estado en el Vaticano, Tarcisio Bertone. La presencia del Papa no está prevista, pero él desea asistir. Tiene algo urgente que comunicar a la elite de la Iglesia reunida en pleno. En ese encuentro el papa Francisco expondrá todas las llagas del Vaticano, marcando así una ruptura nunca vista antes entre el viejo y el nuevo sistema. Una ruptura de consecuencias aún hoy imprevisibles.

UNA VERDAD INCONFESABLE

Hemos escuchado de viva voz las palabras pronunciadas por el Papa durante ese encuentro reservado. Nunca había ocurrido que un periodista pudiera disponer de la grabación de una reunión interna del Vaticano en la cual participara también el Pontífice. A partir de aquí comienza nuestro viaje-investigación en torno a los secretos más recientes e inconfesables de la Santa Sede. Seguiremos, paso a paso, este vía crucis que silenciosamente está recorriendo el Papa jesuita venido de Argentina. Hasta hoy. Una lucha sin cuartel entre el bien y el mal que involucra por una parte a todos los hombres del Pontífice y por otra a sus enemigos, aquellos que defienden el *statu quo* y se oponen al cambio.

Sentados alrededor de la mesa con el papa Francisco estaban los cardenales del Consejo especial. Con ellos, también participaban en la reunión las autoridades de las estructuras que controlan las finanzas de la Santa Sede: el APSA (Administración del Patrimonio de la Sede Apostólica), en la práctica el banco central del

Vaticano, el ente que entre otras cosas gestiona el inmenso patrimonio inmobiliario de la Sagrada Iglesia Romana; la Gobernación, es decir, el organismo del que dependen los museos, los servicios comerciales, las contratas para el mantenimiento ordinario y extraordinario de los edificios e instalaciones, el correo y los servicios telefónicos; la Prefectura de los Asuntos Económicos de la Santa Sede, que tiene la misión de supervisar todas las entidades (oficinas de la gestión de finanzas) del Vaticano; el IOR, el banco que se ocupa de administrar los bienes destinados a obras de religión y beneficencia. Estaban presentes casi todos los nombres importantes de la Santa Sede.

Lo sabemos gracias a la grabación de las intervenciones y los testimonios directos de algunos de los participantes. A través de sus relatos hemos podido documentar los gestos y las expresiones, la tensión y el desconcierto. Y hemos tenido la posibilidad de conocer de forma directa la posición decidida del Papa, tan dulce y afable cuando aparece en público como firme y resuelto ante sus más estrechos colaboradores. El Papa de amplia sonrisa y palabras persuasivas se muestra con determinación frente a los objetivos, e intolerante con «esa ambición humana por el poder», que tanto criticaba en la curia Benedicto XVI, su antecesor. Sus intervenciones documentan una verdad muy diferente de la normalidad descrita en los comunicados asépticos de la prensa oficial y en las crónicas complacientes. Una verdad dramática, indescriptible, que debe permanecer oculta como un pecado inconfesable en los palacios sagrados.

Una documentación inédita exclusiva

También hemos tenido acceso a un millar de documentos. Aquí se reproducen los más significativos, que muestran un increíble despilfarro de dinero por parte de quienes gobiernan la Iglesia, hasta el extremo de realizar operaciones de malversación que incluyen también prácticas asociadas con la vida religiosa, como los procesos de beatificación y santificación —un verdadero mercado con un valor de millones de euros—, o bien la gestión del Óbolo de San Pedro, es decir, el dinero que llega a Roma desde todas las diócesis del mundo y que debería destinarse a aliviar las condiciones de las personas más necesitadas, respondiendo así a la misión pastoral de la Iglesia y al objetivo de Francisco ¿Pero qué finalidad tienen estas ofrendas? El lector lo leerá y lo descubrirá por medio de una reconstrucción que no deja lugar a dudas.

Quienes han deseado poner a disposición del lector este material lo han hecho porque padecen la hipocresía radical de aquellos que saben todo pero no quieren admitir lo que está ocurriendo en el Vaticano, y prefieren poner al mal tiempo buena cara. Son personas que sufren cotidianamente la abismal diferencia entre todo lo que promete el papa Francisco y lo que se hace luego para impedir sus reformas, minando así la credibilidad del pastor argentino.

Tras la publicación de *Vaticano S. A.* y *Las cartas secretas de Benedicto XVI,* los libros que han atravesado el muro de complicidad y silencio que protege desde hace siglos a la Sagrada Iglesia Romana, esta investigación intenta proseguir el camino de la búsqueda de la verdad en el Vaticano y contribuir en todo lo posible a descubrir y denunciar a los que se oponen a la revolución del papa Francisco, nacida gracias al gesto —no lo olvidemos— sin precedentes de Benedicto XVI.

Este no es un libro en defensa del Papa sino un análisis periodístico de los graves problemas que afectan a la Iglesia, provocados por una jerarquía eclesiástica y *lobbys* enemigos de cualquier cambio. Una vez más, nuestro propósito es hacer más transparente un poder que ha sido durante mucho tiempo opaco debido a los intereses de facciones, a menudo ilícitos y, normalmente, alejados de los principios evangélicos. Como siempre, nuestra voluntad no está animada por un impulso anticlerical, sino solo por el deseo de dar a conocer a todos los católicos los entresijos de la

Santa Sede y las contradicciones de una Iglesia que el papa Francisco desea reformar profundamente haciendo de ella una casa abierta a los más necesitados y a los más pobres, y ya no replegada en sus privilegios ni celosa de su inmenso poder.

En mayo de 2012, tras la publicación de *Las cartas secretas de Benedicto XVI*, hubo una reacción oscurantista de una parte de la curia. Se desencadenó una caza de brujas. Poco después, con gran clamor, fue arrestado Paolo Gabriele, el mayordomo de Joseph Ratzinger, quien más tarde contó a los amigos que había estado en una celda en la que ni siquiera podía estirar los brazos. Gabriele fue condenado por hurto después de un proceso relámpago. Entregar las fotocopias de los documentos a un periodista para dar a conocer lo que ocurrió, y no se informó ni denunció, debería haber sido visto como un acto meritorio. En el Vaticano fue considerado un delito.

Paolo Gabriele ha perdido su trabajo y ha debido abandonar la casa en la que residía con su familia. Deseaba hacer públicos los problemas y las increíbles dificultades que cada día debía afrontar el Santo Padre. Esos mismos problemas que lo condujeron a la dimisión un año más tarde. Benedicto XVI ha perdonado a su mayordomo. Hoy sabemos que se informa a menudo sobre su estado de salud, si trabaja y cómo van sus hijos en el colegio. En Navidad y en otras ocasiones Ratzinger le hace enviar regalos a su familia. Sin embargo, en el Vaticano, entre los cardenales y otros prelados, ese precedente de la filtración de las cartas y documentos todavía constituye una sombra que se cierne sobre ellos.

1

La sorprendente denuncia del papa Francisco

La reunión reservada

Pocas horas después de las acostumbradas citas religiosas, el Papa se prepara para asistir al palacio apostólico. Como siempre, el Pontífice controla personalmente la agenda con los compromisos de la jornada. «Siempre lo he hecho así, la llevo en una carpeta negra, con la afeitadora, el breviario, la agenda y un libro de lectura»[1]. Por la mañana está prevista la audiencia con el arzobispo Jean-Louis Bruguès, bibliotecario y archivista de la Santa Sede. Pero la cita más importante será al mediodía.

El Papa repasa con atención sus apuntes mientras le esperan en uno de los salones más inaccesibles y fascinantes del palacio. La estancia, decorada con estucos y tapices de inestimable valor, se encuentra en la tercera planta, entre el apartamento del Pontífice, el que dejó vacío Benedicto XVI, y la Secretaría de Estado. Los cardenales que lo aguardan conversan en voz baja reunidos en pequeños grupos. La tensión es evidente.

Están todos en la antigua Sala Bologna, la sugestiva sala de almuerzo papal frecuentada por Gregorio XIII (1502-1585), con

---

[1] Conferencia de prensa del papa Francisco el 28 de julio de 2013.

frescos de inmensos mapas terrestres y celestes realizados para dar la medida del ambicioso programa de su pontificado. No es una estancia cualquiera, fue allí donde la Iglesia albergó las reuniones más dramáticas de su pasado reciente: el encuentro sobre la pedofilia organizado por Juan Pablo II y desarrollado en abril de 2002 con la presencia de los cardenales estadounidenses, o el encuentro con los purpurados eclesiásticos, entonces desorientados, tras la muerte del papa polaco.

La decoración se remonta al Jubileo de 1575, pero hoy es más actual que nunca, ya que armoniza con el programa del papa Francisco, igual de ambicioso pero, a la vez, lleno de incógnitas, puesto que está sostenido por su deseo de llevar la Iglesia al mundo y hacer frente a los negocios ocultos y los privilegios internos de la curia. La suya es una revolución firme y dulce que, no obstante, ha desencadenado una guerra sin reglas ni fronteras. Los enemigos del Pontífice son poderosos, hipócritas y oportunistas.

El Papa hace su ingreso en una asamblea que se asemeja a un cónclave. Está el cardenal Giuseppe Versaldi, que dirige la Prefectura; más apartado, el cardenal Giuseppe Bertello, a cargo de la Gobernación; y Domenico Calcagno, presidente del APSA. En resumen, están todos los pesos pesados que manejan el dinero y las propiedades de la Santa Sede.

Oficialmente se va a aprobar el balance de ganancias y pérdidas de 2012, pero todos saben que es otra la cuestión que han de abordar. El papa Francisco ha anunciado imprevistamente la intención de reformar la curia. Ya en abril de 2013, un mes exacto después de su elección, ha creado una nueva comisión que deberá ayudarlo en el gobierno de la Iglesia. Un consejo compuesto por ocho cardenales provenientes de varios continentes cuyo objetivo es romper con el excesivo centralismo de los purpurados residentes en el Vaticano[2].

---

[2] De los ocho cardenales, solo uno reside en Roma, el cardenal Giuseppe Bertello, presidente de la Gobernación. Los otros provienen de Chile (el arzo-

Además, en junio de 2013, pocos días antes de la reunión reservada sobre el presupuesto de la Santa Sede, el Papa también creó la comisión pontificia concerniente al IOR, un organismo que, de hecho, representa la primera intervención del instituto después de los numerosos escándalos que lo tuvieron como protagonista. Si bien ya existía una comisión de vigilancia del IOR, presidida en ese momento por el cardenal Bertone, para el Papa no era suficiente. «La comisión —anunció el comunicado del Vaticano— tiene el objetivo de recoger informaciones sobre el funcionamiento del IOR y presentar los resultados al Santo Padre». En definitiva, el papa Francisco desea ver las cosas con claridad y escuchar a un nuevo órgano imparcial que se relacione directamente con él[3].

Resultan señales explosivas para la curia. Sin embargo, todavía nadie ha comprendido bien los alcances del cambio. ¿El papa Francisco intervendrá solo superficialmente y de un modo formal, con grandes anuncios mediáticos, o tratará de resolver los problemas de raíz, eliminando los centros de poder y los *lobbys*? Es más, en estos primeros meses de pontificado, ¿cuántos secretos

---

bispo de Santiago, cardenal Francisco Javier Errázuriz Ossa); de Honduras (el arzobispo de Tegucigalpa, cardenal Óscar Andrés Rodríguez Maradiaga); de Estados Unidos (el arzobispo de Boston, cardenal Sean Patrick O'Malley); de la India (el arzobispo de Bombay, cardenal Oswald Gracias); de Alemania (el arzobispo de Múnich, cardenal Reinhard Marx); del Congo (el arzobispo de Kinshasa, cardenal Laurent Monsengwo Pasinya) y de Australia (el arzobispo de Sídney, cardenal George Pell).

[3] El presidente de la nueva estructura es el cardenal Raffaele Farina, archivista bibliotecario emérito de la Santa Sede; el coordinador es el obispo español Juan Ignacio Arrieta Ochoa de Chinchetru, secretario del consejo pontificio para los textos legislativos; el secretario es monseñor Peter Bryan Wells, asesor de asuntos generales de la Secretaría de Estado. Entre los miembros también se encuentran Mary Ann Glendon, exembajadora de Estados Unidos ante la Santa Sede y Jean-Louis Pierre Tauran, presidente del consejo pontificio para el diálogo interreligioso, el hombre que el 13 de mayo precedente anunció el *habemus papam* desde la plaza de San Pedro.

ha conocido referentes al enorme movimiento de dinero en el Vaticano?

Los cardenales presentes en la reunión del 3 de julio de 2013 encuentran una respuesta inmediata en una carpeta reservada que se entrega a cada uno de ellos. Entre los documentos, el más importante es una carta de dos páginas que el Papa ha recibido una semana antes, el 27 de junio, de cinco auditores contables internacionales de la Prefectura. Este documento ha llegado al Pontífice al margen de todo protocolo. Como veremos, han sido sobre todo dos los cardenales que escucharon las preocupaciones de los auditores respecto a la gestión financiera y decidieron transmitirlas al Papa: el fidelísimo Santos Abril y Castelló y el jefe de la Prefectura, Giuseppe Versaldi. El contenido causa conmoción entre los purpurados. Allí se indican todas las medidas de emergencia que se deben tomar para evitar la quiebra de las finanzas vaticanas. He aquí la carta, un documento hasta ahora nunca publicado.

Beatísimo padre,
[...] Hay una falta total de transparencia en los presupuestos de la Santa Sede y de la Gobernación. Esta ausencia de transparencia hace imposible realizar una estimación elocuente de la verdadera posición financiera, tanto del Vaticano en su conjunto como de las entidades individuales que lo componen. Esto implica también que nadie pueda considerarse realmente responsable de la gestión financiera. [...] Solo sabemos que los datos examinados muestran un funcionamiento realmente anómalo, y sospechamos que el Vaticano en su complejidad tiene un serio déficit estructural.

La gestión financiera general dentro del Vaticano se puede definir, en la mejor de las hipótesis, como deficiente. Ante todo, los procesos de planificación y finalidad del presupuesto, tanto en la Santa Sede como en la Gobernación, no tienen sentido, a pesar de la existencia de claros requisitos definidos en los reglamentos vigentes[4]. [...]

---

[4] En la carta, los auditores destacan el enorme conflicto de intereses que se verifica en muchas oficinas donde no existe una clara separación de los car-

Esta realidad parece sugerir que la actitud representada por la fórmula «las reglas no nos atañen» prevalece en una parte del Vaticano.

Los gastos están fuera de control. Esto se aplica particularmente a los gastos de personal, pero también se extiende más allá del mismo. Hay varios casos de duplicación de las actividades, allí donde una unificación podría garantizar ahorros significativos y mejorar la gestión de los problemas[5].

No hemos logrado identificar líneas claras que podamos seguir en lo referente a las inversiones del capital financiero.

Este es un grave límite y deja demasiado espacio para la discrecionalidad de los administradores, aspecto que, a su vez, no hace

---

gos financieros. En general, esto implica que las mismas personas sean responsables de las decisiones financieras, de la ejecución de las mismas, del registro de las transacciones y de las comunicaciones a las autoridades superiores. En el mejor de los casos, se produce una limitación en el control de las irregularidades, en la identificación de los errores y de las oportunidades de mejora, además de las formas de incrementar la eficiencia. No faltan los ejemplos: desde la gestión del enorme patrimonio inmobiliario hasta el fondo de pensiones. «Estas carencias son bien visibles —prosiguen los auditores en la misiva al papa Francisco— en el sector inmobiliario, donde durante varios años los auditores externos han comentado negativamente el (ausente) sistema de control, las dificultades en el cobro de alquileres y otras cuestiones pertinentes. Problemas similares existen en la fase de abastecimiento de bienes y servicios. También estamos preocupados por el fondo de pensiones, para el cual no existen análisis estadísticos profesionales».

[5] Los auditores sugirieron al Papa proceder gradualmente, para evitar el aumento de las irregularidades: «Pero estaríamos más preocupados —prosigue el documento— si esta unificación se verificara antes de haber introducido una mejora de la planificación, de la determinación del presupuesto, de los procesos de control y rendición de cuentas, porque de este modo se produciría la posibilidad de incrementar las graves pérdidas debidas a las irregularidades. Esto es aún más peligroso en la gestión de la liquidez y de las inversiones, además de la fase de abastecimiento, en la cual una mayor centralización de la gestión sería ventajosa, pero podría implicar grandes riesgos que no justificarían esa medida. En otros casos, nos parece que simplemente hay una resistencia a cambiar el modo tradicional de proceder, a pesar del enorme potencial en cuanto al ahorro».

más que aumentar el nivel general de riesgo. La situación, que es aplicable a las inversiones de la Santa Sede, la Gobernación, el fondo de pensiones, el fondo de asistencia sanitaria y otros fondos gestionados por entes autónomos, debería ser inmediatamente mejorada. [...] Los administradores deben asumir con claridad la responsabilidad de preparar el presupuesto y atenerse a él de un modo más realista y eficaz.

Sabemos que hemos presentado duros y, en algunos casos, severos consejos y sugerencias. Sinceramente, esperamos que Vuestra Santidad comprenda que actuamos de este modo motivados por el amor a la Iglesia y el sincero deseo de ayudar y mejorar el aspecto temporal del Vaticano. Imploramos sobre todos nosotros y nuestras familias vuestra apostólica bendición, y nos confirmamos como humildes y devotos hijos de Vuestra Santidad.

Agostino Vallini, nombrado cardenal por Benedicto XVI y sucesor de Camillo Ruini como vicario de la diócesis de Roma desde 2008, está lívido. Enseguida percibe el contenido explosivo de los documentos e invoca a la calma. Estas cartas «están bajo secreto pontificio —se apresura a recordar dirigiéndose al Papa—... Y esperemos que sigan así... no porque sea nuestro deseo, pero entendemos...». Vallini se preocupa ante todo de que nada se filtre a través de los muros. Es plenamente consciente de los efectos que estas noticias podrían tener en la opinión pública. El anciano cardenal se da la vuelta lentamente y mira a los otros. Hay silencio y nerviosismo. La reacción es serena, pero la tensión, el desconcierto y el estupor resultan evidentes.

Los cardenales no conocían al detalle la gravedad de la compleja situación económica. En marzo, durante las reuniones para el cónclave, se habían comunicado datos, relaciones y cifras, pero todo de forma muy fragmentaria y dispersa. Y habían sido precisamente algunos de los purpurados responsables de varios dicasterios los que difundieron esas noticias, siempre tranquilizadoras.

Además, ninguno de los cardenales estaba habituado a esta imposición de la trasparencia informativa. Lo que el papa Francisco veía ante sus ojos era probablemente lo que se esperaba. Como buen jesuita, utilizará los documentos recibidos de los auditores para hacer comprender a todos que, a partir de ese momento, nada será como antes.

Enseguida el Santo Padre toma la palabra. Un acto de acusación que dura dieciséis interminables minutos. Fueron palabras durísimas jamás expresadas antes por un Pontífice en una asamblea. Palabras que debían permanecer secretas, ocultas por la gravedad del contenido y por la reserva más absoluta solicitada a todos los que habían tenido acceso a esa sala. Pero no fue así. Previendo los riesgos a los que un acto tan «rompedor» podría enfrentarse —sabotajes, manipulaciones, robos, coacciones, acciones de deslegitimación de los reformadores—, alguien grabó la denuncia del Pontífice. Palabra por palabra.

DE VIVA VOZ DEL PAPA

En la sala impera un silencio absoluto. La persona que registró la denuncia lo hace sin que nadie lo advierta. El audio es perfecto; la voz del Papa, inconfundible. El Pontífice escoge un tono sereno y sobrio, a la vez que firme y decidido. En su rostro alternan las expresiones de estupor y condena y otras de determinación e intransigencia. Se expresa en un italiano titubeante pero claro, de obispo de Roma, haciendo largas pausas entre una denuncia y otra.

Los silencios hacen aún más dramáticas sus palabras. El Papa desea que cada cardenal, incluso aquel que durante años haya tolerado todas estas cosas, pueda comprender que ha llegado el momento de elegir de qué parte está.

Es necesario esclarecer las finanzas de la Santa Sede y hacerlas más transparentes. Lo que ahora diré es para ayudar, y desearía identificar algunos elementos que seguramente os ayudarán en vuestra reflexión.

En primer lugar, ha sido universalmente aceptado en las reuniones generales [durante el cónclave] que [en el Vaticano] el número de funcionarios se ha ampliado exageradamente. Esto ha provocado un gran dispendio de dinero que puede ser evitado. El cardenal Calcagno[6] me ha dicho que en los últimos cinco años han aumentado un 30 % los gastos para los funcionarios. ¡Esto no puede seguir! Debemos afrontar este problema.

El Pontífice ya tiene conocimiento del hecho de que gran parte de estas contrataciones tienen un origen clientelar. Muchas personas son empleadas en nuevos proyectos de dudoso éxito o son fruto de sugerencias o recomendaciones. No es casual que en el pequeño Estado no haya una sola oficina de personal, como en todas las empresas privadas, sino varias que tienen una decena de miles de empleados. Hay catorce oficinas, que corresponden a otros tantos núcleos de poder en el mapa de la Santa Sede. El papa Francisco lo denuncia en un tono muy lúcido que va *in crescendo* y que pone en evidencia la situación de alarma:

En segundo lugar, aún sigue vigente el problema de la falta de transparencia. Hay gastos que no responden a procedimientos claros. Esto se refleja —afirman aquellos con quienes he conversado [o sea, los auditores artífices de la denuncia y algunos cardenales]— en los presupuestos. Al respecto, creo que debe seguirse adelante en la labor de aclarar el origen de los gastos y las formas de pago. Por tanto, es necesario hacer un protocolo tanto para el

---

[6] Domenico Calcagno, obispo de Savona entre 2002 y 2007, secretario del APSA desde julio de 2007 y luego presidente a partir de julio de 2011, designado por Benedicto XVI como sucesor del cardenal Attilio Nicora tras su renuncia. Es un hombre de la vieja guardia bertoniana, personaje controvertido, protagonista de algunas vicisitudes singulares, como veremos más adelante.

presupuesto como para la última etapa, es decir, el pago. [Es necesario] seguir este protocolo con rigor. Uno de los responsables me dijo: pero vienen con la factura y entonces debemos pagar… ¡No, no se paga! Si una cosa se ha hecho sin un presupuesto, sin una autorización, ¡no se paga! Pero ¿quién lo paga? [Aquí el papa Francisco simula el diálogo con un encargado de los pagos] No se paga. [Es necesario] empezar con un protocolo, ser firmes. Aun cuando a ese pobre encargado le hagamos quedar mal, ¡no se paga! Que el Señor nos perdone, ¡pero no se paga!

Cla-ri-dad. Esto se practica en la empresa más humilde y también debemos hacerlo nosotros. El protocolo para iniciar un trabajo es el protocolo de pago. Antes de cualquier adquisición o de obras estructurales se deben pedir al menos tres presupuestos diferentes para poder escoger el más conveniente. Daré un ejemplo, el de la biblioteca. El presupuesto decía 100 y luego se pagaron 200. ¿Qué sucedió? ¿Un poco más? De acuerdo, ¿pero estaba en el presupuesto, o no? Sin embargo, debemos pagarlo… ¡Pues no, no se paga! Que lo paguen ellos… ¡No se paga! Esto para mí es importante. ¡Por favor, disciplina!

Francisco describió una situación caracterizada por la absoluta superficialidad en el campo económico. Era un escenario impensable. Estaba enfadado. Repitió siete veces «No se paga». Con una facilidad y una ligereza increíbles, durante mucho tiempo se desembolsaron millones por trabajos no presupuestados que se realizaron sin las debidas verificaciones, y con facturas incrementadas hasta lo inverosímil. Muchos se han aprovechado de la situación recaudando incluso el dinero de los fieles; las donaciones que deberían haber sido destinadas a los más necesitados. A continuación, el Pontífice se dirigió a aquellos cardenales que presidían los dicasterios y que durante años no habían administrado el dinero de la Iglesia con cautela, a todos los responsables que no habían controlado como debían. Era un acto evidente de acusación, durísimo, directo y sin concesiones —incluso humillante para los prelados—, que destacaba aspectos que cualquier administrador que actúa en la más modesta realidad empresarial conoce y comprende muy bien.

El Papa clavó los ojos en el secretario de Estado Tarcisio Bertone. Fue un intenso intercambio de miradas. Quienes estaban sentados cerca del Pontífice no vieron en ellas un mínimo asomo de la amistad e indulgencia que unía al cardenal italiano con Ratzinger, hasta el punto de ascenderlo hasta el vértice del poder en el Vaticano. Esa mirada expresaba la admonición del jesuita llegado a Roma desde el «fin del mundo». Después de tenerlo bajo sospecha en los primeros meses del pontificado, Francisco lo acusó, antes de destituirlo definitivamente[7]. De hecho, en el Vaticano la gestión de los recursos y del gobierno dependen de la Secretaría de Estado que en el papado precedente, justamente con la gestión de Bertone, había concentrado un poder sin igual. Un poder incluso superior al que tenía durante el papado de Wojtyla, cuando el influyente cardenal venezolano Rosalio José Castillo Lara presidía el APSA, con el cardenal Angelo Sodano como secretario de Estado. Los mismos años que reconstruí, mediante los documentos reservados de monseñor Renato Dardozzi, en mi libro *Vaticano S. A.*

En el silencio absoluto que domina la sala, el Papa aborda finalmente las cuestiones más embarazosas:

> Sin exagerar, podemos afirmar que una gran parte de los gastos están fuera de control. Es un hecho. Siempre debemos vigilar con la máxima atención la naturaleza jurídica y la claridad de los contratos. Los contratos tienen muchas trampas, ¿no es cierto? El contrato es claro, pero en las notas a pie de página está la letra pequeña —se llama así, ¿no?—, que es una trampa. ¡Hay que estudiarlas detenidamente! Nuestros proveedores deben ser empresas que garanticen honestidad y que propongan el precio justo de mer-

---

[7] Tarcisio Bertone conservará el cargo de secretario de Estado hasta el 15 de octubre de 2013, cuando será sustituido por el cardenal Pietro Parolin.

cado, tanto para los productos como para los servicios. Y algunos no garantizan esto.

LA DENUNCIA DEL PAPA: «TODOS LOS GASTOS ESTÁN FUERA DE CONTROL»

La situación económica heredada de Ratzinger y Bertone que ha sido descrita por los auditores y hecha propia por el papa Francisco es desastrosa. Se encuentra en un callejón sin salida. Por una parte, prevalece la anarquía absoluta en la gestión de los recursos y del gasto, que aumenta desmesuradamente; por otra, las oscuras vicisitudes clientelares y financieras paralizan todo cambio, obstaculizando las medidas ya tomadas por el Papa precedente. Quizá fue este el motivo que indujo a Ratzinger a dar un paso atrás. Confiar el timón de la barca de Pedro a otros para romper los engranajes del poder, superar una tempestad que podría comprometer definitivamente el futuro económico e incluso evangélico de la Iglesia. No es casualidad que Francisco, en su acto de acusación, haya elegido ese punto de partida, los días dramáticos antes del cónclave, de las anomalías y de las preocupaciones surgidas en la vigilia de las votaciones para el nuevo Papa. Anomalías y preocupaciones que tal vez —por primera vez en la historia de un papa— lo indujeron a elegir el nombre del santo de los pobres, Francisco.

Gastos «fuera de control», contratos llenos de «trampas», proveedores deshonestos que endosan productos fuera de mercado. Hasta ayer era impensable que esta denuncia fuera expresada por un Pontífice. Si bien la palabra «gasto» es objeto de condena, la gestión de las «entradas», o bien de las donaciones y legados de los fieles, representa para el Santo Padre una cuestión aún más grave. Hay una falta total de «vigilancia sobre las inversiones». Como veremos en el próximo capítulo, la pregunta es muy simple: ¿El dinero donado por los fieles termina en las obras de beneficencia o es engullido por los agujeros negros de las dispendiosas administraciones de la Santa Sede? La cuestión es decisiva y se agrava.

El papa Francisco está muy preocupado, tanto que presiona a los asistentes con un relato inquietante. La situación que le han descrito los auditores le recuerda a la Argentina de los años oscuros de la dictadura militar, de los desaparecidos, cuando descubrió que la Iglesia de Buenos Aires hacía inversiones verdaderamente perversas:

> Cuando fui prelado provincial[8], el administrador general nos habló de la actitud que debíamos tener con las inversiones. Y nos refirió que la provincia jesuita del país tenía un gran número de seminarios y hacía las inversiones en un banco serio y honesto. Después, con el cambio del administrador, el nuevo funcionario acudió al banco para hacer un control. Preguntó cómo habían sido elegidas las inversiones, ¡y se enteró de que más del 60 % se habían destinado a la fabricación de armas!
>
> Es necesaria la vigilancia de las inversiones, de la moralidad e incluso del riesgo, porque a veces esto tiene un gran interés [si está asociado a propuestas interesantes], entonces... No hay que fiarse, debemos tener asesores técnicos para esto. Se deben dar orientaciones claras sobre el modo y sobre quién hace la inversión, y hay que darlas siempre con cautelosa prudencia y con la máxima atención a los riesgos. Alguno de vosotros me ha recordado un problema por el que hemos perdido más de 10 millones con Suiza debido a una inversión mal hecha. Además, es bien conocido que son administraciones paralelas [con inversiones no registradas en el presupuesto]. Algunos dicasterios tienen dinero por cuenta propia y lo administran privadamente. La casa no está en orden, y es necesario poner un poco de orden en ella. No quiero añadir más ejemplos que nos generen más preocupaciones pero, hermanos, estamos

---

[8] Jorge Mario Bergoglio fue el superior provincial más joven de la Compañía de Jesús en Argentina (1973-1980).

aquí para resolver todo esto por el bien de la Iglesia. Esto me hace pensar en lo que decía un anciano párroco de Buenos Aires, un sabio que tenía mucho interés por la economía: «Si no sabemos custodiar el dinero que se ve, ¿cómo podemos custodiar las almas de los fieles, que no se ven?».

Un hecho inapelable

La administración del dinero de la Iglesia es un hecho inapelable. El Papa no acusa a nadie con nombre y apellido pero es evidente que apoya sin fisuras todas las advertencias de los auditores internacionales. De hecho, a sus oídos ha llegado también el resultado desastroso de las inversiones que habían sido confiadas a Ubs, BlackRock y Goldman Sachs: la gestión de 95 millones de euros reducidos a la mitad de su valor.

El desconcierto y el temor crecen cuando el Pontífice, soberano y, por ende, máxima autoridad religiosa y civil del Estado, declara que desea conocer a fondo la situación, organismo por organismo, oferta por oferta, gasto por gasto. Con ese fin creará una pequeña y nueva comisión que se encargará de examinar todas las cuentas para descubrir «las irregularidades» y rediseñar el Estado del Vaticano[9]:

Estoy seguro de que todos nosotros deseamos avanzar juntos en esta labor que hace tiempo os ocupa. Y, para ayudaros, he decidido crear una comisión especial a fin de consolidar el resultado de vuestro trabajo y encontrar una solución a estos problemas. Esta comisión tendrá el mismo perfil que la que ha sido creada para el IOR. [...] Uno de vosotros será el coordinador, secretario o presidente de esta comisión, para ayudar en este proceso cuyos progre-

---

[9] Es la tercera comisión creada por el papa Francisco después de la integrada por los ocho cardenales que debían ayudarlo en el gobierno de la Iglesia (abril de 2013) y la comisión pontificia concerniente al IOR (junio de 2013).

sos me hacen feliz. Pero debemos hacer un esfuerzo para llevarlo a cabo y decir todo con claridad.

Todos somos buenos, pero también el Señor nos pide un administrador responsable para el bien de la Iglesia y de nuestra labor apostólica. [...] Sugiero que al menos una vez, con ocasión de estas reuniones [de los cardenales], los auditores sean invitados al consejo, quizá durante media jornada, para poder intercambiar informaciones, inquietudes y tareas [...]. Si tenéis alguna sugerencia será bienvenida. Esto es lo que puedo ofreceros y os lo agradezco sinceramente. ¿Alguna pregunta o comentario?

Tras las palabras del Papa, una vez más rompe el silencio el cardenal Vallini, que procura moderar la tensión. Para desmarcarse de las responsabilidades señaladas, trata de precisar que él no desempeña tareas económicas y se muestra optimista: «Nos dirigimos hacia reformas ya previstas —es su introducción—. Los responsables están trabajando bien para adecuar las administraciones a una correcta gestión de los bienes». Es una posición diametralmente opuesta al contenido de los documentos de los auditores, contenido refrendado por el Papa. Entonces, ¿quién tiene razón?

En mi opinión —prosigue Vallini—, los auditores internacionales tienen una visión apropiada para ellos, pero solo de tipo económico. Así pues, hacen sugerencias y proponen retos que son útiles, importantes, y estamos agradecidos. Pero también es verdad que los problemas y el mal funcionamiento nacen de un hecho —y no creo que pueda ser la mala fe de alguien, sino que simplemente [nacen]—, la ausencia de una cultura que no tenemos en el campo administrativo. [...] Además, es cierto que existen administraciones paralelas e incluso estas deben ser combatidas. Es allí donde tenemos que trabajar, para inducir una nueva cultura administrativa. Sin embargo, puedo decir que la labor de estos días, como la de años pasados, va en esta dirección, y esperamos poder dar un poco de consuelo al Papa.

En definitiva, según el cardenal Vallini, los prelados sufren por la ausencia de una cultura administrativa. Nacerían así los errores, las pérdidas económicas y los abusos, de los que algunos se aprovechan. El Papa le respondió de inmediato: «Lo que dice Vallini es cierto, la cultura… Nosotros hacemos las cosas un poco a nuestro modo. En Argentina sucede lo mismo, se hacen a nuestro modo sin esa cultura de la claridad, de los protocolos, del método…».

Por el momento es mejor no analizar las cuestiones espinosas. Francisco no desea alarmar demasiado a los cardenales. Eso resultaría contraproducente. Será la nueva comisión la que penetre en los abismos insondables de las cuentas y los presupuestos, siendo consciente de que todo lo que han escrito los auditores solo supone la punta del iceberg.

LA DENUNCIA DE LOS AUDITORES

Como siempre, a los auditores les espera la delicada misión del control de las cuentas y los presupuestos de todos los dicasterios que gestionan las finanzas vaticanas. El equipo está formado por cinco laicos, provenientes de diversos países europeos[10]. Se reúne una vez cada seis meses en el Vaticano junto con otros miembros

---

[10] He aquí lo que refiere el reglamento de la Prefectura de los Asuntos Económicos de la Santa Sede: Art. 10, la Prefectura está presidida por un cardenal Presidente asistido por un determinado número de cardenales, con la ayuda del Secretario que, por lo general, es un prelado y del Contable general, y con el asesoramiento de los Consultores…; Art. 20, la Prefectura cuenta con la colaboración de Consultores, Expertos y Auditores internacionales. Estos son elegidos de acuerdo con criterios de competencia y universalidad, y prestan sus servicios en forma gratuita; Art. 23, los cinco Auditores internacionales, son profesionales particularmente competentes en la revisión de cuentas y en el análisis de los presupuestos. Son nombrados por el Sumo Pontífice durante un trienio. El cargo es renovable hasta el tercer mandato.

de la Prefectura. En la práctica, con todo el escalafón jerárquico de este dicasterio: desde el presidente Giuseppe Versaldi hasta el secretario, monseñor Lucio Ángel Vallejo Balda, y el jefe principal, monseñor Alfredo Abbondi.

Las reuniones son reservadas. Además de los interesados, participan en ellas solo dos intérpretes y una redactora que prepara las actas con las intervenciones. Basta leerlas desde 2010 hasta el presente para comprender que los problemas de derroches, mala gestión, anomalías e ineficiencias siempre han sido denunciados por el grupo de auditores, con sugerencias específicas para mejorar la situación. Durante años, las advertencias fueron recibidas con la más absoluta indiferencia. No se realizó ningún cambio importante, con el creciente desconsuelo y la frustración de los profesionales que veían caer en saco roto sus críticas y aportaciones constructivas.

El 22 de diciembre de 2010 —al no saber qué más hacer para que se les tuviese en cuenta— los auditores enviaron una carta muy clara a Benedicto XVI en la que ponían de relieve las áreas más críticas sobre las que era necesario intervenir. La misiva cayó en el olvido, así como otras propuestas que solo quedaron en el papel. El hecho de que los auditores volvieran a escribir al Pontífice es de suma importancia, ya que los expertos contables pensaban que el nuevo Papa podía actuar con más determinación y celeridad.

El papa Francisco no había solicitado el documento de denuncia. Pocas semanas antes, los propios auditores habían comprendido que no se podía titubear más y que era preciso hacer conocer al Papa todos los detalles de la situación financiera, que, desde luego, era muy diferente de las informaciones optimistas, parciales y sesgadas que el Papa había recibido de quien, habiéndose ocupado de la administración con Ratzinger, tenía un gran interés en describir la realidad en términos más favorables y eludir así toda responsabilidad.

El 18 de junio, quince días antes de la reunión reservada, los auditores que trabajan con la Prefectura —laicos motivados por un sincero y profundo amor por la Iglesia, como escriben ellos mismos en la carta privada que envían al Pontífice— asisten a primera hora de la mañana a la misa con el Santo Padre en la Casa de Santa Marta. A las nueve se encuentran todos para una de las reuniones anuales dedicadas al examen del presupuesto de la Santa Sede y de la Gobernación.

El encuentro se produjo, como siempre, bajo la coordinación del cardenal Versaldi. Del material que hemos tenido la oportunidad de consultar se advierte que el grupo discutió vehementemente. Prevaleció el pesimismo. Ya en el pasado los auditores habían manifestado sus inquietudes, pero esta vez las opiniones fueron aún más severas. Y provenían siempre de ellos, del grupo de laicos. Un grupo de profesionales realistas y pragmáticos que tenían la sensación de ver naufragar todos los intentos de mejora propuestos en esos años. De la documentación en nuestro poder se deduce que los más firmes fueron el economista maltés Joseph Zahra, el alemán Jochen Messemer, exsocio de la consultoría McKinsey; el español Josep M. Cullell, el contable italiano Maurizio Prato y el canadiense John F. Kyle.

La síntesis más eficaz y amarga proviene de Kyle: «Durante veinticinco años se han hecho esfuerzos para llegar a un resultado prácticamente nulo». El canadiense sostiene que es «oportuno que exista un grupo más cercano al Papa que sepa actuar con mayor decisión y firmeza, y tomar las medidas necesarias contra aquellos que no siguen las indicaciones dadas». Por otra parte, en la homilía de la misa matutina, el propio Francisco les recordó a los auditores, hombres de cifras pero también de fe, que, textual, «la Iglesia para ser creíble debe ser pobre», y que «la Prefectura —como órgano de control— debe tener más coraje para afrontar la problemática del presupuesto». Una exhortación explícita a actuar y salir de la sombra.

Para el contable general de la Prefectura, Stefano Fralleoni, la situación crítica habría sido causada por el hecho de que algunas administraciones están «completamente desinformadas de los criterios de preparación del presupuesto. A menudo no coinciden con la realidad, y las estimaciones resultan incontrolables»[11]. El problema llega a la paradoja cuando se descubre que en la Prefectura, el órgano destinado a cotejar las cuentas de las otras entidades, todavía hoy no se sabe cuáles son todas las administraciones que se deben verificar. «Sería necesario —destaca el contable general— completar y actualizar constantemente la lista de todos los organismos que dependen de la Santa Sede; solo así la Prefectura podría efectuar un control completo de todas la realidades y de su funcionamiento».

De los controles realizados, se advierte que las normas para la transparencia y la eficiencia introducidas por Benedicto XVI y Francisco son ignoradas. Desde los casos más pequeños hasta los más importantes. Salvatore Colitta, el auditor de RB Audit Italia, da el ejemplo de la lista de precios de las mercancías en venta en el Vaticano: «Desde hace dos años está igual —declara el consultor—, el coste de una pluma estilográfica es de 50 céntimos mientras hoy vale 1,20 euros. Y, además, el 70 % de las adquisiciones del APSA no siguen el procedimiento requerido. El fenómeno es difícil de controlar». «El incumplimiento de las normas vigentes —afirma Fralleoni— es otro punto crítico, debido a una práctica

---

[11] Las diferencias entre el presupuesto estimado y el presupuesto real resultan abismales. En la reunión, Salvatore Colitta, auditor de la sociedad RB Audit Italia, dio algunos ejemplos: «Es notable la deficiencia en la formulación del presupuesto que, en la fase de previsión, presenta diferencias cercanas al 100%. Por tanto, se considera necesaria una reestimación del presupuesto, al menos semestral. Los procedimientos de adquisición todavía no han sido completados. No se mencionan a los proveedores y no existen acuerdos con los enfoques. [...] La gestión inmobiliaria presenta niveles de morosidad increíbles, porque a menudo son superiores a los créditos. Algo no funciona en el sistema. Además, existen anomalías que se profundizan si se hace una investigación de inquilino por inquilino. Con respecto al personal, es necesario aumentar la unidad y coordinación dentro de las oficinas jurídica e inmobiliaria».

que se repite siempre, por una suerte de inercia. La contabilidad de los órganos de la Santa Sede no es unívoca, a pesar de que existe un reglamento de principios contables aprobado por el Santo Padre». ¿Otro ejemplo? Hace poco se introdujo un nuevo reglamento contable para todos, pero se ha descubierto que «algunos organismos tienen tesoreros que administran por cuenta propia, sin declarar todas las entradas». Este es uno de los temas que el Papa explicará a los cardenales sobre las administraciones paralelas. Esto sucede porque hay oficinas «que a menudo actúan con autonomía, aunque pertenezcan a la misma institución».

Luego, cuando la Prefectura efectúa un control, siempre está el riesgo de que «sea percibido como una imposición». Sin embargo, las verificaciones son fundamentales. «Se puede intervenir sobre muchas ineficiencias —concluye Messemer— con tan solo intensificar el control». Pero la situación deriva hacia la anarquía. Basta considerar el sector inmobiliario; además de los «evidentes retrasos en los pagos —interviene Colitta—, hay autorreducciones del alquiler: el Auditorio de la Conciliación se redujo a sí mismo el alquiler en aproximadamente 50.000 euros mensuales, mientras el Vaticano todavía está pagando los impuestos sobre la base del viejo contrato». O bien, el caso de las «inversiones estratégicas», que, en realidad, solo han causado verdaderos problemas, como la inversión realizada por la Gobernación en las acciones del Banco Popular de Sondrio, con pérdidas que en poco tiempo se elevan a 1.929.000[12].

---

[12] El daño causado por el Banco Popular de Sondrio surgió de las decisiones de un único cardenal. Lo explica muy bien el contable general Fralleoni: «El año en que la Gobernación adquirió esta participación, el cardenal Szoka [se refiere a Edmund Casimir Szoka, 1927-2014], era presidente de la Gobernación y deseaba llevar adelante un proyecto de centralización de algunas actividades del organismo a través de este banco. Creía que esta participación habría garantizado beneficios, pero las relaciones con el banco no resultaron como se había previsto, pues en esos años se habían recibido minusvalías que

Ya no es posible disimular que no pasa nada

Josep Cullell es el autor de uno de los análisis más severos:

> A decir verdad, la Prefectura no puede permitirse ser indulgente e ingenua, sino que debe establecer las prioridades y hacer respetar el Reglamento. […] De hecho, el presupuesto ya es insostenible dentro del desorden más completo. El Vaticano se ha caracterizado siempre por una suerte de ambigüedad, al igual que en los reinos de Taifas[13], respecto a la definición de una institución precisa que concentre los poderes, gobierne y establezca las prioridades, no solo las referentes al aspecto económico. […]
>
> Tanto en Barcelona como en la periferia de Roma hay mucha pobreza que también sufren los niños, y es un signo preocupante de recesión. No se puede ignorar esta realidad y seguir restaurando monumentos. No creo en los datos que me han transmitido. La

---

se fueron sumando, y llegaron a una devaluación de la posición equivalente a 1.929.000 euros». Las actas de la reunión expresan el drama que se vivía sobre una sola cuestión espinosa, como la de los mecenas norteamericanos (los Patrons of the Arts de los Museos Vaticanos, un grupo nacido poco después de una gran muestra itinerante en Estados Unidos llamada The Vatican Collection, que suministró apoyo y financiación para numerosas restauraciones en la colección vaticana): «Cullell —informan las actas— planteó el problema de los mecenas norteamericanos que ayudaron a los museos en sus proyectos. El fondo para la colección era en dólares. ¿Pero cómo se registraron estas entradas en el presupuesto? ¿Se repartieron entre varios años? Fralleoni explica que estos fondos fueron utilizados para pagar al personal operativo en el ámbito de los museos. Por este motivo, se mantuvieron en liquidez y no fueron invertidos en otras actividades. Según él, es correcto incluirlos en el presupuesto, no solo como entrada sino como capital que decrece gradualmente. Pero Cullell no está de acuerdo: «Si las contribuciones de los mecenas no eran registradas en un único asiento del presupuesto se estaba falsificando la contabilidad general».

[13] Pequeños estados nacidos en España después de la disolución y la siguiente abolición del califato de la dinastía Omeya en 1031, que inició un período de total anarquía.

economía real no podría soportar este tipo de situaciones. Los beneficios provenientes de las inversiones financieras resultan dudosos.

Hay diversas realidades en el Vaticano que presentan aspectos confusos: hace un año que la Gobernación ni siquiera ha presentado el presupuesto; *L'Osservatore Romano*; Radio Vaticano, con una pérdida que durante cierto tiempo fue cubierta por trabajos de «ingeniería financiera»; el IOR, que podría ser cerrado y sustituido por el APSA. De hecho, el IOR tiene poco que ofrecer y podría ser reemplazado por otra institución. Si este instituto se cerrara podrían resolverse muchos problemas del Papa y de la Iglesia de Roma.

El economista maltés Zahra comprendió que era necesario poner sobre aviso al papa Francisco. De este modo, intentaba forzar la situación para conseguir darle un giro:

Después de un largo período de *statu quo*, ha llegado el momento de cambiar algo. Es como encontrarse ante una encrucijada: debe tomarse una decisión. El tono que tenemos que adoptar es el sugerido por el Papa, o sea, firme y valeroso, y el objetivo es lograr una mayor transparencia, integridad y austeridad. Hay que aprovechar el hecho de que sea el propio Papa quien esté marcando las directrices en este momento. La mentalidad no se cambia de la noche a la mañana, pero lo que dice el Papa se puede traducir en hechos concretos, para alcanzar gradualmente los objetivos previstos.

Al final del encuentro, Zahra, Messemer, Cullell, Kyle y Prato se pusieron de acuerdo: era esencial avisar de inmediato al Papa. Fueron precisamente ellos los que firmaron la carta de denuncia remitida al Santo Padre.

Cinco días después, el 23 de junio, entró en escena el cardenal español Santos Abril y Castelló, uno de los pocos hombres de confianza y amigo de Francisco. Es el arcipreste de la basílica papal de Santa Maria Maggiore, una fascinante iglesia donde Jorge Bergoglio se recogía para rezar en sus viajes a Roma cuando era cardenal. Abril y Castelló es un purpurado retraído, serio y correcto. Alejado de los subterfugios de la curia, se ha ganado progresivamente la confianza del Santo Padre con las denuncias de déficits, anomalías y juegos de poder, empezando por las presuntas irregularidades en los trabajos de sistematización de la basílica de la cual es arcipreste[14]. Será precisamente Abril y Castelló quien informará al Papa de los problemas detectados por los auditores, los cinco laicos que no desean ser ni malinterpretados ni apartados por el Santo Padre, como ha ocurrido muchas veces en el pasado. Esta vez no será así, la mecha ya está encendida.

---

[14] En marzo de 2013, el cardenal había descubierto y señalado al papa Francisco, apenas iniciado su pontificado, que en el presupuesto de la basílica había irregularidades. En la mira del purpurado estaba monseñor Bronislaw Morawiec, camarlengo de la basílica. De la investigación iniciada por el auditor Gian Pietro Milano resultó que Morawiec había utilizado 210.000 euros de una cuenta registrada a nombre del IOR en la basílica, sosteniendo que debía pagar por una intermediación inmobiliaria a la «Integrate Trade Consulting Sa», una sociedad cuya identidad no ha sido comprobada. Así pues, surgen de un modo indiscutible —escribe Milano— graves irregularidades, operaciones ficticias y ausencia total de correspondencia entre las entradas y las salidas. Morawiec fue condenado a tres años de reclusión con las acusaciones de apropiación indebida y utilización de documentos falsos. Se recuerda que la basílica de Santa Maria Maggiore es de las más ricas y cuenta con un patrimonio de un millar de apartamentos, terrenos y otras propiedades. La desaparición de los 210.000 euros no fue la única irregularidad de la cual era sospechoso. El prelado ha sido denunciado por la realización de un volumen ilustrado que le costó a la basílica casi un millón de euros.

2

LA FÁBRICA DE LOS SANTOS

UN VIRAJE SIN PRECEDENTES

Si hay algo que conoce bien el papa Francisco es la reacción de la curia, que puede ser mortal si de reformas se habla. El Santo Padre quiere evitar que los intereses de algunos y la inercia de muchas personas que trabajan en los palacios vaticanos frustren la esperanza. La esperanza de cambiar la curia que albergan las monjas, los frailes, los sacerdotes y todos esos humildes servidores de la Iglesia que han esperado con gozo, pero también con preocupación, el nombre del nuevo Pontífice tras la fumata blanca del 13 de marzo de 2013. Jorge Bergoglio se asoma por primera vez a la plaza de San Pedro desprovisto de oropeles y ornamentos, y pronuncia la frase que abre el corazón de millones de fieles: «Buenas tardes, rogad por mí», rogad por el pastor que viene del «fin del mundo».

Así, solo algunos días después de la dramática reunión del 3 de julio, el Papa nombra una nueva comisión encargada de investigar las finanzas vaticanas. Tendrá la misión de recoger todas las informaciones sobre la gestión económica de la curia y deberá responder directamente ante él. Una novedad absoluta que no

43

desautoriza al Consejo especial de quince cardenales presidido por Bertone, pero que representa un evidente acto de desafío al poder constituido. Se aproxima el momento del *redde rationem*. El gesto de Francisco pone en tela de juicio a quien ha administrado la Santa Sede durante el pontificado de Benedicto XVI, e incluso antes, durante el papado de Juan Pablo II.

El Papa elige a los miembros del equipo de trabajo que serán sondeados e informados por el sustituto en la Secretaría de Estado, Peter Wells[1]. La presidencia de la nueva comisión es confiada al maltés Joseph Zahra[2], uno de los auditores internacionales que firmó la carta de denuncia que se le hizo llegar al Papa a finales de junio junto con una amplia documentación. Es la persona apropiada en el momento oportuno, tiene relaciones estrechas con las cúpulas de las multinacionales y está bien considerado en los círculos financieros. Es, sobre todo, un hombre de confianza, y esto, para el papa Francisco, es el aspecto principal. La elección de Zahra representa un signo alarmante, es una admonición para toda la curia. El Papa valora y premia a quien ha tenido el coraje de denunciar los actos ilícitos y los intereses espurios y ajenos a la misión pastoral de la Iglesia.

Es un viraje radical respecto al papado de Benedicto XVI. En los palacios vaticanos parece haber sido ayer cuando el secretario de la Gobernación, monseñor Carlo Maria Viganò, después de haber denunciado al Papa gastos extravagantes —como el del

---

[1] Monseñor Peter Bryan Wells era, además, el secretario de la nueva comisión concerniente al IOR, creada por Francisco y constituida en junio de 2013.

[2] Joseph F. X. Zahra es un economista maltés, fundador de Misco, una sociedad de consultoría económica y administrativa que opera en Malta, Chipre e Italia. Exdirector del Banco Central de Malta (1992-1996) y expresidente del Bank of Valletta (1998-2004), ha guiado al comité que debía introducir el euro en Malta en 2008. Ingresó en el Vaticano en 2010 como miembro del consejo de la fundación Centesimus Annus Pro Pontifice, y llegó a la Prefectura en 2011.

LA FÁBRICA DE LOS SANTOS

árbol de Navidad levantado en la plaza de San Pedro que costó medio millón de euros— fue primero aislado y luego deslegitimado, destituido y enviado al exilio en Estados Unidos como nuncio apostólico. Precisamente, el alejamiento de Viganò fue uno de los motivos que convenció al entonces mayordomo de Benedicto XVI, Paolo Gabriele, de entrar en contacto conmigo y entregarme la abundante correspondencia de monseñor Viganò con el secretario de Estado, Tarcisio Bertone, y con el Santo Padre. Misivas que documentan los despilfarros, la corrupción y las injusticias en el Vaticano, y que están documentadas en mi libro *Las cartas secretas de Benedicto XVI*.

Para Zahra es una petición inesperada. Es un manojo de nervios. Ha progresado dentro de la curia en muy poco tiempo, siendo un simple funcionario. Desde ese momento, tendrá que concentrarse únicamente en los asuntos del Vaticano. Zahra retorna a su bella casa en Balzan, un pueblecito de cuatro mil almas en el corazón de Malta, liquida los asuntos pendientes y relee las actas de las reuniones semestrales de los auditores internacionales. Después de tantas denuncias caídas en saco roto con Benedicto XVI ahora parece que el papa Francisco premia a quien señala las anomalías. Además de Zahra, elegido presidente, también se suma a la comisión pontificia otro auditor, el alemán Jochen Messemer[3].

Mientras tanto, desde la oficina de su consultoría financiera en la primera planta del Fino Building en Notabile Road, Mriehel (Malta), su asistente, Marthese Spiteri-Gonzi, sigue todas las ope-

---

[3] Jochen Messemer, nacido en 1966, obtuvo un doctorado en Economía y una maestría en Administración de Empresas. Vive en Düsseldorf, Alemania. Exsocio de McKinsey (1993-2003), en el mismo período también trabajó para diversas instituciones de la Iglesia católica en Alemania. En 2003 fue nombrado gerente superior del grupo Munich Re, una reaseguradora líder en el mundo. En 2009, entró en el Vaticano como auditor de la Prefectura de los Asuntos Económicos de la Santa Sede.

raciones para el desembarco de Zahra en la Casa de Santa Marta, donde reside el papa Francisco.

El 18 de julio, el Santo Padre firma el acta formal para instituir la comisión investigadora[4]. El nombre de la comisión es COSEA, acrónimo que resume una misión ambiciosa: Comisión encargada de la organización de la estructura económico-administrativa de la Santa Sede. Las funciones de la nueva estructura están sintetizadas en el documento de constitución formal, dividido en siete puntos. En el tercero, el Pontífice se expresa con claridad: las administraciones investigadas «deben colaborar estrechamente con la comisión. El secreto de oficio y otras eventuales restricciones establecidas por el ordenamiento jurídico no inhiben o limitan el acceso de la comisión a las informaciones y documentos necesarios para el desarrollo de las tareas confiadas». En definitiva, la autonomía y la facultad de la comisión para investigar serán totales. Cada pregunta deberá encontrar respuesta. No podrá haber secretos.

Además de Zahra, trabajarán otros siete miembros: el coordinador y seis consejeros, «todos designados por el Sumo Pontí-

---

[4] Es el documento oficial con el cual se instituye la comisión pontificia, que tendrá diversos objetivos: «La Comisión recoge informaciones —se lee en el acta constitutiva firmada por Francisco—, informa al Santo Padre y coopera con el Consejo de los Cardenales para el estudio de los problemas organizativos y económicos de la Santa Sede, a los efectos de preparar reformas en las instituciones de la curia, con el fin de simplificar y racionalizar los organismos existentes y establecer una atenta programación de las actividades económicas de todas las administraciones vaticanas». Todo ello «mediante el apoyo técnico de la consulta especializada y la elaboración de soluciones estratégicas de mejora, a fin de evitar el dispendio de los recursos económicos, favorecer la transparencia en los procesos de adquisición de bienes y servicios, perfeccionar la administración del patrimonio inmobiliario y mobiliario, operar con mayor prudencia en el ámbito financiero, asegurar una correcta aplicación de los principios contables, y garantizar la asistencia sanitaria y la previsión social a todos los derechohabientes».

fice —prosigue el documento constitutivo—, expertos en materia jurídica, económica, financiera y organizativa». La coordinación y el enlace con el mundo eclesiástico serán confiados al secretario de la Prefectura, monseñor Lucio Ángel Vallejo Balda[5], sacerdote del Opus Dei que se ha ganado la confianza del papa Francisco. El Pontífice es muy consciente de que atacar los círculos y centros de poder significa iniciar una batalla muy delicada: «La situación es de una gravedad inimaginable», dirá a uno de sus más estrechos colaboradores. Muchas anomalías en el interior de las instituciones eclesiásticas «tienen su origen en la autorreferencialidad, una especie de narcisismo teológico». El problema de fondo es que una Iglesia autorreferencial «se enferma»[6].

TODOS LOS HOMBRES DE LA COMISIÓN

Los consejeros son casi todos europeos, a excepción de George Yeo[7], un experto en números que durante años desempeñó el

---

[5] Monseñor Lucio Ángel Vallejo Balda, español, nació el 12 de junio de 1961 en Villamediana de Iregua (La Rioja) en una familia de clase media cuya actividad principal se desarrollaba en el sector de la agricultura. Ingresó en el seminario a la edad de ocho años y completó estudios filosóficos y teológicos. En septiembre de 2011 fue designado secretario de la Prefectura de los Asuntos Económicos de la Santa Sede.

[6] Marco Politi, *Francesco tra i lupi*, Roma-Bari, Laterza, 2014.

[7] Nacido en 1954, George Yeo ha participado en política en el Partido de Acción Popular (PAP) de Singapur, que pertenece a la centroderecha local. Desde 1991 y hasta 2011 ha sido ministro de Información y Artes (1991-1999), de Salud (1994-1997) y de Asuntos Exteriores (2004-2011). Pero en 2011, con la victoria de la centroizquierda, se retiró de la política. Exoficial superior de Aeronáutica militar, fue jefe del Estado Mayor entre 1985 y 1986, además de director de Operaciones conjuntas y de Planificación en el Ministerio de Defensa entre 1986 y 1988. De formación y cultura católica, se graduó en Ingeniería en el Christ's College de Cambridge. Fue el hombre que promovió la informatización de su país, además de la difusión de Internet, aunque ha esta-

cargo de ministro en su país de origen, Singapur. Muy conocido y apreciado en Oriente y con un honorable pasado en las fuerzas armadas, a mediados de los años ochenta fue, además, jefe del Estado Mayor del Ejército del Aire. En el Vaticano, Yeo tiene un admirador de relevancia, el cardenal australiano George Pell[8], que sigue con mucha atención las acciones del Papa a fin de conseguir un papel en esta fase de renovación.

El único miembro italiano de la comisión es una mujer, que, por otro lado, es la más joven. Se llama Francesca Immacolata Chaouqui, tiene treinta años y ha nacido en un pequeño pueblo de la provincia de Cosenza. Es de madre italiana y padre francés de origen marroquí. Trabajó en Ernst & Young, donde se ocupaba de las relaciones públicas y la comunicación, y antes para el poderoso estudio jurídico Orrick, Herrington & Sutcliffe Italia. Casada con un informático que trabajó durante mucho tiempo en la Ciudad del Vaticano, le corresponderá a ella ocuparse de la constitución de un nuevo departamento que manejará toda la comunicación del Vaticano, desde la sala de prensa hasta *L'Osservatore Romano*.

También forma parte de la comisión Jean-Baptiste de Franssu, gerente francés en el sector de la consultoría estratégica. Bertoni lo había llevado al Vaticano, presentándolo como candidato para varios puestos. Desde ese día y en un solo año ha hecho una carrera fulgurante en los palacios vaticanos[9].

---

do a favor de la censura en la red. Para Yeo, la censura no es más que una «medida de anticontaminación del ciberespacio». En 2002, declaró al *Wall Street Journal*: «La censura es parte de la educación [...] A través de la censura simbólica se inculca en los jóvenes que existen algunas normas sobre lo que es correcto e incorrecto» (Fuente: affaritaliani.it).

[8] George Pell, arzobispo de Sídney, es también uno de los ocho cardenales del grupo creado por el papa Francisco en abril de 2013 para la reforma de la curia, con el fin de acabar con el excesivo centralismo romano.

[9] En su biografía enviada al Vaticano se lee: «Presidente de Incipit sociedad consultora, administrador delegado de Invesco Europa y miembro del comité de gestión de Invesco en todo el mundo. Antes de ingresar en Invesco,

Asimismo, hay un español exejecutivo de KPMG, Enrique Llano, amigo personal de John Scott, vicepresidente de KPMG Worldwide, una consultoría líder en contabilidad y dirección empresarial. De Francia proviene Jean Videlain-Sevestre, el consejero más anciano. Experto en el área de inversiones, tuvo un importante pasado en Citroën y Michelin. Muy pronto indica a sus colegas la línea que hay que seguir en las indagaciones: «Nuestra comisión debe ser irreprochable, independiente y competente», escribe un día antes de la primera reunión del grupo. Es necesario ayudar al Santo Padre en ese objetivo que ya había apuntado cuando era arzobispo en Argentina: «El nuevo Papa debe estar en condiciones de limpiar la curia romana», como dijo textualmente a un grupo de religiosos del movimiento de Schoenstatt[10].

El grupo elige una modesta oficina operativa en Santa Marta. La habitación 127, situada en la primera planta, se encuentra a pocos peldaños y un pasillo de la estancia del Papa. La oficina será rebautizada «Área 10» por la suma de las personas que comparten la habitación. Pero será el secretario de la comisión, Nicola Maio, quien dará con el apodo más apropiado: la «habitación de san Miguel», ya que el arcángel Miguel es invocado como protector para los trabajos delicados. Una elección no casual, pues el arcángel alado, con armadura y espada, siempre es recordado por haber defendido la fe en Dios contra las huestes de Satanás.

---

fue director del Groupe Caisse des Dépôts et Consignations en Francia. Graduado en la Business School ESC de Reims (Francia), ha obtenido una licenciatura en Administración de Empresas en la Middlesex University de Reino Unido y un diploma de posgrado en Estudios Actuariales en la Universidad Pierre et Marie Curie de París. Exvicepresidente y presidente del European Fund & Asset Management Association (EFAMA) y director no ejecutivo de Tages Llp y Carmignac Gestion. Asimismo, es miembro del consejo de varias instituciones de beneficencia en Europa y Estados Unidos». Desde julio de 2014 pertenece a la cúpula del IOR.

[10] Evangelina Himitian, *Francesco. Il Papa della gente*, Milán, Rizzoli, 2013.

La ocurrencia más repetida entre los miembros durante las reuniones se pronuncia en español, el idioma de Bergoglio: «Aquí la Gracia de Dios es mucha, pero el demonio está en persona...».

La atención y la discreción serán máximas. Servirán para proteger los datos a medida que se recojan. Apenas se ha iniciado una revolución y los hombres del Papa saben cuáles son los riesgos que corren. Para evitar interceptaciones, el presidente de la comisión, Zahra, firma de inmediato un acuerdo con Vodafone: cada consejero tendrá un número de teléfono maltés y un iPhone5. Los miembros lo llaman el «teléfono blanco» por el color del acabado. El usuario lo utilizará para remitir todas las contraseñas de acceso a los documentos codificados, que serán enviados a través del correo electrónico. Con un coste de 100.000 euros se contrata un servidor exclusivo, solo accesible para los ordenadores de los miembros de COSEA. Don Alfredo Abbondi, jefe principal de la Prefectura, pide a los administradores de la Gobernación —que controlan las adquisiciones de la Santa Sede— un armario blindado para custodiar los expedientes más reservados. Los miembros de la comisión están emocionados y motivados. Se sienten protegidos por estas medidas. Lo que no saben aún es que sus preocupaciones resultarán inútiles.

PRIMER OBJETIVO:
QUÉ DESTINO TIENE EL DINERO PARA LOS SANTOS Y BEATOS

Cuatro días después del acto formal de constitución de la comisión, COSEA ya está operativa. La labor se prevé enorme y delicada. «El Santo Padre ha identificado siete elementos clave en la Santa Sede que hay que evaluar», se informa en el documento preliminar[11]. He aquí los más relevantes. Se examinará desde la

---

[11] El documento preliminar será gradualmente perfeccionado hasta la última versión del 18 de febrero de 2014, y recoge todas las directivas indicadas por el papa Francisco desde el verano de 2013.

LA FÁBRICA DE LOS SANTOS

«excesiva ampliación del personal dependiente» hasta la «falta de transparencia en los gastos y en los procedimientos», para llegar al «control insuficiente de los proveedores y de sus contratos». Será necesario arrojar luz sobre «el número, el estado físico y los alquileres de los inmuebles, que no están determinados con claridad», y también sobre las entradas, para combatir la «inadecuada supervisión de las inversiones desde el punto de vista del riesgo y de las normas éticas». Además, serán atentamente examinadas las así llamadas «administraciones paralelas» del dinero, y las operaciones financieras de algunos dicasterios.

El 22 de julio, en nombre del presidente Zahra, el coordinador de COSEA, monseñor Vallejo Balda —el hombre que deberá tender las vías de comunicación entre los miembros de la comisión y los diferentes representantes de la curia— pide al cardenal Versaldi, su superior directo y jefe de la Prefectura, que sea el promotor de la primera solicitud que se hará circular por todas las entidades dentro de los muros vaticanos. Pocas horas después, Versaldi entrega la solicitud a los diversos organismos de la Santa Sede. En ella, COSEA solicita de cada organismo copiosa información: los presupuestos de los últimos cinco años, la relación de los empleados, la lista de colaboradores externos con el *curriculum vitae* pertinente, todas las nóminas y, finalmente, los contratos de provisión de bienes y servicios firmados desde el 1 de enero de 2013.

Sin embargo, será el penúltimo párrafo de la larga misiva enviada a Versaldi con las solicitudes de COSEA el que desate la alarma en los *lobbys* de poder eclesiásticos. Se trata de una solicitud específica que toca un punto muy sensible de la Iglesia porque concierne al corazón de millones de fieles: la figura de los santos protectores, aquellos que con sus acciones han representado un ejemplo de bondad y amor universal, y que son objeto de culto para tantos católicos. La comisión requiere de inmediato los presupuestos, los movimientos y los documentos bancarios «de las entidades económicas relativas a los postuladores de las causas de beatificación y canonización». Así pues, se convoca a la

Congregación para las Causas de los Santos. La estructura sigue la compleja tramitación para convertir en santo o beato a quien se ha distinguido por sus acciones de bondad y misericordia. Cada caso es tratado y propuesto por un postulador, que prepara la investigación, la documenta y enriquece el informe con todos aquellos actos y opiniones que deberán conducir —se espera— a obtener la beatificación o la santificación del candidato elegido. En la actualidad hay 2.500 casos pendientes, propuestos por 450 postuladores.

Al frente de la congregación está otro férreo bertoniano, el cardenal Angelo Amato. En 2002, Pugliese di Molfetta ocupa el puesto de Bertone y se convierte en auxiliar de Joseph Ratzinger en la Congregación para la Doctrina de la Fe, hasta la elección de este último para el solio pontificio, en abril de 2005. Desde 2008, Amato se ocupa de los santos y beatos.

La solicitud que el poderoso purpurado recibe de Versaldi es interpretada de un modo unívoco. Francisco sabe muy bien dónde debe golpear. Está bien informado sobre los centros de poder y los intereses espurios, y actúa rápidamente. COSEA da un plazo de pocos días para recoger las informaciones: «Habida cuenta del período en el que se formula esta petición, esperamos recibir la documentación antes del 31 de julio». O sea, ocho días en total, cuando la curia estaba habituada a meses estivales muy tranquilos y con poco trabajo, y con el Papa en Castel Gandolfo para soportar el calor del verano.

Tanta prisa tiene diversas explicaciones. Ante todo, se desea evitar alteraciones y manipulaciones de los datos. Para quienes tengan malas intenciones, de cuanto menos tiempo dispongan mejor será. Además, en la agenda se ha establecido una cita importante: el 3 de agosto los miembros de la comisión se encontrarán en Santa Marta para su reunión de exordio. Se reunirán en la salita frente a la sacristía de la capilla, en el mismo sitio en que pocas semanas antes Francisco exhortó a Zahra y a los auditores de la Prefectura a tener coraje y denunciar las anomalías para lograr el cambio.

La fábrica de los santos de la que nadie sabe nada

La reunión se convocó a mediodía. En ella participó el Papa. El Pontífice permaneció allí cincuenta minutos, durante los cuales tomó la palabra en repetidas ocasiones, con firmeza y tratando de animar a los participantes. Como surge del acta de la reunión en nuestro poder, el Papa fue muy claro:

Necesitamos una forma diferente y novedosa en nuestra manera de realizar las tareas. La causa de nuestros problemas proviene de una actitud de *nouveau riche* [expresión que indica la ostentación y emulación de los hábitos y costumbres de las clases más pudientes], donde el dinero se despilfarra indiscriminadamente. Mientras, perdemos de vista la razón de lo que estamos haciendo, ya que nuestro objetivo es que el dinero sea para ayudar a los pobres y a quienes viven en la miseria. Los problemas actuales derivan de nuestra cultura y de la falta de responsabilidad. El Papa tiene fe en que la comisión podrá presentar estas reformas, pero es consciente de que se necesita prudencia cuando se abordan cuestiones que pueden afectar a puestos de trabajo y medios de subsistencia de los laicos que trabajan en el Vaticano. Ha insistido en el hecho de que la comisión debería ser valiente al hacer las recomendaciones y no reservarse nada. Siempre querrá consultar con la comisión antes de hacer cambios, pero esta no es una autoridad colegiada. Si el Papa no está de acuerdo con las propuestas, las discutirá con la comisión, pero él decidirá[12].

Sin reformas, el pontificado caerá en la bancarrota. Así pues, tan pronto como el papa Francisco abandona la reunión, los miembros de COSEA preparan su agenda de tareas. Seis son las prioridades:

---

[12] Extracto del documento «Commission Meeting No. 1/13» de la comisión COSEA.

1) APSA: especialmente en la sesión extraordinaria; necesidad de una revisión estratégica y un análisis detallado de sus operaciones, entre ellas del patrimonio [que afecta al sector inmobiliario].

2) La gestión de las cuentas de los postuladores que trabajan en la Congregación para las Causas de los Santos.

3) Las actividades comerciales (supermercado, farmacia, etcétera) dentro de los muros del Vaticano.

4) La gestión de los hospitales.

5) La valoración de las obras de arte.

6) Las pensiones.

Poco a poco se implican los colosos del asesoramiento empresarial más autorizados del mundo, desde KPMG hasta McKinsey, desde Ernst & Young hasta los estadounidenses de Promontory. Se organiza un equipo de trabajo compuesto por setenta expertos que provienen de sociedades externas y que trabajarán para el Vaticano. Muchos organismos responden de inmediato a la solicitud de información, envían escritos y ofrecen toda la colaboración posible. Aunque no todos. Precisamente desde la Congregación para las Causas de los Santos llega la respuesta más decepcionante: «La Congregación —responde el organismo seráfico dirigido por el cardenal Amato— es completamente ajena a la administración de los postuladores [es decir, de las personas en quienes se confía la supervisión de los procedimientos para la santificación y beatificación]. Por tanto, este dicasterio no está en posesión de la documentación requerida».

En definitiva, no están los documentos. Los justificantes y el registro contable de una transferencia de decenas de millones de euros no existen, o al menos la Congregación no los posee. Sin embargo, son enormes sumas de dinero para las cuales las normas vaticanas prevén una justificación. Solo para iniciar un proceso de beatificación se requieren 50.000 euros, a los que luego hay que añadir otros 15.000 por los costes de la operación. La suma incluye los derechos de la Santa Sede y las notables remuneraciones que reciben los expertos que se ocupan del caso: teólogos, médicos y obispos que evalúan las causas. Una cifra destinada a aumentar, aparte del trabajo de los investigadores, la *positio* del candidato, una suerte de currículum de todas sus obras y, finalmente, la coordinación del postulador. Por término medio, el coste llega, aproximadamente, al medio millón de euros. A esta cantidad se suman, además, todos los «agradecimientos» que los prelados reciben cuando son invitados a las fiestas y celebraciones donde deben pronunciarse sobre las gestas y los milagros del futuro santo o beato, en los momentos cruciales del proceso. Hay antecedentes de cifras récord, que han alcanzado los 750.000 euros, como el proceso que condujo a la beatificación en 2007 de Antonio Rosmini.

Con Juan Pablo II la «fábrica de los santos» creó 1.338 beatos en 147 ritos de beatificación y 482 santos en 51 celebraciones. Se dieron así cifras astronómicas superiores a las alcanzadas en toda la historia de la Iglesia; cifras que ya en 1983 indujeron a Wojtyla a disponer que los fondos de las causas fueran administrados por los mismos postuladores, y que ellos asumieran la «obligación de llevar una contabilidad regularmente actualizada de los capitales, valores, intereses y dinero en efectivo de cada causa de beatificación o santificación»[13]. En resumen, los postuladores cumplen una actividad delegada que está necesariamente bajo control. Pero al parecer nadie controla nada.

La comisión bloquea las cuentas corrientes

La respuesta de Amato fue desconcertante. De forma implícita, declaró que la transferencia de dinero correspondiente a estos

---

[13] Congregación para las Causas de los Santos, *Le Cause dei Santi*, LEV, Ciudad del Vaticano, 2011, página 395 y ss.

casos estaba fuera de control. La reacción de la comisión fue durísima. Después de haber obtenido la autorización directa del Papa, el 3 de agosto Zahra toma una decisión sin precedentes: pide a Versaldi que bloquee todas las cuentas corrientes pertenecientes a los postuladores y las causas tanto del APSA como del IOR.

Resulta evidente que la actividad de los postuladores no es autónoma sino «delegada» por una autoridad superior, a la que debemos informar y a quien debemos tener en cuenta. Dado que una vez transmitida la causa a la Santa Sede la tarea de vigilancia le corresponde a la Sagrada Congregación y se equipara a la tarea del obispo en la fase diocesana de la causa, se considera oportuno evaluar con esta Prefectura la adopción de eventuales medidas cautelares, donde la Congregación competente debe hacer todo lo que sea necesario para cumplir con la misión que se le ha encomendado. Se solicita, por tanto, lo siguiente: disponer, con efecto inmediato, el bloqueo temporal de las cuentas corrientes de los postuladores y las causas individuales abiertas en el IOR y en el APSA.

Zahra revela también cuál ha sido la causa que ha hecho sonar la alarma: protege a los pobres. De hecho, las normas vaticanas prevén que:

… por cada causa presentada ante la Sagrada Congregación, los actores [los postuladores] realizan una contribución al fondo para las causas pobres [un fondo expresamente creado para las causas de beatificación que llegan de las diócesis más pobres]. Tras la beatificación de un siervo de Dios se deben saldar los gastos estrictamente necesarios para el proceso, del mismo modo que el 20 % de todas las donaciones de los fieles recogidas para la beatificación [debe ser] devuelto siempre al fondo para las causas pobres. Después de la canonización le corresponde a la Santa Sede disponer del remanente de las donaciones recogidas, de las cuales una parte será asignada al fondo de las causas necesitadas. No obstante, al examinar los presupuestos relativos al fondo para las causas pobres presentadas por la Congregación en estos últimos años, no parece que se hayan cumplido tales normas. De hecho, el fondo mencionado se ha incrementado de una manera muy exigua.

En resumidas cuentas, el fondo para las causas pobres, indispensable para llevar adelante incluso las solicitudes que llegan de las diócesis con menos recursos, no se incrementó. Esto despertó las sospechas de los hombres de la comisión. Zahra pidió que se congelaran los depósitos y exigió toda la documentación. Postulador por postulador. Causa por causa. La investigación se prolongó hasta febrero de 2014. Los datos recogidos por COSEA en los primeros meses fueron alarmantes. A las oficinas de los postuladores llegaban ingentes sumas de dinero en efectivo sin que se llevase una contabilidad adecuada. De todo lo que surge en los primeros seis meses de indagaciones, parecen «insuficientes los controles del dinero líquido para las canonizaciones»[14]

La atención se centra particularmente en «dos postuladores laicos [Andrea Ambrosi y Silvia Correale] que gestionan varios casos y solicitan grandes sumas de dinero. Cada uno es responsable de 90 causas, de un total de 2.500 casos para 450 postuladores»[15].

Cada postulador gestiona, de promedio, de cinco a seis causas, sin embargo, existen dos personas que controlan un número desproporcionado: 180 causas; una suerte de monopolio. Son tres los ejemplos más significativos que surgen de las investigaciones de COSEA:

---

[14] Esto se lee textualmente en el «documento preliminar» de la comisión solicitado por los cardenales y el Santo Padre el 18 de febrero de 2014, después de seis meses de investigación. COSEA sugerirá «definir un proceso claro y coherente para gestionar los fondos en favor de las causas de los santos y las causas pobres».

[15] *Ibidem.*

— De 2008 a 2013 se gastaron 43.000 euros en una canonización que no parece mostrar progresos, y de la cual no consta ningún presupuesto ni explicación adecuados para el uso de los fondos.

— Un postulador laico ofreció tutelar una investigación antes de ser abierto el proceso de canonización a condición de recibir un pago inicial de 40.000 euros.

— La imprenta relacionada con uno de los postuladores mencionados [Andrea Ambrosi] consta como una de las tres aconsejadas por la congregación para los postuladores[16].

Otro expediente señalado por COSEA aborda los gastos para la canonización de un caso español gestionado por un postulador profesional entre 2008 y 2013[17]. La compensación por la postulación ha sido fijada en «28.000 euros, otros 16.000 para el colaborador y 1.000 euros para la impresión del material y gastos varios, que elevan los costes a 46.000 euros», como se comunicará a los cardenales del consejo y al Papa en febrero de 2014[18].

El lunes 5 de agosto de 2013, tras las fallidas comunicaciones de la Congregación para las Causas de los Santos y después de haber recibido una solicitud explícita de Zahra, el jefe de la Prefectura, Versaldi, remite cuatro cartas a fin de congelar las cuentas corrientes en el IOR y el APSA. Los destinatarios de las misivas son el cardenal Domenico Calcagno, presidente del APSA, y el abogado Ernst von Freyberg, en la cúpula del IOR. Por su información, el purpurado prefiere involucrar también al cardenal Raffaele Farina, que dirige la comisión pontificia correspondiente a la banca vaticana —ambicionada por el papa Francisco y creada en junio pasado—, y al coordinador de esta última, monseñor Juan Ignacio Arrieta.

---

[16] *Ibidem.*

[17] *Ibidem.*

[18] *Ibidem.*

En el IOR, a partir de las 10:11 de la mañana de ese 5 de agosto, la insólita orden de bloqueo, dispuesta por Von Freyberg, se pone en marcha y produce una gran agitación en muchos empleados. Se necesitará gran parte del día para cerrar un enorme número de depósitos: más de cuatrocientas cuentas corrientes. Una operación que por su envergadura no tiene precedentes en la historia bancaria reciente. Así, a las 18 horas ya no se puede retirar un euro de ninguna cuenta relativa a los procedimientos de santificación o beatificación. En el IOR se ha bloqueado una suma cercana a los 40 millones de euros[19].

PÁNICO EN EL IOR

Al día siguiente, martes 6 de agosto, la situación era más tensa aún. En la oficina Visa-Pos, que en el IOR se ocupa de las transacciones con cajeros automáticos y tarjetas de crédito, el funcionario Stefano De Felici duda. Quiere una confirmación por escrito para bloquear las tarjetas de crédito de una serie de clientes con apellidos influyentes. El entonces vicedirector general del instituto, Rolando Marranci, le indica nueve. Los de mayor importancia los destaca en negrita:

Buenos días:

A partir de las diversas órdenes recibidas en esta oficina serán bloqueadas las siguientes tarjetas correspondientes a las cuentas de personas físicas; he aquí la enumeración:

Cliente	Nombre
19878	Ambrosi, Andrea
15395	Batelja, Rev. Juraj
29913	**Gänswein, S.E. Mons. Georg**

---

[19] De hecho, esta es la suma que monseñor Vallejo Bala comunicará a los miembros de COSEA en la reunión del 14 de septiembre de 2013.

24002	Kasteel, Mons. Karel
10673	Marrazzo, P. Antonio
27831	Murphy, Mons. Joseph
29343	Németh, Mons. László Imre
18635	**Paglia, S.E. Mons. Vincenzo**
18625	Tisler, Rev. Piotr

Solicito confirmación para proceder al bloqueo de las tarjetas.

La disposición incluye también la cuenta corriente de monseñor Georg Gänswein, exsecretario personal de Benedicto XVI y ahora prefecto de la Casa Pontificia, la cuenta corriente del padre Antonio Marrazzo, postulador de la beatificación del papa Pablo VI (Giovanni Battista Montini) y la cuenta de monseñor Vincenzo Paglia, presidente del Pontificio Consejo para la Familia. Tras las primeras decisiones de la comisión se corre el riesgo de sufrir un incidente diplomático. Para evitarlo, el contable general de la Prefectura, Stefano Fralleoni, que asistía a las reuniones de los auditores internacionales y que ayuda a COSEA en su investigación, escribe directamente a Von Freyberg:

> La orden para bloquear temporalmente las cuentas de los postuladores y de las causas individuales [de canonización], abiertas en el IOR y el APSA, no debe ser aplicada a las cuentas particulares de los postuladores religiosos y/o dependientes de la Santa Sede que cumplen los requisitos de idoneidad para poseer una cuenta corriente.

Los postuladores son casi todos religiosos, a excepción de los dos laicos anteriormente mencionados: Andrea Ambrosi y Silvia Correale. Para ellos el bloqueo se extiende a los depósitos particulares, ya que existen serias dudas de que puedan disponer legítimamente de cuentas en el IOR o el APSA. Las únicas excepciones son las cuentas abiertas por religiosos o trabajadores que poseen títulos y cumplen los requisitos para tener un depósito. Lamentablemente, de la documentación examinada no podemos decir cuáles de estas cuatrocientas cuentas deberían ser inmediatamente desbloqueadas. Es muy probable que entre ellas figure la perteneciente al exsecretario de Ratzinger, monseñor Gänswein. Es indudable que resulta una situación sin precedentes.

Las indicaciones llegan al vicepresidente Marranci directamente de Fralleoni[20].

Las cuentas correspondientes a Andrea Ambrosi y Silvia Correale no parecen poseer las características normales que tienen las del personal religioso o el personal empleado en las instituciones de la Santa Sede. Por tanto, se requiere una medida cautelar, y, hasta que el propio instituto aclare las modalidades y el origen de las sumas presentes en tales cuentas, el bloqueo temporal de las actividades se extienda incluso a las cuentas personales de los postuladores antes citados, con las mismas modalidades de las cuentas registradas a nombre de las causas.

Al abogado Ambrosi, por sus tres cuentas corrientes en el IOR, se le bloqueará cerca de un millón de euros. La Prefectura y COSEA piden explicaciones. Ambrosi se defiende y escribe una carta que envía a Marranci el 20 de agosto:

---

[20] Poco después, el 30 de noviembre de 2013, Rolando Marranci será nombrado director general del IOR, pese a algunas opiniones contrarias. El nuevo cargo es anunciado por el padre Federico Lombardi, portavoz de la Santa Sede: «Con el nombramiento de Marranci cesa el puesto interino que había asumido el presidente Ernst von Freyberg al día siguiente de las dimisiones presentadas por el director general Paolo Cipriani y su vicedirector Massimo Tulli». Las dimisiones de Cipriani y Tulli se remontan a julio de 2013. Ambos están involucrados en una investigación judicial de la fiscalía de Roma en la que se imputaba al IOR haber violado las obligaciones previstas por las normas de antiblanqueo de capitales. Los hechos juzgados correspondían a la transferencia de 23 millones de euros que pasaron del Crédito Artigiano a J. P. Morgan Frankfurt (20 millones) y al Banco de Fucino (tres millones).

Mediante la presentación del cardenal Salvatore Pappalardo en 1985, le fue concedida al firmante [se refiere a sí mismo en tercera persona] la apertura de cuentas particulares con los números 19878001/2/3. En estas cuentas han confluido durante treinta años las partidas de los agentes de las diversas causas, además de algunas donaciones de los padres del firmante y de su esposa. El firmante declara no haber desempeñado actividades profesionales en Italia, no estar dado de alta como autónomo y haber adjuntado siempre una declaración de la Congregación para las Causas de los Santos en la que se testimonia haber desempeñado su actividad de forma exclusiva en el mencionado dicasterio. En todos estos años —¡casi cuarenta!— el fisco italiano no ha tenido nada que objetar. El firmante espera, confiado pero preocupado, que, a la mayor brevedad, se desbloqueen sus tres cuentas personales para estar en posesión de 80.000 euros, a fin de hacer frente a compromisos económicos ya asumidos.

Ambrosi es quizás el postulador más importante del mundo. Desde hace cuarenta años gestiona con su hija Angelica, y otros colaboradores que provienen de los cinco continentes, un centenar de procesos de beatificación y canonización: desde el papa Juan XXIII (Angelo Roncalli) hasta el emperador Carlos I de Habsburgo. Otro tema de interés en la familia Ambrosi es la imprenta Nova Res (en la plaza de Porta Maggiore, Roma), que imprime todos los expedientes de gran parte de las causas. Trabaja dentro de una suerte de monopolio, aunque el Vaticano cuente con una moderna imprenta que podría publicar tranquilamente numerosos volúmenes. Nova Res es propiedad de la familia Ambrosi, o sea del primer postulador, y figura entre las tres imprentas oficialmente recomendadas dentro de los palacios vaticanos.

Por su parte, también Silvia Correale trata de aclarar su situación. Le pide una cita a Fralleoni. El encuentro resulta tenso. Correale solicita el desbloqueo inmediato de su cuenta corriente y relata algunas particularidades interesantes sobre lo que sucede dentro de la Congregación para las Causas de los Santos, dirigida por el cardenal Amato. Será Fralleoni quien hará un resumen para monseñor Vallejo Balda en un documento reservado al que hemos tenido acceso:

La cuenta a su nombre es de aproximadamente 10.000 euros y dice no tener otras cuentas en Italia; por tanto, esta es su única fuente de recursos. Pide, si es posible, desbloquearla. Además, dice conocer y haber trabajado con el Papa, que la conoce y la estima… La noticia más interesante surgida de la entrevista es que la Congregación de los Santos ¡TODAVÍA NO HA PUESTO SOBRE AVISO A NADIE Y NO LE HA PEDIDO A NINGÚN POSTULADOR LOS PRESUPUESTOS DE LOS ÚLTIMOS CINCO AÑOS! Prácticamente no están haciendo nada. La situación es grave porque, mientras conversaba con la postuladora Correale, he comprendido que los presupuestos no existen… Quizá el prefecto [es decir, Amato], que ha cumplido setenta y cinco años en junio, está esperando dejarle el problema a otros… Hágame saber si es posible proceder al desbloqueo de esta cuenta únicamente, ya que la postuladora me ha parecido sincera y honesta. Creo que podremos recurrir a ella en el futuro para tener muchas noticias interesantes sobre cómo se tramitan las causas. Entre tanto, todos los consultores y otros que deberían reunir el dinero de las causas comienzan a enfadarse. […] La postuladora dice que hace un tiempo presentó una causa a la Congregación, pero que no le habían querido poner el sello. Entonces había dejado de hacerlo… y volver a reunir ahora toda la información de los años transcurridos desde entonces le llevaría meses…

Monseñor Vallejo Balda se queda anonadado:

Todo esto es muy grave, ¿cómo puede ser que no existan los presupuestos? Esta señora lleva más de cien causas…, ¿cómo es posible? Este es uno de los problemas. No podemos decir nada de su cuenta personal, pero puede tenerla en el IOR (?)… No me fío… Hablemos mañana.

Fralleoni se refiere de inmediato a la cuenta privada en el IOR:

> El hecho de poder tener una cuenta en el IOR resulta una cuestión delicada. La postuladora ha citado aspectos de la legislación según la cual, al prestar un servicio continuado para la Santa Sede, puede equipararse a cualquier otro empleado. Y por sus prestaciones gana cerca de 4.000 euros al mes (más que yo…). Por consiguiente, deberíamos estudiar atentamente el reglamento de la Congregación para evaluarlo.

En diciembre de 2013, COSEA decide desbloquear 114 de los 409 depósitos investigados. El dinero del abogado Ambrosi todavía está congelado. El postulador recibe una suma mensual para vivir adecuadamente con su familia. De la consultoría, mientras tanto, llegan sugerencias para hacer más transparente la actividad financiera de la Congregación y la tramitación de las causas. Pero las dificultades continúan. Los criterios contables no son aplicados de una manera homogénea ni siquiera hoy. En definitiva, la situación no parece haber mejorado.

LOS MASONES PODRÍAN INFILTRARSE EN LAS REFORMAS

En ese periodo, el control sobre la contabilidad de las causas crea irritación y divergencias dentro de la curia. Así, a comienzos de septiembre de 2013, manos anónimas hacen llegar al periodista católico Antonio Socci la carta incendiaria que el presidente de COSEA, Zahra, había dirigido el 3 de agosto al cardenal Versaldi para bloquear las cuentas. La misiva termina siendo fotografiada y publicada el 6 de septiembre en el periódico *Libero*, que le dedica dos páginas al asunto.

¿Quién ha filtrado los documentos a la prensa? El objetivo es desacreditar la seguridad y la reserva que mantienen los miembros de COSEA. El papa Francisco teme que surjan desagradables sorpresas. Por ello, encarga a su secretario privado, el maltés Alfred Xuereb, que pida explicaciones a Zahra. El diálogo es tenso, Zahra comprende que el Pontífice esté «muy preocupado», como contará él mismo después del encuentro. El papa Francisco tiene muy en cuenta las investigaciones de la comisión, y es muy consciente de que, sin un análisis profundo de la situación financiera, toda reforma resulta inviable.

Pese a todo, los gestos de confianza no faltan: la mañana del sábado 14 de septiembre el Papa recibe a todos los miembros de la comisión en la santa misa que celebra en la capilla de Santa Marta. Este es el día de la segunda reunión de COSEA. La petición para participar en la misa provino de don Alfredo Abbondi, jefe de la Prefectura, que no estaba seguro de recibir la aprobación en un corto periodo de tiempo. Solo cuatro días antes, monseñor Xuereb dio el visto bueno. El oficio religioso que se realiza en la residencia personal del Papa es siempre muy íntimo y está reservado a pocas personas. Francisco ratifica así la especial estima que siente por los componentes de COSEA. Una señal que inducirá a Zahra, al lunes siguiente, 16 de septiembre, a enviarle dos cartas reservadas al Pontífice. La primera es una breve actualización sobre las investigaciones en curso. La segunda, en cambio, resulta más espinosa. El presidente de la comisión aborda la cuestión de la filtración de los documentos. Su objetivo explícito consiste en tranquilizar al papa Francisco, y señala un posible fallo en la seguridad:

Su Santidad:
Quisiera referirme a vuestra preocupación sobre las cuestiones relativas a la reserva y seguridad de los documentos. Deseo confirmarle que estamos tomando todas las precauciones necesarias en cuanto a la máxima discreción y seguridad en la circulación de los mismos. Entre ellas, contar con una red específica para los teléfonos móviles, un servidor para los correos electrónicos y el uso de contraseñas. El desafortunado incidente de que una carta firmada [...] fue-

ra publicada en *Libero* el 6 de septiembre puede deberse al hecho de que estas cartas estaban adjuntas a otra enviada por el cardenal Amato a todos los postuladores de las Causas de los Santos dispersos por el mundo. Esto incrementaba el riesgo de difusión de este documento. Nos excusamos por haberle causado un motivo de preocupación y estamos reforzando nuestra seguridad sobre la cuestión de las cartas enviadas por nuestra comisión, recordando a los destinatarios que deben guardar la máxima reserva.

Vuestro siervo obediente, Zahra

La medida más inmediata sobre este particular se tomó en una reunión celebrada el 12 de octubre de 2013, cuando se constituyó un «equipo de trabajo para las comunicaciones»[21] con tres ambiciosos objetivos. El primero: controlar las relaciones de COSEA con los medios. Se trata de una actividad que seguirá siendo inexistente, debido al carácter delicado de las intervenciones previstas en la agenda. Luego se quiere «analizar en profundidad cómo está actualmente estructurado el sistema de las comunicaciones vaticanas» para cambiarlo de raíz, debido a las filtraciones continuas de noticias y al heterogéneo enfoque que los medios de todo el mundo ofrecen de la Santa Sede tras el escándalo *Vatileaks* [la filtración de documentos reservados de la Santa Sede que se hicieron públicos en mi libro *Las cartas secretas de Benedicto XVI*]. Por último, era necesario «estar en condiciones de hacer al Santo Padre las recomendaciones más apropiadas para aumentar la efectividad y eficacia de las comunicaciones vaticanas, internas y externas».

Los medios de comunicación constituyen uno de los frentes más delicados de controlar. De hecho, los enemigos son numerosos. Apenas un mes antes otro miembro de COSEA, el francés

---

[21] Como se deduce con claridad del primer párrafo del «Informe reservado sobre las decisiones operativas tomadas en la reunión n° 3» de la comisión COSEA.

Jean Videlain-Sevestre, había indicado sorpresivamente a otros colegas, mediante un correo electrónico redactado en un tono bastante grave, quiénes eran los hombres de confianza del Papa:

> Nuestras intervenciones pondrán en evidencia las carencias financieras y administrativas que los enemigos de la Iglesia tratan de revelar. Hablo de algunos gobiernos, algunos políticos y gran parte de los medios de comunicación. Por ejemplo, se debe evitar a toda costa que los masones se infiltren en los planes de acción.

El clima que se vive, bien descrito por Sevestre, es de asedio. No solo se teme y se combate la oposición interna a las reformas de Francisco, que ya empieza a emerger y que se presenta cada vez con más fuerza, sino que, además, Sevestre teme a las logias masónicas. La masonería sigue siempre con atención, y a veces con manifiesta hostilidad, las actividades financieras del Vaticano: los «hermanos masones» podrían «infiltrarse», como afirma el representante de la comisión, en los planes operativos para manipular la ejecución e impedir el logro de los objetivos.

Miedos similares surgen de las precauciones que se toman a la hora de seleccionar a los consultores y asesores que se sumarán a los grupos que realizan las investigaciones. Un ejemplo es el de la prestigiosa consultoría internacional Roland Berger, que después de una reunión con Sevestre en París el 14 de septiembre de 2013, propuso su candidatura como consultoría destacando aspectos en modo alguno secundarios:

> Ante todo, deseamos ratificar nuestro profundo apego a la Iglesia católica. […] Podéis estar seguros de la máxima discreción de los signatarios de esta carta, de su fe católica, de su no pertenencia a organizaciones contrarias a la Iglesia católica, sean estas masónicas o de otra naturaleza.

Estos son los recelos y las primeras señales de los boicots y las luchas que, en un clima cada vez más dramático, marcarán la labor de los hombres del Papa. Un ejemplo son las investigaciones sobre «la fábrica de los santos». Durarán meses, pero los efectos de la reforma del Papa sobre la congregación todavía hoy no dan sus frutos.

Quizá se espera que el cardenal Amato se jubile dentro de pocos meses, pero, quien le suceda en otoño ¿será realmente mejor?

3
LOS SECRETOS DEL ÓBOLO DE SAN PEDRO

LOS FASTOS DE LOS CARDENALES A COSTE CERO

En el palpitante corazón de la Iglesia hay un agujero negro que el papa Francisco descubre tras no pocas dificultades: una mala gestión que se convierte en una gran estafa. Gracias al equipo de trabajo que ha puesto en marcha con un golpe de mano sin precedentes, el Papa descubre que los gastos de la curia se sostienen por el uso de los fondos destinados a los más necesitados. Es un escándalo. El dinero que llega al Vaticano, enviado por los católicos de todo el mundo para obras de beneficencia, no acaba en los pobres, sino que sirve para tapar los agujeros financieros generados por algunos cardenales y hombres laicos que controlan el aparato burocrático de la Santa Sede.

Jorge Bergoglio eligió el nombre de Francisco porque la misión de su Iglesia debía ser exactamente la de Francisco de Asís: ayudar a los pobres. Desde su saludo inicial en la plaza de San Pedro, el Papa rechaza todos los oropeles y adopta a menudo costumbres menesterosas: invita a los desamparados a la Capilla Sixtina y pide a los responsables de los institutos religiosos y de los organismos dependientes de la Iglesia que hospeden en sus inmuebles en desuso (palacios, convictorios, dormitorios de los grandes seminarios…, es decir, en todos los inmuebles que han quedado vacíos por la crisis de la vocación) a todos aquellos que están más necesitados.

Además del rigor y la transparencia, la pobreza y la caridad son las palabras clave del pontificado y de su lenguaje pastoral. Todo ello con una sensibilidad que trata de transmitir y desarrollar sobre todo entre las monjas y los sacerdotes a partir de las cosas más pequeñas, más simples. Por ejemplo: el uso de los coches. Sobre esta cuestión se extiende en la audiencia general del 6 de julio de 2013: «Me duele ver a un cura o a una monja con el último modelo de coche», afirma Francisco. «Yo sé que el coche es necesario porque hay que hacer mucho trabajo e ir de aquí a allá, pero es mejor un coche humilde. Si os viene la tentación de un buen coche, pensad en los niños que se mueren de hambre… […] Justamente a vosotros, jóvenes, os asquea cuando un cura o una monja no son coherentes». Y empieza él por dar ejemplo. Cuando viaja a Lampedusa para abrazar a los refugiados que llegan de África utiliza un Fiat Campagnola ofrecido por un católico que vive en la isla, mientras en Asís, la tierra de san Francisco, emplea un Fiat Panda. Incluso «cuando un sacerdote veronés le regala un Renault 4, el Papa lo acepta, pero lo envía de inmediato al Pabellón de las Carrozas»[1].

Ante estos discursos y actitudes, inusitados en un Papa, son muchos los cardenales que, tras el desconcierto inicial, muestran su voluntad de alinearse con el nuevo Pontífice. Pero, en realidad, es una sintonía solo de palabras y amplias sonrisas. Los comentarios sarcásticos que circulan entre ellos permiten comprender el ambiente: «Han dejado la berlina en el garaje y ahora se desplazan en pequeños utilitarios, el 500 o el Fiat Panda, aunque sigan viviendo en los mismos palacios reales».

Basta comprobar dónde y cómo viven los purpurados que ocupan las posiciones más altas de la jerarquía para comprender

---

[1] Marco Politi, *Francesco tra i lupi*, Roma-Bari, Laterza, 2014.

adónde van a parar los fondos destinados a la beneficencia: a casas lujosas en el corazón de Roma —una realidad inimaginable para gran parte de los católicos— que provocarían la envidia de las mismísimas estrellas de Hollywood.

En la prensa se publicó la historia de la casa del cardenal Tarcisio Bertone, que, tras unir dos apartamentos situados en el último piso del palacio San Carlo en el Vaticano, hoy habita en una residencia de 700 metros cuadrados[2]. Pero esta es la regla, no la excepción. Los cardenales de la curia residen en moradas principescas de 400, 500 e incluso 600 metros cuadrados[3]. Viven solos o con alguna monja misionera que hace de secretaria, asistenta, cocinera y sirvienta (mejor si proviene de un país en vías de desarrollo). Son apartamentos que cuentan con estancias de todo tipo: de espera, de televisión, de baño, de recibimiento, de té, de oración, de archivo, del secretario, de biblioteca. Y, además, dormitorios, cocinas y bodegas. Residencias en edificios de fábula, como el espléndido palacio del Santo Oficio, detrás de la columnata de la plaza de San Pedro, que se remonta al siglo XVI y que, durante un tiempo, alojó al tribunal del Santo Oficio.

---

[2] El purpurado siempre ha desmentido la amplitud del apartamento que ocupa, indicando que es de «solo» 350 metros cuadrados, pero algunos diarios italianos han confirmado la noticia, y el 13 de diciembre de 2014 Francesco Antonio Grana escribió: «No han sido pocas las polémicas sobre las notables dimensiones del apartamento de Bertone, siempre desmentidas con insistencia por el nuevo inquilino. De hecho, para el purpurado, habían sido dos apartamentos: el que perteneció al excomandante de la Gendarmería Vaticana, Camillo Cibin, muerto en 2009, que todavía era ocupado por su viuda, y el de monseñor Bruno Bertagna, fallecido en una clínica de Parma en 2013, que hasta 2010 había sido vicepresidente del Consejo Pontificio para los textos legislativos». Una suma matemática de las medidas correspondientes a las numerosas estancias que no da lugar a réplicas, a pesar de que el purpurado siempre haya reaccionado con vehemencia a quien le hacía notar que no estaba en plena sintonía con las preferencias «pauperistas» del papa Francisco

[3] Los datos aquí indicados sobre los cardenales arrendatarios se remontan a la época en que Francisco ordenó los controles, es decir, 2013-2014.

Aquí, el apartamento más grande de 445 metros cuadrados aloja al cardenal Velasio De Paolis, fiel colaborador de Ratzinger y presidente emérito de la Prefectura de los Asuntos Económicos de la Santa Sede. Con una casa de 409 metros cuadrados le hace compañía el cardenal esloveno Franc Rodé, de ochenta y un años, exarzobispo de Liubliana y amigo personal de Marcial Maciel Degollado, el fundador de los Legionarios de Cristo suspendido del sacerdocio por graves actos de pedofilia[4]. Es uno de los miembros, entre otros, del Consejo Pontificio de la Cultura. El cardenal Kurt Koch, en cambio, presidente del Pontificio Consejo para la Promoción de la Unidad de los Cristianos, debe contentarse con una casa de 356 metros cuadrados[5].

Otro grupo de purpurados se encuentra a poca distancia, al otro lado de la plaza de San Pedro, en un hermoso palacio en via Rusticucci, a unos pasos de via Conciliazione. Estamos en el corazón de la ciudad eterna. Aquí destaca la residencia de 500 metros cuadrados del canadiense Marc Ouellet, nacido en 1944, prefecto de la Congregación para los Obispos y presidente de la Pontificia Comisión para América Latina. El cardenal Sergio Sebastiani, de ochenta y cuatro años, miembro de la Congregación para

---

[4] El 19 de mayo de 2006, después de una investigación canónica que duró más de un año, la Congregación para la Doctrina de la Fe infligió a Maciel la pena de la renuncia a todo ministerio público, imponiéndole una vida reservada de oración y de penitencia por los actos de pedofilia cometidos contra los seminaristas de su congregación. La decisión fue aprobada personalmente por el papa Benedicto XVI.

[5] Los otros residentes vecinos del palacio del Santo Oficio son casi todos purpurados o monseñores de alto rango: el cardenal Francesco Coccopalmerio, presidente del Consejo Pontificio para los Textos Legislativos (265 metros cuadrados); el exsecretario de Raztinger, monseñor Josef Clemens (226 metros cuadrados); el cardenal Paul J. Cordes (259 metros cuadrados), jefe de la Comisión Disciplinaria de la curia romana; el obispo Giorgio Corbellini (204 metros cuadrados) para terminar con el purpurado Elio Sgreccia, uno de los bioéticos más famosos en el mundo. Un hombre de ochenta y siete años que vive en 149 metros cuadrados.

los Obispos y de la Congregación para las Causas de los Santos, vive en 424 metros cuadrados. Es conveniente recordar que los purpurados que superan los ochenta años conservan un papel sobre todo simbólico y ya no tienen derecho al voto en el cónclave por exceder el límite de edad.

El estadounidense Raymond Leo Burke, nacido en 1948 y patrono de la soberana orden militar de Malta, habita a sus anchas en 417 metros cuadrados, así como el polaco Zenon Grocholewski, prefecto emérito de la Congregación para la Educación Católica, que se aloja en una residencia de 405 metros cuadrados. A pocos pasos, siempre en el barrio romano de Borgo Pio, vive el cardenal norteamericano William Joseph Levada, nacido en Long Beach en 1936 y seguidor fidelísimo de Ratzinger, que en 2005 lo designó su sucesor como prefecto de la Congregación para la Doctrina de la Fe. En 2006, Levada fue convocado para dar testimonio en San Francisco acerca de los abusos sexuales cometidos contra menores por algunos sacerdotes de la archidiócesis de Portland, donde él fue arzobispo entre 1986 y 1995. Era la autoridad responsable de los sacerdotes que luego resultaron culpables de abusos. En todo este escenario, la morada del papa Francisco en Santa Marta resulta casi una cabaña: no llega a 50 metros cuadrados.

Pero los privilegios de los cardenales no terminan aquí; de hecho, no pagan el alquiler, sino tan solo los gastos de comunidad mientras desempeñan cargos en la curia. Posteriormente pagan un alquiler irrisorio de entre siete y diez euros por metro cuadrado. Es frecuente que los insignes purpurados sigan desempeñando tareas en alguno de los dicasterios, lo que les permite continuar beneficiándose de un alquiler a «coste cero». La justificación más frecuente que aducen los implicados frente a las críticas por las dimensiones de las viviendas es la necesidad de disponer de varios dormitorios para alojar a tres, e incluso cuatro, monjas encargadas del cuidado personal del purpurado y de las labores del hogar.

Los cardenales de la curia están al frente de los organismos más importantes de la Santa Sede y controlan el corazón de la Iglesia en el mundo. De aquí surge la acción evangélica y, sobre todo, de beneficencia, de acuerdo con el dictamen del papa Francisco, una acción que se debería difundir en todas partes. Pero, en realidad, las cosas suceden de un modo muy diferente.

¿ADÓNDE VA EL DINERO DE LOS POBRES?

El ejemplo más escandaloso es el Óbolo de San Pedro. ¿De qué se trata? «Es una ayuda económica que los fieles ofrecen al Santo Padre —explica la página web del Vaticano— como expresión de apoyo a la solicitud del Sucesor de Pedro por las múltiples necesidades de la Iglesia Universal y las obras de caridad en favor de los más necesitados. [...] Las donaciones están destinadas a las obras eclesiásticas, a las iniciativas humanitarias y de promoción social, así como al mantenimiento de las actividades de la Santa Sede. [...] Los donativos de los fieles al Santo Padre se emplean en obras misioneras, iniciativas humanitarias y de promoción social, así como también en sostener las actividades de la Santa Sede. El Papa, como Pastor de toda la Iglesia, se preocupa también de las necesidades materiales de diócesis pobres, institutos religiosos y fieles en dificultad (pobres, niños, ancianos, marginados, víctimas de guerra y desastres naturales; ayudas particulares a Obispos o Diócesis necesitadas, para la educación católica, a prófugos y emigrantes...)».

Los pontífices siempre han valorado la misión caritativa de esta iniciativa, apelando a la generosidad de los fieles. «Es la expresión más típica —destacaba Benedicto XVI— de la participación de todos los fieles en las iniciativas del obispo de Roma»[6]

---

[6] Y en su discurso del 25 de febrero de 2006 ante los socios del Círculo de San Pedro, Benedicto XVI destacó que «este gesto no solo tiene valor prác-

El valor central de la caridad también se encuentra en la encíclica *Deus caritas est* (2006), en la que Ratzinger destaca que «la Iglesia nunca puede sentirse dispensada del ejercicio de la caridad como actividad organizada de los creyentes y, por otro lado, nunca habrá situaciones en las que no haga falta la caridad de cada cristiano individualmente, porque el hombre, más allá de la justicia, tiene y tendrá siempre necesidad de amor»[7].

Sin embargo, en los presupuestos y cuentas —que hemos podido consultar directamente—, se descubre que la gestión de este Óbolo resulta un misterio, rodeado por el más impenetrable secreto. Cada año se difunden públicamente los datos de la colecta, pero no se explica cómo se gestiona. En otras palabras, se dice cuánto dinero llega de parte de los fieles pero no se revela cómo se gasta. Sobre este punto siempre se ha mantenido la más absoluta reserva.

Por lo cual se inicia la operación de verificación del equipo de trabajo de Francisco. Los miembros de la comisión pontificia COSEA quieren ver las cosas con claridad, pues intuyen que está en juego una partida decisiva de cuyo éxito depende incluso su propio futuro. Comprenden que hay algo sospechoso cuando, después de la carta de julio de 2013 en la que el responsable de la Prefectura Versaldi solicitó los presupuestos, datos y documentos a todos los organismos del Vaticano, sobre el Óbolo no llegó

---

tico, sino también una gran fuerza simbólica, como signo de comunión con el Papa y de solidaridad con las necesidades de los hermanos».

[7] Aún más claro, Juan Pablo II, en su discurso ante el Círculo de San Pedro —el 28 de febrero de 2003—, expresó: «Conocéis las crecientes necesidades del apostolado, las exigencias de las comunidades eclesiales, especialmente en tierras de misión, y las peticiones de ayuda que llegan de poblaciones, personas y familias que se encuentran en condiciones precarias. Muchos esperan de la Sede Apostólica un apoyo que, a menudo, no logran encontrar en otra parte. Desde esta perspectiva, el Óbolo constituye una verdadera participación en la acción evangelizadora, especialmente si se consideran el sentido y la importancia de compartir concretamente la solicitud de la Iglesia Universal».

ninguna respuesta. Ni en el plazo indicado por el purpurado ni durante todo el otoño. Solo alguna alusión informal y evasiva, pero nada por escrito. Ningún documento claro, formal, exhaustivo.

¿Se trata de la típica actitud esgrimida para ganar tiempo y desviar la atención del problema que se desea eludir? En estos casos, antes que responder negativamente, se prefiere dar señales parciales, implicar a otras personas o fingir que no se comprende algo, afirmando, quizá, que los documentos se han perdido. Una estrategia aparentemente casual que, sin embargo, debe de haber despertado las sospechas de los miembros de COSEA y de los consultores financieros de McKinsey, KPMG y el Promontory Financial Group contratados por la comisión del Papa. La cuestión roza el incidente diplomático dentro de la curia. Aquí lo vamos a relatar para poder comprender bien el clima de hostilidad en el que se mueve el papa Francisco. Hemos podido reconstruir todos los pormenores gracias a los documentos a los que hemos tenido acceso.

Todo empieza en diciembre de 2013, cuando resulta completamente insatisfactoria la colaboración demostrada por la Secretaría de Estado y por el APSA. El 2 de diciembre, en una carta enviada al reverendo Alfred Xuereb, el secretario particular del Papa, COSEA solicita la intervención directa del Pontífice:

Reverendísimo monseñor:
Entre las tareas que nos aguardan, a la mayor brevedad figura la verificación de las actividades y el papel que la Secretaría de Estado desempeña en el nivel económico y administrativo. Al respecto, ya se había llegado a un acuerdo en una reunión con el secretario de Estado, Tarcisio Bertone [el número uno de la Secretaría de Estado que renunció a su cargo por haber superado la mayoría de edad. En su puesto, el papa Francisco designó al cardenal Pietro Parolin, que tomó posesión de sus funciones el 15 de octubre de 2013]. De todo lo tratado en el encuentro, se desprende que podría ser útil un acto *ad hoc* que, de un modo explícito y formalmente inequívoco, con-

firme esa voluntad de parte de la autoridad superior. Si bien esto podría parecer redundante respecto al claro propósito del quirógrafo pontificio instituyente de esta comisión [es decir, el documento formal por el cual se instituyó la comisión y en el cual se establece que cada uno de sus actos responde a la voluntad del propio Papa], un acto semejante permitiría realizar un rápido, sereno y provechoso desarrollo de las tareas. Le expreso mi particular gratitud por el servicio singularmente devoto y fiel prestado por usted ante el Sumo Pontífice y en beneficio de toda la Iglesia.

El miedo es que la inercia y las reticencias puedan paralizar las investigaciones. No obstante, la carta no produce el efecto deseado, pues la situación no se desbloquea. De hecho, el 18 de diciembre, el funcionario Filippo Sciorilli Borrelli —de la consultoría McKinsey de Zúrich—, uno de los consultores externos de COSEA, emprende otra acción para dilucidar el asunto. Logra concertar una cita, para el día siguiente a las diez, con monseñor Alberto Perlasca, el hombre que en la Secretaría de Estado se ocupa precisamente del Óbolo de San Pedro. Para evitar los interminables reenvíos a través del correo electrónico, Borrelli indica punto por punto qué datos y documentos pedirá sobre las cuentas corrientes y los asientos del Óbolo. Su mensaje por *e-mail* es remitido a las 14:09. A las 14:16 llega la gélida respuesta del prelado. En total, diecinueve palabras:

Muy bien. Mejor a las 9:30. En cuanto a las preguntas, se verá cómo responder y si corresponde. Cordialmente.

Al día siguiente, 19 de diciembre, el equipo de consultores —Ulrich Schlickewei, de McKinsey, la colega de KPMG, Claudia Ciocca, y Carlo Comporti, de Promontory— se encuentra en el Vaticano con monseñor Perlasca. Esperan respuestas. Quieren saber dónde termina el dinero ofrendado por los fieles. La reunión es amable, los tres laicos formulan numerosas preguntas.

Pero las respuestas no satisfacen. Al salir, los técnicos de la comisión se miran estupefactos y apenados. La tensión crece con el paso de los minutos. Es un muro de piedra que parece impenetrable. Una vez en la oficina, los funcionarios deciden poner sobre aviso al presidente Zahra:

> Queridísimo,
> Hoy hemos tenido un encuentro con monseñor Perlasca para alcanzar una mejor comprensión del uso del Óbolo de San Pedro. La reunión ha sido muy cordial, pero no hemos obtenido más información sobre este punto. Se dice que una parte del Óbolo ha sido utilizada para pagar el déficit de la curia y otra parte para las obligaciones del Santo Padre, pero no para acumular reservas. A la solicitud de mayores detalles, no nos ha querido revelar nada más.

¿Por qué tanto misterio? Sin esos datos se corre el riesgo de obstaculizar la investigación sobre las finanzas del Vaticano. Investigación, recordemos, promovida directamente por el Santo Padre. La inquietud aumenta. El presidente Zahra recibe otras quejas, siempre de parte de los consultores:

> Una primera área sospechosa es, sin duda, el Óbolo de San Pedro, donde no nos han dado acceso a una visión completa ni de las colectas ni de la gestión de esos fondos [estamos hablando de al menos 30-40 millones de euros, o sea las entradas netas totales menos la financiación de la Secretaría de Estado y del APSA]. Una segunda área es, dicho en pocas palabras, «lo que no nos están diciendo». No sabemos si otros fondos o bienes se han mantenido fuera del presupuesto de la Secretaría de Estado, además del Óbolo de San Pedro.

LAS DONACIONES DE LOS FIELES TERMINAN EN LAS ARCAS DE LA CURIA

Ya han pasado cinco meses desde la primera solicitud y permanecemos en el mismo punto de partida. Todavía no se sabe si existen fondos que se han mantenido al margen de la contabilidad de los presupuestos. El 3 de enero de 2014 se solicitaron informes a las más altas jerarquías eclesiásticas en la curia. Con una carta muy firme, la petición de aclaración se envía directamente al nuevo secretario de Estado, monseñor Pietro Parolin. En la misiva, monseñor Vallejo Balda, coordinador de la comisión, hace referencia expresa al deseo del Papa en dos ocasiones:

Reverendísima Excelencia:

Hace tiempo que, en cumplimiento de las tareas asignadas por el Santo Padre a esta comisión pontificia, se desarrolla una amplia actividad de revisión en los principales organismos de la Santa Sede que realizan operaciones relevantes a nivel económico y administrativo. Se ha constatado con placer el haber encontrado, en casi todas partes, una acogida cordial y una colaboración eficaz, signo de una profunda conciencia y de una leal adhesión a los *desiderata* de Su Santidad. Esta actividad involucra necesariamente al Ente por él dirigido. De acuerdo con todo lo establecido en el documento pontificio constitutivo de esta Comisión, solicito cortésmente que se den las indicaciones necesarias, a fin de que sea puesta a disposición de los investigadores toda la documentación, sea en papel o en soporte digital, concerniente a la lista adjunta. Como usted bien sabe, trabajamos con el tiempo justo; por consiguiente pedimos que esa documentación sea entregada antes del 10 de enero próximo. Mientras tanto, quedo a su disposición para cualquier necesidad. Le agradezco desde ya la cordial colaboración que sin duda me ofrecerá, y aprovecho la circunstancia para confirmarme como el devoto servidor de vuestra Reverendísima Excelencia. Monseñor Vallejo Balda.

Adjunta a la carta, Parolin encontrará una lista de 25 organismos de los cuales todavía se espera la documentación[8]. Pero el equipo

---

[8] Es extensa la lista de organismos, fundaciones y sociedades que se pretenden controlar y que todavía no han enviado la documentación requerida. De hecho, en la carta a monseñor Parolin se había solicitado:

de trabajo del Papa pretende, sobre todo, recibir una respuesta respecto a los dos últimos puntos:

No hemos tenido a nuestra disposición la lista de las cuentas corrientes, títulos y similares a nombre de la Secretaría de Estado

---

- El presupuesto (o similar) y el reglamento de las siguientes entidades:
  - Hospital Pediátrico Niño Jesús.
  - Fundación Casa Sollievo della Sofferenza.
  - Basílica Papal de San Paolo Fuori le Mura.
  - Basílica de San Pedro/Fábrica de San Pedro (no tenemos el reglamento).
    Otras entidades sobre las cuales no hemos encontrado información financiera/contable son:
  - Pontificie Opere Missionarie (disponemos solamente del libro publicado sobre los ingresos).
  - Fondos de Postuladores de las Causas de los Santos (detalle de las cuentas en el IOR/presupuestos individuales).
  - Presupuesto completo 2012 de Pia Opera (entidad dependiente de Propaganda Fide. Solo hemos obtenido información financiera específica).
  - Parroquia Pontificia de Castel Gandolfo.
  - Parroquia Pontificia S. Anna en Vaticano.
  - Penitenciario Lateranense.
  - Penitenciario Liberiano.
  - Penitenciario Vaticano.
  - Seminario Pontificio Romano Minore.
  - Fundación Benedicto XVI Pro Matrimonio y Familia.
  - Fundación Juan Pablo II para el Sahel.
  - Fundación Juan Pablo II para la Juventud.
  - Fundación San Matteo en memoria del Card. Van Thuan.
  - Fundación Autónoma Dispensario Pediátrico Santa Marta.
  - Fundación Pío XII para el Apostolado de los Laicos.
  - Fundación para los bienes y las actividades artísticas de la Iglesia.
  - Fundación Santa Josephina Bakhita.
  - Fundación San Miguel Arcángel.
  - Fundación Cardenal Salvatore de Giorgi.
  - Fundación Ciencia y Fe.
  - Fondo Financiero Ennio Francia.

(o cualquier otra actividad), ni la visión completa de la gestión de los fondos recaudados (salidas, inversiones, etcétera) del Óbolo de San Pedro y otras fuentes de ingresos.

El presidente de la comisión, Zahra, es muy consciente de que los datos recibidos resultan todavía insuficientes. Aguarda con impaciencia una respuesta de la Secretaría de Estado. Sin esa información resultará imposible ver con claridad la situación y proponer una reforma factible. Después de haber esperado inútilmente una vez más, el 16 de enero prepara una alarmante carta para el papa Francisco:

Su Santidad:

Con pena le comunico que su Comisión no está en condiciones de completar un cuadro de la situación financiera vigente de la Santa Sede debido a la falta de datos fundamentales. Hemos pedido a monseñor Parolin una lista de las cuentas corrientes de la Secretaría de Estado y de las inversiones efectuadas en obligaciones, fondos y acciones, además de informaciones relativas a otras cuentas, como el Óbolo de San Pedro, pero estas nunca nos han sido remitidas. Somos conscientes de que se podrían mantener reservadas algunas de estas cuentas, pero la Secretaría no está dispuesta a compartir las informaciones financieras sobre todas las cuentas.

Sin un cuadro completo de la situación financiera de la Santa Sede, su Comisión no está en condiciones de evaluar los diferentes riesgos presentes en la administración económica del Vaticano. Esta es una parte vital de la labor de la Comisión, y los miembros no pueden cumplir con su tarea si no se toma en consideración esta evaluación de los riesgos para el Vaticano. Estaremos muy agradecidos si nos da indicaciones sobre este tema, puesto que no deseamos decepcionar a Vuestra Santidad, por no estar informados en este importante aspecto de nuestra misión. Solicitamos humildemente vuestra bendición.

Gracias a la intervención directa del papa Francisco, o a las presiones sobre Parolin y Xuereb, el 30 de enero llega finalmente la respuesta tan esperada. La Secretaría de Estado entrega un expediente de veintinueve páginas con un título más que elocuente: «Sagrado presupuesto». En el primer documento reservado que hemos tenido la posibilidad de leer se destaca que:

> El Óbolo consiste en la tradicional colecta de las donaciones efectuadas en las festividades de los santos Pedro y Pablo. El Óbolo es confiado a una oficina específica de la sección de asuntos generales de la Secretaría de Estado, que es la encargada de gestionar la colecta de las donaciones para las obras de beneficencia del Santo Padre y para la Santa Sede. [...]

Luego, la Secretaría de Estado precisa que esos datos están protegidos por el máximo secreto:

> Si bien se ha publicado una rendición de cuentas anual de las entradas relativas al Óbolo de San Pedro, es cierto también que se ha mantenido hasta ahora una absoluta reserva por respeto a las indicaciones de los Superiores y sobre su uso, ya que el Óbolo está excluido del presupuesto consolidado de la Santa Sede.

En la práctica, las donaciones para los pobres siguen estando en un agujero negro. El hecho de cómo se gastan las sumas es un secreto absoluto y solo se hace una «rendición de cuentas» sobre cuánto se recauda, evitando de este modo contabilizar los importes en los presupuestos oficiales. Una opción dictada por «respeto a las indicaciones de los superiores», sean del secretario de Estado o del Papa precedente. ¿Por qué tanto misterio? ¿Dónde van esas sumas? He aquí la respuesta, sin detalles pero muy ilustrativa:

> La colecta se utiliza para las iniciativas caritativas y/o los proyectos específicos señalados por el Santo Padre (14,1 millones), para la transferencia de las donaciones con una finalidad específica (6,9 millones) y para el mantenimiento de la curia romana

(28,9 millones), además de la suma reservada para el fondo del Óbolo (6,3 millones)[9].

Esto significa que la otra mitad de las donaciones que llegan de los fieles de todo el mundo, y que deberían destinarse a los más necesitados, termina en las arcas de la curia. Para ser más precisos, se trata del 58 %, si no consideramos la suma reservada. Un porcentaje importante que, en realidad, se ha calculado por defecto y que puede ser considerablemente mayor.

Si analizamos el documento y vemos concepto por concepto las «donaciones al Santo Padre», comprobamos con claridad que Benedicto XVI empleó esos 14,1 millones para sanear las cuentas de la Santa Sede antes que para obras de beneficencia. En efecto, 5,5 millones fueron a la imprenta, un millón a la biblioteca y 309.000 euros a las fundaciones. Importes destinados a organismos y estructuras dentro de los muros vaticanos. En síntesis, de los 53,2 millones recaudados con el Óbolo en 2012, a los cuales se suman tres millones de intereses, unos 35,7 millones (67 %) se gastaron en la curia y otros 6,3 millones (12,4 %) quedaron sin utilizar, acumulados como reserva en el fondo del Óbolo de San Pedro.

LAS CUENTAS EN ROJO

Por cada euro que llega al Santo Padre, apenas veinte céntimos terminan en proyectos concretos de ayuda a los pobres. Todo ello debido a que la situación en los palacios vaticanos está fuera de control. De hecho, casi todas las entidades en las que el exsecretario de Estado Tarcisio Bertone —con el visto bueno de Benedicto XVI— colocó a cardenales italianos de su confianza muestran las cuentas en rojo:

---

[9] Los importes indicados en el documento corresponden a 2012.

Los cuadros en los que se resume la situación financiera evidencian que 2012 se cerró con un déficit de 28,9 millones de euros debido a la diferencia entre los ingresos, de 92,8 millones, y los gastos, por un valor de 121,7 millones. Estos últimos están constituidos por 66 millones del déficit presupuestario del APSA [gestión inmobiliaria], 25 millones por el déficit de Radio Vaticano; 25,4 millones por la gestión de las representaciones pontificias y 5,3 millones por el funcionamiento y los gastos directos de la Secretaría de Estado. En cuanto a las entradas, la Secretaría de Estado ajusta mensualmente, y en forma anticipada, el déficit del APSA y, en un sentido más amplio, el de la curia romana, que, con sus propios recursos, no está en condiciones de alcanzar el deseado equilibrio presupuestario.

Por tanto, cada año la Secretaría de Estado debe recurrir a los ingentes capitales que obtiene directamente de las donaciones de los fieles al Santo Padre:

Así pues, la Secretaría de Estado se ve obligada a recurrir, cada año, a los recursos propios del Óbolo de San Pedro, sustrayéndole una parte considerable para el mantenimiento de la curia romana, sobre todo para cubrir los gastos del personal allí empleado, que constituye el gasto más importante. [...] En el transcurso de los años, la Secretaría de Estado ha asumido, de hecho y por necesidad, el papel de un organismo financiero por medio del uso «indebido» del Óbolo, mientras obtiene otros recursos a través de las representaciones pontificias que constituyen el enlace entre la Santa Sede y las conferencias episcopales, así como con las diócesis del mundo.

Esta es la noticia más terrible que puede escuchar un Papa que ha elegido con humildad el nombre del santo de los pobres.

¿Por qué no se invierten las sumas recaudadas en vez de reservarlas? Estamos en condiciones de afirmar que los 377,9 millones de las reservas del fondo del Óbolo de San Pedro se distribuyen en cuentas corrientes de doce bancos diferentes: las cifras más importantes se depositan en el IOR (89,5 millones) y en Fineco di Unicredit (78,5 millones). En las cámaras de seguridad de Merrill Llynch «descansan», aproximadamente, 58 millones de euros. En el Credit Suisse hay 46,5 millones. Entre 2011 y 2012 todo este dinero produjo intereses verdaderamente modestos: 2.979.015 millones de euros; en la práctica, ni siquiera el 1 %. Es un interés tan bajo que roza el ridículo. ¿Por qué? Y más importante, ¿por qué no se utiliza ese dinero?

TRECE PREGUNTAS QUE HAN QUEDADO SIN RESPUESTA

El documento deja sin palabras a los hombres del Papa. Al observar con atención los datos enviados, los consultores financieros que trabajan para la comisión del Pontífice encuentran numerosas anomalías, errores al menos aparentes y varias incongruencias. Después de algunos días dedicados a los controles, en la tarde del 10 de febrero de 2014, Filippo Sciorilli Borrelli, de McKinsey, toma la iniciativa. El consultor envía a Zahra trece preguntas sobre las cuentas de la Secretaría de Estado. Problemas puntuales sobre los depósitos, sobre los gastos y sobre la verdadera gestión del Óbolo. La primera concierne a los intereses, que son demasiado bajos. ¿Cómo es posible? Las comprobaciones de Borrelli no dejan lugar a la duda:

> En el documento se declara que la tasa de interés medio anual reconocida por el IOR para los depósitos en el fondo del Óbolo era de tres millones de euros en 2012. En ese año se habían depositado 89,5 millones en el IOR, ¿eso significa que la tasa era del 3 %? ¿Esta afirmación es verdadera o falsa?

Si es verdadera, y no hay motivos para dudar, no se comprende «que sea este el interés sobre los otros depósitos mencionados (por ejemplo, los 58 millones en Merrill Lynch). Si en cambio es falsa, ¿cómo se explica que la tasa de interés sea apenas del 1 %

del total de los fondos invertidos (en 2012, tres millones de intereses sobre una base de 377,9 millones de euros)?».

Borrelli se pregunta: ¿por qué la transferencia anual efectuada por el Santo Padre *L'Osservatore Romano* (5,3 millones en 2011 y 5,6 millones en 2012) «no aparece bajo la denominación "cobertura del déficit", también incluida en el déficit de la curia»? Aún más, «¿a qué corresponde la expresión Óbolo con reparto de 7,3 millones en 2012 y 2,1 millones en 2011?». Por último, si consideramos el dinero que se depositó en los diferentes bancos correspondiente a los 371,6 millones indicados como reserva para el fondo del Óbolo (2011), nos encontramos con solo 353,4 millones, «igual a un desajuste de 18,2 millones de euros. ¿Cómo se explica esta diferencia negativa?»[10]. ¿Adónde fueron a parar esos 18 millones?

Las preguntas continúan y continuarán sin respuestas. Las trece preguntas formuladas y compartidas en COSEA nunca llegarán a ser oficiales. Jamás saldrán a la luz, ni siquiera de esa «Área 10» que custodia los secretos más importantes de la labor de la comisión. Así pues, debemos contentarnos con informaciones parciales y a menudo desconcertantes. Es difícil indicar el motivo exacto. Algunos, en los palacios sagrados, sostienen que reside en el vértice de la comisión o en la Secretaría de Estado,

---

[10] Las preguntas del consultor de McKinsey penden también sobre otros temas, como los gastos de las nunciaturas: «¿Entre los 5,5 millones de euros en gastos extraordinarios también está incluido el coste por la adquisición de los edificios de las nunciaturas (por ejemplo, de la nunciatura rusa)? APSA posee todos los edificios de las nunciaturas por el valor de un euro. ¿Cómo funciona desde un punto de vista contable, si se consideran las sumas que la Secretaría debe gastar para adquirir los inmuebles? ¿Se trata de una donación ulterior en favor de APSA? ¿Qué sucede cuando el inmueble se vende, en quién revierten los beneficios? ¿Por qué el nombre de las cuentas del "Fondo Óbolo de San Pedro" varía de acuerdo con la institución financiera que las posee (por ejemplo, en 2012 una cuenta de 20 millones de euros responde al nombre de "Óbolo de San Pedro"; otra de 264 millones se denomina "Secretaría de Estado", y una de más de 95 millones tiene otro nombre)?».

donde ha circulado el habitual lema esgrimido para cortar de raíz cualquier cuestión de consecuencias imprevisibles: se ha dado demasiado poder a los laicos y a los consultores financieros, y su supervisión está excediendo el mandato recibido. En pocas palabras, están exagerando. Ha llegado la hora de poner fin a todas estas preguntas.

Esto mismo le sucedió a Ettore Gotti Tedeschi cuando, el entonces presidente de IOR, trató de valerse de los consultores más autorizados sobre antiblanqueo de capitales —provenientes del Banco de Italia— para permitir el ingreso del Vaticano en la *white list*, es decir, la lista de países que respetan las reglas de la honradez financiera. Benedicto XVI sufrió la influencia de los bertonianos, que deslegitimaron el plan de Gotti Tedeschi. Sostenían que habría expuesto al Vaticano a una peligrosa injerencia por parte del banco central de un estado extranjero. Como dicta la tradición, en la curia la influencia y el poder de un laico son infinitamente inferiores a los de un religioso, sea un cardenal o sea un simple sacerdote, capaz de controlar los presupuestos y datos contables.

LAS CUENTAS CORRIENTES SECRETAS DE LOS PAPAS

La Secretaría de Estado muestra una situación financiera negativa e incluso confusa. Basta ver la telaraña de las cuentas corrientes abiertas en los diversos bancos. Después de quince años, aún siguen activas cuatro cuentas corrientes a nombre del Jubileo de 2000. De estas cuentas, dos fueron abiertas en el APSA, donde la Secretaría de Estado posee otras ocho. Entre estas últimas hay una que se describe como «Radio Vaticano, redacción eslovaca», con un saldo de 134.000 dólares.

¿Y el Pontífice? ¿Tiene una cuenta corriente propia? Sobre este tema no se ha conocido la verdad en décadas. Se han difundido teorías poco creíbles, seguidas luego de desmentidos y

especulaciones aún más fantasiosos. En las cartas reservadas foto-
copiadas por Paolo Gabriele, el mayordomo de Benedicto XVI,
y publicadas en mi libro *Las cartas secretas de Benedicto XVI*, se
puede comprobar que Ratzinger dispuso el 10 de octubre de 2007
la apertura de la cuenta número 39887 en el IOR, adonde iba a
parar el 50 % de los derechos de autor de 130 obras publicadas
por una sociedad[11]. A través de los años, en esa cuenta confluye-
ron importantes sumas, como los 2,4 millones de euros entrega-
dos en marzo de 2010 por parte de la Fundación Vaticana Joseph
Ratzinger Benedicto XVI.

De los documentos inéditos enviados a comienzos de 2014
por la Secretaría de Estado para las verificaciones contables,
emerge una verdad que hasta el presente nadie había podido reve-
lar. Cada Papa tiene su propia cuenta personal. En muchos casos,
esta cuenta sigue abierta incluso después de su muerte. Son, precisamente, las cuentas que se atribuyen a pontífices ya fallecidos
las más misteriosas, con sumas obviamente convertidas en euros.
Por ejemplo, todavía está abierta la cuenta número 26400-018,
que corresponde al papa Juan Pablo I (Albino Luciani). Esa cuenta se denomina, literalmente, «Su Santidad Juan Pablo I». Presenta un saldo de 110.864 euros. ¿Quién la gestiona?

Casi treinta y siete años después de su desaparición, resultan
extraños dos depósitos atribuidos al predecesor del papa Luciani, Pablo VI (Giovanni Battista Montini), recientemente beatifi-
cado. De los documentos que hemos podido leer, la «Cuenta
personal de Pablo VI», la número 26400-042, tiene un saldo
de 125.310 euros, y otra cuenta, la número 26400-035, un saldo de
296.151 dólares. Evidentemente, Montini prefería diversificar sus

---

[11] «Se trata de la gemela de la homónima Stiftung alemana, abierta en el
otoño de 2008 con sede en Múnich y cuenta corriente en la Hauck & Aufhäu-
ser, impenetrable banco privado con filiales en Luxemburgo, Suiza y Alemania», como ya destaqué en *Las cartas secretas de Benedicto XVI,* Ediciones Martínez Roca, Madrid, 2012, página 119.

depósitos en varias monedas para tener las espaldas cubiertas en caso de devaluaciones o crisis.

Las espinosas cuestiones que plantean estas cuentas corrientes y muchas otras similares siguen todavía hoy sin una respuesta creíble. Si verdaderamente están a nombre de personas fallecidas, esas cuentas deberían desaparecer, algo que no ha sucedido, y estamos hablando de que en muchos casos han transcurrido muchísimos años. ¿Esas cuentas están todavía activas? ¿Alguien mueve en ellas sumas de dinero? ¿Tal vez un heredero? ¿Con qué derecho dispone de una cuenta en el IOR cuando ningún laico podría hacerlo? Ninguna de estas preguntas llegará hasta monseñor Peter Wells, asesor para los Asuntos Generales de la Secretaría de Estado, ni tampoco a su superior, monseñor Angelo Becciu, sustituto para los Asuntos Generales de la Secretaría de Estado, último baluarte de la vieja guardia.

4
DEL VATICANO A LA CÁRCEL

EL CARDENAL RAMBO QUE AVERGÜENZA A LA CURIA

El Óbolo de San Pedro no es el único agujero negro entre los balances financieros de la Santa Sede. Un agujero negro alimentado, como hemos visto, por informaciones siempre parciales y llenas de lagunas. Toda la gestión económica de los palacios vaticanos llega a COSEA viciada por zonas oscuras y datos difíciles de leer e interpretar. El equipo de trabajo que quería Francisco se encuentra con evidentes problemas. Cualquier acción, incluso la más astuta y sorprendente, encuentra siempre una reacción igualmente inteligente y original. No hay ingenuidad alguna en lo que hacen las cúpulas que controlan las finanzas del Vaticano. Si no, ¿por qué esconder los naipes y ocultarse detrás de un silencio incomprensible?

Esos purpurados que han sido descritos como malos administradores más por inexperiencia en materia financiera y administrativa que por *malagestio* voluntaria —como había hecho notar en la reunión del 3 de julio de 2013 el cardenal Agostino Vallini al pedir más indulgencia por parte del Santo Padre hacia sus colegas—, se convierten en funcionarios más que lúcidos a la hora de esquivar a quienes fueron designados para controlarlos. Resultado: transcurridos más de seis meses desde el nacimiento de la comisión, el Papa no tiene aún una visión completa y precisa del estado de salud de las finanzas del Vaticano. El Santo Padre no logra saber con precisión qué fondos puede destinar verdaderamente a la caridad, a las misiones, a todas aquellas acciones en favor de los pobres y los necesitados que representan el corazón de su pontificado. Parece una paradoja, pero es así: en una teocracia como el Vaticano, al Papa le falta información.

El Pontífice suele ser el último en enterarse y en ser informado. En cuestiones referentes al dinero le sigue resultando difícil saber cuáles son los ingresos (cuánto y en concepto de qué) y cuáles los gastos (cuánto, cómo y en qué se gastó). Las reformas que Francisco promueve cada día como el pastor incansable que es, y que llenan de esperanza a todos los católicos del mundo que lo escuchan y lo ven en acción, son, en realidad, imposibles de poner siquiera en marcha. Todo está anestesiado, quieto. Obviamente, la cortina de humo no es casual. Protege la superficialidad, la inercia, los intereses personales y la corrupción. Y no solo eso. Es también el único modo eficaz de retrasar el cambio. Sin conocer las cuentas al detalle, no se pueden detectar los problemas, el alcance de la crisis, y, por ende, no se pueden proponer soluciones. Es impensable incluso esbozar una reforma.

Pero el equipo que trabaja de común acuerdo con el Papa no se da por vencido. La investigación se extiende más allá del Óbolo de San Pedro y la fábrica de los santos. Se plantean nuevos interrogantes. Y hay revelaciones inesperadas. Bajo los reflectores de la comisión terminan principalmente los balances del APSA, el organismo que administra bienes, títulos, propiedades inmobiliarias y que acuña moneda. Su jefe es otro cardenal italiano. Se trata de Domenico Calcagno, que fue nombrado presidente del APSA en julio de 2011 por Benedicto XVI y que es uno de los prelados cercanos a Bertone que conservaron su puesto.

DIVERSOS CASOS DE VIOLENCIA SEXUAL

Calcagno es un personaje controvertido que terminó en la primera página de todos los periódicos después de que una investigación con cámara oculta de Paolo Trincia para el programa de televisión *Le Iene* sugiriese que, entre 2002 y 2003, el entonces obispo de Savona ignoró diversos casos de abusos sexuales contra menores de edad perpetrados por un cura pedófilo, Nello Giraudo. La diócesis de Savona habría estado al tanto de los extraños comportamientos de Giraudo desde finales de la década de 1980, cuando el sacerdote fue apartado de un colegio secundario en la provincia de Savona tras los tocamientos a un niño. El cura fue enviado a Spotorno (apenas a diez kilómetros de distancia), donde le dejaron tener bajo su responsabilidad a grupos de niños y jóvenes *scouts* en la capilla local. Después de nuevas acusaciones, Giraudo fue trasladado por el nuevo obispo responsable de la diócesis, monseñor Dante Lafranconi (actualmente obispo de Cremona). Una vez más, el lugar elegido quedaba a poca distancia: lo enviaron a la localidad de Feglino, donde se le permitió crear una agrupación para menores con problemas.

Calcagno se convierte en obispo de Savona en 2002. Antes de morir, el padre Carlo Rebagliati, extesorero de la diócesis de Savona, relató haber avisado a Calcagno de la presencia del cura pedófilo y del peligro que representaba para los menores con los que estaba en contacto diariamente. La respuesta de Calcagno, según Rebagliati, fue evasiva: «Podrían ser solo rumores», dijo. El obispo también fue advertido por una de las víctimas de los abusos, Francesco Zanardi. Este es su testimonio: «Calcagno me advirtió de que no acudiera a los tribunales porque el padre Giraudo era un hombre frágil que podía llegar a suicidarse, y yo cargaría después ese peso sobre mi conciencia».

Al año siguiente, el actual presidente del APSA se interesó por el problema y le escribió una carta al entonces cardenal Joseph Ratzinger, prefecto de la Congregación para la Doctrina de la Fe, pidiéndole «consejo sobre la actitud que debía seguir». Calcagno adjuntó un archivo a su carta. Se trataba de un documento interno de la diócesis de Savona, compilado por el vicario general, monseñor Andrea Giusto. Era una lista que recogía los comportamientos «cuestionables» del sacerdote, desde el primer episodio, en el remoto 1980, hasta las últimas quejas provenientes de diversos asistentes sociales de la zona, más de veintidós años después. Una flagrante admisión, negro sobre blanco, en la que la propia diócesis revelaba a la Congregación el haber trasladado conscientemente al sacerdote de una parroquia a otra durante casi un cuarto de siglo. La lista cerraba con una frase tranquilizadora: «Nada de esto ha aparecido en la prensa y no hay investigaciones judiciales en curso».

La respuesta de Ratzinger jamás se supo. Lo único cierto es que después de esa carta, el padre Nello Giraudo fue trasladado a Magnone (a doce kilómetros de distancia de Feglino), donde reapareció mágicamente en 2005 a cargo de un campamento de *scouts* de la zona. Poco después, y por enésima vez, otro joven que asistió a ese campamento lo denunció por abusos. Giraudo continuó siendo sacerdote hasta 2010, treinta años después de la primera acusación, cuando escribió de su puño y letra una misiva en la que solicitaba volver al estado laico.

La investigación televisiva en la que se recogieron los testimonios de cinco niños que relataban los abusos sufridos entre 1980 y 2005 sembró dudas sobre Calcagno, pero no supuso un freno a su meteórica carrera. Apenas cuatro días antes de convertirse en Papa, el entonces cardenal Jorge Mario Bergoglio, abordado por los periodistas a propósito de la participación en el cónclave de un personaje controvertido como el cardenal Calcagno, prefirió no responder a las preguntas.

El presidente del APSA volvió a ser noticia recientemente por una extravagancia muy particular que se le atribuye: su pasión por las armas. El periodista de *Savona News*, Mario Molinari, informó de la profusa colección privada del cardenal: un revólver, un magnum Smith & Wesson calibre 357, una carabina de precisión Remington 7400, un fusil Hatsan modelo Escort y varias armas más. Todo con permiso oficial de tenencia y portación. Un pequeño arsenal de piezas, antiguas y modernas, con las que el cardenal practica en un campo de tiro donde está matriculado desde 2003. Ante la petición de aclaraciones, Calcagno respondió con el tono tranquilizador de un cura rural: «Está todo a resguardo en un armario bajo llave».

La relación entre Calcagno y el papa Francisco es buena solo formalmente. El Pontífice argentino desconfía de toda la vieja guardia que lleva las cuentas de la curia de forma poco clara.

Pocos saben que en el Vaticano funcionan dos bancos. Además del IOR (Instituto para las Obras de Religión), también está el APSA, un organismo poco conocido a pesar de ser un centro neurálgico. A efectos prácticos es reconocido en el mundo como un banco central. Una de sus dos secciones cumple, en particular, una función relevante y delicada: se ocupa de las inversiones en títulos y obligaciones, y administra las cuentas corrientes y los depósitos. En la práctica, maneja la liquidez financiera de la Santa Sede. Hasta noviembre de 2013, esa sección especial del APSA estuvo a cargo de Paolo Mennini, hijo de Luigi Mennini, la histórica mano derecha de monseñor Paul Casimir Marcinkus, el prelado más cuestionado de la historia de la Iglesia y uno de los protagonistas del escándalo del Banco Ambrosiano, que llevó a la muerte al «banquero de Dios», Roberto Calvi[1].

---

[1] Como se lee en una nota del 23 de octubre de 2013 enviada por el jefe del departamento Paolo Mennini al cardenal Calcagno, para el APSA, el camino para convertirse en un banco central se había iniciado en 1940, cuando «con una carta del 10 de junio el entonces delegado de la sección especial, Bernardino Nogara, reclamaba, a través del nuncio apostólico en Washington, monseñor Cicognani, y obtenía, gracias a la autorización del ministro del Tesoro de Estados Unidos, la apertura de una cuenta custodio para las reservas en oro, hasta entonces depositadas en Londres. El procedimiento para las transacciones en oro se realizaba a través de un banco comercial, el J. P. Morgan de Nueva York. Con

Como se ve, también del APSA proceden graves problemas para el pontificado de Francisco.

EL INCREÍBLE CASO DE MONSEÑOR SCARANO

En marzo de 2013, incluso antes de la elección del nuevo Pontífice, las fiscalías de Salerno y Roma iniciaron una investigación sobre las actividades financieras de monseñor Nunzio Scarano, jefe contable de la sección especial del APSA. De acuerdo con la acusación, las pruebas recogidas y las llamadas telefónicas interceptadas —que siguieron incluso durante los días tensos y frené-

---

fecha 15 de febrero de 1954, la Reserva Federal le negaba a APSA la posibilidad de abrir una cuenta en dólares estadounidenses, ya que la política de la Fed solo prevé esa posibilidad para los bancos centrales. Con cartas del 2 de marzo de 1976 y del 8 de marzo de 1976, el Banco de la Reserva Federal, y siguiendo expresas instrucciones del presidente Volcker y del Consejo de Gobierno del Sistema de la Reserva Federal, abría al APSA la cuenta en dólares estadounidenses con *full account facilities* (con todas las facilidades), incluida, por tanto, la posibilidad de inversiones y de custodia de títulos. En la carta también se consignan las condiciones de tratamiento y operatividad reservadas exclusivamente a los bancos centrales. En lo que respecta, en cambio, al Banco de Pagos Internacionales, «el APSA ha vendido su oro depositado en el banco, pero manteniendo activo el depósito, y actualmente ostenta una cuenta corriente en dólares estadounidenses». Finalmente, las relaciones con el Banco de Inglaterra se reanudan el 2 de octubre de 1989, cuando el APSA «escribe al Banco de Inglaterra para solicitar la posibilidad de abrir una cuenta custodia en oro como suele acordársele a todos los bancos centrales, indicando como referencia las relaciones similares ya en curso ante el Banco de la Reserva Federal de Nueva York, la Banca de Pagos Internacionales de Basilea y el Banco Mundial de Washington. La respuesta del Banco de Inglaterra, fechada el 2 de noviembre de 1989, le concede al APSA la facultad de abrir una cuenta custodia en oro y una cuenta corriente en libras esterlinas, en los mismos términos y condiciones. Recientemente, ese banco ha enviado las nuevas condiciones que regulan el acceso de los bancos centrales a la inspección de sus depósitos físicos en barras de oro revalidando el reconocimiento del estatus de banco central de esa Administración.

ticos de la dimisión de Benedicto XVI y la preparación del cónclave— demuestran a las claras blanqueo de dinero e intentos de reingresar ilegítimamente enormes cantidades de dinero desde el exterior. Siempre según los fiscales, Scarano habría puesto en marcha un sistema de «lavado» de dinero a través de su cuenta en el IOR: ofrecía cheques por cientos de miles de euros a cambio de maletas atiborradas de billetes de 500 euros. No por nada era conocido como «monseñor 500».

Scarano es oriundo de Salerno y antes de ser ordenado sacerdote, a los veintiséis años, era empleado de banca. Amante del lujo, siempre ha frecuentado con pasión la *jet set* del cine y la televisión, e incluso se hizo amigo de *showgirls* muy conocidas del espectáculo en Italia, como Michelle Hunziker. Pero la verdadera pasión de Scarano siempre han sido las propiedades inmobiliarias y el dinero. En su Salerno natal, compró y remodeló una casa de 700 metros cuadrados y fundó numerosas sociedades inmobiliarias. En Roma, sin embargo, vive en un apartamento propiedad del APSA de 110 metros cuadrados sito en via di Sant'Agostino, en el corazón del casco histórico, a pocos metros de plaza Navona y del Senado. A diferencia de otros ilustres purpurados octogenarios que habitan en residencias principescas, Scarano paga el alquiler: 740 euros mensuales (por viviendas similares a la suya, en la misma zona piden hasta tres veces más).

Muy poco después de la elección de Francisco, tanto en la curia como en Santa Marta, empiezan a circular rumores cada vez más inquietantes sobre las investigaciones que involucran al monseñor. El Papa, recién nombrado, entiende que debe moverse con la máxima cautela. Pero la situación se precipita el 29 de mayo, tras la destitución del padre Luigi Noli, histórico amigo de Scarano, además de su novio clandestino. Noli ha confirmado el uso indiscriminado de sus propias cuentas por parte de Scarano. Los investigadores van cerrando el círculo, y la hipótesis de que el prelado debe ser arrestado se vuelve cada vez más real. Pero antes, los magistrados italianos han de pedir permiso a la autoridad vaticana, porque, de hecho, el contable del APSA, al depender de una entidad central de la Santa Sede, goza de una suerte de inmunidad garantizada por los Pactos de Letrán (el acuerdo de reconocimiento mutuo entre Italia y el Vaticano firmado en 1929 por el secretario de Estado de la Santa Sede, Pietro Gasparri, y el primer ministro Benito Mussolini). Discretamente, la investigación siguió su curso por los principales canales diplomáticos hasta formalizar la petición de arresto.

Esta es una situación que pone al Papa frente a una dramática encrucijada. De hecho, Francisco se encuentra en la misma situación que vivió Wojtyla en el lejano 1987, cuando el Tribunal de Casación rechazó la petición de captura solicitada por la fiscalía de Milán del presidente del IOR, monseñor Paul Casimir Marcinkus, y de los funcionarios Luigi Mennini y Pellegrino de Strobel por la suspensión de pagos del Banco Ambrosiano. El tribunal de casación confirmó la falta de jurisdicción de los tribunales italianos para juzgar los actos de personas que responden ante el Vaticano. Los tres imputados fueron considerados dependientes del organismo central de un Estado extranjero, y, por tanto, no juzgables sin el consentimiento de los altos prelados. Un consentimiento que no llegó jamás. Después de largas y polémicas negociaciones, Marcinkus, Mennini y De Strobel no fueron a la cárcel.

Así, en aquellas primeras semanas de pontificado, resurgen viejas pesadillas, empezando por la del escándalo del Banco Ambrosiano y la del homicidio del presidente del Instituto de Crédito, Roberto Calvi, que fue hallado ahorcado en Londres en 1982 bajo el puente de los Frailes Negros.

El papa Francisco debe decidir sobre la libertad de un hombre, un sacerdote. Y realiza consultas. Se oyen opiniones divergentes en la Secretaría de Estado y en las charlas informales mantenidas entre cardenales por los senderos de los espléndidos jardines vaticanos. Están los que sugieren rechazar la petición, como siempre se ha hecho en el pasado, ya que permitir el arresto establecería un grave precedente en la historia entre Italia y la

Ciudad del Vaticano que podría condicionar futuras decisiones. Francisco escucha y calla. Como suele suceder con el nuevo Pontífice, poco más tarde quedará en evidencia que ya tenía una idea muy clara de lo que debía hacer desde el principio. Prevalece la línea de una «revolución suave» pero decidida. Una señal de ruptura tangible con el pasado.

La madrugada del 28 de junio de 2013, monseñor Scarano termina esposado. El Papa ofrecerá una respuesta fulminante a quien le pida algún comentario: «¿Se creen que Scarano terminó esposado por sus similitudes con la beata Imelda?», ironizó Francisco haciendo referencia a la niña boloñesa del siglo XIV que murió en éxtasis tras recibir la eucaristía. La respuesta marca la distancia infranqueable que separa a quienes están con Francisco de quienes pertenecen a ese mundo de intrigas siempre marcado por las finanzas de la curia.

EL IOR BLANQUEA DINERO SUCIO

La investigación y el escándalo terminan en la televisión y en los periódicos de todo el mundo, de Estados Unidos a Japón. Hasta hoy, no se sabe qué pasó tras la detención en los pasillos secretos del Vaticano. En el interior de los palacios pontificios, la tensión entre la vieja y la nueva guardia es cada vez mayor. El 3 de julio, solo cinco días después del arresto, en la reunión privada de cardenales durante la cual Francisco anuncia el nacimiento de la comisión investigadora COSEA, el flamante presidente del IOR, Ernst von Freyberg, expone ante el Papa y los purpurados los riesgos de una situación que ha empezado a surgir de las cuentas del banco y que potencialmente podría extenderse:

¿A qué tipo de problema nos enfrentamos? Se trata fundamentalmente de personas físicas que utilizan sus cuentas para operaciones ilegítimas: lavado de dinero, dicho con todas las letras. Puede tra-

99

tarse de miembros del clero, puede tratarse de laicos, no existe una regla donde el riesgo sea más alto.

Probablemente sea la primera vez que el presidente del IOR admite que el banco blanquea dinero. O más aún: es la primera vez que nos enteramos de que dentro del Vaticano son perfectamente conscientes de las actividades ilegales del IOR. Una declaración clamorosa que viene a confirmar tantas otras sospechas que fueron madurando a lo largo de los años: desde los escándalos de la década de 1980 hasta nuestros días. Sospechas siempre desmentidas por los comunicados de prensa oficiales del Vaticano. Conviene recordar que durante décadas, el Vaticano se negó a admitir que el IOR fuese un banco.

Por cierto, fue una reunión a puerta cerrada. Von Freyberg confiaba en que sus palabras jamás saldrían de esa sala, y que serían preservadas como un secreto inconfesable por los cardenales y demás autoridades presentes. Sin embargo, esta vez, su increíble comentario se filtra y se hace público. Pero Von Freyberg, durante la reunión, no puede contenerse y lanza algo más: le dice a los presentes que la «caza» de los estafadores no será tarea fácil, y que los titulares de esas cuentas pueden ser tanto laicos como religiosos. En la práctica, todas las cuentas estaban bajo sospecha.

> No creo que sean tantos casos, y todos los denunciados por la prensa fueron controlados por mí personalmente. [...] Lo que sí es cierto es que había una cuenta de Scarano, y que esa cuenta, al examinarla hoy, no estaba en orden desde hace diez años... es un verdadero profesional del blanqueo. Esto no está bien. [...] Nos enfrentamos al siguiente problema: estamos inmersos en un triángulo de casos ciertos, como el Banco Ambrosiano y el caso Scarano, de denuncias falsas, como la referida a Osama bin Laden y todos los demás, y de un silencio total por nuestra parte.

Afirmaciones rotundas y sorprendentes referidas a un monseñor que hasta pocas semanas antes había desempeñado un papel sumamente influyente en el Vaticano. ¿Cómo fue posible que durante tanto tiempo Scarano pudiera actuar sin que nadie lo molestase? ¿Quiénes eran sus cómplices?

El hijo de la mano derecha de Marcinkus controla la liquidez financiera del Vaticano

Fueron diez años a lo largo de los cuales monseñor Scarano mantuvo sus negocios personales sin que aparentemente nadie se diera cuenta. Más allá de las responsabilidades individuales que se desprenderán del proceso aún en curso, ¿quién o quiénes le protegían? Pero todavía nos espera otro personaje, si cabe, más escandaloso.

En el APSA, el jefe del descarado monseñor no es un banquero cualquiera. El azar quiso que se tratara de Paolo Mennini, hijo de Luigi Mennini, el exbrazo derecho de Marcinkus. Luigi Mennini estuvo a punto de ir a la cárcel en 1987. Es cierto que las culpas de los padres no recaen sobre sus hijos, pero semejante coincidencia no deja de resultar sospechosa, sobre todo después del arresto de Scarano, y este hecho llama la atención de los nuevos purpurados elegidos por Francisco, que aún no conocen del todo la dinámica y la historia reciente de las finanzas vaticanas.

Desde 2002, Mennini es el máximo responsable de la sección especial del APSA que se encarga de administrar la liquidez de fondos de la Santa Sede. Es un hombre con poder. Vive en un apartamento de 174 metros cuadrados de un bello edificio en via di Porta Angelica, a pocos pasos de la puerta de Santa Ana, uno de los accesos principales a la Ciudad del Vaticano. También él parece haber encontrado un alquiler accesible y mucho más bajo que los del mercado, ya que por esa amplia vivienda apenas abona una mensualidad de 843 euros. Mennini cumple un papel central en la telaraña de las finanzas vaticanas, ya sea en la administración de todos los inmuebles habidos en el extranjero (por un patrimonio total de 591 millones de euros), ya sea por todo lo relacionado con las cuentas corrientes.

Y es justamente en la gestión de esas cuentas donde pone la lupa el equipo de trabajo del papa Francisco. Se trata, de hecho, de 102 operaciones financieras en curso. Desde que Moneyval —el organismo del Consejo de Europa encargado de evaluar las medidas de lucha contra el blanqueo de activos— comenzó las verificaciones del caso, se cerraron rápidamente 31 depósitos a nombre de personas, entidades o sociedades poco claros y que no tenían títulos válidos. El número de operaciones activas se redujo a 71, todas ellas debidamente identificadas. De estas, seis pertenecen a entidades (Associazione SS. Pietro e Paolo, Circolo san Pietro, Ordine equestre del Santo Sepolcro, Ospedale Bambin Gesù, Fédération internationale des associations médicales Catholiques, International Association of Catholic Hospitals) y dos a empresas asociadas que se ocupan de los inmuebles en Francia y Suiza (la immobiliaria Sopridex SA, de París, y la Profima SA Société Immobilière et de Participations, de Ginebra). También está, entre otras cuentas que siguen siendo reservadas, la del cardenal Giovanni Lajolo, jefe de la Gobernación.

Pero los informes que empiezan a llegar dejan claro que el análisis de las cuentas siempre depara sorpresas. El 8 de noviembre de 2013, por ejemplo, en una reunión del grupo de trabajo en París, el consejero Jean-Baptiste de Franssu declara que:

... fueron identificadas 89 cuentas, y respecto a las 74 cuentas iniciales, se han identificado otras 15, porque el APSA intervenía en su cierre inminente. De esas cuentas, 43 son institucionales, ya que se han constituido en la Santa Sede, y las 46 restantes no lo son. Y también se encuentra la cuenta de S.O. [sección ordinaria del APSA], cuya naturaleza todavía debe ser analizada.

Las relaciones entre Francisco, sus colaboradores y el hijo de Mennini son tensas, y, en nada ayudan a mejorarlas las indiscreciones que se filtran sobre la investigación. Scarano es interrogado el 8 de julio de 2013. La periodista Maria Antonietta Calabrò, del *Corriere della Sera*, revelará cuatro meses más tarde el explosivo contenido de su testimonio:

> En su declaración, que estuvo bajo secreto de sumario hasta octubre, Scarano habló vagamente de Mennini y de todo lo que a su parecer había ocurrido con los títulos de la financiera Finnat. Tanto es así que, en cierto momento, los magistrados le preguntaron si se daba cuenta de que estaba delineando la hipótesis de una maniobra especulativa con títulos de un banco en nuestro país. El hijo de Paolo Mennini, Luigi (el mismo nombre de pila que su abuelo), es el administrador delegado de la financiera Finnat. Las declaraciones de Scarano también apuntaron contra el cardenal Attilio Nicora; su sucesor, Domenico Calcagno, y el jefe del APSA[2].

Mannini no parece advertir el clima adverso. Sigue comprando importantes sumas de dinero en moneda extranjera: entre 20 y 25 millones de dólares. A última hora de la tarde del 24 de octubre de 2013, le comenta su satisfacción a su superior, el cardenal Calcagno, por haber encontrado una «vía justa»; una circunstancia que se desprende claramente de esta carta inédita:

> Su Eminencia Reverendísima,
> Con gran satisfacción puedo confirmarle que fue posible acordar con nuestro agente suizo la compra de billetes de denominación extranjera, y por una suma importante (20-25 millones de dólares). El primer precio cotizado fue de 0,5 % del importe requerido, todo incluido (transporte, seguro y entrega en nuestras oficinas). Por el momento, he logrado obtener una rebaja al 0,4 %, pero durante las negociaciones intentaremos obtener una rebaja aún mayor. Considerando que el coste del transporte incide notablemente en la cotización, sería recomendable que el monto de las operaciones

---

[2] *Corriere della Sera*, 24 de noviembre de 2013.

siga siendo relevante. Quedo a su disposición y le envío mis más cordiales y devotos saludos.

Paolo Mennini dejará su cargo el 11 de noviembre de 2013, al terminar su segundo mandato quinquenal. Pero sus movimientos en los últimos días fueron interpretados por el presidente de la comisión, Zhara, como una declaración de guerra. Todo nace de una nota entregada por Mennini el 13 de noviembre en la oficina del cardenal Calcagno, después de una conversación telefónica con Timothy J. Fogarty, «vicepresidente senior de la Reserva Federal de Nueva York», como indica Mennini en el documento. En esa nota, de una página y media, Mennini recalca que Fogarty, para la provisión de billetes de moneda extranjera, prefiere tener contacto directo con el APSA, y no con los consultores de Promontory, que estaban colaborando con el banco central vaticano en ese momento.

El señor Fogarty estaba contento de tener la posibilidad de hablar conmigo. Me confirma haber recibido el código Swift que le envió el APSA el 5 de noviembre de 2013. En lo que respecta a nuestra solicitud de provisión de moneda extranjera, me confirmó que la Reserva Federal suele proveer de billetes a algunos bancos centrales, pero prefiere garantizar este servicio solo cuando no encuentran disponibilidad a través de los bancos comerciales y las instituciones financieras. Fogarty querría que fuese considerado un último recurso. Me dijo que preferiría discutir este punto directamente con el APSA, y que no entiende del todo la intermediación de Promontory en este caso específico, porque considera que el APSA es un banco central que ya tiene una relación consolidada con ellos. [...] Volviendo al tema de los billetes, Fogarty me pidió que informara telefónicamente a la señora McCaul [se trata de Elizabeth McCaul, de Promontory] que es preferible tratar directamente con el APSA en la coordinación de este tipo de servicios. También me precisó que la entrega material del dinero se hará en la cámara de seguridad de su banco, por lo que el APSA deberá ocuparse del traslado de las divisas a la Ciudad del Vaticano. Al final de la conversación, Fogarty recordó con placer su estancia en Roma de hace unos años, y en particular su visita al museo y los jardines vaticanos.

A partir de la documentación en nuestro poder, es posible reconstruir que Zahra interpreta esa nota como un claro mensaje para socavar la reforma del APSA y para deslegitimar la actividad de la comisión COSEA y de la auditoría Promontory. Esto es lo que le escribe al coordinador de la comisión, monseñor Vallejo Balda:

> Querido padre Lucio,
> Mennini nos declaró la guerra. [...] Hablemos hoy más tarde. Pero hay que sustituirlo de inmediato. Joe.

En esa misma línea, otro hombre de la comisión designada por el Papa, Jean-Baptiste de Franssu, les escribe a la analista Elizabeth McCaul y a Zahra:

> La situación no resulta para nada satisfactoria y supongo que tendremos que acostumbrarnos cada vez más a este tipo de Scud de Mennini mientras siga en el cargo. [De Franssu, mucho más explícito, acusa directamente a Mennini de lanzar verdaderos misiles contra la actividad que están llevando a cabo.] Cuanto antes sea reemplazado, mejor irán las cosas. ¿Qué podemos hacer, Joe, para acelerar ese proceso [de cambio]? En cuanto a las dos cuestiones, supongo que no debemos movernos ni un ápice de nuestra estrategia acordada entre la Fed, vosotros y Promontory [...].

Durante esos días tan delicados Mennini sigue presentándose a trabajar en su oficina. El 20 de noviembre, los consultores de McKinsey, entre ellos Ulrich Schlickewei, llaman la atención de Zahra sobre su presencia:

> Estos días el señor Mennini sigue viniendo regularmente a la oficina para traspasarle actividades a monseñor Mistò. De momento,

no ha sido nombrado oficialmente su sucesor, pero es necesario fijar una fecha definitiva para la salida del señor Mennini.

El 22 de noviembre queda zanjado el incidente con la Reserva Federal. Será Calcagno el encargado de escribirle al vicepresidente Fogarty, dejando claro que para entonces Mennini había terminado su mandato. En su inmediata respuesta, el funcionario norteamericano intenta dar por terminado el incómodo incidente:

> Desde hace más de setenta años, la Reserva Federal del Banco de Nueva York ha mantenido una fecunda relación con el APSA, y, en particular, ha tenido el gusto de trabajar con el doctor Giorgio Stoppa y con el doctor Mennini en todo lo referido a la cuenta que tienen ustedes en nuestra entidad. Espero mantener y mejorar las relaciones entre nuestras instituciones, y también desarrollar eficaces relaciones de trabajo con sus delegados durante este periodo de transición del APSA. [...] Deseo que mis conversaciones con él [Mennini] durante este periodo de transición no representen un obstáculo ni para usted, monseñor, ni para el APSA. Estoy preparando una carta para el APSA sobre la provisión de dólar estadounidense, y me gustaría saber a qué persona de la entidad prefiere usted que le envíe dicha información.

Las actividades de Mennini seguirán siendo discretamente controladas incluso durante los meses siguientes. De hecho, el alto funcionario sigue cumpliendo importantes tareas referidas a los inmuebles del APSA en Europa. En una carta del 22 de enero de 2014, de Franssu solicitará al cardenal Calcagno que lo desvincule rápidamente de las «juntas directivas» de todas las sociedades en las que participa: «Ante al riesgo que corre nuestra reputación, creemos que este tema debe resolverse con cierto grado de urgencia»[3].

---

[3] Correo electrónico enviado al cardenal Calcagno, presidente del APSA, el 22 de enero de 2014.

AUDITORÍA AL AZAR: 94 MILLONES NO CONTABILIZADOS

Paralelamente, los hombres del papa Francisco criban las cuentas de las entidades de la Santa Sede. Es sabido que la comunidad financiera internacional y los órganos de control de transparencia, empezando por Moneyval, siempre han sospechado de los balances del Vaticano. Ya en julio de 2012, en el primer informe de evaluación mutua, Moneyval había identificado numerosas lagunas en la administración del dinero. Las reglas antiblanqueo adoptadas por los países modernos habían encontrado una fuerte oposición en los palacios pontificios: todo aquel que luchaba por la transparencia caía en desgracia. Como el ya mencionado despido de monseñor Viganò o como también la tormentosa salida del presidente del IOR, Ettore Gotti Tedeschi, destituido el 24 de mayo de 2012.

Asimismo, durante el primer año de pontificado del papa Francisco se descubre intramuros que los balances vaticanos no se ajustan a los procedimientos más difundidos, modernos y transparentes. Cuando los auditores designados por el Papa revisan las cuentas, salta a la luz una situación mucho peor de la esperada. «Hay significativas sumas de dinero —se lee en el documento que sería enviado a los cardenales en febrero de 2014—, propiedades y otros bienes que no constan registrados en los balances anuales de la Santa Sede»[4]. En otras palabras, «existe una cantidad no identificada de dinero que no figura en las cuentas bancarias».

Es la denuncia de un *modus operandi* que data de la época de Marcinkus y de los escándalos en el IOR, y que fue ocultado en momentos de crisis para evitar la reforma. No obstante, ahora vuelve a emerger con fuerza. Sumas de dinero en cuentas corrien-

---

[4] Extracto del documento preliminar, del 18 de febrero de 2014, sobre la labor de la comisión COSEA, redactado para el encuentro con el así llamado C8, el grupo de ocho cardenales que ayuda a Bergoglio con la reforma.

tes de fundaciones benéficas inexistentes. Dinero bien escondido que no figura en los registros. Títulos colocados fuera de la contabilidad ordinaria y listos para ser utilizados con fines poco claros. Como hemos visto, la voz de alarma ya la dieron varias veces los consultores internacionales, que habían denunciado la existencia de una contabilidad paralela en algunas de las administraciones vaticanas. La advertencia hecha al Papa no cayó en saco roto: Francisco pidió que la investigación fuera más allá. Y lo que se lee en los documentos reservados resulta aún más desconcertante, tanto por su dimensión como por lo difundida que estaba la maniobra:

> El análisis de cuatro entidades al azar muestra la existencia de al menos 94 millones no registrados en los balances anuales de la Santa Sede a 31 de diciembre de 2012. Con 43 millones de la Congregación para las Iglesias Orientales, 37 de la Nunciatura, 13 de Propaganda Fide y un millón de la Congregación para las Causas de los Santos[5]. Todo por la ausencia de controles preventivos, debido al hecho de que las diversas congregaciones, los consejos [...] no poseen información alguna respecto a la cantidad que tienen permitido gastar o la naturaleza de esos gastos que tienen derecho a realizar. Se estima que existe una suma considerable de bienes administrados por la Secretaría de Estado que no constan en balance alguno ni están sujetos a ninguna revisión externa. [Así como] tampoco existe transparencia en la gestión de la parte residual del Óbolo de San Pedro.

INVERSIONES POR 10.000 MILLONES DE EUROS EN PELIGRO

Francisco también quiere saber cómo son administradas las inmensas sumas de dinero guardadas en las cajas fuertes, fruto de ganancias, ofrendas, herencias y donaciones. ¿Ese patrimonio está invertido? ¿Dónde y siguiendo qué criterio? Las inversiones

---

[5] *Ibidem.*

representan una de las mayores fuentes de ingresos para las cuentas del Vaticano: garantizan intereses que sirven para pagar los altos costes de la curia y ayudar en las actividades pastorales. Pero también están expuestas a enormes riesgos que surgen de la multiplicidad de administraciones, empezando por el propio APSA:

Diversas instituciones vaticanas administran bienes pertenecientes a organismos de la Santa Sede por un valor de 4.000 millones de euros, y bienes a nombre de terceros por otros 6.000 millones, por un total de 10.000 millones de euros. De esos, 9.000 millones están invertidos en títulos y 1.000 millones en bienes inmobiliarios. Pérdidas importantes se han detectado en la gobernación, en el proceso de inversiones y en la distribución de las mismas. Un ejemplo es la diversificación de la cartera de activos financieros de 1.100 millones de euros del APSA a partir de septiembre de 2013. Las inversiones del 60 % de los clientes del APSA están concentradas en cuatro títulos o menos. Sobre 60 clientes del APSA, con una cartera de activos financieros actual de 1.100 millones, 35 están expuestos a una tasa de riesgo muy alta de pérdida de valor por falta de diversificación.

Otro ejemplo específico lo da la concentración de certificados de depósito del APSA en bancos emisores. De los 225 millones invertidos, el 80 % lo está en una única institución crediticia, el Banco Prossima, generando una alta exposición al riesgo financiero. APSA es una entidad híbrida que cumple demasiadas funciones: desde la gestión del patrimonio y los servicios de pago, como cualquier banco comercial, hasta la obtención de liquidez de última instancia o la provisión de servicios de apoyo (recursos humanos, informáticos, de abastecimiento) a otras entidades de la Santa Sede.

En un momento de coyuntura económica particularmente negativa, los riesgos de concentrar las inversiones (casi un 80 %) en una única institución crediticia o en una cartera de muy pocos títulos, resultan verdaderamente graves. En los documentos a los que hemos tenido acceso, nada explica los motivos que impulsaron a los prelados de la curia a elegir el Banco Prossima, pero es una elección que pone al cliente, en este caso, el propio Vaticano, en situación de riesgo. Siempre en referencia al APSA, la auditoría Promontory reveló más de 92 irregularidades con diversas «tipologías de riesgo». Estas son las más relevantes:

1. Reputación: algunas cuentas corrientes detectadas con actividades sospechosas fueron presentadas a la AIF [el órgano interno de control]. 2. Pérdida de ganancias: malos procedimientos en la gestión de bienes inmuebles y bajo rendimiento de los títulos. 3. Gestión patrimonial: el Comité de inversiones es ineficaz. 4. Nivel operativo: uso de órdenes en papel. No afrontar los riesgos identificados podría acarrear importantes pérdidas financieras para el Vaticano, así como la incapacidad de identificar transacciones sospechosas y de continuar dando liquidez a la Santa Sede.

Frente a esta situación, estamos en condiciones de afirmar que la revolución de Francisco se acelera con objetivos y estrategias precisos: los cardenales de la vieja guardia no son destituidos para evitar el escándalo, pero, de hecho, son «vigilados»: como Versaldi en la Prefectura, con el nombramiento del coordinador de COSEA, Vallejo Balda, o Calcagno en el APSA, con un «cordón sanitario» de control.

Mientras tanto, Francisco prepara una nueva vuelta de tuerca: rediseña toda la estructura económica de la Santa Sede, desdoblando la Secretaría de Estado a fin de reducir su enorme poder. El cardenal Parolin y su vicepresidente, Giovanni Angelo Becciu, conservan la gestión de la actividad diplomática y aquella más ligada a los asuntos internos. En cuanto a los aspectos financieros, Francisco estudia las regulaciones para crear un nuevo organismo destinado a «vaciar» los centros de poder que todavía no ha logrado desarticular.

En febrero de 2014, el Papa instituye *motu proprio* «una nueva coordinación de los asuntos económicos y administrativos», una suerte de superministerio vaticano de economía. El organismo estará dividido en dos: una Secretaría de Economía, a cargo del cardenal George Pell, y un consejo de economía, compuesto por ocho cardenales y siete laicos de diversas nacionalidades, con formación financiera y reconocida profesionalidad, a quienes se suma un controlador de gestión de cuentas nombrado directamente por el Papa. Será precisamente esta nueva figura la que hará de cancerbero del poder constituido. Así lo deja entender el portavoz de la Santa Sede, el padre Lombardi, aunque con el tono moderado y tranquilizador de los comunicados oficiales: «La Prefectura de los Asuntos Económicos, actualmente a cargo del cardenal Giuseppe Versaldi, trabajará en estrecha colaboración con el controlador de cuentas», declara a los periodistas.

Incluso las actividades normales del APSA serán rediseñadas: todas las acciones referidas a la gestión inmobiliaria y del personal pasan a ser competencia del nuevo organismo. De esa revolucionaria reforma decidida «de acuerdo a las recomendaciones de la comisión COSEA», como informan los comunicados oficiales, nos ocuparemos en los próximos capítulos. La agenda de trabajo del Papa, de hecho, sigue siendo frenética y no admite tiempos muertos.

Nuevas críticas y problemas llegan de un nuevo frente: la Gobernación, el organismo que gestiona la parte comercial (desde los museos hasta los locales comerciales), los servicios (energía eléctrica, teléfonos, etcétera), las obras de construcción y las contrataciones. Muchísimo dinero. Francisco, sin embargo, no da un paso atrás. Rodeado de sus más fieles colaboradores, se mueve intramuros y extramuros en busca de nuevos aliados para romper definitivamente con el pasado.

5
PECADOS Y VICIOS EN LA CURIA

UN ROBO DE 1,6 MILLONES DE EUROS

Es el gran *business* de la actividad comercial. De los museos a las tiendas. De las subcontrataciones a los abastecimientos. Otro frente muy delicado de administrar que ya en los últimos meses de 2013 se encuentra en el punto de mira del equipo de trabajo de Francisco. Los hombres del Papa se encuentran de pronto frente a un problema: la enormidad de su investigación. Demasiadas transacciones de dinero que analizar, demasiados contratos millonarios que verificar. Es imposible hacer todo eso en pocos meses, y es difícil responder con la precisión que el Papa requiere para llevar a cabo la reforma.

Es una lucha contra el tiempo. Una lucha desigual que, teniendo en cuenta las experiencias pasadas, resulta doblemente dificultosa: todas las tentativas de reforma interna que quisieron realizar los pontífices de la segunda mitad del siglo XX no alcanzaron ningún éxito. La curia es como un estómago que deglute y asimila cualquier intento de cambio. Y reacciona solo por inercia: «Los papas pasan, nosotros seguimos», es el mantra de quien todavía hoy, tras una aparente buena predisposición, recurre a todos los medios posibles para demorar o incluso paralizar las reformas. No obstante, la respuesta de Francisco siempre ha sido clara: «El cardenal entra en la Iglesia de Roma, no en una corte. Evitemos intrigas, habladurías, camarillas, favoritismos, preferencias»[1].

Son ese tipo de críticas las que monseñor Alfred Xuereb, en su calidad de secretario privado de Francisco, evalúa con mucha atención. Su tarea es evitar cualquier posible sabotaje a las acciones del Santo Padre. Xuereb hace consultas, sobre todo con monseñor Paolo Nicolini, responsable de los Museos Vaticanos. Nicolini es la memoria histórica de todo lo ocurrido en el pasado. El suyo es un relato detallado y preciso de los procesos de renovación, demasiado costosos y confusos, que se pusieron en marcha, primero con Wojtyla y luego con Ratzinger. Tantas ideas, tantas esperanzas y, a menudo, la misma conclusión: ningún resultado y mucha frustración.

Xuereb le pide a Nicolini un informe por escrito de lo realizado hasta el momento. El documento de tres páginas, elaborado en enero de 2014, se detiene especialmente en el proyecto de estandarización de los procedimientos administrativos lanzado en 1999. Aquel nuevo sistema, elaborado durante el papado de Wojtyla cuando Angelo Sodano era secretario de Estado, nace ya obsoleto y es poco transparente: consentía el intercambio de favores y toleraba procedimientos no siempre justos y limpios. Todo intento de cambio ha concluido siempre con un coste personal muy alto; muchos monseñores han sido deslegitimados por intentar enderezar el sistema, como ocurrió con monseñor Carlo Maria Viganò. Podemos asegurar que la sociedad Cap Gemini Ernst & Young cobró, en tres años, una cifra astronómica de más de 10 millones de las antiguas liras (5,6 millones de euros) por una consultoría sobre el sistema contable del Vaticano. Ciertamente era una buena iniciativa, aunque demasiado cara, y no

---

[1] Marco Politi, *Francesco tra i lupi*, Roma-Bari, Laterza, 2014.

resolvió nada. Nicolini no esconde el entusiasmo y la desilusión en aquel entonces:

> Fue un momento muy gravoso, pero también de mucha reflexión, para una estructura que, desde un punto de vista administrativo y operativo, llegaba al umbral del siglo XXI sin la capacidad de actualizarse en el tiempo ni de responder no solo en términos de eficiencia sino también, y sobre todo, de equidad y transparencia[2].

Después hubo otros proyectos de modernización sumamente ambiciosos. En abril de 2008, durante el papado de Benedicto XVI, Tarcisio Bertone inició el conocido como Project One (P1), todavía en curso. Consiste en el desarrollo de una única plataforma informática de datos contables y administrativos. Un sistema, en otras palabras, que prevé los mismos criterios contables y una única administración para todos los organismos que dependen de una misma entidad. Gracias a este proyecto, por ejemplo, las taquillas de los Museos Vaticanos están hoy completamente informatizadas.

El sistema, sin embargo, debe considerarse caduco porque no está conectado con los otros departamentos de la Santa Sede: ni con la Prefectura, ni el APSA, ni el IOR, ni con la Secretaría de Estado. Por tanto, el proyecto corre el riesgo de acabar siendo una inversión importante que no alcanza su objetivo[3]. El

---

[2] Nicolini elabora un documento informal bajo el título «Un po' di storia» en el que resume todos los intentos de cambio realizados en el interior de la Gobernación hasta la actualidad.

[3] En su informe, Nicolini recalca numerosos «puntos débiles» del Project One. Respecto a «la ausencia casi total de una adecuada gestión de los recursos humanos» hay que tomar diversas contramedidas. Entre ellas, señala «el lanzamiento de un proyecto a medio y largo plazo con el objetivo de lograr una reducción sustancial de los recursos humanos, evitar el absentismo laboral y limitar el uso de las horas extra a las peticiones de la administración, y no como parte del sueldo del empleado».

fin de estos sistemas informáticos, que costaron cifras estratosféricas, era lograr tener una visión de conjunto de toda la administración de la Santa Sede. Una visión de conjunto que, vista la cantidad de irregularidades que descubrieron los hombres de la comisión de Francisco al analizar la situación de la Gobernación, muchos habrían preferido esconder.

Ya en 2009-2010 un análisis reservado de las cuentas de la entidad por parte de McKinsey había revelado una situación desastrosa. Diversas partidas de gastos —como las relativas al mantenimiento— estaban infladas entre un 200 y un 400 % más respecto a las tarifas de mercado. Fue el entonces presidente de la Gobernación, el cardenal Giovanni Lajolo, quien pidió al banquero Ettore Gotti Tedeschi que le ayudase a poner en orden las cuentas. Gotti Tedeschi solicitó la contabilidad real del dicasterio y el asesoramiento *pro bono* de los analistas de McKinsey. Los datos alarmantes sobre la sangría financiera llegaron a monseñor Viganò, el hombre elegido por Benedicto XVI para sanear la situación. Viganò se puso manos a la obra, pero en cuanto empezó a amenazar los intereses de empresas y grupos ya consolidados dentro del Vaticano fue víctima de una campaña mediática de deslegitimación, por la cual Ratzinger decidió destinarle a Washington. El exilio. Y durante años todo siguió igual en la Gobernación.

La Gobernación administra una cantidad significativa de dinero. Transacciones, contratos y suministros son examinados con premura. Para lograr una acción rápida y profunda son convocados los consultores de Ernst & Young que, catorce años atrás, trabajaron para la Gobernación. Sin embargo, esta vez, los implicados fueron los funcionarios de la sucursal española de Ernst & Young. En el pasado, la firma había presentado cotizaciones muy altas en opinión del Vaticano, pero eran los únicos que contaban ya con la experiencia necesaria en la materia. Los días 12 y 13 de noviembre de 2013 se realiza en Madrid una reunión maratoniana con un equipo compuesto por doce analistas estratégicos que pocos días después se trasladan a Roma para empezar a trabajar. Tienen que revisar toda la contabilidad, las cuentas y la gestión del corazón económico del diminuto Estado del Vaticano[4]. Queda constituido de esa forma el cuarto equipo operativo, tras el de los balances, el del Óbolo de San Pedro y el de gastos para los beatos y los santos.

Las que se han puesto ahora en el punto de mira son las actividades de la Gobernación, un organismo de 1.900 empleados que ejerce el poder ejecutivo en el Vaticano. Tiene un papel fundamental en la economía de la Santa Sede, ya que se ocupa «de la coordinación de las actividades destinadas al funcionamiento del Estado». Controla las actividades comerciales, culturales, de mantenimiento de los edificios y, por ende, las contrataciones, transportes y suministros: desde la energía eléctrica hasta los teléfonos, desde los cigarrillos hasta los ordenadores para las oficinas.

De este organismo dependen también las estructuras que garantizan algunos de los ingresos de dinero más sustanciosos de la Santa Sede, todo gracias a las ganancias de los museos, las tiendas y el resto de las actividades comerciales. Son pocos los que saben que dentro de la Ciudad del Vaticano existe una verdadera red comercial propia que incluye un supermercado, dos de las siete gasolineras que posee la Santa Sede[5], una tienda de ropa, una perfumería, un estanco y un local dedicado a la venta de aparatos electrónicos.

También desde aquí Francisco recibe señales que lo dejan perplejo, al punto de reclamar de inmediato información detalla-

---

[4] El grupo se constituye durante la reunión del 12 de octubre y estará encabezado por Enrique Llano e integrado por Zahra, monseñor Vallejo Balda y Jean Videlain-Sevestre, como se desprende del documento de «decisiones operativas» que se adoptaron durante la reunión.

[5] Las otras gasolineras propiedad de la Santa Sede se encuentran en la Comuna de Roma (tres), una junto a la Villa Pontificia y otra al lado de Radio Vaticano.

da y precisa. Ya durante la primera investigación de actividades y documentos que la comisión envió a finales de julio, ni el presidente del Gobierno de la Ciudad del Vaticano, el cardenal Giuseppe Bertello, ni el secretario general, monseñor Giuseppe Sciacca, ofrecieron respuestas satisfactorias y detalladas. El 31 de julio de 2013 ambos le habían escrito a Versaldi, jefe de la Prefectura:

> Su Eminencia Reverendísima,
> [...] Me dispongo a señalarle que la Gobernación, en ejercicio de sus designios institucionales, ha emitido durante el año en curso 18.850 órdenes de compra de bienes y/o servicios (algunas como ejecución de contratos existentes). Las órdenes que figuran en ejercicios precedentes y que todavía no fueron completadas ascienden a 4.649, por un total de 23.499 documentos (cuyo 60 % es relativo a la compra de bienes destinados a la reventa). De estas operaciones no existe documentación y se esperan indicaciones al respecto.

Dos meses después empieza un control minucioso. Despacho por despacho. Se comienza a realizar el inventario de los locales comerciales para saber si las mercancías indicadas en los balances, entre ellas, las mencionadas en la carta de Bertello, se corresponden con la realidad. El resultado es increíble: «No se encontraron bienes durante el inventario del *stock*», dice el informe reservado a los cardenales[6]. Por tanto, falta toda la mercancía que consta en los balances de la gestión. La situación resulta alarmante y afecta a casi todos los ejercicios comerciales: «De la diferencia de existencias se desprende que, a lo largo de los últimos dos años, se han perdido 1,6 millones de euros», prosigue el documento.

Faltaba aún por saber dónde había ido a parar toda esa mercancía. ¿Habían contado mal o alguien la había sustraído? De ser así, eso implicaba la posible existencia de un mercado negro. En

---

[6] El borrador definitivo está fechado el 18 de febrero de 2014, y da cuenta del avance de las investigaciones de los trece proyectos llevados adelante por COSEA.

los palacios pontificios circulaba una hipótesis aún más preocupante: ¿esos bienes llegaron alguna vez a los almacenes?... Tal vez nunca existieron. Es posible por tanto que hayan sido cargados a los registros de existencias solo en los papeles para justificar la salida de un dinero destinado a otros fines.

La hipótesis de un error en el balance es rápidamente descartada: se repiten los controles y el resultado vuelve a ser el mismo. Del informe puesto a disposición de los hombres de Francisco, y al que tuvimos acceso, se desprende que entre las «pérdidas debidas a las diferencias de inventario» hay un agujero de 700.000 euros en el supermercado, 500.000 euros en los almacenes de ropa, 300.000 euros en la farmacia (entre cremas y medicamentos) y 100.000 euros correspondientes al tabaco. Se trata de anomalías muy extendidas en diversos ejercicios comerciales que ascienden a un total de 1,6 millones de euros misteriosamente desvanecidos en el aire. O simplemente contabilizados pero que nunca existieron.

La inspección se amplía también a los productos que pueden adquirirse en los museos y a todos los puntos de venta de *souvenirs*, libros y productos electrónicos. Tampoco ahí faltan las irregularidades. De la contabilidad surge la falta de 10.000 libros ilustrados, en su mayoría guías turísticas de las obras expuestas en los museos y en la Basílica de San Pedro, y que no se encuentran ni en los locales comerciales, ni en los almacenes, ni en los despachos. No aparecen. Los expertos de la comisión se plantean la siguiente pregunta: ¿esas guías turísticas fueron robadas por algún empleado desleal, o la verdad es otra, aún más grave?

UN PARAÍSO FISCAL DONDE NADIE PAGA LOS IMPUESTOS

El temor es que esas pérdidas injustificadas revelen, en realidad, una enorme estafa financiera. Para entenderlo es precisa una explicación. Con el fin de realizar compras ventajosas extramuros, la Gobernación emite las poco conocidas «exenciones personales del IVA», documentos que permiten a ciudadanos y empleados vaticanos comprar «bienes o servicios» a precios bastante reducidos, ya que se les exime del pago del impuesto al valor añadido vigente en sesenta y tres países del mundo. Para poder efectuar esas compras ventajosas de bienes sin cargas fiscales es necesario que esos bienes sean consumidos «en el interior del Vaticano o por habitantes del Vaticano».

Pero ese beneficio fiscal allana el camino para una posible estafa. Cualquiera podría fingir comprar bienes para el Vaticano al por mayor (exentos de IVA) para luego revenderlos al por menor fuera del Vaticano, embolsándose de este modo el porcentaje normalmente destinado a Hacienda.

Tal vez ese fuese el destino de las 10.000 guías turísticas desaparecidas, aunque también podría tratarse de una práctica mucho más extendida. Para comprenderlo mejor, tal vez sirva un pequeño ejemplo. Haciendo uso de su «exención personal», una persona compra al por mayor veinte ordenadores, que, según asegura, serán destinados a los despachos vaticanos, y que, por tanto, estarán exentos de IVA. Obtenida la mercancía, no la lleva al Vaticano, sino que la vende a precio de mercado en Italia o en otro país de la Unión Europea, embolsándose así el 20 % de IVA que jamás ingresará en el erario público. Un verdadero fraude. Lo que se sospecha es que alguien en el Vaticano se esté aprovechando de ello, simulando estas compras.

Un peligro que para la comisión pontificia de investigación es mucho más que una mera hipótesis. «Un individuo podría adquirir los productos —se lee en el informe a los altos prelados— y consumirlos fuera del Vaticano o directamente venderlos en Italia sin control alguno, lo que implica un considerable riesgo para la reputación (no para las finanzas) de la Santa Sede»[7]. Si algún día el engaño saliese a la luz, el perjuicio para la imagen del Vaticano sería realmente considerable. Es cierto que no se trataría de un

---

[7] *Ibidem.*

daño «financiero», como afirman los consultores que trabajan para la comisión, aunque no por ello sería menos grave.

Sin embargo, el hecho de que no hayan surgido casos específicos tampoco da margen para el optimismo. Muy al contrario. En el Vaticano, este tipo de compraventas se suceden «sin control alguno», como subrayan los hombres de Francisco. Si nadie controla, resulta imposible descubrir este tráfico oculto. Otras sospechas son las que se desprenden de la entrada y salida de valores entre Italia y el Vaticano. Durante 2012, se registraron 598 declaraciones juradas de ingreso de valores en el Vaticano y 1.782 declaraciones de salida de valores con destino a Italia. Durante el mismo período, en la oficina aduanera RomaUno, los interesados presentaron apenas 13 declaraciones juradas de ingreso de valores y solo cuatro de salida. Datos que podrían ser la punta del iceberg de una evidente evasión fiscal.

No se trata solo de actividades ilegales. En el Vaticano a nadie se le escapa que el asunto es bastante más amplio. Existe plena conciencia de los daños que estos hechos pueden acarrearle a la imagen de la Iglesia. Consideran que seguir por ese camino de descontrol sería perjudicial y peligroso. Los hombres del Papa recalcan que el único «camino que se puede seguir es el mejoramiento de la política fiscal para reducir el riesgo de que se relacione al Vaticano con un paraíso fiscal»[8], como se lee en el documento al que tuvimos acceso. Es decir, mientras el Estado de la Ciudad del Vaticano esté exento de tasas e impuestos, como ocurre en la actualidad, será considerado un posible paraíso fiscal con numerosos beneficios. Además de esto, «en la frontera de la Ciudad del Vaticano no existe ninguna aduana italiana —como asevera el fiscal de Roma Nello Rossi, que ha coordinado numerosas investigaciones sobre el IOR—. No existe ningún control, ni siquiera laxo; la aduana más próxima sigue siendo la del aeropuerto de Fiumicino»[9].

---

[8] *Ibidem.*

[9] Conversación con el autor. 21 de septiembre de 2015.

De hecho, quienes viven intramuros no pagan algunos impuestos. La mercancía está exenta de IVA, con su consiguiente reducción de precio. Como recalca Ernst & Young en su informe, el precio del combustible, por ejemplo, «es alrededor de un 20 % inferior al precio aplicado en el Estado italiano (el combustible del Estado de la Ciudad del Vaticano no incluye tasas/impuestos)». Una situación fiscal que puede alentar posibles estafas al erario de los países vecinos.

Resulta urgente introducir «medidas de control apropiadas para la emisión de las exenciones impositivas» a fin de verificar quién se beneficia, qué productos adquiere y dónde son realmente consumidos o utilizados esos bienes. Aún más. También se baraja la posibilidad de una revolución histórica, sin precedentes. Por primera vez en la historia de la Santa Sede, siempre caracterizada por la ausencia de cargas impositivas, se propone la aplicación de un primer sistema de tasas. Concretamente, el tema del IVA exige una reforma radical y urgente y, por lo tanto, resulta impostergable «considerar la aplicación de un impuesto a las ventas comerciales», lo que constituiría un verdadero cambio de paradigma.

En la curia, la propuesta es recibida sin el menor entusiasmo. Incluso, podríamos afirmar, con especial rechazo. Implementar controles sistemáticos a la utilización de beneficios fiscales e introducir un impuesto a las ventas en los locales comerciales afectaría directamente a los intereses de quienes obtienen ganancias turbias de ese sistema, ya sea en capital, favores o poder. Francisco se gana nuevos enemigos dentro de palacio, enemigos que trabajan en silencio para retrasar el avance de la comisión pontificia y frustrar sus esfuerzos. De hecho, al menos por el momento, cualquier sugerencia sobre este punto no deja de ser apenas una declaración de propósitos.

El «camino que se puede seguir» sugerido a los cardenales no fue, de hecho, seguido. Tras analizar los documentos y reconstruir la iniciativa de la comisión, es inevitable preguntarse si el

Papa tendrá la fuerza necesaria para crear una policía financiera en el Vaticano. ¿Logrará introducir un régimen fiscal con impuestos sobre los productos como ocurre en los países avanzados, o el Vaticano está destinado a seguir siendo un Estado *offshore,* sin sistema fiscal?

El problema es evidente. Las irregularidades que caracterizan las actividades comerciales son numerosas. Parece que en el Vaticano las compras desenfrenadas son una constante. Los obispos y los cardenales manifiestan una pasión irrefrenable por los televisores de última generación y por los adelantos tecnológicos más sofisticados. Los números hablan por sí solos. Los expertos de la consultoría RB Audit Italia, en un informe preliminar que presentaron el 9 de octubre de 2013, ya habían advertido del problema.

«Resulta anómalo —escribe el consultor Salvatore Colitta— que un único proveedor perteneciente al sector electrónico de consumo masivo concentre una facturación de más de 4,8 millones de euros». ¿Una cifra tan elevada en manos de un solo proveedor? Sería mejor, prosigue el informe, «llegar a un acuerdo con los fabricantes que permitiera obtener mejores condiciones de compra y, en consecuencia, precios de venta más competitivos, además de un incremento de los márgenes gananciales».

Por si esto no fuera poco, descubren que las tiendas del Vaticano, que ofrecen productos a precio reducido, se llenan de clientes que compran sin los requisitos necesarios. ¿Qué quiere decir esto? Para poder adquirir en estas tiendas se necesita disponer de una «credencial de compra», reservada, por norma, a los empleados y habitantes de la Santa Sede. Los empleados son 5.000 y los ciudadanos vaticanos apenas 836. En total, las credenciales activas deberían rondar, como máximo, las 6.000, ya que muchos ciudadanos vaticanos trabajan allí y, por tanto, forman parte del primer grupo. La realidad es que la cantidad de credenciales en activo supera holgadamente ese número de manera escandalosa: unas 40.000 credenciales activas en manos de igual número de clientes. ¡Casi siete veces más! Un dato increíble.

¿Quiénes son los titulares de todas esas credenciales? ¿Por qué las tienen? En el Vaticano, la respuesta es un secreto a voces: no saben de cuántos se trata, pero muchos sospechan que la casi totalidad de esos clientes no cumplen con los requisitos para comprar intramuros. Nadie protesta. Todos contentos. Los clientes realizan compras a precios inimaginables en cualquier otro país, los empleados ven asegurado su puesto de trabajo y la Gobernación consigue ingentes ganancias con esas ventas. En 2012, más de 44,5 millones de euros: 15,3 millones de ingresos por ventas en el supermercado; 13,1 millones provenientes del combustible; 7,8 millones por la venta de ropa; 4,8 de electrónica y 3,5 del estanco. A esto se suman las anomalías y los pequeños favoritismos que surgen de los datos aún más precisos recogidos por los analistas de la filial española de Ernst & Young a los que hemos tenido acceso:

1. Supermercado: margen de caída (9 % de aumento en las ventas, pero 17 % de aumento en los costes); más de 17.000 productos para una superficie de venta de 900 metros cuadrados (el punto de referencia es de 1.000 metros cuadrados por cada 10.000 productos).
2. Combustible: 27.000 personas compran combustible, 550 de las cuales superan el límite de 1.800 litros anuales. El 18 % de las ventas se registran con la «credencial de servicios» (sin especificar su titular).
3. Ropa y electrónica: más de 16.000 clientes; más de 22.700 productos.
4. Estanco: más de 11.000 clientes, entre ellos, 278 que superan el límite de 80 paquetes de cigarrillos al año; el 14 % de las ventas se registraron con «credencial de servicios» (sin especificar su titular).
5. Farmacia y perfumería: caída de los ingresos de un 17 %; el 30 % de las ventas provienen de productos de perfumería y cuidado del cuerpo; 1.900 clientes hasta la fecha.

«CERRAR LOS COMERCIOS DEL VATICANO QUE DAÑEN LA MISIÓN DE LA IGLESIA»

¿Todas esas actividades comerciales están realmente en sintonía con la misión pastoral de la Iglesia? ¿Qué tiene que ver la venta de perfumes con el espíritu del Evangelio? Esas son preguntas que también se hacen los expertos elegidos por Francisco y que les derivan a los consultores de Ernst & Young para obtener su consejo comercial y su orientación estratégica. La conclusión puede resumirse en una propuesta muy clara y hasta gráfica: perfumería, venta de electrónica, supermercado, tabaco y productos de venta libre en farmacia son descritos como actividades *no fit* (inadecuadas). Se trata de negocios que no aportan nada a la misión evangélica y que, al mismo tiempo, por su propia actividad entrañan riesgos para la reputación e imagen de la Iglesia.

La comisión pontificia se hace eco de esa voz de alarma y se lo hace saber a Francisco, denunciando todas esas «actividades comerciales que no están en línea con la imagen pública de la Santa Sede y que dañan su misión: tabaco, perfumería, ropa, electrónica, combustible»[10]. Para los hombres del Papa es perjudicial que en el Vaticano se vendan cigarrillos, perfumes, productos electrónicos y ropa masculina y femenina. Los consejeros de Francisco sugieren medidas drásticas:

> Es necesario examinar las actividades comerciales y culturales para reducir el riesgo financiero y de reputación, y ponerlas en sintonía con la misión de la Iglesia. [Es necesario] cesar toda aquella actividad que perjudique la imagen de la Santa Sede.

Como consecuencia se cierran los comercios considerados inapropiados y al mismo tiempo se hace necesario reconvertir las

---

[10] De la información reservada de COSEA, 18 de febrero de 2014.

tiendas comerciales con el objetivo de «mejorar todas las actividades que refuerzan la misión de la Iglesia: museos, filatelia, numismática y actividades para los peregrinos». El Papa y sus colaboradores más fieles creen profundamente en un cambio de rumbo destinado a revalorizar los museos, que representan, además, una enorme fuente de ingresos. Los datos que se desprenden del informe de Ernst & Young resultan reconfortantes:

> Museos Vaticanos: aumento de un 6 % de la recaudación, mientras que el aumento de los gastos es del 9 %; el 84 % de los ingresos proviene de la venta de entradas, y el otro 16 % de las cafeterías, venta de *souvenirs* y libros y de las audioguías de las salas (actividad realizada por terceros). Dentro de la Gobernación, la dirección de museos es la que emplea el mayor número de personas (alrededor de 700) y la que genera el mayor retorno económico (para 2013 se prevé una recaudación total de 105 millones). La recaudación de los museos en 2006 era de aproximadamente 62 millones. Entre 2006 y 2012, los beneficios pasaron de 33 a 54 millones. En 2012, los gastos totales de los museos rondaron los 24 millones (en su mayoría por salarios del personal). Para 2013 se prevén 5,5 millones de visitantes: esa cifra está sujeta a fuertes oscilaciones y puede variar de 10.000 a 22.000/25.000 visitantes diarios.

La recaudación por venta de entradas es más estable:

> Las entradas adquiridas *online* tienen un derecho de emisión de 4 euros. En 2013, ese derecho generará ingresos por un valor estimado de 10 millones de euros. Está previsto que en 2013 las entradas vendidas *online* representen un 70 % sobre el total de la venta de entradas. La mayor parte de la recaudación generada por los museos proviene de la venta de entradas (cerca del 90 % del total). El resto proviene de las seis cafeterías (de 3,7 millones en 2006 a 5,2 millones en 2012). La empresa concesionaria que gestiona las cafeterías le ingresa al Vaticano un 25,5 % de lo recaudado. El con-

trato actual prevé que la concesionaria se aprovisione del Estado de la Ciudad del Vaticano para la adquisición de las materias primas utilizadas por las cafeterías[11].

En el Vaticano, sin embargo, falta evaluar correctamente esta actividad cultural, que, aparte de estar en concordancia con la misión de la Iglesia, garantiza óptimos márgenes de beneficios, susceptibles, además, de mejora.

El primer dato que llama a la reflexión es el número de empleados: alrededor de 700 personas. De los análisis internos se deduce que, con una adecuada rotación del personal, sería posible optimizar los resultados. ¿Cómo? La idea más viable sería la de abrir los museos durante el fin de semana, lo que supondría un aumento de los ingresos del 30 %.

En los palacios vaticanos, sin embargo, nadie se muestra particularmente entusiasmado con estos cambios, aunque las propuestas de Ernst & Young que llegan a manos de los cardenales cercanos a Francisco son muy claras.

Los museos deben ser considerados uno de los pilares para el desarrollo económico del Vaticano. Solo sería posible crecer comparando los indicadores clave de rendimiento con el desarrollo de una propuesta estratégica de crecimiento potencial —que incluya tanto la ampliación de los horarios de visita durante los días en que los museos están abiertos como la apertura de los mismos otros días de la semana, por ejemplo, los domingos—, el incremento del área expositiva, el aumento del precio de las entradas y el

---

[11] Datos extraídos de varios informes elaborados por Ernst & Young después de recoger los testimonios de altos funcionarios que trabajan en el Gobierno de la Ciudad del Vaticano. Muchos de los datos fueron específicamente suministrados por el director de los Museos Vaticanos, monseñor Paolo Nicolini, en el encuentro del 18 de noviembre de 2013 a las 16:30 horas. En lo que respecta a las cafeterías, el contrato con la empresa concesionaria analizado vencía el 31 de diciembre de 2013: «Está previsto convocar a una nueva licitación para elegir al concesionario en el curso 2014».

aprovechamiento de la «marca» vaticana para aumentar la venta de productos[12].

UN CONTRATO SECRETO CON PHILIP MORRIS

Según los datos de la Organización Mundial de la Salud (OMS), el consumo del tabaco es la segunda causa de muerte en el mun-

---

[12] El documento prosigue: «Ernst & Young recomienda las siguientes acciones para mejorar los controles y reducir los riesgos operativos y/o económicos de las actividades comerciales:

- En lo que respecta a las credenciales de servicio: revisar la política y los requisitos para la emisión de las credenciales; verificar el estado de las credenciales temporales; regular las restricciones de uso.
- En lo que respecta a las concesiones y subcontrataciones: acordar una prórroga temporal de los contratos vigentes hasta que se defina una nueva estrategia para las asociaciones y un proceso de aprovisionamiento seguro. Las actividades comerciales deben apuntar a la recaudación y a la generación de ganancias con un aprovisionamiento básico, sin excesos. A estos fines, se sugieren las siguientes acciones específicas para cada una de las actividades comerciales:
  - Supermercado: centrarse en los clientes potenciales y reducir la variedad de productos ofrecidos; además, evaluar un destino alternativo para el supermercado.
  - Combustible: centrarse en los clientes potenciales; además, evaluar la cantidad y ubicación de los puntos de venta y considerar la posibilidad de asociarse con un operador subcontratado.
  - Farmacia: centrarse en los clientes potenciales y reducir la variedad de productos ofrecidos.
  - Indumentaria y electrónica: centrarse en los clientes potenciales y en la variedad de productos ofrecidos; a largo plazo, esta actividad puede ser suspendida.
  - Estanco: centrarse en los clientes potenciales, aumentar el precio (equiparar los precios del Vaticano con los precios italianos); a largo plazo, esta actividad puede ser suspendida.
  - Perfumería: aumento de los precios (equiparar los precios del Vaticano con los precios italianos); centrarse en los clientes potenciales y establecer un importe máximo de gasto para los titulares de credenciales; a largo plazo, esta actividad puede ser suspendida».

do y la principal de muerte evitable. Para la OMS, casi seis millones de personas pierden la vida cada año por el tabaquismo. Más de 600.000 de esas víctimas son fumadores pasivos expuestos al humo de los cigarrillos. Es decir, en nuestro planeta muere una persona cada seis o siete segundos debido al humo del tabaco. Una epidemia con todas las letras.

Por eso, los hombres de Francisco consideran que la venta de tabaco es la actividad comercial más negativa para el Vaticano. Apoyar o siquiera tolerar ese humo causante de tumores no puede contar con el aval del papado de Francisco. Vender tabaco es la actividad más alejada de la misión de la Iglesia y la más plagada de riesgos para la imagen y la reputación vaticanas.

Riesgos no solo teóricos sino también prácticos. Queda claro durante la reunión vespertina del 18 de noviembre de 2013, cuando Sabatino Napolitano, de la Dirección de Servicios Económicos de la Gobernación, y el funcionario Enrico Bartelucci explican durante más de dos horas a los expertos de Ernst & Young las diversas actividades comerciales que se realizan en el pequeño Estado. Ellos no lo saben, pero COSEA espera con interés la respuesta que darán acerca del negocio del tabaco, máxime tras haber rastreado algunos sorprendentes documentos reservados que han hecho sonar todas las alarmas entre los colaboradores del Papa.

Ambos funcionarios laicos de la curia tratan de transmitir tranquilidad. Garantizan que «la Ciudad del Vaticano no lleva adelante actividades de promoción del tabaco», como puede leerse en el informe que se filtró inmediatamente después de la reunión. Eso quiere decir que ni se hace publicidad del tabaco, ni se promueve el consumo del cigarrillo, ni se estimula su venta. ¿Se limitan, por tanto, a venderlo? La verdad, desgraciadamente, no es esa. Como cualquier otro Estado, al Vaticano le interesa sobre todo vender la mayor cantidad de paquetes de cigarrillos que pueda, un dato que se desprende claramente de una carta fechada en febrero de 2013 y que meses después terminará bajo el foco de los hombres de Francisco.

Son los últimos días del pontificado de Benedicto XVI. El 11 de febrero de 2013, el Papa anuncia su dimisión, y deja atónitos y desamparados a los fieles de dentro y fuera de los muros del Vaticano de cada rincón del mundo. Durante esos días, llegan a la curia propuestas de negocios muy alejadas de los valores que predica el Evangelio. El 21 de febrero, uno de los proveedores de cigarrillos del Vaticano envía un correo electrónico a la dirección de la Gobernación. El «asunto» no puede ser más elocuente: «Acuerdos 2013». En el contenido del mensaje se detallan todos los beneficios a los que accederá el Vaticano si alcanza cierto umbral de ventas:

Estimada Dirección, en línea con lo conversado telefónicamente, les confirmo lo siguiente:

1. Bonificación por cumplimiento de objetivo de ventas
— facturación anual de 1,7 millones   12.000 euros
— facturación anual de 1,8 millones   14.000 euros

2. Contribución por la inclusión de Winston
Tomamos nota de su aprobación para incluir los dos Winston (Winston One y Winston Silver) y confirmamos una contribución extraordinaria de 4.000 euros (2.000 por cada uno)

3. Cigarrillos Dannemann
Todavía no contamos con un presupuesto, pero visto que se trata de un producto que puede interesarles, estamos dispuestos a hacerles una contribución de 1.000 euros por su inclusión.

Quedamos a su disposición ante cualquier duda,

Paolucci & C. International SpA[13]

Las únicas consideraciones negativas que harán los funcionarios de la Gobernación en su correo de respuesta se refieren exclusivamente a la cláusula sobre los cigarrillos Dannemann, que es inmediata-

---

[13] El correo está dirigido a un funcionario de la Gobernación y lleva la firma de un gerente de una empresa privada.

mente rechazada. Sabatino Napolitano escribe: «No es posible. OK, excepto esa sola condición». En cuanto al resto, todo es correcto.

No estamos en condiciones de conocer en qué términos fue aceptada finalmente la propuesta. Sin embargo, sí sabemos con certeza que hubo negociaciones con las grandes tabacaleras para obtener mayores ingresos. Ocurrió algunas semanas más tarde, en marzo. El cónclave está en marcha: los cardenales de todo el mundo ya han llegado para elegir al nuevo Pontífice. La tarde del 13 de marzo, durante el quinto escrutinio, una mayoría de purpurados vota a Jorge Bergoglio. Mientras tanto, las actividades comerciales siguen a toda marcha. Los negocios son los negocios. Existe un documento fechado ese mismo día y en papel con membrete de Philip Morris, la poderosísima corporación tabacalera, que habla por sí solo. Se trata, al parecer, de un contrato comercial válido por un año, donde figuran las partes, las condiciones y las compensaciones:

La Gobernación se compromete a realizar actividades de *merchandising* en favor de las marcas de cigarrillos de Philip Morris International (PMI). A cambio de esos servicios, la filial romana de Philip Morris International Services Sarl retribuirá a la Gobernación con una compensación de acuerdo a los términos y condiciones expuestos en el presente acuerdo. La Gobernación deberá suministrar mensualmente los siguientes datos:

— Volúmenes de compras de cada una de las marcas en los negocios Duty Free del Estado del Vaticano.
— Campañas promocionales competitivas en marcha y/o ya realizadas, lanzamiento de productos e iniciativas relativas a los precios de venta al por menor.
— Toda la información recabada por la Gobernación deberá mantenerse en reserva y ser utilizada solo para uso interno, salvo que Philip Morris Roma manifieste la necesidad de la divulgación de esos datos. […]

Por la prestación de dichos servicios, Philip Morris Roma retribuirá a la Sociedad con una compensación equivalente a 12.500 euros, que serán facturados a nombre de Philip Morris Roma. La factura deberá ser enviada al Philip Morris International Service Center Europe Sp Z.o.o, calle Jana Pawla II, número 196, Cracovia. La acreditación del pago se realizará en la cuenta corriente a nombre de la Gobernación en el banco de Alemania.

Ojo: el contrato no fue firmado. Hay que aclarar que se trata del borrador de un acuerdo que no llegó nunca a concretarse. Pero en los análisis contables realizados por los hombres de Francisco no sería este el primer caso de un acuerdo no firmado que, sin embargo, estaba vigente. Parece increíble, pero es así.

Y eso no es todo. También salen a la luz contratos en los que la suma de dinero consignada aparece luego dividida en los anexos fechados ese mismo día o en una fecha inmediatamente posterior. De ese modo, si algún superior pedía ver el contrato con esa empresa amiga, recibía el documento oficial sin esos anexos, que, milagrosamente, reducían la suma que debía pagarse a favor de la Santa Sede. Una verdadera estafa. Lo mismo ocurrió varias veces con los arrendamientos: los contratos consignaban la cifra del alquiler y luego, en el archivo, se encontraban anexos que reducían esos valores a la mitad.

Ambos documentos son remitidos a COSEA, y no de forma anónima. Quien cree necesario que la comisión pontificia evalúe el correo electrónico con los incentivos por las ventas y el documento en papel con membrete de Philip Morris es Francesco Bassetti, un laico que trabaja como inspector contable en el Vaticano desde 1999. Con valentía, les entrega a sus superiores papeles que resultan inexplicables.

«NO OBSTACULIZAR LA MISIÓN DE FRANCISCO»

Durante el pontificado de Francisco, el aire se renueva sin lugar a dudas: los borradores de contratos con las multinacionales tabacaleras son revisados atentamente, y el enfoque, en general, es diferente. La «revolución suave» de Francisco se enfrenta y choca con mentalidades opuestas.

Sin embargo, y como ya hemos visto, la voluntad del Papa no siempre, o más bien casi nunca, termina imponiéndose. El papa Luciani, el Pontífice del cambio, quería reformar la curia, en la que había grupos de prelados con «aroma a masonería». Muere misteriosamente después de apenas 33 días de pontificado. Wojtyla, que por un lado estaba empeñado en oponerse como fuera a los regímenes comunistas, por otro pareció no darse cuenta de que el IOR se dedicaba al mayor blanqueo de dinero jamás visto en el siglo XX. Lo mismo le ocurrió a Benedicto XVI, que frente a la insidia de los palacios pontificios, a la corrupción, a los problemas pastorales de la Iglesia en el mundo, tomó la histórica decisión de entregarle el timón de la barca de Pedro a un nuevo pastor.

Hoy, a punto de cumplirse tres años del inicio del pontificado de Francisco, la reforma de la Gobernación aún no se ha concretado. Esos negocios tan ajenos a la misión de la Iglesia siguen abiertos, generan ganancias y prestan servicio a los miles de personas que compran exhibiendo su «credencial de beneficios», aunque no cumplan con los requisitos. El horario de los museos, como sugirió Ernst & Young, no fue ampliado. Siguen cerrados los domingos, excepto el último de cada mes, cuando sí se permite el ingreso gratuito de 9:00 a 12:30, con horario de cierre a las 14:00[14].

Y eso que en la reunión que se celebró en el palacio de la Gobernación el 27 de noviembre, las indicaciones del Santo

---

[14] Tampoco ha avanzado el otro proyecto del presidente, el cardenal Bertello, de rediseñar la estructura de la Gobernación. El purpurado siempre pidió «una nueva estructura de gobierno, para hacerlo más ágil y funcional, y que en lugar de una organización basada en 23 direcciones y oficinas centrales, pasara a contar solo con diez direcciones».

Padre acerca de los cambios que se debían acometer fueron muy precisas. Por un lado estaban los consultores de Ernst & Young, con Andrés Gómez, director de la filial española, y por otro los miembros de la comisión pontificia, desde el coordinador de la misma, monseñor Vallejo Balda, hasta Enrique Llano y Filippo Sciorilli. Vallejo Balda fue más que claro: la reforma de la Gobernación debía seguir cuatro puntos principales:

1. Independencia del Papa (entendida como libertad de acción para el desarrollo de su misión, y no como un fin en sí misma).
2. Articular la actividad [de la Gobernación] con la misión de Su Santidad y en coherencia con la misión de la Iglesia en todo el mundo.
3. Estructuras y riesgos asociados (económicos y de reputación de la Iglesia).
4. Sostenibilidad / Contribuciones económicas.

Estos cuatro principios estratégicos que quería el Papa y que aconsejaban los hombres de Ernst & Young siguen todavía sin establecerse, al menos hasta donde hemos podido saber.

La situación es compleja y presenta aspectos kafkianos. Bien lo sabe el cardenal George Pell, el purpurado australiano elegido por Francisco como ministro plenipotenciario de la economía vaticana. Pell, que forma parte de la nueva guardia, comienza revisando las cuentas y exigiendo transparencia, en consonancia con la línea de Francisco: una Iglesia sin privilegios, siempre del lado de los pobres y de los más necesitados.

El 26 de marzo de 2014, el nuevo secretario de la Gobernación, el padre Fernando Vérgez Alzaga, decide enviarle a Pell su más sentida felicitación por haberse convertido en ministro plenipotenciario de las finanzas pontificias, y le escribe una carta que merece ser leída desde la primera hasta la última palabra:

Eminencia Reverendísima,

Le pido ante todo que acepte mis más sinceras felicitaciones por su nombramiento como prefecto de la Secretaría de Economía. Al mismo tiempo, me permito informar a su Eminencia acerca de cuáles son las facilidades que están previstas en favor de los Eminentísimos cardenales:

— Compra de productos alimenticios en cantidad equiparable a las necesidades de una familia, ya sea en Spaccio Annona o en el Magazzino Comunità, con un descuento del 15 %.

— Un descuento del 20 % sobre el precio de venta limitado a 200 paquetes de cigarrillos sobre un total de 500 asignados mensualmente.

— Un descuento del 20 % sobre el precio de venta del sector textil.

— Una asignación de 400 litros mensuales de combustible a precio especial, divididos de la siguiente manera:

- Bonos de débito interno por 100 litros.
- Bonos de precio especial (descuento del 15 % del precio vigente) por 300 litros.
  - pedido con bonos cardenalicios (de color blanco) para ser utilizados en los expendedores internos de la Santa Sede.
  - y/o con bonos fuera de Roma, para ser utilizados en los expendedores de la red Agip, exclusivamente para automóviles registrados como Scv-Cv-Cd. Para dar curso a esta última asignación, sería útil que alguien tomase contacto con la oficina de combustibles de la Dirección de Servicios Económicos de la Gobernación.

Quedo a su disposición ante cualquier necesidad de mayores precisiones y aprovecho para manifestarle mi más alta consideración a Su Eminencia Reverendísima, devotísimo Fernando Vérgez Alzaga.

Incluso con Francisco en el solio de Pedro se siguen concediendo privilegios y facilidades a los miembros de la curia. La carta deja un profundo poso de amargura en el cardenal Pell, que la archiva de inmediato. Sin embargo, en el transcurso del mes de octubre siguiente, algún integrante del personal del Vaticano la encuentra y le filtra una copia al periodista Marco Ansaldo, del periódico *La Repubblica*. En su artículo, el vaticanista recuerda que nunca se ha visto fumar a un cardenal. ¿Adónde van a parar todos esos cigarrillos? En su texto, Ansaldo no descarta que sean revendidos, con la ganancia correspondiente. «Algunos hasta insinúan pérfidamente que quienes reciben esos paquetes de cigarrillos los venden después en eBay».

6
EL INMENSO PATRIMONIO INMOBILIARIO
DEL VATICANO

LA BANDA DEL BUTRÓN

La Iglesia, como es bien sabido, posee un patrimonio inmobiliario inagotable y único en el mundo. Sin embargo, nadie sabe a cuánto asciende, ni siquiera dentro de la curia. Los balances señalan algunos datos, pero los hombres de la comisión de Francisco descubrieron que no resultaban creíbles. Tan solo el patrimonio del APSA, considerando las propiedades comerciales, residenciales e institucionales, alcanza un valor siete veces más alto de lo que figura en los registros contables. Y el valor de mercado, siempre referido al patrimonio del APSA, supera los 2.700 millones de euros, una cifra que COSEA logra documentar con precisión por vez primera.

Además, la negligencia y la argucia son los rasgos que caracterizan la administración de los inmuebles, no solo de aquellos cedidos al personal perteneciente a la Santa Sede —ya hemos mencionado las principescas residencias ofrecidas sin coste a algunos cardenales—, sino también de las casas alquiladas a muchísimas personas externas, a colaboradores o simplemente a amigos. Hemos tenido acceso exclusivo a todos los informes inmobiliarios del APSA. De casi 5.000 propiedades inmobiliarias, en su mayoría situadas en el centro de Roma o en la Ciudad del Vaticano, el alquiler medio exigido es inferior a los 1.000 euros mensuales. Hay cientos de alquileres que entran en la categoría conocida como «A0», iniciales que en los documentos que pudimos ver se corresponden con el término «alquiler cero». Muchos otros inquilinos pagan una cantidad inferior a cien euros anuales. Han leído bien: anuales. Uno en particular, tal vez el más afortunado de todos si se tiene en cuenta la ubicación del piso, en pleno centro de Roma, paga 20 euros de alquiler al año. Esa casa es un *status symbol* en la curia, y demuestra la categoría de quien la habita.

Así que el favoritismo y el oportunismo están a la orden del día. La comisión descubre que uno de los principales bancos italianos, la Banca Intesa, ha pagado apenas 1.864 euros como fianza por el alquiler de su sede, que es propiedad del Vaticano. Situación grotesca y paradójica que al ser contrastada con las condiciones que atañen a cualquier ciudadano de a pie resulta intolerable. Todo esto lo hemos podido documentar de forma exclusiva gracias a los documentos reservados de los hombres fieles a Francisco.

Pero antes de entrar de lleno en el asunto de la administración de ese inmenso patrimonio inmobiliario, es importante que conozcamos algunas historias —hasta hoy completamente inéditas— que describen perfectamente la atmósfera y el entorno en los que deben lidiar Francisco y sus hombres. La increíble voracidad de los prelados parece no tener límite, como demuestra esta anécdota que tiene como protagonista a su eminencia reverendísima monseñor Giuseppe Sciacca, ni más ni menos que el secretario general de la Gobernación nombrado por Benedicto XVI el 3 de septiembre de 2011. Nacido en 1955 en Aci Catena, una pequeña localidad de la provincia siciliana de Catania, Sciacca parece tener debilidad por las viviendas confortables y, sobre todo, muy espaciosas.

A su eminencia le encanta organizar fiestas y cenas con sus amigos. Pero al parecer el bello apartamento que ocupa en la Ciudad del Vaticano, obviamente sin costes, le resulta inadecuado para sus reuniones. Se trata del palacio San Carlo, donde vivió durante un tiempo el cardenal polaco Andrzej Maria Deskur, amigo de Wojtyla, fallecido en septiembre de 2011.

Estamos en 2012 y el alto prelado ocupa desde hace meses el prestigioso cargo en el organismo responsable de gastos y suministros. Fue el amigo de siempre, Tarcisio Bertone, quien convenció a Benedicto XVI para que le confiara a monseñor Sciacca el delicado puesto de número dos de la Gobernación. Ratzinger lo había elegido como sucesor del secretario retirado, monseñor Carlo Maria Viganò, que, como está documentado en *Las cartas secretas de Benedicto XVI,* había intentado poner en orden las cuentas de la entidad denunciando algunos sobreprecios y el derroche en los gastos, aparte de algunos episodios de robo. Por eso, como ya hemos narrado, después de un fuerte enfrentamiento con Bertone, Viganò fue enviado como nuncio apostólico a Washington. Demasiados enemigos, demasiados intereses en juego. La curia no perdona[1].

---

[1] La carta que le escribirá monseñor Viganò al papa Benedicto XVI en defensa de su actuación y atacando al secretario de Estado Bertone documenta a las claras el dramatismo de este período: «Beatísimo Padre: Por desgracia, me veo obligado a recurrir a Su Santidad por una incomprensible y grave situación que afecta a la Gobernación y a mi persona. […] Mi traslado de la Gobernación en este momento provocaría un profundo desconcierto y desaliento en cuantos han creído que era posible sanear muchas situaciones de corrupción y prevaricación desde hace tiempo arraigadas en la gestión de las diversas direcciones. Los eminentísimos cardenales De Paolis, Sardi y Comastri conocen perfectamente la situación y podrían informar a Su Santidad con pleno conocimiento y rectitud. Pongo en las manos de Su Santidad esta carta que he dirigido al eminentísimo cardenal secretario de Estado, para que disponga de ella según su augusta voluntad, teniendo como mi único deseo el bien de la Santa Iglesia de Cristo. Con sinceros sentimientos de profunda veneración, de Su Santidad devotísimo hijo». Pocos días después, ante Benedicto XVI en persona, Viganò entregará un informe confidencial sobre sus actividades. A continuación, un extracto: «Cuando acepté el cargo en la Gobernación, el 16 de

Sciacca, evidentemente, aseguraba una continuidad perfecta para la Secretaría de Estado. Habría sido el segundo del presidente cardenal Giuseppe Bertello, italiano como Sciacca y persona que gozaba también de la confianza de Bertone, como casi la totalidad de las máximas autoridades de las distintas oficinas que se ocupan de las finanzas de la Iglesia.

Hablamos de aquella etapa en la que Bertone gozaba de un poder absoluto dentro de la curia, y en la que situaba en los lugares más estratégicos a cardenales y obispos italianos que le habían demostrado lealtad. Un bloque de poder que Ratzinger le dejó en herencia a Francisco y con el cual el papa argentino se encuentra de pronto en una guerra sin cuartel, día tras día.

Sciacca se lamenta de aquella vivienda que consideraba demasiado modesta. Quiere otro apartamento, más acogedor y espacioso, pero no sabe cómo obtenerlo: el único camino consiste en

---

julio de 2009, era muy consciente de los riesgos a los que me enfrentaba, pero nunca habría pensado encontrarme frente a una situación tan desastrosa. Hablé de ello en varias ocasiones con el cardenal secretario de Estado, haciéndole presente que no lo habría conseguido solo con mis fuerzas: necesitaba de su constante apoyo. La situación financiera de la Gobernación, ya gravemente debilitada por la crisis mundial, había sufrido pérdidas de más del 50-60 %, también por impericia de quien la había administrado. Para ponerle remedio, el cardenal presidente había confiado de hecho la gestión de los dos fondos del Estado a un Comité de Finanzas y Gestión, compuesto por algunos grandes banqueros, quienes, según ha resultado, se preocupaban más por sus intereses que por los nuestros. Por ejemplo, en diciembre de 2009, en una sola operación nos hicieron perder dos millones y medio de dólares. Se lo señalé al secretario de Estado y a la Prefectura de los Asuntos Económicos, la cual, por lo demás, considera ilegal la existencia de dicho Comité. Con mi constante participación en sus reuniones he intentado poner freno a la actuación de dichos banqueros, de los cuales a menudo he debido necesariamente disentir. Sobre la actuación de este Comité le puede informar perfectamente el profesor Gotti Tedeschi, que ha sido miembro de él hasta su nombramiento en el IOR, y sabe bien cuánto he intentado hacer para mantener bajo control su actuación».

esperar una ocasión propicia. Ocasión que, como no podía ser de otra manera, un día se presenta. Basta un poco de cinismo y de astucia para conseguirlo: la jugada está hecha. Monseñor sabe cómo moverse, y con la velocidad de un depredador orquesta un plan tan audaz que incluso hoy, al contarlo, parece increíble.

La víctima elegida por Sciacca es su propio vecino, un humilde sacerdote ya mayor y de salud muy frágil que vive con una monja y que hace tiempo que no sale de su hogar. Ya nadie lo ve pasear por el Vaticano. Sciacca recaba información. Quiere saber qué le pasa. Se entera de que, en los últimos meses, el pobre cura debe recibir cuidados y atención médica permanentes. Descubre también que en ese momento el sacerdote se encuentra internado en el hospital porque debe pasar consulta urgente con los especialistas. Los rumores sobre su salud se disparan: muchos lo dan por moribundo y piensan que difícilmente regresará a su casa. ¿Qué hace Sciacca? Una jugada sorprendente: llama a una empresa constructora de su confianza, le enseña la pared divisoria entre ambos apartamentos y les pide que abran un boquete para unirlos. Necesita esos valiosos metros cuadrados para que su residencia sea más acogedora. No sin asombro, los trabajadores realizan el encargo. Una vez abierto el paso, acceden a la casa del sacerdote ausente. En pocas horas, la suerte está echada: como por arte de magia, la residencia del secretario de la Gobernación gana un valioso espacio que suma a su sala de estar. Sin que el gravemente enfermo sacerdote lo sospeche, su apartamento queda reducido.

Pero la sorpresa no termina ahí: además del espacio, Sciacca «incorpora» también los muebles de la habitación en cuestión, provenientes de la así llamada *florería,* la oficina que se ocupa del mobiliario de las viviendas de los religiosos y que depende precisamente de la Gobernación que él preside. Los objetos personales del sacerdote enfermo son guardados a su vez en cajas de cartón y abandonados en el pasillo de la casa, igual que si estuviesen listos para una mudanza. Por último, en el boquete colocan una puerta que permite el acceso al ambiente «conquistado» desde el piso contiguo.

La historia, obviamente, provoca sorpresa, hilaridad y enfado en el seno de la curia. Sobre todo cuando al anciano sacerdote, que no tiene la menor intención de pasar a mejor vida, lo mandan de vuelta a su casa. Se pueden imaginar su sorpresa. No bien abre la puerta, advierte algo extraño. Le parece que el apartamento está cambiado: falta una habitación. Pero el hombre es tan mayor que prefiere no protestar ni reclamar justicia.

Sin embargo, quien no desespera es la valiente monja que vive con él, que les confía lo sucedido a algunas hermanas y les pide consejo. La mayoría le sugiere prudencia, no exponerse. Pero ella no tolera esta injusticia y se dirige directamente al Papa. Le escribe a Benedicto XVI una enardecida carta relatando todo el asunto y pidiendo equidad y misericordia. Pero nos encontramos en los últimos meses del pontificado de Ratzinger, y pocas semanas después la situación cambia de modo irreversible: el anciano sacerdote muere, Ratzinger dimite, Francisco asciende al solio pontificio y la música cambia.

Monseñor Sciacca es «destituido» por el Santo Padre apenas cinco meses después de su elección como Papa. Sin demora, se le notifica su traslado para hacerse cargo de otro cometido. En pocos días debe dejar su apartamento en la Gobernación y tomar posesión de su nuevo puesto. El relevo de Sciacca se hace a tal velocidad que no se espera siquiera a que haya un cargo de valía disponible en la estructura de poder de la Santa Sede, y crean específicamente para él una nueva figura *ad personam* en el Tribunal Supremo de la Signatura Apostólica, es decir, el tribunal que se ocupa de las causas judiciales y administrativas cuyo responsable es el cardenal Raymond Leo Burke. A partir del 24 de agosto de 2013, Sciacca se convierte en secretario adjunto de ese departamento, a la sombra de Burke, por quien Francisco no siente la menor simpatía. La distancia entre Burke y Bergoglio ha estado marcada sobre todo por cuestiones teológicas, ya que el purpurado nacido en Wisconsin en 1948 sigue celebrando la misa tridentina a pesar de la reforma litúrgica. También él será destituido de su cargo de manera polémica como consecuencia de la incesante «revolución suave» de Francisco, que, como veremos, seguirá adelante durante 2014.

Pero volvamos a la casa «ampliada». ¿Cómo terminó todo? Tras perder su cargo en la Gobernación, monseñor Sciacca es llamado a abandonar rápidamente el apartamento que le correspondía, y de esa manera termina siendo asignado a otro prelado. Historias como esta, que se hacen públicas por primera vez, llegan a oídos de Francisco en Santa Marta y lo dejan sin palabras. En *shock*. Reviven viejos vicios jamás afrontados con el rigor necesario. Es el cardenal Santos Abril y Castelló quien le relata a Francisco, a los sacerdotes y a los monseñores amigos del argentino todo lo que descubre nada más ser nombrado arcipreste de la basílica de Santa Maria Maggiore. El administrador de los bienes de ese reconocido lugar de culto es el monseñor polaco Bronislaw Morawiec, que, como vimos en el primer capítulo, fue acusado de graves irregularidades administrativas. Habría sustraído importantes sumas de la caja de la basílica, que además ostenta un riquísimo patrimonio. La inspección realizada por el nuevo arcipreste lleva a la confección de una especie de inventario para saber qué falta y a cuánto asciende lo sustraído.

Ese inventario revela la ausencia de un manojo de llaves perteneciente a uno de los apartamentos de un edificio contiguo, donde se hospedan sacerdotes y eclesiásticos. La puerta del piso se encuentra cerrada. Hasta ahí todo parece estar en orden. Oficialmente la casa no está ocupada y debería estar lista para albergar a alguien en caso de necesidad. Pero eso solo en los papeles, porque cuando logran acceder a la vivienda, todos se quedan patidifusos. El apartamento resulta estar habitado desde hace tiempo. El canónigo del piso de abajo había hecho un agujero en su techo para comunicar ambos pisos con una escalera de caracol pagada por él mismo, logrando de ese modo duplicar las dimensiones de su vivienda sin que (casi) nadie lo supiera y convencido, tal vez, de que nadie jamás se daría cuenta. Descubierto el abuso se informa a los superiores. Se necesitarán varios días para que la situación se regularice.

EL AGUJERO NEGRO DEL PATRIMONIO INMOBILIARIO

No se trata de dos casos aislados. El inmenso patrimonio inmobiliario del Vaticano complica los proyectos de Francisco y se convierte en una piedra en el zapato de su pontificado. Es cierto que en la historia reciente la Iglesia nunca tuvo fortuna en la administración de sus propiedades. Ni con Juan Pablo II ni con Benedicto XVI había una estrategia común para la administración de conventos, edificios e iglesias, y todo se regía por el derroche, los favoritismos y, en algunos casos, por situaciones lisa y llanamente escandalosas. Así durante décadas. Los problemas seguían en la agenda, pero la solución iba pasando de pontífice en pontífice. Todo quedaba igual, permitiendo que quien tenía más poder y era más astuto sacara provecho de ese estado de negligencia generalizada.

Lo que falta, sobre todo, son datos fundamentales, empezando por el más importante: el valor inmobiliario. El patrimonio es enorme, pero nadie sabe a cuánto asciende. Falta un inventario exhaustivo de los bienes de todos los organismos del Vaticano, de las entidades y órdenes religiosas de la Iglesia en el mundo, un catastro general y homogéneo de todas las propiedades. Las distintas áreas de la Iglesia tienen su propio inventario en sus bancos de datos, pero son enumeraciones y descripciones parciales. No todos los bienes aparecen consignados. No se cuenta con la información fundamental acerca de las propiedades. Es por eso que historias como la de monseñor Sciacca podrían repetirse sin fin.

No estamos hablando de órdenes religiosas con propiedades en rincones remotos de África, sino de organismos que se encuentran en la Santa Sede, centro neurálgico de la teocracia. Hemos tenido acceso a la base de datos interna del APSA, que administra una fuente de ingresos constituida por 5.050 inmuebles, entre apartamentos, despachos, negocios y terrenos en Roma. Se trata de una base de datos secretísima, la cual pudimos consultar y hacemos ahora pública. No hay que olvidar que hasta 2014 ni siquiera el balance del APSA era publicado. Hurgando en esos datos, se descubren muchas cosas interesantes. La más llamativa es que intramuros nadie parecía tener una imagen completa y actualizada de los bienes administrados. De casi la mitad de las propiedades, los datos consignados están incompletos. En muchos casos ni siquiera figura la superficie del inmueble. Para ser más exactos, de 2.685 propiedades, más del 50 % del total inmobiliario, no figuran las dimensiones del apartamento o del local, y es, por tanto, imposible evaluar si el alquiler que se cobra es justo. En muchos otros casos falta la ubicación exacta de los inmuebles en el interior de un edificio o el importe del alquiler percibido. Todo esto impide optimizar esas rentas, y hace imposible adoptar estrategias eficaces a la hora de vender y de volver a invertir.

También hay que subrayar que el patrimonio inmobiliario de la Iglesia en el mundo paga impuestos, lo que reduce mucho el rédito de los alquileres. Es este un punto sensible al que se enfrenta el presidente del APSA, el cardenal Domenico Calcagno, cercano a Bertone, que el 30 de julio de 2013 escribe lo siguiente a la comisión pontificia designada por Bergoglio:

Existen propiedades inmobiliarias y mobiliarios no incluidos en el patrimonio del APSA por más que sean atribuibles a diversas áreas de la curia romana (como ejemplo no exhaustivo existen todavía bienes inmobiliarios registrados a nombre de la Cámara Apostólica, al Colegio Cardenalicio...) y viceversa, existen propiedades inmobiliarias formalmente a nombre de la Santa Sede, pero cuyo pleno uso y disfrute se encuentra desde hace tiempo en manos de parroquias e instituciones religiosas, muchas veces sin ningún documento contractual. [...] En la actualidad siguen sin resolverse cuestiones delicadas relativas al aspecto fiscal y a la responsabilidad que surge de la tenencia de esos bienes. [...] Esos inmuebles, si bien considerados exentos de impuestos en tanto que están «*formalmente*» declarados como relacionados con «necesidades de culto», resultan, por el contrario, y en muchos casos, destinados a usos diversos (incluso comerciales), sin que sea posible un control o una validación por parte de esta administración, para la cual sigue siendo desconocido el uso real y concreto de esas fincas. La ya mencionada cuestión fiscal resulta muy relevante, puesto que la exención impositiva es consecuencia directa del uso «para fines de culto»: ese desvío en el uso de las propiedades deja expuesto al APSA a inspecciones fiscales.

Otra piedra en el zapato: el patrimonio irremediablemente se deteriora. Se necesitan reestructuraciones que vuelven muy gravoso su mantenimiento. En el ejercicio fiscal de 2014, el APSA previó un presupuesto de 4,5 millones para mantenimiento extraordinario programado, y otros 4,7 millones para trabajos en los inmuebles de uso institucional, como aquellos que debían realizarse en el palacio del Santo Oficio. Todo esto está a cargo de un solo organismo, que en el periodo de un año debe prever un presupuesto de al menos 9,2 millones para obras de conservación.

Es más, cuando la Gobernación decide hacer mantenimiento de un edificio, las obras no siempre son adjudicadas siguiendo los procedimientos de licitación previstos por la mayoría de los países de la Unión Europea. Con frecuencia, las empresas son elegidas «a dedo» y se realiza una licitación privada, lo que deja un amplio margen para la discrecionalidad. De este modo, no se solicitan presupuestos previos que permitan elegir el mejor precio del mercado. ¿Cómo es posible entonces tener control sobre los costes?

Fue el propio papa Francisco quien denunció estos hechos ante los cardenales en el simposio de julio de 2013. Y la situación vuelve a surgir puntualmente meses después, en el curso de las investigaciones de COSEA sobre las fuentes de ingreso del Vaticano. Un ejemplo es el mantenimiento extraordinario de los inmuebles del APSA, destinados a uso institucional, previsto en el balance de 2014: de muchas de las obras programadas no se conocen los gastos, sobre todo los referidos a «obras varias de edificación, de remodelación, de diseño interior y de restauración, necesarias para la obtención del certificado de prevención contra incendios».

Los casos analizados son dos: el histórico palacio de San Calixto y la Cancillería, un espléndido ejemplo de edificio renacentista que alberga los tribunales de la Santa Sede (la Penitenciaría Apostólica, el Tribunal Supremo de la Signatura Apostólica y el Tribunal Apostólico de la Rota Romana). «Ante la falta de un proyecto definitivo —se lee en la documentación interna—, se destina una suma provisoria equivalente a 254.257 euros» para cada intervención particular.

Por otro lado, a los cardenales, obispos y burócratas parece importarles mucho el estado de sus viviendas. Quieren que todo funcione a la perfección. Que las cañerías, las cerraduras y las calderas no fallen nunca; que las paredes se pinten periódicamente. Así es que el APSA jamás olvida destinar una suma «para el mantenimiento de las viviendas destinadas a los superiores de la curia romana», como ocurre en cualquier monarquía del mundo. Más de 700.000 euros en efectivo disponibles en todo momento. Así se aseguran de que cuando haga falta arreglar la casa de algún purpurado no haya demoras y se proceda con celeridad. Y a nadie se le olvida que muchas veces son los propios inquilinos los que hacen las modificaciones, obteniendo luego el reembolso de la Santa Sede. Para esas obras se prevé medio millón de euros en concepto de «reembolsos de gastos realizados por los arrendatarios para la remodelación de sus viviendas».

No se trata solo del patrimonio del APSA. La auditoría realizada por la firma RB Audit arroja nuevos datos sobre esas remodelaciones. En particular, sobre los trabajos de mantenimiento ordinario y extraordinario realizados en las propiedades de Propaganda Fide[2]:

> La Congregación no tiene un verdadero registro de proveedores, es decir, un listado de empresas incluidas sobre la base de requisitos económicos, organizativos y técnicos debidamente autorizados que puedan ser invitadas a participar de un proceso de licitación de obras. Establecer un registro sería un instrumento válido de consulta del mercado, articulado por categorías. A día de hoy, la Congregación, más que una licitación pública en sentido técnico, lleva adelante licitaciones privadas, a saber, sobre la base de un proyecto de ejecución y de la documentación técnica propios, se recurre a empresas que cumplan con los requisitos necesarios, invitándolas a presentar su oferta de licitación para la provisión de un servicio. [...] Sería oportuno que la Congregación reglamente con más detalle el encargo de las obras, proponiendo, por ejemplo, una metodología distinta de asignación de las obras por importes muy elevados o de trabajos de tipo particularmente complejo.

Cien metros cuadrados por 20,67 euros anuales

Un frente particularmente delicado es el del mercado de la compraventa y el del alquiler. En los últimos veinte años, la historia de la curia y de las entidades religiosas ha estado marcada por escándalos periódicos relacionados con la venta de bienes por debajo de su valor real a amigos, y amigos de amigos, a pre-

---

[2] La Sagrada Congregación de «Propaganda Fide» y el dicasterio pontificio en el cual se concentra el gobierno general y las juntas directivas de la actividad misionera católica por el mundo. La congregación está actualmente compuesta por sesenta y un miembros, entre cardenales, obispos y arzobispos. El actual prefecto es el cardenal Fernando Filoni, nombrado en mayo de 2011 por Benedicto XVI.

cio de favor. Las crónicas dan testimonio de la cesión de inmuebles a un precio reducido: desde Propaganda Fide hasta el caso de Angelo Caloia, acusado de haber vendido parte de los bienes del IOR, del que era presidente; desde las casas compradas por monseñor Scarano a los exconventos de instituciones religiosas transformados en clínicas y viviendas de lujo a través de la apropiación indebida de contribuciones públicas. Los auditores de la firma Promontory cribaron las cesiones realizadas por el APSA durante los últimos quince años. En la práctica, solo se han desprendido del 6 % del total de las propiedades inmobiliarias, una cifra ridícula: «228 unidades fueron vendidas y 79 donadas», se lee en el informe confidencial. «Entre ellas, fueron regalados 20 apartamentos y 23 iglesias, capillas y residencias, mientras que se vendieron 119 casas».

La situación de los alquileres también resulta muy problemática. Los apartamentos propiedad de la Iglesia casi nunca parecen alquilarse a precios de mercado. La diferencia resulta escandalosa: entre un 30 y un 100 % menos que el valor medio de mercado. Esto supone una pérdida de ingresos de decenas y decenas de millones. La situación resulta paradójica: algunos activos terminan siendo más bien un verdadero pasivo, porque es menos lo que se percibe en concepto de alquiler que lo que se gasta en el mantenimiento del inmueble.

Los controles que realizan los consultores de Promontory y RB Audit sobre las actividades del APSA, de Propaganda Fide y del IOR revelan una desastrosa situación general, y son enviados a COSEA y presentados por esta a Francisco y sus más estrechos colaboradores. De los documentos a los que hemos tenido acceso en exclusiva para este libro se desprenden numerosas incongruencias e irregularidades, como se ocupa de recalcar el informe de la comisión:

Diversas instituciones vaticanas administran bienes pertenecientes a instituciones de la Santa Sede (por un valor cercano a los 4.000

millones) y bienes a nombre de terceros (por un valor cercano a los 6.000 millones) por un total de 10.000 millones, de los cuales 9.000 corresponden a títulos y 1.000 a propiedades inmobiliarias. [...] Por tanto, muchas instituciones vaticanas poseen bienes inmobiliarios por un valor total de alrededor de 1.000 millones de euros. Esta evaluación, realizada sobre casi el 70 % de la cartera de inversiones, señala sin embargo un valor de mercado más alto[3]. En lo que respecta a los bienes del APSA (propiedades comerciales, residenciales e institucionales) el valor de mercado estimado es siete veces más alto que el registrado en los balances, por un total de 2.700 millones de euros. A su vez, en lo que concierne a Propaganda Fide, el valor de mercado estimado es al menos cinco veces más alto que el de los balances, por un total de 500 millones de euros.

El rédito por arrendamiento de las propiedades inmobiliarias de Propaganda Fide podría ser de más de un 50 % si los alquileres de todos los inquilinos externos se ajustaran al valor de mercado. Pero este dato se refiere solo a 219 inmuebles comerciales y residenciales sobre un total de 470; no hay información disponible sobre la superficie de las fincas restantes. Además, los exempleados siguen pagando tarifas de empleado (alrededor de un 60 o 70 % por debajo de los parámetros del mercado) incluso hasta ocho años después de extinguido su contrato laboral. Si se compara el alquiler anual efectivo por metro cuadrado de las propiedades de Propaganda Fide con el alquiler por metro cuadrado a precio de mercado, se descubre que el primero es de 21 euros por metro cuadrado frente a los 31 del valor de mercado, lo que representa una pérdida anual de 3,4 millones de euros. De los datos de gestión verificados se desprende una falta total de control, de eficiencia y de una estrategia adecuada para el uso de los bienes inmobiliarios.

En Roma, el APSA estipula la tarifa percibida por alquileres de tres maneras: por tipología de contrato (nuevo o renovación), por

---

[3] La evaluación abarca los bienes inmobiliarios del APSA (aproximadamente el 45 % del valor total de compra), el fondo de pensiones (cerca del 17 %) y Propaganda Fide (cerca del 10 %).

sujeto contractual (empleado, jubilado o externo) y por zona. Dependiendo de la zona, el alquiler por metro cuadrado va desde los cinco euros mensuales en Castel Gandolfo y Ladispoli a los 9,88 euros mensuales por los áticos en el centro de la capital italiana[4]. Esto significa que por un espléndido ático en un edificio de época con vistas a la plaza de San Pedro apenas se pagarán 1.000 euros al mes. Un precio verdaderamente irrisorio. Los jubilados, además, gozan de una rebaja extra del 15 % respecto a los empleados.

Pero en los contratos con los así llamados «externos», o sea, particulares o sociedades que no dependen de la Santa Sede, las rebajas resultan inexplicables. Edificio por edificio, el APSA adopta en su contabilidad un preciso criterio que indica el canon que debe aplicarse. Por una hermosa casa en via dei Coronari, en el centro histórico y con una vista deslumbrante de Roma, se pagan como máximo 26 euros mensuales por metro cuadrado. Una cifra lejana a los valores de mercado. Y eso no es todo. Además de resultar una tarifa reducida, la suma establecida para los alquileres a los «externos» raramente coincide con la que de hecho se exige y, por tanto, se abona. En la mitad de los casos, los alquileres percibidos son muy inferiores incluso a los mínimos que constan en la contabilidad. De ahí la perplejidad de los consultores convocados por la comisión:

Desfase entre el canon efectivamente aplicado y la tarifa predeterminada, falta de ajuste del canon percibido en función del cambio de «estatus» del arrendatario, alto grado de morosidad y falta de información en los documentos. Un análisis sistemático de los datos evidencia un frecuente desfase entre el canon aplicado y el canon preestablecido, ya sea entre inmuebles distintos situados

---

[4] Quien quiera un apartamento totalmente renovado a cargo del APSA, deberá pagar un recargo del 15 %, que se reduce a un 10 % si se elige un inmueble parcialmente remodelado o ya renovado por el inquilino anterior.

GIANLUIGI NUZZI

dentro de la misma zona de precios, ya sea en el interior de un mismo edificio.

Llama la atención que la tarifa aplicada a los contratos de arrendamiento concerniente a los apartamentos destinados a solicitantes externos sea inferior al mínimo de referencia en al menos 259 propiedades sobre un total de 515. [...] Mención aparte merece el tema del sistema de garantías de solvencia de los inquilinos. Si el riesgo es básicamente inexistente cuando se trata de empleados y jubilados vaticanos, con los externos ese riesgo resulta mayor. En algunos casos, el importe de la fianza no parece proporcional al valor del contrato. Nos referimos en particular al cliente Banca Intesa, que frente a un canon anual de 163.369 euros ha hecho un depósito de fianza de apenas 1.894 euros, equivalente al 1,16 % del alquiler anual total. Para colmo, esa institución bancaria parecía encontrarse envuelta en una confusa y poco clara situación de deuda [dato de RB Audit fechado el 9 de octubre de 2013].

Resulta llamativo que entre los clientes externos se encuentre un banco, y que reciba, además, la «facilidad» de pagar una fianza ridícula, cuando por su magnitud e importancia no debería necesitarlo. Por tanto, resulta paradójica la mención a la «confusa y poco clara situación de deuda», en referencia a uno de los bancos más importantes de Italia. ¿Una inocente distracción?

Por otro lado, el número de morosos sigue aumentando desmesuradamente. Solo en Propaganda Fide, se adeudan 3,9 millones de euros[5], de los cuales más de un tercio, 1,6 millones, únicamente incluyen los primeros nueve meses del año. En el APSA, en cambio, la morosidad alcanza los 2,9 millones[6], y representa el 9 % del total del patrimonio en alquiler. Por si esto fuera poco, surge un fenómeno totalmente nuevo e inaudito: sin consentimiento del

---

[5] Los datos consignados en la auditoría de RB Audit corresponden al 30 de septiembre de 2013.

[6] Los datos consignados en la auditoría de RB Audit corresponden al 21 de mayo de 2013.

casero, algunos inquilinos se rebajan el alquiler a sí mismos, con descuentos que alcanzan el 50 %:

> Llama cuanto menos la atención que alrededor del 18 % de la morosidad resulte de créditos por contratos ya vencidos. [...] Los créditos otorgados a inquilinos cuyos contratos de arrendamiento vencieron alcanzarían los 770.000 euros. [...] Otro caso es el de las rebajas del alquiler que hacen *motu proprio* los inquilinos por motivos coyunturales y sin una adecuada reformulación del contrato, con la consiguiente contabilización de ingresos que nunca se vuelven efectivos, pero sobre los cuales igual se deben pagar impuestos. [...] Un ejemplo significativo es el de la empresa Borghi, que desde hace meses ha reducido unilateralmente la tarifa que pagaba, depositando un importe mensual de 50.000 euros y no los más de 93.000 previstos en el contrato actualmente vigente. De este modo se suman otros 400.000 euros a los créditos por morosidad de la Santa Sede.

Eso no es todo. A partir de la investigación salen a la luz historias todavía más escandalosas, con alquileres cedidos directamente sin pago alguno y por motivos, aparentemente, inexplicables. En la curia, recordemos, los llaman «A0»: «alquiler cero», reservado no solo a los cardenales, sino también a laicos, empleados públicos y particulares. A veces se concede gratis una casa, como una especie de beneficio, a quien, por su calificación profesional y su formación, merecería cobrar un sueldo superior al previsto por el escalafón de remuneraciones del Vaticano. Pero no siempre es así.

Esos centenares y centenares de «A0» suponen un nido de favoritismos, clientelismos y manifestaciones de un poder que poco tiene que ver con los principios que sostiene Francisco. No se entiende por qué una propiedad adquirida, tal vez, gracias a las donaciones de los fieles se pueda ceder después gratis y de por vida.

En resumen, son numerosas las sorpresas que surgen al estudiar los contratos de localización de los 5.050 bienes inmuebles cedidos en alquiler por el APSA en la ciudad de Roma. Hay 715 propiedades, entre viviendas, oficinas y locales comerciales (casi el 15 % del total), que figuran con importe 0,00 en la columna de «canon anual», lo que significa que esos bienes están alquilados de manera gratuita. La mayoría de las veces se trata de propiedades de lujo en el corazón de Roma, a pocos pasos de la plaza de San Pedro, en el barrio Prati o en el casco histórico de la ciudad.

También hay otros 115 inmuebles alquilados por una cifra cuanto menos irrisoria: entre 1,72 y 100 euros mensuales. El empleado que responde a las iniciales F. A. paga un alquiler mensual equivalente al coste de una cena en una pizzería: por los 97 metros cuadrados de su casa en via di Porta Cavalleggeri, el 1 de noviembre de 2011 firmó un contrato de arrendamiento por 20,67 euros al año. No queda claro si con gastos incluidos o no. Es casi la mitad de lo que paga uno de sus vecinos de edificio: una persona que responde a las iniciales J. L. paga un alquiler de 51,65 euros anuales, pero a cambio tiene las comodidades de un apartamento de 142,99 metros cuadrados.

Las consecuencias de esta administración quedan perfectamente en evidencia en el informe *confidencial* que la consultoría Promontory le entrega a la Santa Sede. El total del patrimonio inmobiliario del APSA alcanza una superficie de 347.532 metros cuadrados, que representa una renta de 23,4 millones de euros, cuando en el mercado podría obtener ingresos mucho más significativos: al menos 82,8 millones de euros. El porcentaje de ganancia pasaría del actual 1,14 % al 4,02 %. En pocas palabras, el APSA recauda realmente muy poco por su patrimonio, y para colmo el 44 % de las propiedades inmobiliarias, siempre según Promontory, se encuentran sin arrendar. De adoptarse las tarifas vigentes en el mercado, las viviendas concedidas a empleados podrían generar un ingreso de 19,4 millones de euros en vez de los 6,2 millones actuales. Los edificios «institucionales» que, a día de hoy, no procuran ganancia, garantizarían a su vez y por sí solos otros 30,4 millones de euros. Ese margen de beneficio se incrementaría menos en el caso de los locales comerciales, que pasarían de aportar 14,6 millones de euros a 17,5 millones.

INQUILINO	TIPO DE INQUILINO	SUPER-FICIE	TIPO DE CONTRATO
PREFECTURA DE AA.EE. S.S.	Institucional	781,21	Sin contrato
LEVADA WILLIAM JOSEPH	Cardenal	524,75	Vivienda de cardenales
SANDRI LEONARDO	Cardenal	521,50	Vivienda de cardenales
ETCHEGARAY ROGER	Cardenal	472,05	Vivienda de cardenales
OUELLET MARC	Cardenal	467,50	Vivienda de cardenales
LOZANO BARRAGÁN JAVIER	Cardenal	465,61	Vivienda de cardenales
ETEROVIĆ NIKOLA	Secretario	454,73	Vivienda de secretarios
STAFFORD JAMES FRANCIS	Cardenal	453,63	Vivienda de cardenales
DE PAOLIS VELASIO	Cardenal	445,20	Vivienda de cardenales
POUPARD PAUL	Cardenal	442,90	Vivienda de cardenales
ANTONELLI ENNIO	Cardenal	440,70	Vivienda de cardenales
SEBASTIANI SERGIO	Cardenal	424,00	Vivienda de cardenales
BURKE RAYMOND LEO	Cardenal	417,00	Vivienda de cardenales
FISICHELLA SALVATORE	Director de dicasterio	415,00	Vivienda de director de dicasterio
RODÉ FRANK	Cardenal	409,30	Vivienda de cardenales
VEGLIÒ ANTONIO MARIA	Cardenal	407,25	Vivienda de cardenales
GROCHOLEWSKI ZENON	Cardenal	405,00	Vivienda de cardenales
NARDO DON VALERIO	Empleado	394,28	Nuevo contrato
SARAIVA MARTINS JOSÉ	Cardenal	380,56	Vivienda de cardenales
MARTINO RENATO	Cardenal	376,25	Vivienda de cardenales
MEJÍA JORGE	Cardenal	374,25	Vivienda de cardenales
CELATA PIER LUIGI	Vice-camarlengo	370,80	Vivienda de director de dicasterio
PIACENZA MAURO	Cardenal	368,18	Vivienda de cardenales
ZANI ANGELO VINCENZO	Secretario	367,25	Vivienda de secretarios
RAVASI GIANFRANCO	Cardenal	366,39	Vivienda de cardenales
AGUSTONI GILBERTO	Cardenal	363,58	Vivienda de cardenales

INQUILINO	TIPO DE INQUILINO	SUPER-FICIE	TIPO DE CONTRATO
ARINZE FRANCIS	Cardenal	353,50	Vivienda de cardenales
KOCH KURT	Cardenal	352,60	Vivienda de cardenales
MONTEIRO DE CASTRO MANUEL	Cardenal	338,85	Vivienda de cardenales
TURKSON PETER KODWO APPIAH	Cardenal	338,40	Vivienda de cardenales
CAÑIZARES LLOVERA ANTONIO	Cardenal	333,48	Vivienda de cardenales
RYLKO STANISLAW	Cardenal	332,45	Vivienda de cardenales
CASTRILLÓN HOYOS DARÍO	Cardenal	326,88	Vivienda de cardenales
LOURDUSAMY SIMON	Cardenal	320,15	Vivienda de cardenales
BRAZ DE AVIZ JOÃO	Cardenal	301,25	Vivienda de director de dicasterio
KASPER WALTER	Cardenal	297,85	Vivienda de cardenales
BALDISSERI LORENZO	Secretario	297,18	Sin gastos de alquiler
EMBAJADA DE ARMENIA	Externo	297,13	Comercial
MÜLLER GERHARD LUDWIG	Director de dicasterio	297,03	Vivienda de director de dicasterio
CORDERO DI MONTEZEMOLO ANDREA	Cardenal	294,15	Sin gastos de alquiler
ZIMOWSKI ZYGMUNT	Director de dicasterio	294,15	Vivienda de director de dicasterio
O'BRIEN EDWIN FREDERICK	Cardenal	291,60	Vivienda de cardenales
SARAH ROBERT	Cardenal	291,55	Vivienda de cardenales
FURNO CARLO	Cardenal	291,08	Vivienda de cardenales
SABLE ROBERT	Empleado	286,22	Vivienda de empleados
VERSALDI GIUSEPPE	Cardenal	283,13	Vivienda de cardenales
COCCOPALMERIO FRANCESCO	Cardenal	265,80	Vivienda de cardenales
VASIL' CYRIL	Secretario	261,30	Vivienda de secretarios
AMATO ANGELO	Cardenal	260,53	Sin gastos de alquiler

INQUILINO	TIPO DE INQUILINO	SUPER-FICIE	TIPO DE CONTRATO
CORDES PAUL J.	Cardenal	259,63	Vivienda de cardenales
MARCHISANO FRANCESCO	Cardenal	250,13	Vivienda de cardenales
CLEMENS JOSEF	Secretario	226,50	Nuevo contrato
BRUGUÈS JEAN-LOUIS	Secretario	219,02	Vivienda de secretarios
AS. PÍA S. CUORE EN TRASTEVERE	Afiliado	212,58	Sin gastos de alquiler
MISTÒ LUIGI	Secretario	210,50	Vivienda de secretarios
PINTO VITO	Decano de la Rota Romana	206,93	Vivienda de secretarios
CORBELLINI GIORGIO	Director de dicasterio	204,40	Vivienda de director de dicasterio
GIOIA FRANCESCO	Secretario	195,27	Vivienda de secretarios
ROCHE ARTHUR	Secretario	194,20	Vivienda de secretarios
ADOUKONOU BARTHELEMY	Secretario	188,30	Vivienda de secretarios
P. COM. ECCLESIA DEI	Institucional	183,94	Sin contrato
SÁNCHEZ SORONDO MARCELO	Secretario	182,83	Contrato temporal
MORGA IRUZUBIETA CELSO	Secretario	182,53	Contrato temporal
VALLEJO BALDA LUCIO ÁNGEL	Secretario	179,95	Vivienda de secretarios
MARINI GUIDO	Empleado	176,13	Contrato temporal
DI NOIA JOSEPH AUGUSTINE	Secretario	173,00	Nuevo contrato
P.COM.TO CONGR.EUCAR. INTERN.	Institucional	172,96	Sin contrato
DE PINHO MOREIRA AZEVEDO CARLO ALBERTO	Secretario	172,00	Vivienda de secretarios

Lista de los inquilinos que residen en apartamentos del Apsa de cientos de metros cuadrados sin pagar el alquiler. Todas las casas están ubicadas en zonas de prestigio dentro de Roma: cerca del Vaticano o en el centro. Cabe destacar que los datos que se muestran aquí han sido reunidos por la comisión pontificia COSEA y hacen referencia a contratos en vigor a finales de 2013.

LA INSIDIA DE LA CURIA CONTRA LOS ALIADOS DE FRANCISCO

La siguiente historia nunca se ha publicado y arroja luz sobre las luchas internas y las envidias que dominan la vida de la curia. El protagonista involuntario es nada menos que Benedicto XVI. El profesor Guzmán Carriquiry Lecour es uno de los burócratas más poderosos y apreciados de la Santa Sede: creció profesionalmente bajo Wojtyla y Ratzinger, y fue confirmado por Bergoglio en su importante cargo. Nacido en 1944 en Montevideo, fue durante años dirigente de la Juventud estudiantil y universitaria católica, primero en Uruguay y más tarde como responsable para Latinoamérica. Abogado de profesión, entra al servicio de la Santa Sede en la década de los años setenta. En 1991, el papa Juan Pablo II lo nombra subsecretario del Pontificio Consejo para los Laicos, cargo en el que luego es confirmado por Benedicto XVI, que en 2011, lo nombra también secretario de la Pontificia Comisión para América Latina. Aún hoy Carriquiry Lecour sigue siendo considerado uno de los laicos más influyentes y relevantes de todo el Vaticano por su papel estratégico, que se potenció aún más tras el ascenso de Francisco al solio de Pedro. Guzmán mantiene una relación de genuina amistad con Bergoglio: se conocen desde siempre y se tienen estima y un sincero afecto. En pocas palabras, son amigos personales. Casado y con cuatro hijos, Guzmán vive sin pagar alquiler en un apartamento de 138 metros cuadrados en via delle Grazie en Roma, a pocos metros de la plaza de San Pedro y de la puerta de Santa Ana, el acceso más cercano al torreón de Nicolás V donde se encuentran las oficinas del IOR.

Quien pone a COSEA sobre la pista de la existencia de este alquiler gratuito es el presidente del APSA, el cardenal Calcagno, un maquiavélico prelado que, como ya hemos contado, es un astuto conocedor de los secretos de la curia. El 30 de septiembre de 2013 remite al número uno de COSEA las reflexiones contenidas en el archivo «Zahra.doc». El texto está escrito en papel común y no lleva firma. Al parecer, al menos en la primera parte, se trata de la enumeración detallada de las dificultades que encuentra el APSA en la gestión de parte de los bienes de la Santa Sede. El documento no ahorra palabras duras y refleja una situación caótica y cercana a la anarquía:

> La situación administrativa de la Santa Sede, al menos por lo que se desprende del análisis de gestión del APSA, está plagada de zonas oscuras, que, durante los últimos años, no solo no se han clarificado sino que se han intensificado gradualmente.
>
> Por desgracia, se ha detectado una falta total de transparencia por parte de algunas áreas del Vaticano, que parecen creerse al margen de los controles de gestión y de las indicaciones recibidas sobre los gastos y el cumplimiento del presupuesto anual previsto. Los ejemplos más llamativos son los que se refieren a la Prefectura de la Casa Pontificia y a la Oficina de las Celebraciones Litúrgicas del Sumo Pontífice: en ambos casos, y ante cualquier observación, la respuesta suele ser que se trata de áreas que dependen directamente del Santo Padre. Varios organismos vaticanos suelen ver con malos ojos toda aquella observación o crítica que el APSA presenta ante la solicitud de informes sobre gastos ya efectuados o en referencia al lujo y los excesos.
>
> A la multiplicación de organismos y fundaciones se ha sumado la ampliación de las facultades administrativas de la Secretaría de Estado, que no se limita a la gestión de ocasionales asuntos delicados que el Papa prefiere reservarle, sino que, en gran medida, administra y gestiona una suma muy considerable de dinero sobre cuyos orígenes y criterios administrativos nadie parece saber nada, ni siquiera la Prefectura de los Asuntos Económicos de la Santa Sede[7].

---

[7] El documento remitido por el cardenal Calcagno revela la gradual disminución de poder del APSA: «En consecuencia, vale señalar la progresiva disolución del papel institucional del APSA, a la que se le han sustraído algunas de sus competencias, pero, y lo que es peor, tiene conocimiento de las varias áreas que han ido surgiendo progresivamente en la Santa Sede y que se sustraen de las competencias administrativas del APSA (artículo 172 de la

Cuando el documento de Calcagno parece terminar, aparece un inciso de unas pocas líneas muy agresivas, en las que detalla un caso específico. Es el único caso particular mencionado en todo el texto: la historia de una casa que habría sido cedida por expresa petición de Ratzinger:

> En esta misma línea, no faltan casos de situaciones particulares excepcionales, dispuestas *pro Gratia* de los superiores, pero que inciden en los presupuestos del APSA: se trata, sobre todo, de la situación del profesor Guzmán Carriquiry, a quien el santo padre Benedicto XVI concedió, para él y su esposa, el uso gratuito y de por vida de un apartamento.

Calcagno es un cardenal de la vieja guardia. Con Francisco mantiene una relación absolutamente formal. No parece haber demasiada sintonía entre ambos. Tal vez no sea malicioso interpretar esas líneas como la típica estocada muy propia del estilo de la curia. La llegada de Francisco y sus exhaustivos controles sobre los dicasterios son vistos como una presión por todos aquellos que durante años han liderado la curia ejerciendo un poder al que nadie se oponía. Durante el pontificado de Benedicto XVI sí existían las luchas intestinas, pero el Papa, o no era informado o decidía no intervenir. Hombre de estudios, amante de la música clásica y un sutil experto en cuestiones doctrinales, Ratzinger prefería no profundizar. Se limitaba a condenar «esa ambición de poder del hombre», como solía decir en sus discursos.

Con la llegada de Francisco se produce un «choque cultural», que cuenta con el apoyo explícito de los auditores internacionales. Y la reacción de la curia, como documenta este libro, va

---

Pastor Bonus). Todo lo cual reduce inevitablemente la fuerza del APSA en aquellos espacios que podría conseguir en las "plazas" financieras y, sobre todo, abre zonas de gestión administrativa que se sustraen de prácticamente cualquier forma de control y que a veces han resultado ser un "impedimento" para las inversiones incluso fuera del IOR».

aumentando hasta volverse potencialmente explosiva. Calcagno, por ejemplo, al verse presionado por la comisión nombrada por Francisco, decide sacar a la luz el privilegio concedido a un amigo de Bergoglio, el abogado Guzmán Carriquiry, como insinuando que, si se va a tirar de la manta, debajo se encontrará de todo.

Por su parte, Guzmán no tiene problema en explicar ese privilegio a quien se lo pida. Se trata de un *beneficio* que le fue concedido como parte de su sueldo. Durante los años precedentes, Guzmán había recibido ofertas laborales en condiciones mucho más ventajosas que las ofrecidas por la Santa Sede, y ante la posibilidad de que abandonara su puesto, le otorgaron esa casa como compensación por su magro sueldo.

Calcagno siente la presión y se da cuenta de que la investigación sobre el patrimonio inmobiliario se acerca peligrosamente a intereses y propiedades por las que siente especial afecto, empezando por una posesión de veinte hectáreas sobre la que tiene echado el ojo. Estamos en via Laurentina, a las puertas de Roma. Aquí, y a expensas de la Santa Sede, se ha construido una fábrica cuyo futuro es muy prometedor.

LA GRANJA DE LOS ANIMALES

A pocos cientos de metros del cementerio Laurentino, consagrado el 9 de marzo de 2002, se encuentra la Sociedad Agrícola San Giuseppe. Estamos en el sur de Roma, una de las zonas de mayor expansión inmobiliaria de la capital italiana. Aquí, la avidez por el cemento ha encontrado su máxima expresión en el barrio de Fonte Laurentina: algunos miles de viviendas a precio popular en las inmediaciones del Gra, la gran autopista que circunvala la capital.

Pero, por el momento, se encuentran allí extensiones de campo dedicadas a la agricultura que la convierten en una zona relativamente tranquila, un oasis de paz y descanso respecto al caos de la metrópolis si no fuese por el macabro hallazgo, el 8 de marzo de 2011, del cuerpo de una mujer con los brazos y las piernas mutilados y completamente eviscerado sobre las vías del tren, un delito envuelto, aun hoy, en el más absoluto de los misterios.

No muy lejos de la Puerta Medaglia, en via Laurentina 1351, se encuentra la Sociedad Agrícola San Giuseppe, constituida el 8 de junio de 2011 como una simple empresa: alrededor de veintidós hectáreas dedicadas en su mayoría a cultivos a campo abierto, como piensos, hierbas medicinales y, sobre todo, olivares. Originalmente, había unos ochocientos olivos, de los cuales se extraía aceite de oliva de primera presión en frío. Frente a la entrada de la propiedad, un sencillo cartel anuncia el nombre igualmente sencillo de la empresa. También consta el nombre de los agricultores, una familia de rumanos —padre, madre y dos hijos— que se ocupan de la finca. Viven allí en una propiedad del APSA, con un contrato sin gastos de alquiler. Esa supervisión resultaba indispensable, ya que la prometedora empresa agrícola se había transformado en la base logística de una verdadera banda de ladrones. Es eso lo que explica el cardenal Calcagno en una carta enviada a Versaldi el 29 de mayo de 2013 como respuesta a las primeras solicitudes de informes urgentes sobre esa propiedad que le hacen llegar los hombres de Bergoglio:

> El alambrado había sido cortado en diversos puntos, y una zona alejada de la propiedad era utilizada por una banda de ladrones como depósito de material eléctrico sustraído (alambre de cobre). La situación fue denunciada en la delegación de carabineros situada en via Ardeatina, quienes hicieron guardia en el lugar para coger por sorpresa a los delincuentes cuando fuesen a recuperar su botín. Durante un violento temporal que azotó la zona toda la noche, y cuando la patrulla se había ausentado, los ladrones aprovecharon y se llevaron el botín.

No bien se entra en la propiedad, uno se encuentra en pleno campo. A la derecha, un sendero flanqueado por veintidós olivos a cada lado conduce a una casa, en apariencia deshabitada, pero bien mantenida. Llama la atención que uno de los laterales de la primera planta haya sido pintado recientemente y tenga ventanas con marcos nuevos, como si solo una parte de la casa hubiese sido remodelada en los últimos tiempos. El sendero, de un par de cientos de metros, que conduce hasta la edificación es muy agradable: salen a recibirnos gallinas, pavos, gansos y una pareja de pavos reales (macho y hembra) que tienen por costumbre cantar toda la noche y tener en vela a los vecinos. En el establo hay tres caballos y dos burros. Un poco más allá, un huerto de unos mil metros cuadrados donde hay de todo: tomates, ajos, cebollas, coliflores, pimientos, melones, berenjenas, patatas y sandías. Y también fresas, plantadas por los hijos y demás huéspedes de la mujer del granjero.

En la casa, según revelan los vecinos, suele verse a muchos otros personajes. Figuras importantes, eminencias y excelencias. «Este último invierno llevé a mi nietecito a jugar al campo, y de pronto lo perdí de vista. Me asusté mucho», cuenta una vecina que vive en el lugar desde la década de los años sesenta. «Y de repente, lo veo junto a un anciano con bastón y vestido con una larga capa negra bastante raída. Pensé que era un pastor. Le grité a mi nieto que lo dejara tranquilo con su trabajo y que viniera de inmediato. Pero entonces el hombre me sonrió gentilmente y me dijo que no era un pastor como todos los demás; que no era un pastor de ovejas, sino de almas. Como al principio no entendía, él me dijo que era cardenal, y que podía llamarlo "don Alberto". Y eso hice».

Los pocos vecinos de la Sociedad Agrícola San Giuseppe dejan caer otros nombres, personalidades ilustres que ya son como de la casa por estos lares. Mencionan dos en particular: «Los cardenales Nicora y Calcagno». Entre el 19 de enero de 2011 y el 30 de enero de 2014, Attilio Nicora, predecesor de Calcagno en la jefatura del APSA, fue el primer presidente de la Autoridad de Información Financiera (AIF) del Vaticano, el organismo instituido por Ratzinger para controlar todas las operaciones mercantiles de la Santa Sede y adecuarlas a las nuevas normas antiblanqueo introducidas por la Unión Europea. Según los vecinos, los cardenales Nicora y Calcagno eran asiduos visitantes de la zona, y tal vez usaban «los dos apartamentos remodelados de la casa de campo» como lugar de descanso. En los últimos meses, en una de esas habitaciones se habría hospedado el sobrino de un cardenal, un estudiante universitario.

Según consigna Calcagno, fue el propio Nicora quien «se ocupó de la constitución de la sociedad San Giuseppe, con la colaboración del notario Paride Marini Elisei, persona de confianza del APSA y del departamento administrativo de la Secretaría de Estado. El 13 de septiembre de 2011, esa Sociedad Agrícola y el APSA firman un contrato de alquiler de la finca Laurentina y de la propiedad de Acquafredda». Una operación que aporta otras cuarenta y una hectáreas de terreno a las propiedades de la Santa Sede.

Pero ¿de quién era este terreno? Y es ahí donde empieza otra historia, con muchos interrogantes y pocas certezas. Lo único seguro es que las veintidós hectáreas pertenecieron a los hermanos Letizia, Giuseppina, Domitilla y Luigi Mollari, todos ellos fieles devotos y sin hijos, que decidieron legarle sus posesiones a la Iglesia. Para entender el caso, es necesario remontarse al 22 de marzo de 1975, cuando las hermanas Letizia, Giuseppina y Domitilla, y el *commendatore* Luigi, que por otra parte era empleado del APSA, decidieron donarle la propiedad a la Santa Sede en un acto realizado en presencia del notario Alessandro Marini. La donación fue aceptada por el secretario de Estado, el cardenal Jean Villot, el mismo cuya renuncia intentará provocar más tarde el papa Luciani[8].

---

[8] Lo recuerda también un artículo aparecido en el *Europeo* de enero de 1977: «El 6 de agosto de 1976, la Santa Sede aceptó una notable donación de los hermanos Mollari. Se trata de un terreno de veintidós hectáreas con ins-

Como ha quedado dicho, actualmente en ese terreno se encuentra la Sociedad Agrícola San Giuseppe, que cuenta entre sus socios con otro Calcagno. Pero no Domenico, sino que en este caso se trata de Giuseppe. ¿Es pariente del cardenal? A ese potencial conflicto de intereses apuntan todas las investigaciones. Desde la Prefectura, le piden explicaciones al cardenal, que, muy irritado y sin desmentir cualquier vínculo sanguíneo, encarga hacer una verificación de las lápidas del cementerio donde descansan los miembros de su familia. Cuando regresan al Vaticano esos hombres a los que podríamos llamar «inspectores de cementerios», Calcagno escribe: «La información recabada en el cementerio de Tramontana no permite remontarse al punto de contacto genealógico con un eventual antepasado en común». Los hombres enviados por Calcagno detallan nombre por nombre todo el grado de parentesco, que arranca con el bisabuelo Pietro. «Cuando era seminarista —concluye el prelado— le pedí al párroco que me dejara ver los registros parroquiales. Recuerdo que desde el primer momento, mi pesquisa demostró estar avocada al fracaso, porque a partir de finales del siglo XVI, la abrumadora mayoría de los habitantes de Tramontana fueron clasificados como Calcaneus de Calcaneis. Para evitar la consanguinidad, normalmente los varones de las familias Calcagno se casaban con mujeres de otro apellido». Adjunto a la carta, sin embargo, hay un diagrama donde pareciera que entre él y Mariangela, la esposa de Giuseppe Calcagno, hubiese un vínculo, aunque lejano, que los convertiría en primos en cuarto grado.

---

talaciones agrícolas en la localidad de La Mandria, en el número 1351 de via Laurentina. A propósito de esta donación, se registran dos hechos novedosos. El primero, que como en innumerables otros casos, la tasación de los bienes donados resulta poco creíble: apenas 500 millones. El segundo, que el decreto del presidente Leone obliga a la Santa Sede a revender la totalidad de la propiedad en el plazo de cinco años».

Los vínculos entre la Sociedad Agrícola y el Vaticano parecen aún más fuertes cuando algunos parientes de los agricultores cuentan que la familia rumana «trabaja para el Vaticano, y es el Vaticano el que de tanto en tanto, cuando hace falta, envía más jornaleros».

La base de datos del APSA a la que tuvimos acceso confirma que cinco parcelas del terreno situado en el número 1351 de via Laurentina son de su propiedad, al igual que cuatro edificios, tres apartamentos, una urbanización residencial, once locales comerciales y tres almacenes. Ninguna de esas propiedades está alquilada, a excepción de la casa de 75 metros cuadrados habitada por la familia rumana de agricultores. ¿Quién vive en el resto de propiedades? Es un misterio absoluto. En la Santa Sede circulan rumores sobre esos alquileres risibles que pagan los prelados, sumas de apenas 150 euros mensuales a cambio de los cuales pueden disfrutar de una de esas casas en medio de la naturaleza, un refugio ideal a las puertas de la ciudad. Son rumores que no pueden desecharse, pero si nos atenemos a la base de datos oficial, de ser así, se trataría de alquileres fantasma, ya que esas viviendas constan como deshabitadas. La Sociedad Agrícola parece concitar el interés y la atención de mucha gente importante. No es casual que el 13 de abril de 2013, el papa Francisco, de su propio puño y letra, le confiase a Calcagno «el mandato de cumplir con todos los requerimientos jurídicos; incluida la facultad de actuar en sede judicial», sobre la antigua propiedad de Acquafredda. El Papa le confiaba a Calcagno la posibilidad de enajenar esa propiedad o de alquilarla a terceros.

En el pasado, ya se habían presentado ideas y propuestas al respecto. En 2008, por ejemplo, se propuso construir allí una planta de energía solar, un ambicioso proyecto que reportaría 203.000 euros al año. Sin embargo, el proyecto naufragó. Pero ahora, el futuro está por escribirse. Si bien la empresa «tiene previsto entregar un desembolso de 7.800 euros (unos 650 euros mensuales)», por otra, recibe enormes beneficios. Sobre todo porque el contrato de préstamo consigna de manera expresa que la empresa agrícola «tiene la facultad de solicitar el reembolso de los gastos efectuados cuando excedan el importe de 20.000 euros por cada intervención, por la preventa prevista por el cedente [o sea, la Santa Sede], y siempre con su previa autorización». No es casual que se hayan puesto bajo la lupa la contabilidad de esa propiedad, los movimientos relacionados con la cuenta corriente número 19560, denominada «Fondo de pensiones Laurentina», y los activos del APSA. La investigación se centra en una transferencia bancaria de 57.982 euros acreditados el 2 de enero de 2013. ¿De dónde proviene ese dinero? Es fruto de una comisión del 1,5 % aplicada por el APSA sobre una operación financiera a favor de la diócesis de Bérgamo. El dinero, sin embargo, nunca llegó a esa diócesis. A partir de lo que pudo reconstruirse, ese mismo día se acreditaron 3.865.499 euros en la cuenta del APSA en el Bsi Bank de Lugano, cuya referencia es «diócesis de Bérgamo, parroquia de Zogno, a favor de Casa Santa Maria di Laxolo». De las disposiciones contables internas del APSA se desprende que la suma terminó en la cuenta número 19412002 de la diócesis lombarda, que es utilizada por el IOR. Eso solo después del giro de los 57.982 euros para los gastos de la propiedad. Lo que aún no pudo descubrirse es de quién provino esa ingente suma de dinero y por qué se realizó ese trámite, en vez de hacerle directamente la transferencia de la totalidad del importe a la diócesis de Bérgamo.

Además, en el número 1351 de via Laurentina resulta que se encontraba un local de la empresa Edil Ars, especializada en la restauración de edificios históricos, y por una extraña coincidencia descubierta en la web de la empresa, «proveedora de servicios del Estado de la Ciudad del Vaticano en la Administración del Patrimonio de la Santa Sede y en la Gobernación».

«Ahí teníamos solo un almacén, nada más. Nuestra sede se encuentra en via di Porta Cavalleggeri 53», informa la empresa ante una consulta telefónica. Más raro aún: esa dirección se corresponde con un edificio propiedad del APSA, donde abonan un alquiler de 30.000 euros anuales por un amplio local comercial. Actualmente, la Edil Ars no existe, fue absorbida por otra empresa, la Ap Costruzioni Generali, que brinda el mismo tipo de servicios, con las mismas personas y funciona en la misma sede. ¿Dónde? En via di Porta Cavalleggeri, a pocos cientos de metros de la plaza de San Pedro.

Pero, según le escribió Nicora al cardenal Bertone ya en 2008, aquella Edil Ars había enfurecido al expresidente del APSA por considerarla «poco fiable»:

Con fecha del 17 de abril de 2002, monseñor Carlo Liberati, delegado de la sección ordinaria del APSA, estipuló un contrato de cesión con la mencionada Edil Ars, del señor Angelo Proietti, concediendo la ocupación de una vivienda, depósitos y locales comerciales, además del uso del agua del pozo allí existente, sin gastos de alquiler. En realidad, la ocupación de esos espacios por parte de la Edil Ars tuvo otros fines muy distintos a los concedidos por el contrato, modificando en los hechos el destino de esos locales y haciendo cada vez más difícil la colaboración con los administradores pontificios de esas propiedades. […] Considerando el deterioro de esos espacios, causado por el depósito de una ingente cantidad de materiales y con presencia incluso de sustancias contaminantes, y de herramientas varias para la construcción, con fecha del 22 de diciembre de 2006, el APSA ha cancelado el contrato estipulado con Edil Ars, que ha demostrado ser un socio poco fiable.

Edil Ars gozaba, sin embargo, de la absoluta confianza de Marco Milanese, colaborador del exministro de Economía Giulio Tremonti. Fue la propia Edil Ars la que propuso un proyecto de 400.000 euros para reestructurar la casa de Milanese, y vivienda habitual de Tremonti, sita en via di Campo Marzio, y la misma Edil Ars también fue subcontratada en varias ocasiones por la sociedad Sogei entre 2002 y 2006. Todo esto terminó en la primera plana de los periódicos italianos en 2011, dejando en segundo término la cúpula de San Pedro.

LAS COLONIAS DEL VATICANO POR EUROPA

La otra cara del patrimonio inmobiliario del Vaticano son las «colonias» que tiene la Santa Sede en el exterior: sociedades inmobiliarias que custodian auténticos tesoros, prudentes inversiones en ladrillos que se encuentran repartidas por aquí y por allá: desde casas en el corazón de París y junto al Támesis, en Londres, hasta pisos fabulosos en Lausana y el resto de Suiza. El Vaticano cuenta con innumerables propiedades por toda Europa. Su valor de mercado es de cerca de 591 millones de euros.

Ya es de dominio público, gracias a la profunda investigación de Emiliano Fittipaldi en el semanario *L'Espresso*[9], la existencia de la compañía financiera Sopridex, que controla algunos de los edificios más prestigiosos del centro de París, valorados en sus balances en 46,8 millones de euros. «El personal incluye un director, tres empleados, gente de limpieza y, nada más ni nada menos, 16 porteros», detalla el artículo periodístico. Los auditores de Promontory documentaron las ganancias del personal y de los asesores. Por la estructura operativa, se pagan 56.000 euros al presidente del consejo de administración y 6.825 euros a los tres asesores, entre los que se encontraba Paolo Mennini. Al director de Sopridex, Baudouin de Romblay, se le garantizó en 2013 un sueldo de 12.956 euros brutos en trece mensualidades. Quedan en estudio los salarios de los 16 porteros que trabajan en los diversos inmuebles, y que van de los 7.000 a los 29.000 euros.

---

[9] «Un Vaticano de 10.000 millones», investigación periodística de Emiliano Fittipaldi publicada en el número 29 del semanario *L'Espresso* el 24 de julio de 2014.

También se verifican y contabilizan los 38.563 euros pagados por las sustituciones en períodos vacacionales. El 75 % de los gastos de portería están a cargo de los inquilinos, mientras que el 25 % restante es abonado por Sopridex.

En la capital francesa, el Vaticano posee unas «500 propiedades situadas en diversos edificios», cuyo valor de mercado es muy distinto del consignado en los balances. En los documentos reservados de la empresa consta que esas propiedades valen diez veces más, o sea unos 469 millones de euros. ¿Por qué tanta diferencia? La respuesta resulta obvia y sencilla: en los países en los que se aplican impuestos inmobiliarios, cuanto más se deprecia el valor de una propiedad, menos se paga de impuestos al erario público.

En Suiza funciona otra financiera: Profima SA. Fundada en Lausana en 1926, en el pasado fue usada como caja fuerte por el papa Pío XI. Allí se guardaron las así llamadas «indemnizaciones» obtenidas de Italia tras la firma de los Pactos de Letrán.

Profima SA forma parte de un verdadero entramado financiero conformado por otras nueve sociedades: la Rieu-Soleil y la Diversa SA, que se ocupan de la «gestión de ahorros mediante acciones, entre ellas, una participación en la empresa Roche», según se lee en la investigación de los analistas[10]. Existen otras cuatro sociedades financieras de nombre casi idéntico, salvo por la última letra (S.I. Florimont B, S.I. Florimont C, S.I. Florimont E y S.I. Florimont F), que se encuentran bien acompañadas por otras tres «hermanas siamesas» (S.I. Sur Collanges A, S.I. Sur Collanges B y S.I. Sur Collanges C). En total, diez sociedades solo en Suiza, que tienen vínculos con el Vaticano, una sofisticadísima

---

[10] Fittipaldi escribe: «Diversa SA fue fundada en Lugano en agosto de 1942, mientras se libraba la batalla de Stalingrado y de El Alamein, y actualmente es presidida por Gilles Crettol, un abogado suizo que administra los intereses del Papa al otro lado de los Alpes y cuyo nombre aparece en casi todas las sociedades helvéticas».

red que controla el patrimonio inmobiliario de la Santa Sede. Según subrayan los analistas: «Esas diez empresas fueron constituidas para administrar una propiedad cada una, entre Ginebra y Lausana». El valor indicado en los balances de todas ellas suma 18 millones de euros, pero el valor real de mercado es muy distinto: 49 millones de euros[11].

En Londres, en cambio, opera la British Grolux Investments Ltd. Fundada en 1933, administra viviendas y locales comerciales de lujo por un valor de mercado de 73 millones de euros, aunque en sus balances figuran 38,8 millones[12]. La British Grolux controla también diversas propiedades situadas fuera de la capital británica. Según los analistas de Promontory, el patrimonio inmobiliario total del APSA en Italia, Suiza, Francia y Gran Bretaña asciende a un valor de 2.709 millones de euros. ¿Saben cuál es la cifra consignada en los documentos contables? Apenas 389,6 millones de euros. En esa diferencia queda de manifiesto las profundas contradicciones que atraviesa el Vaticano en estos últimos meses. Por un lado, una sofisticadísima red de sociedades financieras dirigidas por administradores de guante blanco que controlan una riqueza inmensa. Por el otro, un Papa que quiere transparencia y lucha por una Iglesia pobre, siguiendo los dictados del Evangelio.

---

[11] A fecha de 31 de julio de 2013, Profima SA debía pagar más de 98.000 francos suizos en concepto de alquileres en el extranjero, así como 26.924 francos suizos a la PwC por la revisión contable, y 70.000 a los expertos contables de la Sfg, sin olvidar el coste de la locación, en la fiduciaria Jordan, de la financiera Diversa SA. Si los honorarios de los seis consejeros es de cero francos suizos, en 2012 el abogado Gilles Crettol percibió 36.000 francos suizos.

[12] Según los datos recogidos el 31 de enero de 2014, para el presidente de la empresa, Robin Herbert, está prevista una remuneración bruta de 12.357 libras esterlinas, mientras que los cuatro directores, como lo fue en su momento Mennini, recibirían 8.240 libras esterlinas cada uno.

7
EL AGUJERO NEGRO DE LAS JUBILACIONES

UN ABISMO DE 500 MILLONES DE EUROS

El Más Allá, para los creyentes de la fe cristiana, es el lugar de la paz y la liberación del cuerpo y del pecado. Pero el apego de los católicos a los «peligros» terrenales, algo condenable, parece ser muy fuerte, o al menos eso surge de los índices de mortalidad que maneja la curia: los católicos, sobre todo los que residen en Roma, en el Vaticano y en el opulento Occidente, viven más años que la media mundial: de cinco a diez años más. Un dato sorprendente.

Si la vida terrena se alarga, debería ser motivo de felicidad para todos. Pero no hay que darlo por sentado. En la Santa Sede ese dato estadístico, más que motivo de alegría, supone un motivo de preocupación. Parece absurdo pero es así. ¿Por qué? Porque al que vive más habrá que pagarle más tiempo su jubilación, y así se alimenta un agujero que aumenta año tras año sin que a nadie le importe. Y cuidado con hacerlo público. Podrían generarse fricciones entre los empleados de intramuros. ¿Se imaginan manifestaciones y piquetes en la Ciudad del Vaticano? Una escena jamás vista.

El que dio la voz de alarma fue el jefe de la Prefectura, Giuseppe Versaldi. Frente a la situación financiera y de gastos, sobre todo los referidos al desembolso de las jubilaciones, vaticinó el riesgo de desaparición de las entidades del pequeño Estado y, en consecuencia, del propio Vaticano.

Cuando algún funcionario laico da la voz de alarma sobre alguna situación financiera preocupante —en este caso, el fondo de pensiones—, por norma general nadie se da por aludido, y menos aún le dedica la menor atención. Las causas son dos: la irresponsabilidad, tan criticada por Bergoglio, del personal eclesiástico encargado de esa área, y el hecho de que los curas minimizan siempre lo que sostienen los laicos, por más que se sustente en datos y controles contables. «La Iglesia no está hecha de números, sino de almas». Esta es, normalmente, la respuesta que eligen los purpurados cuando un funcionario laico se atreve a elevar una crítica.

Y eso es lo que ocurre en 2012, cuando afloran las fisuras del sistema de pensiones. El 21 de junio de ese año, Jochen Messemer, asesor de la Prefectura, participa en la reunión con los auditores internacionales. Muchos de sus colegas se quedan literalmente anonadados ante la gravedad de la situación que describe y la dureza de sus palabras cuando le tocó hablar. Centró su discurso en el incierto futuro de los fondos de pensiones de los 1.139 jubilados actuales y de los 4.699 empleados del pequeño Estado cuando estos últimos dejen de trabajar[1]. «La bancarrota de la diócesis de Berlín[2] —asevera Messemer— se precipitó por la inca-

---

[1] Según el balance provisional 2013, tabla de contribuciones al fondo de pensiones y tabla de jubilaciones posterior al 1 de enero de 1993.

[2] Frente a la crisis de la diócesis de Berlín, la Conferencia Episcopal de Alemania había dado su visto bueno para la intervención de los consultores de McKinsey, que según el periodista Sandro Magister «recurrió al gerente de la sucursal de Múnich, Thomas von Mitschke-Collande, para poner en orden sus propias cuentas. Y otro tanto hizo la Conferencia Episcopal de Alemania, para ahorrar en costes y personal» («La curia di Francesco, paradiso delle multinazionali», *Espressonline*, 17 de enero de 2014).

pacidad de entender lo que realmente estaba pasando; por no comprender el riesgo que se estaba corriendo. Minimizar la carga potencial de pensiones a futuro podría conducir a un desastre mayúsculo»[3].

Pero la voz de alarma no provoca ninguna reacción. Seis meses después, el 19 de diciembre, de nuevo ante sus colegas del colegio de auditores, Messemer intenta ser aún más explícito e incisivo. Esta es la transcripción de su intervención:

El doctor Messemer quiere tratar la problemática de los fondos de pensiones. Los principales pasivos que hay que tomar en consideración son:

1. El de los empleados que ya se jubilaron (valor actual medio de la carga de los pensionistas): 266 millones de euros.

2. El de los empleados en activo (valor actual medio de carga latente-activos presentes): 782 millones de euros.

3. El de los empleados que se contratarán en el futuro (valor actual medio de carga latente-activos futuros): 395 millones de euros.

Esto arroja un total de cerca de 1.470 millones de euros de pasivo en el fondo de pensiones. En cuanto al patrimonio actual, eso equivale a 369 millones de euros, y respecto al total del pasivo, cerca de 1.000 millones. Solo se puede garantizar un 26 % de cobertura. Si se lo compara con otros fondos de pensiones, esos valores son demasiado bajos. Hasta las diócesis más pobres tratan de asegurarse al menos una cobertura del 60-70 %[4].

---

[3] Acta de la reunión del Comité de Auditoría del 21 de junio de 2012.

[4] «Teniendo en cuenta las contribuciones de los empleados en activo (valor actual promedio de las contribuciones-actualmente en activo) —enfatiza Messemer—, estas aportarán 494 millones de euros, o sea unos 288 millones menos de lo necesario para cubrir un pasivo calculado en 782 millones de euros para proteger a los empleados en activo. Se supone que ese déficit será cubierto ya sea por el patrimonio neto o por los futuros empleados, y que se alcanzará, en su mayor parte, a partir de una reserva matemática de aproximadamente 180 millones de euros en la cuenta de pérdidas y ganancias. Para

A continuación Messemer plantea la cuestión fundamental a la hora de trazar una hipótesis creíble sobre las cuentas en el futuro: considerando que la pensión se cobra de por vida, ¿cómo hacemos para calcular la media de años que le corresponderá a los empleados que se jubilan? El único dato disponible al que se puede recurrir surge de los índices de mortalidad:

Respecto a los índices de mortalidad, ¿cuándo se han actualizado? Según algunas estadísticas, los católicos tienden a vivir más años. De ser cierto, este dato podría representar un serio problema, ya que al vivir de cinco a diez años más, cualquier previsión de futuro pierde vigencia, porque al aumentar la pasividad, cualquier fondo

---

ponerlo en palabras más sencillas: las contribuciones de los futuros empleados deberían ascender a alrededor de 575 millones de euros, mientras que se prevé que los pasivos generados por ese mismo grupo de personas será solamente de 395 millones de euros.

Y siendo aún más concisos: las contribuciones de los empleados futuros financiarán unos 180 millones de euros de la pensión (pasivos) de los empleados actuales. Pero teniendo en cuenta que existe una necesidad de reducir los gastos de personal, eso reducirá la base financiera de la futura contribución al fondo de pensiones, y por tanto la hipótesis resulta poco realista. [...] El análisis más importante que hay que hacer, y con urgencia, es el de la relación entre activos y pasivos. No estamos en condiciones de decir si desde un punto de vista de riesgo/beneficio, las ganancias actuales y futuras son lo suficientemente estables como para garantizar la rentabilidad necesaria para cubrir los pasivos. La tasa de interés actual para ese cálculo equivale a alrededor del 4,7 %. Se recuerda que la tasa de interés actual de los bonos a diez años del Gobierno alemán es del 1,3 %.

Incluso el IRS, con una tasa de interés de alrededor del 2 % para los Swaps (a veinte años), señala que estamos en una situación de dramática disminución de las tasas de interés, y en ese contexto, una tasa de descuento de un 5 % resulta realmente ambicioso. Lo que complica aún más las cosas es que un tercio de todos los activos está constituido por el patrimonio inmobiliario. ¿A qué tipo de patrimonio nos referimos? ¿Cómo está compuesto? ¿Incluye también inversiones que, en un futuro, podrían cambiar la estructura del balance?».

de reserva que se haya hecho hasta ese momento no serviría para cubrirla. [...] Nunca se ha discutido una política de inversiones para esos fondos. Un fondo de pensiones entendido con criterio económico no puede prescindir de la situación del mercado. Hay que hacer «pruebas de estrés», incluir cláusulas para eventuales pérdidas.

Se trata de aspectos técnicos, pero necesarios. Administrar un fondo de este tipo entraña una buena dosis de responsabilidad. Los empleados trabajan durante cuarenta años por el 80 % de su sueldo (si se excluye el 20 % de retención para el fondo de jubilación). No hay nada peor que tener que admitir que ese fondo es poco sostenible. No podemos pecar de superficialidad. El esquema en el que se basa el fondo vaticano resulta obsoleto. Habría que constituir un equipo de trabajo que se ocupe de este tema de manera confidencial.

Más allá del estupor colectivo, la denuncia no pasará el perímetro de la sala de la Prefectura donde se reunieron los expertos. El borrador de aquella reunión, nueve páginas recogidas por la fiable secretaria de actas Paola Monaco, es demasiado explosivo para ser asumido. Tanto, que el documento duerme en los armarios blindados de la Prefectura. Faltan apenas seis días para Navidad, la última de Ratzinger como Pontífice y de Bertone como secretario de Estado.

Con la elección de Bergoglio, a partir de marzo de 2013, ese muro de silencio comienza a resquebrajarse. En mayo, la denuncia de Messemer es recogida por los cardenales elegidos por Francisco para ayudarle a guiar la Iglesia Universal[5].

---

[5] Ya seis meses antes, el 21 de junio del 2012, el auditor fue particularmente duro, como se desprende de las actas de la reunión del colegio de auditores internacionales: «El doctor Messemer cree que en el transcurso de un par de años podremos contar con una visión holística de las operaciones financieras del Vaticano, para evitarnos así desagradables sorpresas. [...] Por eso, en cuanto al fondo de pensiones, es importante evaluar los riesgos con preci-

El registro de aquella reunión sale discretamente de los archivos blindados y termina en las carpetas negras de piel de los altos prelados que dialogan en confianza con el Pontífice. Desde la Secretaría de Estado, el cardenal Wells le propone a Messemer que se incorpore a COSEA, sobre todo por sus conocimientos específicos en el campo de las pensiones.

En agosto de 2013, el espinoso tema del fondo de pensiones se incorpora oficialmente a la investigación de la comisión creada

---

sión, y realizar cálculos de actuación exactos. En este sentido, Messemer señaló algunos requisitos importantes:

1. Cambiar el sistema de pensiones para los nuevos empleados (es decir, las contribuciones).

2. Entender que el Fondo de Pensiones está enmarcado en un escenario en el que las tasas de interés están en torno al 2,3 %.

3. Verificar la relación exacta entre activos y pasivos. Hay modelos de análisis que podrían ser utilizados como referencia.

4. Evaluar siempre el riesgo de la contraparte. Las empresas aseguradoras más importantes nunca dejan pasar este aspecto. Si el seguro se saca con un banco, comprobar primero que ese banco sea fiable.

5. Tratar de cumplir los compromisos asumidos con los empleados. Esto atañe tanto al fondo de pensiones como al Fondo de Salud.

6. Enfrentar el clima de desconfianza de los medios de comunicación con calma y frialdad, y evitar manifestar demasiada preocupación por lo que sucede».

Los demás auditores se hicieron eco de las preocupaciones de Messemer: «El doctor Prato retoma el tema de la Caja de Pensiones y de los dos sistemas, el remunerativo y el contributivo, que coexistirán después de la introducción del segundo para los nuevos empleados. Teniendo en cuenta, sin embargo, que la rotación de personal del Vaticano es bastante limitada, sería mejor establecer una fecha precisa para la transferencia de la totalidad del personal al sistema contributivo, con el fin de evitar complicaciones debidas a la presencia de dos sistemas paralelos. Messemer argumenta que la solución más inmediata es la coexistencia de los dos sistemas. Es difícil pasar al nuevo sistema si aún no se ha entendido bien el viejo. Otro motivo de preocupación es el flujo de un sistema a otro, para asegurarse de que las nuevas contribuciones paguen las jubilaciones pasadas».

por Francisco. Todo se hace en medio de la máxima reserva, para no perturbar el sueño tranquilo de la preciosa y laboriosa comunidad que día a día trabaja en los palacios pontificios y que nada sabe del abismo del sistema de pensiones que podría comprometer el futuro de tantos empleados.

La invitación a Messemer para formar un grupo de trabajo no solo no cae en saco roto sino que se concreta en tiempo récord. La misión es confiada a un referente en el campo de la consultoría de empresas: la firma Oliver Wyman, una multinacional con sede en Nueva York y con presencia en más de cincuenta países del mundo. A Wyman se le encarga la realización de una auditoría para evaluar la situación financiera del fondo de pensiones y valorar si este garantiza el futuro de todos. Entre otras cosas, los miembros de COSEA les piden a los auditores de Wyman que «elaboren una propuesta para eliminar el déficit», como se evidencia en los documentos internos, a fin de que el fondo vuelva a tener solidez y asegure de ese modo una plácida vejez a todos los empleados del Vaticano: desde los cardenales a los miembros de la Guardia Suiza.

También en este caso, como ocurre en la mayoría de los frentes críticos que abren los equipos de trabajo de Francisco, los cardenales, obispos y monseñores bien informados se dividen en dos facciones. Por un lado, los «optimistas», partidarios de la continuidad con el pasado, plantean la hipótesis de desprenderse de algunos inmuebles para equilibrar el balance, y difunden la información de que el agujero real «apenas» alcanza los 40 millones de euros. Es la versión oficial que durante meses sigue prevaleciendo tras la última auditoría del fondo de pensiones, realizada en 2011 por un auditor romano, que estimaba el déficit precisamente en 40 millones. Por tanto, no hay que entrar en estado de pánico: la situación está bajo control.

Sin embargo, ahora, para analizar la situación, están los «realistas», los hombres más fieles con los que cuenta Francisco, entre ellos el cardenal español Santos Abril y Castelló, y el francés Jean-

Louis Pierre Tauran. Ellos saben que la magnitud del déficit es mucho mayor que las cifras oficiosas que circulan, ya que cuentan con toda la información necesaria para entender que el sistema de pensiones del Vaticano se halla al borde de la quiebra. Un panorama que no tiene nada de tranquilizador. Los cardenales más cercanos al Papa van más allá y sugieren medidas urgentes y, sobre todo, un análisis en profundidad de la situación. Están convencidos, y con razón, de que solo a partir de datos ciertos será posible sugerirle al Pontífice las medidas concretas que se han de tomar.

Con cierta astucia, los colaboradores de Francisco no hacen nada por impedir que intramuros se difunda aquella versión optimista que minimiza la magnitud del déficit cuantificándolo en pocas decenas de millones. Se trata de una acertada estrategia puesta en marcha para tranquilizar a la población de la Santa Sede y evitar el pánico y el alarmismo. El partido que se juega en torno al tema de las pensiones es uno de los más sensibles del Vaticano: ganarlo resulta fundamental para evitar reacciones impredecibles de los empleados de la Santa Sede; reacciones que podrían generar un efecto dominó con repercusiones mediáticas y provocar una cadena de hechos incontrolables y desestabilizadores: huelgas, manifestaciones y quién sabe qué más.

Hacia finales de septiembre, tras el procesamiento de los datos recogidos en las diversas áreas del Vaticano, el equipo de Wyman está en condiciones de entregar una primera evaluación. Redacta un documento ultrasecreto que envía a Zahra, presidente de COSEA, y al consejero Messemer, encargado de hacer el seguimiento de este proyecto específico, el sábado 11 de octubre en un sobre sellado. Llega el domingo. Todo transcurre con relativa tranquilidad. Los integrantes de COSEA se reúnen por tercera vez a primeras horas de la mañana. Tras los saludos y el café de rigor, Messemer y Zahra no pueden refrenar su deseo de compartir con todos la información recibida. El informe de Wyman explica claramente la situación, que deja impávidos a todos los consejeros reunidos en Santa Marta. El malestar generalizado y profundo que produce queda de manifiesto en las pocas líneas del registro de aquella reunión:

> La consultora Oliver Wyman ya ha presentado, con fecha del 11 de octubre, un primer informe sobre los datos que ha recabado en alrededor de cuarenta oficinas vaticanas. Ahora se centrará prioritariamente en el fondo de pensiones, que ya en una primera lectura exhibe una alta y sumamente preocupante exposición al riesgo.

De hecho, los primeros indicios arrojan un déficit muy por encima de aquel sugerido en primavera, y que surge después de cotejar los datos disponibles con los informes preparados en años anteriores. La cifra optimista que circula por los pasillos de los palacios vaticanos es errónea a niveles inverosímiles: el déficit alcanzaría los 500 millones de euros. La estimación demostrará haber sido incluso demasiado optimista.

«EL VATICANO ESTÁ EN RIESGO DE EXTINCIÓN»

El objetivo de Francisco es reconducir todos los organismos del Vaticano a la senda del Evangelio, tanto en los aspectos financieros como en los operativos y administrativos. El sistema sanitario y el de pensiones también son examinados siguiendo estos criterios. La reforma del sistema de pensiones, por tanto, no es estudiada de manera aislada, sino dentro de un nuevo modelo de relación entre los trabajadores y la Santa Sede. De ese modo, resulta necesario reflexionar sobre las funciones y el papel del área laboral existente, racionalizando y poniendo el punto de mira en tres objetivos clave: recursos humanos, asistencia sanitaria y sistema de pensiones. Así se desprende de un memorándum de COSEA de finales de octubre de 2013, que prevé la creación de una nueva área estratégica de gestión de todas las actividades de los empleados. El documento parece el borrador de un texto escrito en primera persona y destinado a la firma del propio Pontífice.

El título, *Pontificum cura,* es ya de por sí esclarecedor:

La preocupación del Pontífice por todos sus colaboradores siempre ha sido una característica peculiar del gobierno de la Sede Apostólica. En tiempos recientes, se han adoptado múltiples medidas encaminadas a que puedan realizar sus tareas con serenidad y provecho cada vez mayores. En 1988, a partir de la Constitución Apostólica *Pastor Bonus* (*véase* el artículo 36), se instituyó el Departamento de Trabajo de la Sede Apostólica [...]. A partir de 1993, empezó a funcionar el fondo de pensiones que centralizaba la gestión de indemnizaciones por despido y de reparto de asignaciones de pensiones de todos los empleados vaticanos.

Con los años, se fue mejorando cada vez más el fondo de asistencia sanitaria, que presta servicios de buen nivel y asegura una asistencia que, si bien es siempre mejorable cuando hay más recursos, nada tiene que envidiarle, en términos de rapidez y cobertura farmacológica, a la que reciben los ciudadanos de muchos de los países más desarrollados a nivel económico.

En épocas más recientes [...], dentro de la Secretaría de Estado, se constituyó una comisión para controlar, armonizar y hacer transparentes los procedimientos de incorporación del nuevo personal laico. Por último, no se pueden ignorar las frecuentes adecuaciones del salario base como tampoco el aún vigente sistema de incrementos automáticos de las retribuciones. Ese sistema, adoptado en el pasado por varios países, hace tiempo que ha sido desactivado en casi todas partes a causa de la crisis económica actual. Análogamente, también las regulaciones de Estados cercanos a nosotros han sido profundamente modificadas en cuanto a los criterios de cuantificación de los haberes para las pensiones se refiere.

La Divina Providencia siempre le ha garantizado a la Santa Iglesia los recursos necesarios, tanto espirituales como materiales, para el cumplimiento de su tarea. Eso nos da tranquilidad, pero debe comprometernos a todos a hacer uso de esos recursos según la letra y el espíritu del Evangelio. Y, en particular, los recursos materiales, que, gracias a la caridad de los fieles de todo el mundo, llegan a esta sede apostólica. Estos recursos deben ser destinados al objetivo fundamental para el que fueron donados, y no deben ser desviados hacia otros fines, ni ser derrochados o utilizados inadecuadamente.

De todos los dones recibidos se nos pedirá cuenta, según nos indica y nos advierte el Evangelio. Con más razón aún en medio de una profunda crisis económica como la actual, que genera tanta angustia y plantea tantos problemas materiales y espirituales a los pueblos afectados. Por tanto es mi deseo contribuir a la serenidad de todos aquellos que, sin importar su cargo, colaboran al servicio del obispo de Roma para la Iglesia Universal.

En definitiva, con el propósito de hacer un uso correcto de los bienes materiales, y a la espera de la aportación que hará la comisión de ocho cardenales para concretar la más amplia reforma de la curia romana, he considerado oportuno empezar a tomar medidas graduales en esa dirección, con el fin de asegurar también en el futuro los recursos económicos que harán posible que todos los empleados tengan estabilidad en su puesto de trabajo, un salario justo, un servicio de asistencia médica adecuado y una razonable asignación económica que los ayude a vivir dignamente después de abandonar la actividad laboral.

Son palabras importantes, porque anticipan la reforma de la curia romana en uno de sus puntos clave: el que se refiere a la relación con los empleados. Redefinir el equilibrio entre poder temporal y poder religioso y saber reflejarlo en el andamiaje de un nuevo Estado es la apuesta de Francisco.

De todo este proceso de investigación interna se aprecia con claridad, como ya hemos afirmado antes, que la plantilla de empleados es excesiva y que existen demasiadas oficinas de personal. Los últimos datos a disposición de los miembros de la comisión revelan que, diseminados por todo el territorio de la Santa Sede, hay veintiuna oficinas de personal con treinta y cinco empleados, cada una de las cuales administra una pequeña porción de un total de 4.699 trabajadores.

No se trata solo del APSA y de la Gobernación, que cuentan con oficinas de recursos humanos con siete y catorce empleados respectivamente, sino que también existen estructuras análogas dentro de Propaganda Fide (dos unidades), Radio Vaticano (tres unidades), IOR, imprenta y *L'Osservatore Romano,* e incluso el *Capitolo di San Pietro* (dos), la Fabbrica di San Pietro (dos), el Vicariato (dos) y la biblioteca (dos), mientras que los finiquitos están a cargo del APSA.

Es por eso que en el documento orientativo *Pontificum cura* se señala el objetivo de crear un único departamento de recursos humanos:

> Entre las muchas medidas útiles que hay que aplicar para un uso adecuado de los recursos económicos, y tras haber escuchado el consejo de varios colaboradores, he decidido proceder a la unificación de todos los recursos destinados a gestionar lo referido al personal de todos las entidades que, de una u otra manera, dependen de esta Sede Apostólica. Por tanto, [...] y de no mediar una nueva decisión, se seguirán las normas indicadas a continuación, y que se refieren particularmente al funcionamiento de las oficinas de recursos humanos de los distintos organismos de la Santa Sede[6].

---

[6] El documento prosigue subrayando:
Todos los departamentos de recursos humanos pertenecientes a todos los organismos que dependen de la Sede Apostólica de cualquier manera, y sea cual sea el grado de autonomía del que actualmente gozan de hecho o por derecho, serán unificados en una única estructura administrativa que cumplirá todas las funciones competentes. Algunas de esas funciones podrán ser delegadas, total o parcialmente, durante un tiempo determinado.
- Esa nueva estructura será denominada «Departamento de Personal de la Sede Apostólica» y dependerá de la Prefectura de los Asuntos Económicos de la Santa Sede.
- A su cargo será nombrado un director de recursos humanos que dirigirá y coordinará a todo el personal que a la fecha se ocupa de esas tareas en las diversas administraciones individuales.

El nuevo Departamento de Recursos Humanos deberá ocuparse especialmente de lo que se indica a continuación. [...] Una de sus tareas particulares será la de analizar y proponer medidas tendentes a elaborar una normativa cada vez más acorde con los principios de equidad y justicia, teniendo en cuenta primordialmente, y tratando de llevar a su consecución, las enseñanzas del Concilio Vaticano II.

Sin embargo, incluso en este asunto, todas las advertencias referentes a prestar atención a la contratación de empleados y a la asignación de tareas no dejaron de ser letra muerta. La curia no parece sensible a las admoniciones del Papa. No comparte su idea de revolución, y menos aún lo obedece. Todas sus indicaciones resultan desoídas. «Hay que cambiar de mentalidad y tratar de ver más allá de la limitada realidad de cada uno —tronó Versaldi el 19 de diciembre de 2012 durante la reunión reservada con los auditores—. El argumento que tiene el Vaticano es su búsqueda del bien común, es decir, los valores proclamados en el Evangelio. Negarse a una reducción del gasto implicaría una amenaza de extinción para toda la estructura vaticana»[7]. Pero esta llamada de atención de Versaldi también cae en saco roto. Las oficinas proliferan inútilmente elevando los gastos. Nuevos trabajadores son contratados siguiendo criterios muchas veces no compartidos por el Papa. Pero él no llega a enterarse. La situación está fuera de control.

- Esa estructura estará articulada en dos secciones: una para todos los empleados de plantilla con contrato indefinido, y otra para el resto de los colaboradores que se encuentren en actividad en el interior de la Santa Sede, incluidos los eventuales colaboradores *ad honorem*.
- Siguen en vigor todas las normas que rigen el funcionamiento de los organismos individuales que no entren en conflicto con normativas de nivel superior y, como es obvio, tampoco con los principios universales de equidad y justicia.

[7] Transcripción de la reunión del 19 diciembre de 2012 del Colegio de Auditores.

Un agujero de 800 millones en el fondo de pensiones

Mientras tanto, la investigación del sistema de pensiones continúa. En los tres meses siguientes, el análisis de los expertos llega hasta el fondo. Sin piedad. A partir del cruce de informaciones, se descubre «un significativo déficit de financiación del fondo de pensiones de al menos 700-800 millones de euros». Ese déficit deja al sistema cada vez más cerca del precipicio: las obligaciones de pensiones ya garantizadas por la Santa Sede comprometen entre 1.200 y 1.300 millones de euros, sobre un patrimonio apenas superior a los 450 millones. El déficit se sitúa entre 700-800 millones[8].

Se trata de un problema estructural que en pocos años podría poner en riesgo la totalidad del sistema de pensiones de los empleados ya retirados y de los jubilados del futuro. Un riesgo que está destinado a aumentar a causa de la incapacidad que demuestra quien se encarga de administrar esos fondos. El documento subraya «la falta de conocimientos en el área de los seguros y de gestión patrimonial en los órganos encargados de supervisar esos fondos»[9].

Y será precisamente esa la conclusión sin medias tintas a la que llegarán los miembros de COSEA en los documentos que preparan para el encuentro del 17 y 18 de febrero de 2014 con el consejo cardenalicio para cuestiones económicas, recientemente creado por Francisco y del que hablaremos más adelante. La amenaza que pesa sobre los pensionistas es doble: de un lado, un profundo déficit; del otro, la ineptitud profesional de los encargados de administrar sus fondos de pensiones.

Esa evaluación parece quedar confirmada por la administración del patrimonio del fondo, integrado por bienes inmobiliarios

---

[8] Documento de evaluación de riesgo redactado por el Consejo de los Cardenales entre el 17 y el 18 de febrero de 2014.

[9] *Ibidem.*

y por títulos sobre los que también pesan otros riesgos significativos: «La administración patrimonial del fondo de pensiones no se corresponde con las deudas de dicho fondo, y existen importantes inversiones en riesgo, como las obligaciones del Estado italiano»[10].

También la cartera de activos inmobiliarios suscita dudas, ya que el cien por cien de esos títulos que deben garantizar las pensiones están invertidos en el municipio de Roma, y no están distribuidos en diversas áreas para protegerse de las fluctuaciones del mercado. En realidad, los fondos de pensiones en un país no se estructuran sobre reservas e inversiones inmobiliarias, sino sobre las contribuciones de los empleados y los nuevos contratados, que serán destinados a pagar los haberes de quienes se jubilan. El Vaticano, sin embargo, es un caso aparte, ya que la tasa de mortalidad es más baja y los nacimientos, por razones obvias, son poquísimos.

Se trata de una evaluación negativa que queda confirmada por los datos concretos que el cardenal Versaldi, en su condición de presidente de la Prefectura, encuentra en el presupuesto preliminar de 2013 y en el provisional de 2014, datos recibidos directamente de manos del cardenal Calcagno el 19 de diciembre de 2013:

Eminencia Reverendísima,
[...] El presupuesto preliminar expone un posible superávit financiero de 27,7 millones de euros; el presupuesto provisional para 2014 lo prevé en 28 millones. Los resultados pronosticados para los ejercicios 2013 y 2014 son esos, por lo que es posible prever que el patrimonio del fondo de pensiones a 31 de diciembre de 2014 pueda ser equivalente a 479,1 millones de euros. Aprovecho la ocasión para manifestar mi más elevada estima por Su Eminencia Reverendísima. Cardenal Domenico Calcagno.

---

[10] *Ibidem.*

De la gestión financiera se desprende que los cupones de las obligaciones ascienden a 10,9 millones y los intereses activos a 461.000 euros, mientras que «el resultado de la gestión en su conjunto (superávit preliminar a 31 de diciembre de 2013) resulta ser de 27,7 millones, 466.000 euros menos de lo previsto en el presupuesto provisional de 2013»[11]. Si se analiza a continuación la cartera de títulos a 30 de septiembre de 2013, aparecen todas las obligaciones del Estado italiano, consideradas arriesgadas por los analistas. Por ejemplo, los 70 millones en bonos plurianuales del Tesoro. En la práctica, las reservas dependen del déficit público italiano[12].

Probablemente, esto también contribuye a reforzar el poder como *lobby* de la Iglesia en la política italiana. En sus relaciones con los Gobiernos extranjeros, empezando por el de Italia, pero también en África y en Sudamérica, la Iglesia siempre ha contado con diversos medios de persuasión. No se trata solo de aquellas presiones ya referidas en *Las cartas secretas de Benedicto XVI* concernientes a la correspondencia con el presidente de la República italiana para que reconsiderara algunas leyes, como las de Familia y Fecundación Asistida, sino también la adquisición de deuda pública u otras inversiones financieras importantes siempre en títulos soberanos.

---

[11] Extraído del «Informe sobre el presupuesto preliminar de 2013 y del provisional de 2014».

[12] A continuación, encontramos 35 millones en obligaciones ordinarias del Barclays Bank Plc., 25 millones del Commerzbank, otros 25 de la General Electric, 12,3 millones en Francia [Sociedad gubernativa] y ocho millones de Eléctricité de France. Entre los paquetes accionariales, los más consistentes son: el de Snam Rete Gas Spa (38.326), por un valor de 143.000 euros, el de Basf por 141.000 euros, el de Eni por 127.000 euros, el de Enel SpA (22.800) por 64.000 euros y el de Royal Dutch Shell con acciones por valor de 73.000 euros. Una cantidad verdaderamente significativa de títulos: por el fondo de pensiones crecen las inversiones en obligaciones, que alcanzan los 11,2 millones en el presupuesto preliminar de 2014 (10,6 en euros y 0,6 en dólares) respecto a los 10,9 millones del preliminar de 2013.

El 22 de enero de 2014, Erik Stattin, graduado por la prestigiosa escuela de negocios Harvard Business School, socio de Oliver Wyman Roma y responsable de esta firma para las cuestiones del sistema de pensiones y de seguros en la EMEA (siglas en inglés de Europa, Oriente Medio y África), convoca a algunos representantes del Vaticano y a algunos miembros de COSEA, entre ellos, Messemer. Los monseñores Vallejo Balda y Luigi Mistò, presidente del fondo de asistencia sanitaria y secretario del APSA, escuchan su análisis junto al cardenal Calcagno. El único que parece conforme es Messemer. La reunión resulta decisiva:

> Todos los participantes están de acuerdo en afirmar que sobre la base del análisis de actuación dirigido por la firma Oliver Wyman, el fondo de pensiones vaticano presenta una «brecha de financiación» muy significativa. La dimensión de esa brecha es tal, que pone potencialmente en riesgo las futuras pensiones de los empleados del Vaticano. Ese mismo análisis muestra que, a corto plazo, el fondo todavía está en condiciones de financiar sus actividades, lo que permite proceder a su reestructuración para evitar que colapse. En todo caso sigue siendo necesario, y con la máxima urgencia, tomar medidas drásticas para evitar que el déficit aumente aún más.
>
> Estas medidas deberían incluir:
> — un refuerzo del patrimonio del fondo mediante una inyección de capital por parte de las administraciones vaticanas.
> — una redefinición de las futuras pensiones. Una «marca de referencia» [benchmark] con el actual sistema de pensiones italiano deberá asegurarles a los empleados vaticanos un trato equiparable al que reciben actualmente los empleados de la administración pública italiana.

La reforma del sistema de pensiones también debe prever «una contribución extraordinaria del Vaticano para fortalecer el capital del fondo de pensiones. Es necesario, en definitiva, ajustar los beneficios vigentes para los empleados a un nivel económicamente razonable». Mientras que «el patrimonio del fondo de pensiones será administrado por el centro de gestión patrimonial vaticano, o sea el VAM, y será el Vaticano quien garantice una tasa de interés específica sobre sus bienes»[13].

La creación del VAM (siglas en inglés de Administración de Activos Vaticanos) constituye una propuesta muy particular, a saber, la conformación de una estructura única que, por primera vez en la historia del Vaticano, será la encargada de administrar todo el patrimonio mobiliario e inmobiliario de la Santa Sede, incluido, por tanto, el fondo de pensiones[14]. No todos los hombres de confianza de Francisco están a favor. Tanto es así que, pocos meses después, en la primavera-verano de 2014, como veremos, es precisamente el VAM el que provocará una profunda fisura en el interior de COSEA. Durante muchos meses esa guerra se libra en la retaguardia, entre cuchilladas, zancadillas y sabotajes. Están los que apoyan a Francisco, están quienes lo toleran, y también quienes lo critican y buscan perjudicarle. Y es justo de estos últimos de donde llega una serie de intimidaciones, ataques y complots para que el papa argentino pierda la apuesta. En juego está el futuro de la Iglesia, y no solo del Vaticano. A partir de ahora, el enfrentamiento será durísimo.

---

[13] Extraído del «Informe sobre el presupuesto preliminar de 2013 y del provisional de 2014».

[14] En el verano boreal de 2014 Francisco dará vía libre a la reforma de la administración de los bienes muebles e inmuebles de la Santa Sede. El ingente patrimonio vaticano quedará sometido a una única administración, sobre la base de criterios éticos y católicos en vías de definición. La principal novedad de la reforma es la que afecta al modo en que serán administrados el IOR, el APSA, Propaganda Fide, el fondo de pensiones y la Gobernación de la Ciudad del Vaticano. La administración de los bienes quedará bajo la órbita de una nueva entidad, el VAM. El proceso de transferencia será gradual. En la visión del Papa, cuanto más centralismo, más control, justamente lo que siempre ha faltado en el pasado. Pero también conferirle demasiado poder a un único organismo y a un número limitado de altos purpurados puede generar riesgos de mala gestión.

8
ATAQUE A LA REFORMA

VIOLAN EL ARCHIVO SECRETO DE COSEA

Madrugada del domingo 30 de marzo de 2014. Faltan pocas horas para el alba y la plaza de San Pedro todavía está desierta. Nos encontramos en el corazón de una de las zonas más vigiladas del mundo; sin embargo, esa misma noche ocurre algo imprevisto.

Alguien burla la seguridad y viola el palacio del poder pontificio. En el edificio reservado a las congregaciones, en la plaza Pío XII, justo frente a la columnata de Gian Lorenzo Bernini, reina el más absoluto silencio. La portería del número 3 del Largo del Colonnato está cerrada. Gaspare, el leal guardia siciliano, se ha ido a pasar el fin de semana a su casa, al igual que el resto de los empleados y el personal de limpieza. Excepto la casa de 353 metros cuadrados donde vive el cardenal nigeriano Francis Arinze y un local que alquila un apacible jubilado, el resto de ese edificio de cuatro plantas está destinado íntegramente a negocios y oficinas, entre ellas, la de la Congregación para el Clero, la Congregación para la Educación Católica y la Congregación para los Institutos de Vida Consagrada y las Sociedades de Vida Apostólica. Los 781 metros cuadrados de la cuarta y última planta del inmueble, escalera D, están ocupados en su totalidad por la Prefectura de los Asuntos Económicos de la Santa Sede, punto de referencia de los controles sobre la curia impulsados por Francisco. Aquí, los auditores trabajan codo a codo con los miembros de COSEA, y es también aquí donde se encuentra gran parte de sus documentos reservados, así como el despacho del coordinador de la comisión y secretario de la Prefectura, monseñor Vallejo Balda. Este lugar es el símbolo de la revolución de Francisco.

Los ladrones se introducen en el inmueble, entran en los despachos de varias congregaciones y, provistos de un soplete, van de planta en planta abriendo todas las cajas fuertes que encuentran a su paso y robando el dinero que contienen. No se trata de sumas significativas: unos pocos cientos de euros por oficina, ya que las congregaciones y la Prefectura solo cuentan con un pequeño fondo de reserva para los gastos de caja que se hacen en efectivo. Una cifra más que modesta, que no se corresponde con una operación tan planificada: los delincuentes se han movido como profesionales, conocían la ubicación de las cajas fuertes, sabían cómo abrirlas en el menor tiempo posible y han forzado con total facilidad cada puerta que quisieron franquear.

Pero lo que les resulta más insólito y sorprendente a los investigadores es lo que los delincuentes hicieron después: tomaron una decisión que aparenta ser totalmente azarosa, pero que resulta clave para una interpretación más apropiada del significado de aquella incursión nocturna.

Ya dentro de las dependencias de la Prefectura, los ladrones no se limitan a identificar la caja fuerte, abrirla lo más rápidamente posible y llevarse la modesta suma que contiene, apenas 500 euros. Irrumpen también en la sala que alberga numerosos archivadores blindados. Identifican uno en particular y lo fuerzan. Si bien exteriormente son todos iguales, los delincuentes saben con certeza qué armario blindado deben abrir. Es evidente que buscan algo y saben dónde encontrarlo. Están bien informados, actúan con premeditación, y al abrir los pesados archivadores blindados no encuentran dinero u objetos preciosos, sino documentos reservados, guardados en perfecto orden en un par de decenas de carpetas.

No se trata de un atraco cualquiera. Los delincuentes se apropian de parte del archivo secreto de la comisión COSEA. Un robo sin precedentes. Un hecho gravísimo que puede comprometer el trabajo de la comisión. ¿Qué pueden tener que ver las carpetas de los auditores del Papa con la sustracción de algunos cientos de euros de varias cajas fuertes?

El hecho se descubre a la mañana siguiente. La gendarmería vaticana entra en acción e intervienen también las fuerzas del orden italianas. En un caso sin precedentes en el mundo, se pone en marcha una investigación conjunta de la policía de ambos países. El edificio donde se produjo el robo forma parte de las propiedades extraterritoriales garantizadas por los Pactos de Letrán. El palacio no solo pertenece a la Santa Sede, sino que, además, se encuentra a pocos pasos de los muros leoninos, y se considera a todos los efectos prácticos parte del Estado de la Ciudad del Vaticano. En el interior del edificio, nos encontramos en pleno territorio vaticano, y por tanto las investigaciones dependen de la gendarmería. Afuera, y en las calles adyacentes, la competencia corresponde a los investigadores italianos, que examinan decenas de filmaciones de las cámaras de seguridad instaladas en las inmediaciones. Los interrogantes fundamentales son dos: ¿Quiénes tenían interés por leer los documentos secretos de la comisión del Papa, y con qué fin?

Se intenta reconstruir el orden de los hechos. Los ladrones, como mínimo dos o tres personas, tal vez entraron por el portón principal, pero en un primer momento los investigadores también barajan otra hipótesis: habrían accedido desde los sótanos y habrían llegado al edificio de las congregaciones pasando a través de uno de los numerosos túneles que conectan los distintos edificios del gobierno en el Vaticano.

La hipótesis podría sonar estrafalaria, pero es plausible. Desde los sótanos de ese edificio se puede acceder a diversos desti-

nos: los despachos de su palacio gemelo, sede de otras congregaciones, así como al edificio de IOR e incluso el palacio apostólico,
y, por otro camino, también se llega a Castel Sant'Angelo. Una
red de túneles, galerías al aire libre, estrechos pasadizos cubiertos
y descubiertos, escalinatas y ascensores que fueron muy importantes durante las guerras mundiales de la primera mitad del siglo
XX y que le permiten, a quien los conozca, desplazarse al margen
de los controles y de las miradas indiscretas. Un mundo paralelo
que puede percibirse como una importante metáfora de la sede
apostólica, dividida entre lo que emerge a la superficie y es comunicado oficialmente, y lo que sucede realmente en el secretismo
de sus recámaras. Un mundo subterráneo que discurre bajo las
ajetreadas calles de Roma, atestadas de turistas y de fieles devotos. No por nada el IOR, el impenetrable banco pontificio, tiene
un depósito con algunos archivos reservados precisamente en el
sótano del edificio de las congregaciones, un dato que muy pocos
conocen.

Sin embargo, cuando los investigadores descienden a los sótanos, encuentran todo en orden, empezando por las numerosas
limusinas negras de las diversas embajadas ante la Santa Sede,
todas aparcadas en el garaje del edificio. Los depósitos de las congregaciones y del IOR no han sido manipulados. La galería que
comunica con el palacio apostólico está cerrada. Resulta difícil
entonces que los ladrones hayan pasado por los túneles para
alcanzar este sitio: el lugar parece inviolable, además de estar controlado por numerosas cámaras de vigilancia. Es muy improbable
que los delincuentes se hayan expuesto al riesgo de ser apresados.

A estas alturas, la única hipótesis realista es que hayan entra-
do por alguno de los portones del edificio, los que dan a la plaza
Pío XII. Pero la cerradura del portón principal funciona bien y
está en perfecto estado. ¿Será que, además de todo, tenían la llave? Misterio. Pero seguramente entraron por ahí, porque precisamente por ese portón se accede a la escalera que utilizaron para
llegar a la puerta de servicio de la Prefectura, rara vez utilizada, y

poder violarla, accediendo de ese modo y con total facilidad a las dependencias del órgano de control económico de la Santa Sede.

La noticia del robo se extiende como un reguero de pólvora en el Vaticano, generando inquietud y consternación. Los integrantes de COSEA son naturalmente los primeros en ser informados. Se quedan atónitos, desconcertados y atemorizados. Zahra está de viaje de negocios en Londres, desde donde llama continuamente a sus hombres de confianza para informarse sobre los avances de la investigación. El lunes 31 por la tarde, tras evaluar todas las hipótesis barajadas por los investigadores, cobra fuerza la idea de un robo con un objetivo preciso. Nadie cree que se hayan tomado la molestia de abrir las numerosas cajas fuertes de las congregaciones y de la Prefectura para robar unos cientos de euros. ¿Quién puede ser tan inconsciente y tan poco listo de perpetrar un hurto en uno de los lugares más vigilados del mundo para llevarse un botín tan pobre? El verdadero objetivo, piensan algunos de los investigadores, eran los archivos, y el robo del dinero, una manera de despistar.

Pero ¿por qué robar los documentos? Se sobrentiende que a alguien le interesa conocer su contenido para hacerse un mapa del trabajo de la comisión, o tal vez que el objetivo era sustraer esos documentos para retrasar el trabajo de los hombres fieles al obispo de Roma. Queda claro que los ladrones estaban muy bien informados: conocían a la perfección el lugar, abrieron algunas de las puertas con su correspondiente llave y dispusieron exactamente de las herramientas que necesitaban. Por si esto fuera poco, sabían con precisión qué armario blindado violar.

También había otra hipótesis, la peor entre las barajadas por los investigadores, que se volvía cada vez más plausible con el correr de las horas: el robo no sería más que una advertencia criminal, una amenaza apenas velada hacia quienes llevaban adelante la reforma. Algo así como decir entre líneas: «Sabemos dónde guardáis vuestros archivos. Podemos llegar a ellos cuando queramos. Lo sabemos todo».

Los miembros de COSEA están intranquilos. A partir de ese día, la presión psicológica aumenta. Se sienten vulnerables, vigilados y espiados. La hipótesis de la intimidación se confirmará pocas semanas después, y lo hará en el vértice de la Santa Sede.

A Francisco y al cardenal George Pell, que desde hacía pocas semanas encabezaba la Secretaría Económica —la nueva estructura creada por el Papa y de la que hablaremos más adelante—, les llega la noticia del robo con la misma y preocupante clave interpretativa: el hecho es tomado como una advertencia hacia quienes llevan adelante la investigación, hacia quienes le brindan al Pontífice los datos y las herramientas para completar la reforma de la curia. Jorge, como le llamaban los ochocientos sacerdotes de la diócesis de Buenos Aires cuando Francisco era aún arzobispo de la capital argentina y como le siguen llamando sus amigos y sacerdotes más cercanos, es un hombre de buen carácter y muy poco impresionable, pero una jugada como esa no se la esperaba.

CARTAS DE SINDONA PARA AMENAZAR A FRANCISCO

No se trata de un episodio aislado. Precisamente en esos días, el padre Mark Withoos, secretario particular del cardenal australiano Pell, recibe información preocupante sobre movimientos extraños de personas en los alrededores del hotel Domus Australia, donde vive el poderoso purpurado, jefe de la economía vaticana. ¿Están siguiendo a Pell? ¿Por qué? La información llega a quien le debe llegar. El padre Withoos la comparte con su superior, que le exige prudencia. Mejor no perder la calma. Es una guerra psicológica, y los golpes bajos suelen tener por objeto atemorizar y confundir, sobre todo, para distraer a los hombres más fieles al Papa de los verdaderos problemas que están afrontando.

Pasan algunos días y el 10 de abril de 2014 llega a la Prefectura una carta despachada en Londres. No lleva firma. Una sola hoja de color verde, once líneas escritas en cursiva, poquísimas palabras que suenan a advertencia. La primera frase reproduce textualmente el lema de Anonymous, la poderosa comunidad virtual que a través de llamativas acciones denuncia las malversaciones y la corrupción de las agrupaciones políticas e industriales en el mundo: «No perdonamos. No olvidamos. ¡Espérennos!». Así comienza la misiva, y así prosigue: «Hay *outsiders* entrando desde afuera... Pásenle este [mensaje] al Papa y a todos los interesados: el juego se acabó».

¿Qué significa? ¿Es solo una broma de alguien que no tiene nada mejor que hacer? Es posible. Pero después del episodio del robo, el grado de alerta sube y nada puede ser minimizado, así que se presta atención a los más mínimos detalles. Queda claro que la frase «hay *outsiders* entrando desde afuera» parece referirse a la reciente incursión nocturna en el edificio de las congregaciones. El texto termina sobre el escritorio del secretario personal del Pontífice, Alfred Xuereb, que el 3 de marzo de 2014 fue nombrado por Francisco secretario general de la Secretaría Económica y delegado para las relaciones con COSEA. Xuereb discute la situación con Withoos. En los últimos años no habían recibido cartas de ese tipo, pero ninguno de los dos se deja amedrentar y minimizan la situación: «No tenemos nada que esconder, ni tampoco les hacemos el juego a los que buscan generar miedo. Nosotros pensamos en ayudar a Francisco». Una visión encomiable, pero quienes intrigan en la sombra tienen preparadas más sorpresas. La guerra apenas ha comenzado.

Son días de grandes festejos en el Vaticano. El 26 de abril es la vigilia del domingo de la Divina Misericordia, con la santa misa de canonización de Juan XXIII y Juan Pablo II prevista para las diez de la mañana en la plaza de San Pedro. Se espera a decenas de miles de peregrinos, con un importante despliegue de medidas de seguridad. Todo parece organizado a la perfección cuando, de repente, sucede lo inesperado.

A primera hora de la mañana, en el buzón de la Prefectura, alguien deja un gran sobre cerrado, sin destinatario ni remitente. Los empleados lo abren y se encuentran con documentos que reconocen de inmediato: se trata de una parte de aquellos que habían sido sustraídos un mes antes de los archivadores blindados. ¿Qué significa?

Al parecer, los ladrones estaban especialmente interesados en reconstruir un intercambio de correspondencia reservado de 1970, sobre los negocios entre el Vaticano, el intermediario de la logia masónica Propaganda Due (P2) Umberto Ortolani y el banquero Michele Sindona, con numerosas misivas de este último a la jerarquía eclesiástica de la época. Son nombres que pueden perjudicar gravemente la imagen de la Santa Sede.

Sobre todo Sindona, vinculado con algunos de los capos más poderosos de las actividades de la Cosa Nostra en Estados Unidos durante la década de 1960, desde don Vito Genovese y Joe Adonis hasta John Gambino. Junto a monseñor Paul Casimir Marcinkus y el banquero Roberto Calvi, el intermediario siciliano fue protagonista del periodo más tormentoso de las finanzas vaticanas. Calvi murió en extrañas circunstancias el 18 de junio de 1982 en Londres. Sindona, por su parte, fue encontrado muerto en la cárcel, el 20 de marzo de 1986, tras beber café con cianuro y a pocos días de haber sido condenado a cadena perpetua como instigador del homicidio del abogado Giorgio Ambrosoli, auditor que liquidó uno de sus bancos[1]. Durante años, los investigadores

---

[1] «[…] a finales de la década de los sesenta, según distintas estimaciones, la Iglesia controla entre el 2 y el 5 % del mercado accionario. En 1968, [...] las arcas del Vaticano deben soportar el desembolso de todos los pagos atrasados sobre unas inversiones que superan los 1.200 millones de euros actuales. Con tal de escapar de las garras de Hacienda, Pablo VI ordena trasladar al extranjero las participaciones a un sacerdote y a un laico, un siciliano de confianza con sólidos contactos en Estados Unidos a quien Montini conoce desde que era arzobispo de Milán. Su nombre es Michele Sindona. Gestiona los capitales de la mafia. El sacerdote que entiende de finanzas y es cercano a Estados Unidos se llama Paul Marcinkus. [...] Sindona nació en Patti, en la paupérrima provincia de Messina, en 1920. Tras estudiar en una institución jesuita, en 1942 se licencia en derecho, mientras las tropas angloamericanas ocupan Sicilia. Se asocia enseguida con el capo de la mafia Baldassarre Tinebra, quien le sumi-

creyeron que, en ambos casos, se trató de un suicidio. Solo seis años después de su muerte, se reveló que Calvi había sido asesinado, pero los imputados fueron absueltos en todas las instancias judiciales.

---

nistra lotes de cítricos y trigo que él vende al gobierno militar aliado. En la oficina de recaudación de impuestos de Messina se familiariza con el funcionamiento del sistema tributario antes de establecerse en Milán y abrir un estudio de asesoramiento fiscal en el centro de la ciudad en 1947. Sindona exhibe las cartas de recomendación del arzobispo de Messina, que le permiten construir una red de relaciones cada vez más amplia en la ciudad de la Madonnina. Las especialidades de Sindona son la evasión fiscal y la doble facturación. A él acuden empresarios y profesionales que pretenden esquivar el control fiscal. Sindona los satisface buscando refugio en el extranjero. Ya en 1950 funda su primera empresa ficticia en Liechtenstein, la Fasco AG. Entre sus clientes también se encuentran familias mafiosas como los Inzerillo y los Gambino de Nueva York, que se quedan impresionadas por la osadía y la discreción que les garantiza este siciliano. Le encargan la gestión de los narcodólares. Sindona no deja de crecer. Adquiere la Banca Privata Finanziaria, la antigua Moizzi & Co. de Milán, gracias a la mediación del secretario del IOR Massimo Spada, y en 1959 cierra un negocio decisivo para su carrera. Encuentra el terreno y los 2,4 millones de dólares que necesita el entonces arzobispo de Milán, Giovanni Battista Montini, para abrir la residencia de ancianos Madonnina. Sindona es ascendido a asesor financiero de la curia. [...] Se hacen íntimos. Empieza a tejerse la telaraña. Sindona se relaciona con prelados como monseñor Macchi, mano derecha del Pontífice ya durante su etapa en Milán, pero también con ejecutivos linajudos, como el príncipe Massimo Spada, y con directivos del IOR como Luigi Mennini y Pellegrino de Strobel [...] Para Sindona la década de los sesenta marca el momento álgido del desmedido crecimiento de los negocios entre Estados Unidos, Vaticano e Italia. Asesor del capo italoamericano Joe Adonis, de la familia de don Vito Genovese, el banquero siciliano crea los canales para blanquear capitales de la mafia, compra el banco suizo Finabank, antes propiedad del Vaticano, conquista la prensa estadounidense con sus éxitos financieros, cierra negocios con el presidente del Continental Illinois Bank, David M. Kennedy, que será ministro del Tesoro en el Gobierno de Nixon. También se afilia a la logia masónica más poderosa de la época, Propaganda Due (P2), de Licio Gelli » (Gianluigi Nuzzi, *Vaticano S. A.*, Ediciones Martínez Roca, Madrid, 2010, páginas, 38-39 y 120).

Umberto Ortolani, en cambio, había sido el brazo derecho de Licio Gelli, gran maestre de la logia masónica P2, con sólidos vínculos con el terrorismo de derechas y las dictaduras sudamericanas. En el sobre que llega a la Prefectura también se encuentra el intercambio de cartas entre monseñor Giovanni Benelli, por entonces subsecretario de Estado, y el cardenal Sergio Guerri, presidente de la Comisión para el Estado de la Ciudad del Vaticano, quien, a su vez, mantenía correspondencia con Sindona. De esos intercambios se desprende que en el Vaticano, Ortolani y Sindona se sentían como en su propia casa, y no solo gracias a su red de relaciones y a los acuerdos forjados a lo largo de los años. A Sindona le llega correspondencia directamente a la Santa Sede, con encabezados que dicen «para el Sr. Michele Sindona, al servicio del papa Pablo VI, El Vaticano, Roma, (Italia)», testimonio de hasta qué punto el intermediario siciliano era identificado con la curia romana. Sindona realizaba, en nombre del Vaticano, negocios de miles de millones de las antiguas liras, empezando por la venta de importantes paquetes de acciones, como la participación del APSA en las fábricas de esmalte genovesas, por la cual el mencionado intermediario le había ofrecido a la Santa Sede el equivalente a 9,6 millones de euros actuales. Dramática fue, por el contrario, la historia del agujero negro de la empresa Pantanella, a la que la Santa Sede le transfirió, entre 1968 y 1969, alrededor de 60 millones de euros actuales en concepto de pérdidas y de varias recapitalizaciones, con el desesperado propósito de sanear una empresa que parecía no tener futuro.

Sin alarmismo, el Vaticano se pregunta: ¿cómo interpretar la jugada? ¿Quién y por qué devolvió esa carta? ¿Cuál es el mensaje oculto?

La situación se complica más y más. Como dirá Zahra en el transcurso de una charla con amigos, «la guerra ya está declarada». El cardenal Pell intenta enviar señales tranquilizadoras. Quiere demostrar que esos «avisos» no lo intimidan. Pocas semanas después, se le presenta la oportunidad de hacerlo. Durante una entrevista, Pell hace referencia a esos controvertidos personajes que parecen retornar del pasado:

> Este era un cambio que reclamaron los cardenales en las congregaciones que precedieron al cónclave. Hace un año, los cardenales dijeron «Basta». Basta de tantos escándalos. [...] Avanzo con perseverancia. *Nunc coepimus*. Acabamos de empezar. Y seguiremos adelante. Todavía tenemos que mejorar. Pero una cosa es cierta: basta de Calvis y de Sindonas, basta de sorpresas de las que nos enteramos por los periódicos. [...] Hace falta transparencia financiera, honestidad y profesionalidad, es decir, modernidad en los mecanismos[2].

Algunos observadores de la curia consideran que la referencia a Sindona y a Calvi resulta totalmente anacrónica, acaso porque no conocen la historia del misterioso sobre con cartas del intermediario siciliano que fue dejado en la Prefectura. Para evitar posibles escándalos y terminar en los titulares de la prensa, el hecho no fue difundido, como gran parte de las situaciones controvertidas que ocurren intramuros. De todo ese asunto, lo único que se filtra es la noticia del misterioso robo nocturno en el edificio sede de las congregaciones. La historia del sobre debe permanecer en el más absoluto secreto: las cartas de Sindona podrían generar una escalada mediática imparable.

Para entender qué fue lo que realmente desencadenó esta guerra sin cuartel es necesario retroceder en el tiempo y contar lo ocurrido pocos meses antes, momento en que las investigaciones de COSEA avanzaban a toda marcha y se extendían a todos los rincones de la curia.

Son semanas cruciales que determinan la fisura definitiva entre los más altos funcionarios vaticanos. A partir del otoño de 2013, a las investigaciones de COSEA se suman las medidas concretas

---

[2] Maria Antonietta Calabrò, *Corriere della Sera*, 11 de julio de 2014.

para reformar el Estado del Vaticano y modificar sus distintas áreas, así como los reglamentos y leyes que ordenan su funcionamiento, con nuevos papeles, responsabilidades y jerarquías. Llega un punto en que la reforma de la curia impulsada por Francisco, esa «revolución evangélica», por usar las palabras de su amigo uruguayo Guzmán Carriquiry Lecour[3], está en riesgo de implosionar. Demasiadas presiones, demasiadas situaciones que caldean los ánimos de ese mundo minúsculo. Un mundo en el que, según piden el Evangelio y el papa Francisco, deberían reinar la paz, la misericordia y la pobreza, pero que, por el contrario, amaga con alejarse cada vez más de los preceptos pastorales y teológicos.

RUMORES ACERCA DE LA SALIDA DE BERTONE

Durante el otoño de 2013, el alcance de la reforma se vuelve día a día más nítido y claro para todo el mundo. Francisco y sus hombres quieren pasar ya del análisis a la acción. Centrándose en las situaciones más comprometedoras, apuntan a los responsables: decenas de laicos, obispos y cardenales díscolos son expulsados rápidamente de sus cargos. Y el Papa no lo hace a escondidas, sino más bien todo lo contrario. Hace publicidad de las directrices de su pontificado, buscando involucrar a todos en la ola de cambio, tanto hacia adentro como hacia afuera de los muros vaticanos. Para volver aún más transparentes las actividades en las diversas áreas, así como las responsabilidades y competencias atribuidas a las nuevas estructuras que de hecho controlan el núcleo del poder vaticano, las nuevas reglas son divulgadas con absoluta determinación. Sin pestañear.

Francisco intenta contar con todos y trata de que en esos nuevos centros de mando haya personas de todas las extracciones:

---

[3] *Diario Vaticano / La nuova curia prende forma così*, 22 de octubre de 2013, www.chiesa.espressonline.it

desde los Focolares y el Opus Dei, hasta los exseguidores de Bertone, los más diplomáticos e, incluso, representantes de los episcopados de las dos Américas. Pero no siempre lo logra. Si bien despierta el entusiasmo de los peregrinos, los católicos de base y las parroquias, en el Vaticano la música es bien distinta, y sus medidas generan muchas veces el efecto contrario. La camarilla de los descontentos recluta todos los días a algún religioso encolerizado o a algún interesado en entorpecer un cambio que aterra a muchos.

Y esa camarilla crece y se alarma aún más cuando, a finales de septiembre de 2013, en el transcurso de apenas diez días, Francisco concede dos largas entrevistas que en la curia deja atónito a más de uno. La primera es la que le realiza el jesuita Antonio Spadaro, nombrado director de la prestigiosa revista *La Civiltà Cattolica*:

> Los dicasterios romanos están al servicio del Papa y de los obispos: tienen que ayudar a las Iglesias particulares y a las conferencias episcopales. Son instancias de ayuda. [...] Los dicasterios romanos son mediadores, no intermediarios ni gestores. ¿Cómo estamos tratando al pueblo de Dios? Yo sueño con una Iglesia Madre y Pastora. [...] Dios es más grande que el pecado. Las reformas organizativas y estructurales son secundarias, es decir, vienen después. La primera reforma debe ser la de las actitudes. Los ministros del Evangelio deben ser personas capaces de caldear el corazón de las personas, de caminar con ellas en la noche, de saber dialogar e incluso descender a su noche y su oscuridad sin perderse. El pueblo de Dios necesita pastores y no funcionarios clérigos de despacho[4].

---

[4] Antonio Spadaro, «Francesco», en *La Civiltà Cattolica*, 19 de septiembre de 2013. En la entrevista se subraya también que «los ministros de la Iglesia tienen que ser misericordiosos, hacerse cargo de las personas, acompañándolas como el buen samaritano que lava, limpia y consuela a su prójimo. Esto es Evangelio puro».

Pasan apenas unos días y el obispo de Roma insiste con el mismo argumento. En esta oportunidad, elije hacerlo frente a un intelectual italiano ateo, Eugenio Scalfari, fundador del diario *La Repubblica*. En esta entrevista, Francisco es aún más contundente:

> Los Jefes de la Iglesia han sido a menudo narcisistas, y se han dejado adular por sus cortesanos. La corte es la lepra del papado. En la curia a veces hay cortesanos, pero la curia en su conjunto es otra cosa. [...] Es Vaticano-céntrica. Ve y cuida los intereses del Vaticano, que son todavía, en gran parte, intereses temporales. Esta visión Vaticano-céntrica se olvida del mundo que nos rodea. No comparto esta visión y haré todo lo posible por cambiarla. [...] Lo primero que he decidido ha sido nombrar a un grupo de ocho cardenales que forman mi consejo. No cortesanos sino personas sabias y animadas por los mismos sentimientos que yo. Este es el inicio de esa Iglesia con una organización no solo vertical sino también horizontal[5].

Un análisis duro y directo contra todos los que durante décadas han hecho uso y abuso de su poder. Sin embargo, pasar de las palabras a los hechos no es sencillo. Intramuros, las entrevistas se transforman en el principal tema de discusión de los purpurados. Casi nadie se esperaba palabras tan duras. Es la primera vez que un Papa muestra tener una voluntad tan férrea, signo evidente de que ha decidido que su revolución sea mucho más que una utopía. Esta vez, la curia tendrá que cambiar en serio. Francisco exhibe autoridad, sin ser autoritario. Un poder de decisión envuelto en modales siempre amables y gentiles para evitar tensiones.

Los gestos de Bergoglio y la informalidad que caracteriza cada vez más sus apariciones públicas hacen crecer en sus colaboradores más cercanos el deseo de participar con todas sus fuerzas de ese cambio. Y quienes más interés tienen en entrar en el juego son los que durante años han abogado por una mayor trans-

---

[5] Eugenio Scalfari, en *La Repubblica*, 1 de octubre de 2013.

parencia sin ser escuchados. Entre ellos se encuentra ni más ni menos que monseñor Viganò, de la nunciatura de Washington, que restablece canales de diálogo cada vez más fluidos con los monseñores y sacerdotes de la Secretaría de Estado y también con los laicos que ocupan cargos importantes en los diversos organismos de la Santa Sede.

Y es el embajador británico ante la Santa Sede, Nigel Baker, quien el 3 de octubre de 2013 le envía a Peter Bryan Wells, asesor de asuntos generales de la Secretaría de Estado, una carta «personal y confidencial». Adjunto a la carta, Baker envía un memorándum reservado de cinco páginas firmado por Thomas Stonor, VII barón de Camoys, político inglés, descendiente de Carlos II de Inglaterra y, desde hace treinta y cinco años, un prominente banquero que integra los consejos directivos de las más importantes instituciones crediticias europeas, entre ellas Barclays y Amex Ltd. Stonor solicita que se haga llegar a las más altas autoridades de la Santa Sede ese documento, a su juicio decisivo, que contiene una especie de reforma puntual y detallada de la economía vaticana.

Lo más sorprendente es la fecha de la misiva: 22 de junio de 2004. Es decir, nueve años antes el banquero ya había presentado su propuesta a los cardenales Nicora y Bertone, sin ser, naturalmente, atendido. Stonor, además de ser un experto en finanzas, está ligado a la Iglesia, ya que ha sido consejero del APSA. En virtud de ese cargo, y tras haberlo consultado con el cardenal Cormac Murphy-O'Connor, Stonor había enviado el memorándum a los altos cargos de la Santa Sede, un análisis cuyos contenidos siguen vigentes, y es por eso que el barón inglés vuelve al ataque a través de la mediación del embajador británico:

La estructura histórica referida a la gestión financiera de los recursos de la Santa Sede no solo es inapropiada para el siglo XXI, sino también peligrosa para los recursos mismos del Vaticano, así como potencialmente dañina para su reputación. Es peligrosa debido a los riesgos que surgen de su participación en el blanqueo de dinero a través del IOR, o simplemente como consecuencia de una mala gestión de las actividades financieras y/o del presupuesto anual. Después del caso Calvi, cualquier hecho ligado a los puntos discutidos anteriormente con toda probabilidad dañaría la reputación de la Santa Sede. Durante los ocasionales encuentros de los consejeros del APSA, he mencionado algunas de estas preocupaciones, hasta el momento en vano. Tal vez no me haya explicado lo suficientemente bien. […] En el APSA noto una falta de poder de decisión, algo comprensible después de un caso como el de Calvi. […] Me pregunto muy seriamente si la Santa Sede tiene realmente necesidad de una entidad como el IOR. Los servicios que presta esa entidad en su conjunto podrían ser ofrecidos por otro banco, y con mayor respaldo […], en particular, todo lo referido al serio riesgo de terminar involucrados en episodios de blanqueo de dinero.

El documento es leído y entendido por los hombres cercanos a Francisco como una prueba definitiva de que en la Sede Apostólica eran muchos quienes sabían de esas críticas sin tener la menor intención de cambiar la línea de acción. Empezando, tal vez, por el propio secretario de Estado, Tarcisio Bertone, cuyo mandato está a punto de expirar. Es cuestión de esperar unos pocos días. Está previsto para mediados de octubre que Bertone le pase el mando a quien será su sucesor, el arzobispo Pietro Parolin, nuncio apostólico en Caracas.

La salida de Bertone ya tiene fecha, pero sucede un imprevisto. Parolin no puede asumir el cargo inmediatamente porque debe someterse a una pequeña intervención quirúrgica. La fecha podría ser postergada, pero Francisco parece no querer que el secretario se quede en su puesto ni un día más. El traspaso del mando se transforma entonces en una tensa despedida, más allá de los agradecimientos formales[6]. Bertone aprovecha también

---

[6] Parolin asume su nuevo puesto *in absentia*, mientras se recupera de una cirugía hepatobiliar en un hospital de Padua, y tomará posesión de su puesto

para intentar reivindicarse, hablando por todos lados de los «cuervos» y de las «serpientes» que anidan en la Santa Sede, como suele repetir ante los poquísimos fieles que le quedan y en algunos encuentros públicos[7]. Pero ya es demasiado tarde.

Hace tiempo que el poderosísimo secretario elegido por Ratzinger está cada vez más solo y es menos influyente. Tal como deja escapar un prelado en el transcurso de una charla con algunos clérigos al finalizar la ceremonia de traspaso, «durante los seis primeros meses de su pontificado, el Papa hizo como si Bertone no existiera». De hecho, el Pontífice pasó sus primeros seis meses como Papa sin secretario de Estado: Bertone jamás se ganó su estima. Así lo deja entrever Óscar Andrés Rodríguez Maradiaga, un salesiano fidelísimo a Jorge Bergoglio, primer cardenal de la historia de Honduras y coordinador del así llamado C8, el consejo de ocho altos purpurados elegidos por el Santo Padre para ayudarle en la conducción de la Iglesia Universal.

En la cadena Salt and Light de la televisión canadiense, Maradiaga revela que ya se había enterado del nombramiento de Parolin el 17 de marzo, durante una charla que mantuvo con el Papa apenas cuatro días después de su elección.

---

el 18 de noviembre; mientras tanto sus funciones serán cumplidas por los jefes de las distintas oficinas.

[7] En más de una ocasión, como en el santuario de la Virgen de las Lágrimas de Siracusa, al día siguiente del anuncio de su sustitución por Parolin, Bertone había reaccionado ante las múltiples «acusaciones» que llovían sobre él: «Especialmente en los últimos dos años hubo tantos problemas y me han llovido acusaciones… Un nido de cuervos y de serpientes… Pero eso no debería enturbiar algo que para mí tiene un resultado positivo». «He cometido errores —dice—, pero siempre lo he dado todo». Y no se puede afirmar que «no haya buscado servir a la Iglesia». «Por un lado, parece que el secretario de Estado decide y controla todo, pero no es así —explica el cardenal Bertone—. Se han producido situaciones que escaparon a mi conocimiento, también porque se trataba de problemas que eran "encapsulados" en el interior de la gestión de ciertas personas que no se los comunicaban a la Secretaría de Estado» (*Ansa*, 1 de septiembre de 2013).

Para la sustitución de su principal colaborador, Bergoglio ha batido todos los récords: basta recordar que Benedicto XVI esperó catorce meses antes de designar a Bertone como sustituto del entonces secretario Angelo Sodano.

MENOS PODER PARA LOS CARDENALES Y MÁS ESPACIO PARA LOS LAICOS

En el interior de los sacros palacios, los enemigos de Francisco están cada vez más preocupados por los rasgos fuertemente políticos que están asumiendo las dos comisiones pontificias. COSEA y la comisión para el IOR están trabajando en dos frentes. El primero es conocido: analizan las cuentas del Banco Vaticano y de otras entidades de la Santa Sede, sacando a la luz, como hemos relatado, incompetencias y excesos.

Pero existe otro frente, mucho más secreto. Los comisionados de COSEA han recibido un nuevo requerimiento específico de parte de los ocho cardenales del C8: no solo deben buscar los problemas, sino que también deben proponer soluciones claras y consejos específicos sobre cómo reformar a fondo la administración y toda la estructura del Estado. Es indispensable redefinir de una vez por todas las relaciones internas de poder.

Se fija un encuentro entre los altos purpurados del C8 en Roma en diciembre de 2013. De cara a este encuentro, los miembros de COSEA elaboran y proponen una verdadera estrategia para cambiar la Iglesia desde sus cimientos. Hacen hincapié en el restablecimiento de un equilibrio entre el poder temporal y el poder religioso. Los laicos tendrán que asumir mayor participación en el área económica y administrativa: una petición revolucionaria dentro de una monarquía absoluta en la cual el rey es un religioso. Un cambio de época.

Los *lobbys* de poder que desde siempre han gobernado el Vaticano no pueden, sin embargo, aceptar este nuevo rumbo. Si el proyecto llega a buen puerto, es el fin, sostienen los «cortesanos», por usar la expresión de Francisco. Es precisamente esa la reacción de muchísimos altos prelados frente a los rumores que llegan de la última reunión secretísima de los comisionados de COSEA. Y no es para menos.

Estamos en octubre de 2013. Las cuatro páginas del borrador de informe de aquel encuentro, a las que tuvimos acceso, merecerían ser reproducidas íntegramente. Uno tiene la sensación de encontrarse frente a un punto de no retorno. La ruptura ya se produjo; las tensiones no harán más que crecer. Los hombres fieles a Francisco no tienen la menor intención de ceder: basta con no perder la fe y la determinación. Como se desprende de ese informe, el primero en tomar la palabra es el consejero George Yeo, el único miembro de la comisión que ha pertenecido al mundo de la política, ya que fue ministro de Asuntos Exteriores de Singapur. Yeo sugiere una clara separación entre el poder económico y el poder político-religioso:

> Las decisiones de la Santa Sede deberían ser independientes de la composición de los colegios cardenalicios. Es difícil que la función de la Santa Sede coincida con la del ministro de Asuntos Exteriores y del primer ministro al mismo tiempo. Necesitamos un Ministerio de Economía que tenga plenos poderes y que haga un balance. La Prefectura de los Asuntos Económicos podría ser transformada en un Ministerio de Asuntos Exteriores, de este modo el resto de las congregaciones estarían obligadas a contribuir con ese control y a respetar exigencias y previsiones. Ese Ministerio de Economía debería ser responsable del control. La Iglesia es misionera y, por tanto, transfronteriza, y el Ministerio de Economía debe cuidar su economía. A partir de la formación de un Ministerio de Economía, el papel y las funciones del APSA serían redefinidos.

Y yendo más lejos, ¿el APSA seguiría siendo un banco central?

Los acuerdos vigentes que el APSA, en su calidad de banco central, mantiene actualmente con Fed, Bank of England y la alemana Bundesbank se mantendrían, porque su renegociación sería muy difícil.

¿La Gobernación estará a cargo de figuras distintas a las actuales? El tema le atañe directamente al Santo Padre, tal como sostienen los hombres de la comisión:

> [Otra de las cuestiones] es la de la Gobernación. Estos puntos deberán ser discutidos con el Santo Padre: el gobierno de la ciudad, con sus cuentas y sus balances, su capacidad de autosostenerse y las fuentes de financiación del Ministerio de Economía, la abundancia de cardenales y otros miembros del clero y otras cuestiones obvias: seguridad, transparencia y buena gestión de los Museos Vaticanos, que deberían ser una entidad en sí mismos.

La reunión sirve para organizar el trabajo de la comisión con las indicaciones que llegan de los cardenales del C8 tras haberlas discutido con Francisco. Estamos en el corazón mismo de la revolución, y puede apreciarse claramente cómo funciona esa cadena de mando: el Papa, tras las consultas, le da indicaciones a los ocho cardenales, quienes a su vez transmiten esas indicaciones y prioridades a los miembros de COSEA. En realidad, ellos son puestos al corriente por su coordinador, monseñor Vallejo Balda, que acaba de recibir indicaciones sobre la necesidad de un redimensionamiento radical del poder central vigente hasta entonces.

Al frente de la curia deberá estar un obispo y no un cardenal, y no con el poder de «ejercer autoridad» sobre las congregaciones, sino simplemente de coordinarlas. Y hay más: también cambiará el nombre de la Secretaría de Estado, que pasará a llamarse Secretaría Papal, y tendrá menos poder del que le confirió Pablo VI, ya que, sobre todo durante los pontificados de Juan Pablo II y de Benedicto XVI, «demostró ser un obstáculo el hecho de que la

Secretaría de Estado tenga que dar su aprobación a cada tema». Para Vallejo Balda, «los consejos pontificios quedan abolidos, porque entre las varias funciones de la Secretaría de Estado, la única verdaderamente válida es la coordinación de las diversas conferencias episcopales». En el campo cultural, por ejemplo, «Roma no puede difundir enseñanzas para influir en el resto del mundo. Así, la curia será más ágil y más manejable».

Más adelante, hay un pasaje sobre la necesidad de revalorizar a los laicos respecto a los purpurados que pone negro sobre blanco cuál es el tema central de aquella reunión, así como la estrategia elaborada por COSEA y puesta a disposición de los ocho cardenales del C8 coordinados por Maradiaga:

> Al frente de los organismos administrativos no debería haber solo cardenales: las oficinas puramente administrativas, como el APSA, no necesitan un cardenal. Los concilios cardenalicios seguirán existiendo. La Gobernación podrá recuperar la vieja figura del «gobernador», asimilable a la de un alcalde, junto con una asamblea de asesores[8].

Jean Videlain-Sevestre se muestra más prudente y busca una vía que no implique una ruptura y que pueda ganarse el consenso de los propios cardenales. Sabe que, de lo contrario, será muy difícil tener éxito:

> Vemos en la práctica cuáles son los problemas y las críticas [...]. [Resolviéndolos] erradicamos el mal. Vayamos a la raíz de ese mal

---

[8] El consejero Enrique Llano expresa una posición similar: «Apoyo fervientemente la creación de un Ministerio de Finanzas y la idea de que dependa de la autoridad suprema, vale decir si sus funciones más notorias son de primer ministro, a la Secretaría de Estado, si sus funciones más notorias son de Ministerio de Relaciones Exteriores, al Santo Padre. El ministro de Finanzas deberá tener responsabilidad última sobre el control financiero de la Santa Sede y de la Gobernación de la Ciudad del Vaticano.

funcionamiento y obtendremos el consenso de los cardenales: ellos son expertos en vida eclesiástica y no en economía. Debemos reconocer que corremos el riesgo de proponer soluciones irreales[9].

A diferencia de Sevestre, Jochen Messemer recomienda una acción contundente y decisiva:

Es útil identificar los principios de nuestra propuesta de reestructuración. Tenemos que adelantar un número de entre una y tres propuestas. No tengamos miedo. Nuestra tarea es proponer las soluciones que a nuestro entender sirvan para mejorar. Y después, el Santo Padre y el C8 las evaluarán y sacarán sus propias conclusiones.

Pero no es tan simple, tal como recuerda con crudo realismo monseñor Vallejo Balda: «La verdad es que lo que necesitamos para conseguir libertad financiera es dinero». Sin autonomía financiera, en pocas palabras, la curia siempre será frágil y estará expuesta a escándalos.

Las conclusiones le corresponden a Zahra:

Debemos tener en cuenta los hechos y los objetivos mencionados por los consejeros. Los principios, sobre todo el referido a los laicos. Los sacerdotes no deberían tener ambiciones profesionales. Para algunos cargos, sería más adecuado contratar profesionales competentes en lugar de ocupar esos puestos con prelados.

---

[9] También interviene Francesca Chaouqui: «Los problemas que se deben afrontar son dos: 1. Cómo reformar el control financiero para ayudar de inmediato al Santo Padre; 2. En el pasado, la Roma de Bernini y Miguel Ángel era la piedra fundamental de la cultura del mundo, y la Iglesia, la matriz de la civilización. ¿Cómo podemos procurarnos los medios para convertirnos en una fuente de talentos que difundan la palabra de Dios en nombre de la Iglesia, y al mismo tiempo tener un sistema financiero limpio? Debemos imaginar un sistema financiero ejemplar».

Después de esta reunión reservada de la comisión, los asesores internacionales ponen en práctica las indicaciones y «diseñan» el organigrama del nuevo Estado para que sirva a la Iglesia en el mundo, desde Estados Unidos hasta Japón. El papel de cada uno dentro de la jerarquía eclesiástica ya no será entendido como un poder, sino como un «servicio». El 20 de noviembre de 2013, los estadounidenses de la consultoría Promontory le presentan a los miembros de COSEA el esquema del nuevo Estado. Trazan varias opciones de organigrama dependiendo de si se quiere o no un Ministerio de Economía, un banco central u otra institución. En el Vaticano se asiste a una radical reforma constitucional de las sedes de poder donde hay algunos religiosos que han asumido responsabilidades terrenales sin precedentes.

Cuando esto llega a oídos de los cardenales de la curia, la consternación es absoluta. Empiezan a enviar señales, advertencias y a realizar acciones que, en algunos casos, tendrán incluso una deriva ilegal. Están dispuestos a todo para frenar la revolución que tomó por asalto la plaza de San Pedro desde la periferia del mundo. La reacción de los opositores al cambio, que hasta estos momentos fue desorganizada y se limitó a acciones individuales, será a partir de ahora más coordinada, como si se tratase lisa y llanamente de una guerra entre dos ejércitos desplegados en el campo de batalla, ambos igualmente preparados y muy organizados.

9

LA GUERRA, ACTO PRIMERO: LOS PRESUPUESTOS BLOQUEADOS Y LAS REACCIONES DE LA BUROCRACIA VATICANA

COMO SI NADA HUBIERA OCURRIDO

«El dinero contamina el pensamiento, contamina la fe.» Cuando vence la codicia, los hombres pierden su dignidad, se vuelven «corruptos de pensamiento, corren el riesgo de considerar la religión como una fuente de ingresos». Que Dios «nos ayude a todos a no caer en la trampa de la idolatría del dinero».

Son las palabras que Francisco repite en las homilías de Santa Marta y de San Pedro[1] mientras las comisiones formadas por sus hombres más leales revisan pormenorizadamente todas las cuentas, y piden aclaraciones sobre gastos excesivos, privilegios y superficialidades. Pero el camino hacia el cambio todavía es largo, y se vuelve cada vez más tortuoso. En los palacios sagrados, de hecho, todo continúa como si nada hubiera ocurrido. Al principio, parecía que algo podía cambiar. La brusca transformación establecida por el nuevo obispo de Roma la vivían con enfado dentro de los muros del Vaticano, lo que ponía en evidencia que sus decisiones habían dado en el blanco. Después, la hipocresía

---

[1] Marco Politi, *Francisco tra i lupi,* Roma-Bari, Laterza, 2014.

y la fácil complacencia parecen ganar terreno una vez más; la prueba es la entrega, en diciembre de 2013, del presupuesto de la Santa Sede y de la Gobernación para el año siguiente. Han pasado seis meses desde el encuentro secreto de los consultores que dio origen a la comisión COSEA.

Quien se imagine encontrar en estos documentos los efectos de la participación en la «revolución vaticana», recibirá una enorme decepción. Esta amarga revelación tiene lugar exactamente en la mañana del 18 diciembre de 2013. En la agenda está prevista la asamblea semestral de los consultores internacionales que se reúnen para comentar y aprobar los presupuestos de 2014. Todos habían recibido los documentos contables apenas dos días antes y los habían analizado a toda velocidad. Se quedan sin palabras.

Un pesado silencio envuelve la sala de reunión cuando entran los consultores de la Prefectura, conscientes de que deberán enfrentarse a uno de los encuentros más dramáticos de los últimos años. Tras la plegaria ritual, el cardenal Versaldi abre la asamblea mostrando optimismo y poniendo énfasis en «la relativa aceleración de los tiempos y el carácter estructural de la reforma».

En otras palabras, la «comisión COSEA puso en movimiento un proceso de renovación que la Prefectura había deseado varias veces y que, en el pasado, había generado un sentimiento de frustración por el fallido alcance de las propias reformas». En la sala se perciben murmullos. Los consultores no son del mismo parecer. Los papeles que acaban de leer hablan claro: en los presupuestos todo parece continuar como antes, no hay señales del cambio invocado por Francisco. El cardenal parece detectarlo perfectamente. Se detiene, toma aliento y, muy hábilmente, deja transcurrir unos instantes para imprimir más autoridad a las palabras que está a punto de pronunciar:

Es oportuno poner el acento en el aspecto humano y cristiano de la reforma. Todos los límites deberían ser señalados con un estilo de cortesía fraternal, cuyo criterio inspirador no pueda calificarse de diplomático, sino de evangélico. Primero, se debería buscar un acuerdo con las personas involucradas. En caso de que estas persistan en el error, intervendría la Autoridad Superior. Es oportuno mantener este estilo para no perder lo conseguido hasta ahora. Antes de «castigar», es preciso tratar de corregir. Además, se nota que la colaboración de los responsables de los organismos es buena y no hay mala voluntad, sino un problema de mentalidad y de estructura del sistema.

A pesar del lenguaje en el perfecto estilo propio de la curia, que abre el campo a diferentes interpretaciones, los hombres de Francisco perciben el «consejo» del purpurado con toda su fuerza. Versaldi toma la iniciativa, trata de contener el descontento y de aplacar las previsibles peticiones de medidas por parte de los consultores. La «caza» del culpable —anuncia el alto prelado— sería dañina para todos. La guerra no es buena para nadie. Las sanciones en contra de quien se equivoque provocarían como único efecto «perder lo conseguido hasta ahora».

Versaldi intenta crear un «cordón sanitario» para proteger a quien cometa errores, y va más allá: afirma que, sin poner en discusión al Papa, los cambios deben acordarse entre todos; de otra forma ganará el obstruccionismo. Seguramente el cardenal obra de buena fe, pero responder a la inercia con más inercia —esta es la interpretación de los consultores más críticos— no lleva a ninguna parte. El problema es que los resultados significativos todavía no se han visto, como manifiestan los presupuestos en poder de los consultores, que confirman la indiferencia, cuando no la hostilidad, de los administradores de la Iglesia respecto a las indicaciones del Papa. Sobre los escasos resultados conseguidos en estos primeros meses del nuevo pontificado, el propio Versaldi habla claro:

A pesar de todos estos esfuerzos, estamos ante dos presupuestos [Santa Sede y Gobernación] que no muestran progreso alguno en comparación con el año pasado, a excepción de los recortes realizados por el APSA respecto a las propuestas que precedieron al informe.

Los datos desaniman. La evaluación negativa del presidente de la Prefectura apaga cualquier entusiasmo. No se hizo «ningún progreso», repite. Así se vuelve a la misma situación de junio de 2013, cuando el Pontífice decidió crear la comisión de investigación COSEA precisamente para hacer frente al desastre de las cuentas. En aquella ocasión, el cardenal Versaldi había denunciado que «en el Vaticano no se hicieron grandes progresos. El presupuesto no se puede sostener a causa de los costes. No se puede esperar un aumento de los ingresos [ofrendas], por tanto la única solución es reducir los gastos». Es una pena que, en los presupuestos de 2014, los gastos resulten incluso mayores, como confirma el secretario de la Prefectura, monseñor Vallejo Balda: «El presupuesto, como resulta evidente, fue empeorando en todos los sectores».

Pero no es solo esto lo que frena el optimismo. Como subraya el contable general Stefano Fralleoni, en el Vaticano está vigente la costumbre de gastar cada vez más:

El trabajo de control en el interior del APSA fue arduo y laborioso. Se inspeccionaron todas las cuentas de cada organismo que depende de ella. En los documentos presentados aparecían únicamente los gastos. Aunque las administraciones dependan del APSA, ellas también tienen ingresos, aparte de los costes, que deben ser registrados.

Además, un aspecto bastante paradójico es el aumento de diferentes costes en el nivel presupuestario, lo que indica la intención de gastar más. La comparación entre el presupuesto final y el presupuesto inicial evidencia grandes diferencias. Se trata de una concepción fundada en la esperanza de que sea autorizada la mayor cantidad de gastos propuestos para no afectar a los ahorros.

Se hicieron muchos recortes, pero en algunos sectores habría sido necesario profundizar. A pesar de todo, el balance de la Santa Sede presenta 25 millones de pérdidas.

También las rentas financieras son modestas. El APSA no envió ni un comentario sobre este punto, algo que para la Prefectura resulta difícil de entender. Es cierto que es complicado prever los cursos y las fluctuaciones, pero existen personas expertas que se dedican a ello profesionalmente.

Los gastos del personal suben, a pesar de que se sugirió congelar las contrataciones, pero lo más grave es que este aumento ya está registrado en el presupuesto. Esta conducta supone una verdadera ofensa a la autoridad.

Además, hay que añadir que no hay ninguna variación en el perímetro de consolidación. Se trata de una impostura provocada más por razones políticas que técnicas. Lo mismo se puede decir de la necesidad de equiparar los principios contables. Las funciones de la Prefectura están muy claras, pero no se logra concretar desde el punto de vista operativo[2].

También Zahra, el presidente de la comisión, que estuvo en la asamblea como consultor de la Prefectura, no vislumbra ninguna mejora y denuncia la arrogancia de quienes se obstinan en no cambiar:

El hecho de que cada año se repitan las mismas situaciones indica una crisis temporal, aunque constante. No se trata solo de un lími-

---

[2] El contable general señala serios problemas también para la Gobernación: «Puede dar la impresión de gozar de buena salud, pero no es así. Hay asignaciones que, como ya se señaló, merecerían un estudio más profundo, considerando el montante (9,8 millones por obras internas). También el sector financiero necesitaría controles contables, a pesar de que la utilidad sea poco consistente. En los Museos se prevén obras importantes, y esto justificaría el aumento de los gastos, pero también el coste del personal sube constantemente, así como ocurre con la Gendarmería. La asignación por créditos dudosos no se hizo siguiendo ningún criterio claro y estudiado, sino solo para verificar lo que el balance podría recibir de acuerdo a un principio de conveniencia.

te del procedimiento, sino de un problema de concepción y de conducta. Falta una colaboración plena con los responsables de los ministerios, que tienen una actitud arrogante, creyendo ser los únicos que saben cómo proceder. [...] Los aspectos más críticos están vinculados al miedo al cambio por parte de las instituciones.

Un rechazo clamoroso, una atmósfera «caliente»

Un día antes de la asamblea, los consultores más «intransigentes» habían sondeado discretamente los ánimos de sus colegas, detectando el desaliento creciente de los profesionales y de los asesores de los organismos de control. Muchos piden algún gesto de ruptura. El día que precede a la reunión transcurre entre llamadas telefónicas, discusiones y acuerdos que duran hasta bien avanzada la noche. Los consultores hablan entre sí y se animan mutuamente. Tienen que encontrar juntos una respuesta que sorprenda a todos. No solo quieren quejarse, como en el pasado. La frustración, sedimentada a lo largo de los años, los ha humillado en exceso. Ahora quieren avanzar. Pasar de las palabras a los hechos. Con el transcurrir de las horas, un verdadero plan secreto toma forma y obtiene la aprobación de la mayoría de los consultores.

Así se llega al día de la fatídica reunión. Ya desde la primera intervención, la de Fralleoni, se intuye la línea maestra. El contable general baja un momento la mirada. La posa en las cuentas en rojo y, midiendo cada palabra, recuerda un episodio ocurrido en 1993, cuando el primer colaborador de Wojtyla, el secretario de Estado Angelo Sodano, rechazó la aprobación del presupuesto de Radio Vaticano. Un antecedente rotundo, una advertencia para todos: aquello puede repetirse y probablemente sea el camino que haya que tomar. Después de Fralleoni, en la sala continúan subiendo el tono de las denuncias y el descontento. Ahora es el turno del consultor Maurizio Prato que, todavía incrédulo ante los datos que ha leído, parece agotado. A duras penas oculta el desaliento:

Es grave que todo siga, lamentablemente, con una inercia impostada sin que se muestren señales de cambio y de responsabilidad que nos lleven a una gestión meticulosa, eficiente y eficaz del patrimonio de la Santa Sede, y sin que se vislumbren acciones concretas para limitar los costes. En cuanto al presupuesto apuntado para la Santa Sede, en términos de presentación y comentarios, el documento muestra las primeras evidencias de mejoría, pero los análisis y los informes permanecen descoordinados y, difícilmente, se comprenden.

Lo que genera más preocupación son, obviamente, los gastos y algunas inversiones en absoluto satisfactorias. Prato prosigue su intervención:

En referencia a las actividades institucionales, frente a la estabilidad fundamental de los ingresos de las cuotas [es decir, el dinero que las circunscripciones eclesiásticas de todo el mundo pagan a Roma por el mantenimiento del servicio que la curia romana presta a la Iglesia Universal], el fuerte incremento [de los gastos] comparado con la tendencia histórica evidenciada hasta 2012 se debe al aumento del coste del personal (tres millones de euros) y, sobre todo, al fuerte incremento de los gastos generales y administrativos (nueve millones). La actividad financiera registra un derrumbe respecto a 2012, mientras que [...] el año 2013 fue, bajo la premisa de los mercados financieros, relativamente estable, aunque con rendimientos decrecientes; registrar pérdidas tan significativas es, una vez más, la demostración de una imprudente y reprobable gestión de la tesorería, de hecho antieconómica, y del criterio de inversión, a pesar de las reiteradas invitaciones por parte de los consultores en los últimos años[3].

---

[3] Prato es crítico con las cuentas de la Gobernación: «También el gasto señalado por la Prefectura y relativo a "servicios diversos", con un monto de 11 millones de euros por servicios desempeñados por profesionales altamente especializados, denota la extrema "libertad" que marca la gestión de la Gobernación, sin tener en cuenta las indicaciones de la Prefectura y la dificultad del

Versaldi le interrumpe: «Falta el poder de gobierno. Es la autoridad superior la que debe hacer cumplir las disposiciones. En las reuniones pasadas se intentó hacer algo, pero se necesitan herramientas más eficaces». El cardenal apela a Francisco y lo invita a actuar. Se refiere en particular a dos conferencias realizadas años atrás en la sala del Sínodo, «en el intento de adquirir una visión global del *statu quo* de la Santa Sede y de la Gobernación como base de cada operación futura». Eran los años del pontificado de Benedicto XVI. Pero las buenas intenciones surgidas a lo largo de dos congresos no son suficientes para revolucionar una curia que hasta ese momento había quedado indemne frente a cualquier intento de reforma.

Estas palabras parecen contradecir la invitación a la prudencia y a no castigar a quien se equivoque expresada por el cardenal al comienzo del encuentro. Pero en la curia todo funciona así: cada palabra es ambivalente, todo suena muy elaborado, inalcanzable, indiferente.

Faltan pocos minutos para las once. La reunión se interrumpe para tomar café. El consultor español Josep M. Cullell todavía no ha intervenido. Durante la pausa departe con Messemer, Fralleoni, Zahra, Prato, Kyle y con monseñor Vallejo Balda. Algunos se quedan callados, otros asienten a sus observaciones. Llegan a un acuerdo sobre el camino que hay que seguir. Es su turno. La oportunidad de dejar su impronta. De regreso a la asamblea, Cullell toma de inmediato la palabra:

> A pesar de que sea positivo que en los documentos estén registrados los problemas tratados durante años por los consultores internacionales, no estoy a favor de la aprobación de los presupuestos.

contexto de referencia. En relación a la actividad cultural y la investigación científica, es particularmente significativa la previsión de un aumento superior al doble de los costes de la gestión habitual, como evidencian ampliamente las oficinas de la Prefectura. ¿Cómo nos afecta esto?».

Propongo escribir una nota para especificar las motivaciones del rechazo. En la nota se podrían señalar todos los puntos referidos por el consultor Prato.

Nos hallamos, pues, ante la jugada secreta: no firmar los presupuestos y devolverlos a los remitentes. Una elección dramática que frena los «juegos de la curia» y anestesia los intereses turbios. Pero, al mismo tiempo, presenta una objeción que puede perjudicar a Francisco: el riesgo de demorar la actividad misma de los ministerios. Cullell va más allá:

La documentación de las cuentas analizada refleja las anomalías de toda la estructura. Muchas informaciones quedan poco claras (aumentos del personal, contratos con sociedades externas, etcétera). Sin transparencia no se puede actuar. Parecía que la Prefectura se estaba moviendo para adquirir más autoridad, pero al final no ha habido muchos cambios. Sin una ley financiera seria, común a todos los ministerios del Vaticano, no existe reforma factible.

La buena voluntad no es suficiente. Se necesitan reglas que obliguen a todos los ministerios a redactar un presupuesto apropiado, y responsables capaces de administrar los recursos. Es necesaria una ley clara para controlar la autonomía de los ministerios. A pesar de que no se sabe todavía qué forma darle a esta ley, resulta fundamental que asegure el control de los gastos y que guíe la estrategia económico-financiera del Vaticano. Hay que establecer las prioridades y definir su coordinación; es importante que haya un procedimiento claro y preciso, como también desea el Papa.

En cuanto a la transparencia de la información, se habla mucho de trabajos de mantenimiento y reestructuración, pero ¿dónde están reflejadas estas noticias en el presupuesto? ¿Los trabajos necesarios están registrados en algún lugar? ¿Se hicieron licitaciones? En el Vaticano las licitaciones se otorgan de manera informal, recurriendo a los conocidos. Uno de los criterios básicos, sin embargo, debería ser el presupuesto disponible. Además, en un periodo de crisis, se debería ahorrar en el mantenimiento, porque los trabajos no son urgentes y existen otras prioridades[4].

Las miradas de los consultores, todos laicos, se dirigen a monseñor Vallejo Balda, el único prelado presente, además del cardenal presidente. Su apoyo es indispensable para aplacar a Versaldi. Y Vallejo Balda no se echa atrás:

> Las licitaciones se limitan a 5-10 empresas que han trabajado siempre con el Vaticano. No se publica ningún tipo de aviso ni convocatoria. Durante la realización de los trabajos no hay límites para los presupuestos y no se hacen cálculos preliminares donde se reflejen los gastos relativos correspondientes a todos los trabajos que se deben realizar. El criterio, por tanto, resulta muy subjetivo.

Versaldi intenta sofocar la polémica y acallar las críticas:

> Abrir las licitaciones a todos, sin distinción, llevaría a una gran confusión. Está bien contar con un repertorio de empresas acreditadas, y que este repertorio sea regularmente actualizado.

Pero Vallejo Balda no se amedrenta y en su réplica hace referencia a los recientes trabajos en la Biblioteca Vaticana, un dolor de cabeza para la curia por la enorme diferencia entre el presupuesto y el gasto real:

---

[4] Cullell pregunta también quiénes son los Patrons of the Arts y Kyle «le explica que son asociaciones de benefactores norteamericanos, a las cuales pertenecen también él y su mujer. Ofrecen dinero para apoyar el arte y pueden decidir cuál es la finalidad de su contribución (por ejemplo, para restaurar cierta obra específica). El dinero se deposita en una cuenta bancaria, pero el doctor Kyle no sabe si la donación es registrada y contabilizada de alguna manera. Generalmente, los benefactores reciben una documentación muy profesional sobre la obra de arte que hay que restaurar y noticias regulares sobre el avance de los trabajos».

Es suficiente con el ejemplo de los trabajos realizados en la Biblioteca Vaticana. Es imposible analizar toda la documentación por la manera de trabajar. ¿Quién asignó los fondos? ¿Cómo se decidió el presupuesto? ¿Se elaboró un proyecto previo? ¿Con qué criterios se eligió la empresa? ¿Quién es el responsable de esta gestión?

La última conclusión corresponde a Zahra. No se trata de introducir nuevas reglas. Lo que realmente falta en el Vaticano es la voluntad de aplicarlas:

> El problema principal radica en que los procedimientos existen, pero no se cumplen. Se actúa más según el uso que según las reglas. Además de definir con mucha claridad las directrices, se necesitan herramientas concretas para intervenir y sancionar a un organismo que no las aplique. Los procedimientos deben ser actualizados, y los organismos serán llamados a hacerse cargo de sus responsabilidades.

Los presupuestos, por consiguiente, tienen que ser reelaborados. Hay quienes proponen medidas aún más duras. Prato es uno de los más inflexibles. Se atrevería a ir más allá, quitando de manera indiscriminada al menos el 10 % de todos los gastos respecto al año anterior. Pero el canadiense Kyle le detiene:

> Consciente de los tiempos lentos del Vaticano, soy comprensivo y creo que la prioridad ahora es llegar a resultados concretos. Ninguna de las sociedades para las que trabajé se impuso jamás como haría una dictadura: siempre hubo un trabajo en equipo, y al final alguien decidía. No son los empleados y funcionarios quienes definen los presupuestos, sino los *managers;* quien no respete las reglas y los tiempos debe ser reemplazado. Dejar que se administren mal los recursos es un escándalo para quienes observan la Iglesia desde fuera, sobre todo para los jóvenes.

El gesto de los consultores es clamoroso. Versaldi permanece impasible, al menos en apariencia. Mira fijamente a los ojos a los diferentes profesionales, los mismos que unos meses atrás le dieron a Francisco las primeras armas para luchar contra la mala gestión. Un gesto tan duro debe estar respaldado por el consenso previo del Papa. En esta guerra sería impensable exponerse sin el beneplácito del Pontífice. Pero este razonamiento es válido para el pasado. En la actualidad, los esquemas de poder se han roto. También es posible que los consultores se hayan atrevido a interpretar la *voluntas* del Santo Padre sin consultarle. Por eso, la intervención del jefe de la Prefectura es una obra maestra de mesura:

> Percibo en el interior de la estructura una resistencia fisiológica y patológica [...]. [Pero] quiero insistir en la necesidad de intentar cambiar la curia sin oponerse a ella. Si, luego, la corrección continúa siendo ignorada, los responsables de las administraciones deberán estar dispuestos a acatar las instrucciones. En caso contrario, se podrá hablar de resistencia dolosa. Les invito a la prudencia, no porque tenga miedo de hacerme cargo de las responsabilidades, sino porque quiero encontrar la manera más justa para lograr el cambio tan deseado[5].

Pero, con las cuentas en rojo, el tiempo de la prudencia y de la mediación parece haber llegado a su fin. La reunión concluyó así. Los presupuestos para 2014 de la Santa Sede y de la Gobernación no llevan las firmas de los consultores.

Se abre así una brecha que tensa la relación entre los miembros de COSEA y la Secretaría de Estado. Desde hace dos meses la estructura está guiada por el nuevo secretario y primer colaborador del Papa, Pietro Parolin, que ahora se encuentra al frente de un organismo gestionado durante siete largos años con mano dura por Bertone, responsable del nombramiento de todos los jefes de oficina. El presupuesto de 2014 proviene exactamente

---

[5] Registro verbal de la reunión de los consultores internacionales realizada el 18 de diciembre de 2013 en Roma, en las oficinas de la Prefectura.

del Palacio Apostólico, de la logia que acoge a aquellos dirigentes nombrados por el poderosísimo secretario de Ratzinger.

RADIO VATICANO, UNA ESPIRAL SIN FIN

Para encontrar un antecedente de lo que hicieron los consultores de la Prefectura hay que retroceder veinte años, cuando —como comentamos anteriormente— el cardenal Sodano, en aquella época secretario de Estado, se negó a aprobar el presupuesto de Radio Vaticano[6]. Pero esta vez, la iniciativa es aún más estruendosa: los presupuestos de la Santa Sede y de la Gobernación no están validados. Eso significa que la mayoría de las finanzas vaticanas se encuentran bloqueadas. No obstante, esto no quiere decir que la iniciativa sea suficiente para cambiar el rumbo en el gobierno de la Iglesia. Los consultores lo saben bien. Para entenderlo, recuperaremos el episodio de la Radio de la Santa Sede y contaremos lo que pasó después de la iniciativa del exsecretario de Estado Sodano.

La dura realidad es que las cosas nunca cambian. Radio Vaticano supone uno de los ejemplos más evidentes. Pasan varios años desde que el cardenal no aprueba sus presupuestos, pero las cuentas de la Radio, y en general de toda la comunicación, permanecen en rojo. Cada intento de arreglarlas fracasó estrepitosamente. Esto representa uno de los muchos, demasiados dolores de cabeza que sufre la salud económica de la curia; una situación que, desde hace años, alimenta preocupaciones y tensiones —antes, durante el pontificado de Juan Pablo II y luego en el de Benedicto XVI—, y que todavía hoy provoca las duras observaciones de los consultores.

---

[6] Radio Vaticano, emisora de radio de la Santa Sede, nace en 1931 y hoy emplea a alrededor de 400 personas de 60 nacionalidades diferentes, difundiendo sus programas en 38 lenguas (datos indicados en Wikipedia sobre la Radio).

Durante la asamblea en la que se decide el bloqueo de los presupuestos, las críticas a la gestión de la Radio son feroces. Resulta suficiente releer en el acta lo que denuncia Prato:

La propensión de la Radio a gastar más de lo que puede permaneció igual, como demuestran los 26-27 millones de pérdida. Por lo que concierne a Radio Vaticano, *nihil sub sole novi* [nada nuevo bajo el sol]. Sería interesante saber sobre qué se fundamentan las expectativas de una sensible reducción del déficit en el futuro. *L'Osservatore Romano*, la imprenta, la librería y la cadena de televisión presentan una tendencia sustancialmente inmutable (hay que averiguar si el balance final de 2013 confirma el resultado positivo del Centro Televisivo).

En general, el número de empleados y el coste relativo están subiendo. Se declaran incomprensibles las razones del incremento. Bloqueo de la contratación y no reemplazo: *turnover* indispensable. El déficit apuntado, previsto para 2014, es de 25,1 millones de euros, que va a continuación de la pérdida estimada para 2013 de aproximadamente 28 millones de euros. Se dirige de manera bastante acelerada en dirección a una «depredación» del patrimonio. Es decir, estamos en presencia de una gestión que puede llevar a la quiebra.

Nada menos que una quiebra. En un Estado de la Unión Europea, los administradores habrían entregado ya los libros contables al tribunal. Además, las críticas son idénticas a otras presentadas en la reunión análoga de junio de 2013. En aquella ocasión le tocó a Versaldi condenar las cuentas de la radio católica y del periódico *L'Osservatore Romano*.

La coartada de difundir a cualquier precio la palabra de Dios ya no se puede admitir. Se pueden reducir los costes sin afectar los fines institucionales. Dentro de unos días se decidirá qué hacer. Por el momento, es evidente que el centro de Santa Maria di Galeria debe ser cerrado porque su mantenimiento resulta particularmente caro[7]. La actividad financiera está en riesgo y solo sirve para cubrir los gastos institucionales. En cuanto al personal, el aumento del número de empleados no se corresponde con mejoras en la producción. Por si esto fuera poco, el servicio fotográfico de *L'Osservatore Romano*, que tiene en exclusiva la venta de las fotos del Papa, cierra en negativo.

La situación es bien conocida y mal tolerada en el interior de la jerarquía eclesiástica. Pero desde hace años todo permanece igual, sin cambio alguno. También Kyle lo subraya en la reunión de junio de 2013, recordando que en las diferentes comisiones de trabajo no hubo «ni un cardenal que haya sostenido la situación actual de Radio Vaticano, y mucho menos los representantes de los países en vías de desarrollo. El secretario de Estado intentó intervenir, pero con escasos resultados. Hay que interrumpir las emisiones de onda corta, y hacerlo con determinación.

Sin embargo, los responsables de la Radio siempre se han opuesto. Versaldi recuerda con sarcasmo cuando los administradores de la Radio intentaban hacer pasar «a los responsables de la Prefectura como *business manager* y no como hombres de la Iglesia».

En cuanto al coste del personal, la intervención de monseñor Vallejo Balda es durísima:

> Es evidente que algunos aspectos de la gestión tienen profundas lagunas, y que los responsables de las diferentes administraciones, incluso el padre Lombardi, son perfectamente conscientes. Las instalaciones de la Radio de ponte Galeria están anticuadas. Los costes para mantener el sector de los medios corresponden al 20 % de los gastos totales de la Santa Sede. Habría, como mínimo, que reducirlos al

---

[7] A principios de mayo de 2014, por razones económicas, se cierra la histórica antena de Santa Maria de Galeria, que transmitía la señal de la radio en onda media 1530 kHz con los programas para la zona de Europa y los países del Mediterráneo.

50 %. El análisis de las instalaciones comprendió también las estructuras de la plaza Pía y la plaza León XIII. Los responsables del sector de los medios no saben ni siquiera cuántos metros cuadrados tienen a su disposición. Puesto que el APSA, la mayoría de las veces, se hace cargo de los gastos, es probable que no le dediquen mucha atención a la optimización de los costes. Estos edificios podrían ser alquilados y transformarse en una fuente de ingresos. El cambio más radical, sin embargo, debería incluir al personal. Hay alrededor de 84 periodistas que trabajan en *L'Osservatore Romano*, pero no todos son necesarios. Se podrían modificar al menos los contratos; por desgracia, todo continúa como en años precedentes. A pesar de que el presupuesto de este año es equilibrado, oculta aspectos poco convincentes, como el aumento continuo del coste del personal.

En otoño de 2013, con la ayuda de los asesores de McKinsey, las investigaciones de COSEA habían descubierto las razones de la escasa prudencia en lo que se refiere a las inversiones para la comunicación, el centro vital de la difusión pastoral y evangélica. Se identificaron cuatro riesgos, que fueron sometidos a la atención de los cardenales de la curia:

Los recursos asignados para cubrir las diferentes áreas geográficas no están justificados. Para Radio Vaticano son asignados el mismo número de empleados en Francia y en Bélgica (3 personas para cerca de 53 millones de católicos) que en Albania (también 3 personas para casi 0,3 millones de católicos). *L'Osservatore Romano:* los ejemplares impresos para Polonia no recuperan totalmente los gastos de impresión y envío (dando una pérdida de casi 1,5 euros por cada ejemplar del periódico). La gestión de las operaciones (por ejemplo, políticas de *outsourcing* y planificación de la producción) es insuficiente: el 70 % de los ejemplares italianos del *L'Osservatore Romano* no se venden y son devueltos por los quioscos[8].

___
[8] Si se analiza el número de ejemplares devueltos por los quioscos entre enero y octubre de 2013 se contabiliza que 1.278 fueron enviados a los quioscos, 432 se vendieron y 855 fueron devueltos, o sea un 70 %.

La rotativa de la Tipografía Vaticana [en la cual se imprime *L'Osservatore Romano*) resulta escasamente utilizada (solo dos horas al día). Hay una duplicación de las actividades en varias entidades de los medios (producción de noticias, actividades digitales, etcétera).

El Santo Padre insistirá mucho en la reforma de la comunicación y la creación del llamado *Vatican media centre*, concebido por la asesora de COSEA, Francesca Chaouqui. A principios de enero de 2014 la comisión fija una intensa agenda de encuentros con los responsables de las diferentes áreas editoriales. El Santo Padre logra así compartir con los purpurados la creación de un nuevo organismo para racionalizar recursos humanos, costes e inversiones de las diferentes situaciones presentes en la sede apostólica y que desempeñan sus tareas en el sector de la comunicación. Es una herramienta imprescindible para la misión de la Iglesia y para relanzar la evangelización en el mundo. Los trabajos llevarán a la creación, a finales de junio de 2015, de la Secretaría para las Comunicaciones, bajo la responsabilidad del padre Dario Edoardo Viganò, director del Centro Televisivo Vaticano, ayudado por el secretario, monseñor Lucio Adrián Ruiz, responsable de Internet en la curia, el hombre que le regaló a Francisco un iPad, rigurosamente blanco, al día siguiente de su elección como Pontífice[9]. Pero aquí, como veremos, tampoco faltarán críticas ni conflictos.

---

[9] En el «nuevo ministerio confluirán en los tiempos prefijados —escribe Bergoglio *motu proprio* el 26 de junio de 2015— los siguientes organismos: Pontificio Consejo para las Comunicaciones Sociales; Oficina de Prensa de la Santa Sede; Sitios de Internet del Vaticano; Radio Vaticano; Centro Televisivo Vaticano; *L'Osservatore Romano*; imprenta; servicio fotográfico; Librería Editora Vaticana».

La contraofensiva de la burocracia vaticana

En diciembre de 2013, además del bloqueo de los presupuestos de la Santa Sede y de la Gobernación, interviene otro elemento que aumenta la tensión en la curia.

El 16 diciembre, apenas dos días antes de la dramática reunión, los miembros de COSEA junto a Filippo Sciorilli Borrelli y otros asesores de McKinsey, entran en los despachos de la Secretaría de Estado para iniciar una actividad de inspección y revisión contables. Dentro del organismo los funcionarios encuentran una atmósfera gélida. Para obtener los datos que quieren analizar deben superar reticencias, desconfianzas y resistencias. En la curia ningún rechazo es oficial, pero, como hemos visto, los «noes» siempre están disfrazados de aplazamientos, excusas y esperas. Pero la situación se vuelve tensa. Zahra le consulta a Xuereb, advirtiendo cierta deferencia. Los cardenales cercanos a Francisco no toman partido. Las tensiones entre COSEA y la Secretaría de Estado aumentan día a día. Se abre una peligrosa ruptura entre los partidarios de Bergoglio exactamente en el momento en el que deberían estar más unidos. La secuencia de los hechos resulta particularmente angustiosa. Un nuevo juego de fuerzas, como anticipamos en el capítulo dedicado a los secretos del Óbolo de San Pedro. Además de la gestión de los fondos para las obras de caridad, entre finales de 2013 y comienzos de 2014, COSEA abre una investigación mucho más amplia, que involucra nada menos que a 25 organismos de la Santa Sede.

La Secretaría de Estado recela. El 4 de diciembre de 2013 COSEA escribe a Parolin pidiendo que ponga a su disposición la documentación solicitada; el 16 de diciembre comienzan los controles, pero ya el 3 de enero se le remite otra carta a Parolin en la que monseñor Vallejo Balda, en un tono intimidante, exige que se muestren, antes del 10 de enero, las actas y los documentos solicitados. Mediante dos páginas escritas, al día siguiente Parolin lo rechaza de manera contundente. Y explica: para un grupo de organismos «esta Secretaría no dispone de lo que se ha solicitado; en todo caso, me parece que lo más correcto sería enviar la solicitud a cada uno de los mencionados organismos». Para algunos de los organismos citados en las solicitudes de COSEA, se recuerda que «la documentación está guardada también en la Prefectura». En fin, la comisión la tiene en sus manos, solo hay que buscarla en el archivo. Parolin se muestra indignado:

> Me permito agregar que consideré mi deber informar al Santo Padre de la correspondencia mantenida en esta ocasión, para que todo se haga en devota lealtad a los *desiderata* del Santo Padre.

Al mismo tiempo se necesita desbloquear los presupuestos no aprobados por la Prefectura después del dictamen negativo de los consultores. Precisamente el 3 de enero de 2014 la cuestión termina directamente en el Papa, que otorga audiencia al cardenal Versaldi, cada vez más preocupado. Terminado el encuentro con Francisco, Versaldi escribe una carta que hace entregar urgentemente al cardenal Bertello, presidente de la Gobernación, y a Calcagno, jefe del APSA. Con copia a Parolin, para que esté informado al mismo tiempo. Se necesita encontrar una salida y Versaldi elige un tono particularmente alarmante:

> En la audiencia concedida por el Papa, en respuesta a mi pregunta, el Santo Padre me encargó establecer un diálogo con el APSA y la Gobernación antes del próximo encuentro con los quince cardenales a mediados de febrero, con el fin de exponer a los susodichos ministerios las críticas presentadas por los consultores internacionales y permitir a los técnicos interesados evaluarlas y recibirlas, y así poder desbloquear la situación, que de otra manera pondría en crisis el sector económico-administrativo de la Santa Sede y de la Gobernación en su totalidad. Pido que a corto plazo esté disponible su ministerio para un encuentro en Prefectura y así satisfacer esta disposición pontificia. Por mi parte, le aseguro que

la intención permanente es la de lograr un diálogo sereno y de colaboración para una mutua comprensión y la solución de los problemas, que están objetivamente presentes y que esta Prefectura señala desde hace años pero que tardan en ser superados.

Calcagno intenta rebajar la tensión y responde de inmediato:

Estamos siempre abiertos a comprobar juntos lo que se pueda mejorar. Buen trabajo y hasta pronto. D. Calcagno.

Dos frentes se entrelazan cada vez más peligrosamente: por un lado la Secretaría de Estado, que se encuentra con los consultores en sus propias oficinas solicitando información; por el otro, los presupuestos de la Santa Sede, bloqueados hace semanas. En el palacio apostólico, el aire se vuelve irrespirable. Y la noticia de unos gastos imprevistos no ayuda a relajar el ambiente. La prensa brasileña informa que el Santo Padre donó 3,6 millones de euros al comité organizador de la Jornada Mundial de la Juventud que se celebró en Río de Janeiro del 22 al 29 de julio de 2013 para ayudar a cubrir la enorme deuda generada por el encuentro: unos 28,3 millones de dólares. El acontecimiento fue gestionado por la diócesis local, cuyo obispo, Orani João Tempesta, es candidato para ser nombrado cardenal por Bergoglio.

Mientras tanto, en la sede apostólica los encuentros se suceden. Zahra entiende que si la situación no se calma se les otorga una ventaja a quienes defienden el *statu quo*. El 6 de enero solicita y obtiene audiencia con el secretario de Estado. Los dos objetivos son: recibir las informaciones reclamadas y serenar el clima. Parolin es un sacerdote que proviene de las tierras pobres de América y fue nuncio apostólico en Venezuela. Es un hombre sencillo, espontáneo, sincero. Pero en las oficinas se encuentra con la sólida estructura curial de siempre. Zahra, por el contrario, es un hombre de negocios, de números. Ambos comparten la línea de Francisco, pero tienen personalidades distintas y las incomprensiones e incidentes hacen el diálogo cada vez más difícil. Igualmente, Zahra pone en práctica su estrategia. Apenas cuarenta y ocho horas después del encuentro, presenta al secretario de Estado su ofrenda de paz como si fuera una pequeña rama de olivo. Escribe a Parolin un largo informe para que quede constancia del diálogo[10]:

---

[10] En su largo correo electrónico Zahra indica las cuestiones más urgentes que hay que solucionar. En particular vuelve sobre temas ya explicados en el libro, como el fondo de pensiones y la unificación de las oficinas del personal. Aquí mencionamos los pasajes más significativos:

«1) Fondo de pensiones. Ambos somos conscientes de la importancia y urgencia de este asunto. Quería agregar el Fondo para los Servicios de Salud (Health Services Fund). Ya estamos de acuerdo con el cardenal Calcagno y monseñor Mistò, que está a cargo de estos fondos, para que analicen la composición de varios *board*. Estos necesitan ser mejorados en términos de profesionalidad, preparación y experiencia, para poder llevar adelante los cambios.

2) Unificación de los recursos humanos. Ambos coincidimos en que es necesario empezar el proceso de unificación de las diferentes funciones de recursos humanos en el Vaticano. Debemos empezar por elaborar una base de datos de todos los empleados, necesario para llevar a cabo una apropiada auditoría de las capacidades, que incrementaría las oportunidades de formación, desarrollo y movilidad cuando se hagan las reformas. Estamos buscando un profesional en recursos humanos que permanezca aquí durante un periodo bien definido para llevar a cabo este proceso. Esa persona podría trabajar en la Secretaría de Estado. De todas maneras, nuestra intención es la de realizar la base de datos para todo el Vaticano y no solo para la Secretaría.

3) Sustitución del señor Mennini [en las inmobiliarias del exterior del APSA]. Tuvimos en la mañana de hoy un encuentro con el cardenal Calcagno que está de acuerdo sobre el nombramiento del señor Franco Della Sega. El APSA apoyará esta candidatura. [...]

5) Fondos para cubrir los gastos de COSEA. He discutido con mi comisión un presupuesto por las peticiones de la Secretaría. Nuestra solicitud de fondos sirve para cubrir los gastos de COSEA. Billetes, alojamiento, viajes de trabajo, comida, intérpretes, teléfonos móviles, etc. No hay duda de que abrazamos totalmente el principio de la transparencia y he informado al director

Querido monseñor Parolin,

Fue un placer reunirme con usted el lunes y le agradezco que me haya concedido su tiempo. Es un honor poder ayudarle a asistir a nuestro Santo Padre en este estimulante proceso de reformas en beneficio de nuestra Iglesia Universal. Le proveo algunos *feedback* sobre los diferentes temas que surgieron durante el encuentro:

[...] 4) Cuentas corrientes (*account*) de la Secretaría de Estado. Recibimos su respuesta a nuestras solicitudes sobre las cuentas corrientes precisamente hoy por la mañana. Seguramente el contenido de su carta redujo a la mitad nuestros esfuerzos por conocer las cuentas. La Prefectura confirma no tener en su poder copias de estas declaraciones financieras o de otras informaciones parciales de los ministerios mencionados en el punto 1 de su carta [el primer grupo de organismos], sobre los cuales no podemos trabajar. En el caso del hospital Niño Jesús, la última cuenta recibida por la Prefectura tiene fecha de 2006. Cito una carta que el señor Profiti [Giuseppe Profiti, muy cercano a Bertone, fue presidente del hospital Niño Jesús durante siete años. Más tarde se vio envuelto en varios escándalos que le llevaron a renunciar en enero de 2015] envió a la Prefectura sobre estas cuentas. Parece un carrusel perpetuo. Lamentablemente no podemos cerrar nuestras evaluaciones sobre estas cuentas. [...] Repito que estamos trabajando en estas reformas, que son muy estimulantes, y sobre las cuales es normal encontrar férreas oposiciones y resistencias. Sé que ambos estamos decididos a proceder de acuerdo con estas voluntades del Santo Padre de la manera más fluida posible. Es evidente que no todos entienden la gravedad y urgencia de esta tarea. Mi perplejidad per-

---

Alfred Xuereb, delegado del Santo Padre en nuestra comisión, de que le enviaremos un resumen mensual de nuestros gastos. El director aceptó este acuerdo. Está completamente en línea con nuestro quirógrafo y sus correspondientes reglas. Además, en nuestra carta hemos anunciado que enviaremos un reporte completo de nuestros gastos cuando la comisión termine su trabajo. Además, la comisión decidió que nuestras cuentas sean convalidadas también por una firma externa. Apreciaríamos mucho si pudieras apoyar a COSEA, contribuyendo parcialmente a nuestros gastos en esta perspectiva».

sonal concierne a los puntos 4 y 5 [es decir, datos y cuentas corrientes de la Santa Sede no provistos y la financiación a COSEA que se encuentra en la nota 10 de este capítulo] y le ruego encontrar una solución que sea beneficiosa para el delicado trabajo que ambos estamos llevando a cabo. Estaré de regreso en Roma el 20 de enero y disponible para encontrarnos, de ser necesario. Dé por seguro que apoyo totalmente su difícil misión.

Mis mejores deseos,

Joe.

LA PÚRPURA DE PAROLIN Y LOS RECORTES DE FRANCISCO

Son días febriles. Al mismo tiempo, Parolin recibe la solicitud de aclarar los presupuestos bloqueados por los consultores, un inventario de siete páginas de críticas sobre los documentos contables: «En general se percibe una sensación de inercia, sin signos evidentes de cambio ni toma de responsabilidades dirigidas a una gestión cuidada del patrimonio de la Santa Sede, y sin que se emprendan acciones concretas para contener los costes». Sobre el patrimonio, por ejemplo, se solicita «un programa, imprescindible y sin embargo ausente, de planificación de las obras de mantenimiento de los inmuebles, una mayor eficiencia en el sector de los alquileres, una aclaración de los procesos de asignación de las licitaciones». Hay que hacer otra vez los presupuestos, elaborando nuevamente las partidas relativas al sector financiero y de recursos humanos. El bloqueo de los documentos contables es irrevocable hasta que se produzca:

La reelaboración de los gastos de personal teniendo en cuenta el bloqueo de la contratación de nuevos empleados, el bloqueo del *turnover*, la sustitución de los jubilados, el bloqueo de las horas extras, el bloqueo de los ascensos jerárquicos y la limitación de las variaciones salariales de 2013 (o 2012) a ajustes al coste de la vida.

Finalmente la Secretaría de Estado, el APSA y la Gobernación eligen el camino de la colaboración y contestan a todos los interrogantes a tiempo para enviar los presupuestos revisados al grupo de cardenales de la Prefectura que se reúne el 14 de enero, después de las observaciones de los consultores. En la mesa con Versaldi están sentados cinco altos purpurados procedentes de Estados Unidos, España, Alemania, Italia y Perú[11].

Sobre los presupuestos llegan datos e informaciones, pero la actividad de inspección en el interior de la Secretaría de Estado, que se desarrolla en paralelo, avanza lentamente porque no se entregan los papeles solicitados. El sábado 11 de enero, Zahra se ve obligado a insistirle a Parolin: pide una vez más el estado de cuentas financieras de los organismos vinculados a la estructura dirigida por el prelado. El secretario de Estado se encuentra bajo presión, pero los enfrentamientos no condicionan las decisiones de Francisco, que siempre tienden a la unidad de la Iglesia. Al día siguiente Parolin recibe una importante confirmación: goza de la confianza incondicional del Papa. Durante el *Angelus,* Parolin es mencionado oficialmente dentro del grupo de los diecinueve prelados que serán nombrados cardenales por Bergoglio en el consistorio del 22 de febrero, con lo cual se imprimirá un cambio significativo en el liderazgo de las diferentes congregaciones en la curia[12]. Parolin

---

[11] Para aprobar las cuentas se reúnen varios cardenales: Joachim Meisner, en esa época arzobispo de Colonia; el de Los Ángeles, Roger Michael Mahony; el de Turín, Severino Poletto; Lluís Maria Martínez i Sistach, arzobispo de Barcelona; y, a pesar de que su nombre no aparece en la invitación a la reunión, también el cardenal Juan Luis Cipriani Thorne, arzobispo de Lima.

[12] Los otros nuevos cardenales serán: Lorenzo Baldisseri, arzobispo titular de Diocleziana hasta febrero de 2014, secretario general del sínodo de los obispos; monseñor Gerhard Ludwig Müller, arzobispo-obispo emérito de Regensburg, prefecto de la Congregación para la Doctrina de la Fe; Beniamino Stella, arzobispo titular de Midila, prefecto de la Congregación para el Clero; Vincent Gerard Nichols, arzobispo de Westminster (Reino Unido); Leopoldo José Brenes Solórzano, arzobispo de Managua (Nicaragua); Gérald Cyprien

escribe uno de sus primeros correos electrónicos como futuro cardenal precisamente a Zahra:

Querido Dr. Zahra, querido Joe,

Gracias por las felicitaciones enviadas con motivo de mi nombramiento como cardenal. Es una responsabilidad y un desafío más... La púrpura es el color del martirio... ¡Rece por mí! Con mucho placer envío un saludo y una bendición para su familia. He recibido también sus dos *e-mails* precedentes y le doy las gracias por ellos y por el encuentro que los precedió. Quiero asegurarle mi total disponibilidad para trabajar juntos según las indicaciones del papa Francisco. Me parece que las cuestiones más urgentes son las que están enumeradas en los puntos 4 y 5 [solicitud de financiar los gastos de COSEA]. En cuanto al punto 5, mañana hablaré directamente con el Santo Padre y confío que la cuestión pueda desbloquearse rápidamente. Respecto al punto 4, estoy perplejo. No sé exactamente cómo recuperar la documentación que necesitan (sobre todo por el breve tiempo del que disponemos para entregarla). Mañana hablaré una vez más con SE mons. Sostituto. Si Usted no tiene nada en contra, mons. Balda puede ponerse en contacto directo conmigo para ver cómo proceder. [...] Trataremos de encontrar tiempo para reunirnos con ocasión de su próxima llegada a Roma y analizar la situación. Gracias por todo. Ponemos todo en las manos de Dios y pidámosle que nos ayude a actuar siempre según su voluntad y por el mayor bien de la Iglesia. Con gran cordialidad, Pietro Parolin.

Lacroix, arzobispo de Québec (Canadá); Jean-Pierre Kutwa, arzobispo de Abiyán (Costa de Marfil); Orani João Tempesta, arzobispo de Río de Janeiro (Brasil); Gualtiero Bassetti, arzobispo de Perugia-Città della Pieve (Italia); Mario Aurelio Poli, arzobispo de Buenos Aires; Andrew Yeom Soo-jung, arzobispo de Seúl (Corea); Ricardo Ezzati Andrello, S.D.B., arzobispo de Santiago de Chile; Philippe Nakellentuba Ouédraogo, arzobispo de Ouagadougou (Burkina Faso), Orlando B. Quevedo, O.M.I., arzobispo de Cotabato (Filipinas) y Chibly Langlois, obispo de Los Cayos (Haití).

Pero la situación resulta más compleja de lo que indica el secretario de Estado. Después de cuarenta y ocho horas, Zahra contesta:

> Su Eminencia,
>
> Buenos días. Parece que la cuestión de la recogida de información financiera ante la Secretaría de Estado está muy lejos de ser resuelta. Ayer por la noche recibimos los documentos contables enviados por el Dr. Profiti, que, sorprendentemente afirma en su carta (que adjunto) haber enviado la comunicación al Secretariado. Nos referimos también a los ministerios [indicados en las listas] en los puntos (1) y (2) de su carta del 4 de enero. La Prefectura de los Asuntos Económicos no dispone de estas informaciones, o de otra manera no es [una información completa]. Ahora estamos escribiendo directamente a estos ministerios, si bien no nos sorprenderíamos de que estas informaciones estuvieran ya disponibles en la Secretaría.
>
> Me refiero ahora a los puntos [relativos a las cuentas corrientes de la Secretaría de Estado] de nuestra carta del 3 de enero. Su respuesta a nuestra misiva no menciona estas dos cuestiones. Usted es consciente de que necesitamos estas informaciones para completar el cuadro financiero de la Santa Sede. Naturalmente nosotros respetamos el hecho de que existan cuentas reservadas ante la Secretaría, pero lo que solicitamos es la información sobre otros *account* [la comisión pide información sobre estas cuentas corrientes de las que aún no se sabe casi nada]. Usted puede entender la dificultad de nuestro trabajo y conoce también la resistencia a la que estamos enfrentándonos para cumplir con los deseos y la misión del Santo Padre. Apreciaremos mucho su intervención con los administradores para ayudarnos en el trabajo que estamos realizando. Con mis mejores deseos, Joe.

Solo Francisco puede intervenir para salir de este punto muerto en el que se encuentra el asunto, tal como se desprende del informe sobre el «estado semanal de los trabajos» redactado por los asesores de McKinsey:

Secretariat of State, status:
—Recibida una carta de la Secretaría de Estado confirmando que la información financiera solicitada no está disponible [confirma la no disponibilidad de las informaciones financieras solicitadas].

Próximos pasos:
—Recibir indicaciones del Santo Padre sobre las cuentas no compartidas.
—Mantener contactos con mons. Parolin.

Por otro lado, Parolin nunca le dio demasiada importancia ni a COSEA ni a la comisión sobre el IOR. En una entrevista publicada en *Avvenire* en febrero de 2014, el secretario de Estado declara:

La curia es una realidad de servicio, no una central de poder o de control. Siempre existe el peligro de abusar del poder, grande o pequeño, que tenemos en nuestras manos, y de este peligro nunca escapó ni escapa la curia. «Mas entre vosotros no será así», nos advierte el Evangelio, y sobre esta Palabra, tan exigente como liberadora, intentamos modelar nuestra actividad en la curia romana, a pesar de límites y defectos. Querría subrayar que no alcanza con una reforma de las estructuras, sin duda necesaria, cuando no está acompañada por una permanente conversión personal. ¿Las comisiones? Ellas tienen un mandato limitado en el tiempo y un carácter de «referente», es decir, que su finalidad consiste en presentarles al Papa y al consejo de los ocho cardenales sus sugerencias y propuestas en el ámbito de lo que les compete[13].

Solo gracias a la intervención de Francisco, solicitada por Zahra, el 30 de enero llega a la comisión un informe de veintinueve páginas con las respuestas, incompletas eso sí, sobre la telaraña de las

---

[13] Stefania Falasca, «Parolin: col vangelo diplomazia di pace», *Avvenire*, 8 de febrero de 2014.

cuentas de la Santa Sede. Sin embargo, algo se ha roto. Los laicos de la comisión pontificia, en esta última fase de trabajo, perciben un desacuerdo en el interior del frente creado por el Santo Padre. Una sospecha, mutua y dañina, empieza progresivamente a insinuarse también entre ellos.

Mientras tanto, Bergoglio reflexiona. Cuando debe enfrentarse a decisiones dolorosas, se concentra en sí mismo, en privado, para encontrar fuerza y determinación. Reza en su cuarto, una habitación sencilla tanto en la decoración como en los objetos: un Cristo crucificado, una talla de Nuestra Señora de Luján, patrona de Argentina, un icono de san Francisco que otorga misericordia y esperanza, una efigie de san José dormido.

Prepara una amonestación a toda la curia. Desbloqueados los presupuestos, se necesita que toda la comunidad comparta las preocupaciones sobre el futuro económico de la Iglesia, imponiendo con la fuerza, si fuera necesario, aquellos cambios tan deseados y que no se han puesto en práctica hasta ahora. Existe un peligro inminente de que el saqueo del patrimonio se vuelva imparable. Por un lado, la crisis económica afecta a los países católicos más ricos, reduciendo su generosidad hacia la Iglesia. Por otro, en el Vaticano, a pesar de la llegada de Francisco, los gastos aumentan. Y mientras que todo esto ocurre, los confiados peregrinos llenan la plaza de San Pedro ajenos al esfuerzo que se necesita cada día para cumplir con los mandatos pontificios.

El Papa se da cuenta de que hay que actuar de inmediato y con medidas enérgicas. Decide intervenir fundamentalmente en el personal, no solo porque todas las llamadas de atención sobre ser cuidadosos en las contrataciones y las asignaciones de cargos hasta ahora no han sido escuchadas, sino sobre todo porque las medidas directas sobre el personal afectan más que otros cambios en la percepción cotidiana de quienes viven y trabajan dentro de los muros vaticanos. Medidas drásticas sobre la organización del trabajo harán entender que la situación es grave y que el jesuita argentino cumple lo que dice.

Así, el Santo Padre convoca a Parolin y establece inmediatamente medidas urgentes que se aplicarán en toda la sede apostólica. Es una vuelta de tuerca. El 13 de febrero de 2014 el secretario de Estado envía una circular donde enumera todos los recortes que hay que realizar. En el documento, remitido a todos los cardenales a cargo de los dicasterios de la curia, Parolin hace referencia a la crisis. Por eso, se necesita:

> Asumir inmediatamente algunas medidas útiles para contener los gastos del personal, porque en el difícil momento presente de crisis económica en el que estamos la aplicación de esas medidas contribuirá, en general, a garantizar el sustento de la comunidad de trabajo al servicio del Santo Padre y de la Iglesia Universal en su totalidad.

Bergoglio solicita mayor movilidad entre los organismos y bloquea las horas extra, la renovación de los contratos de duración determinada, los nuevos cargos profesionales, los ascensos y, por supuesto, las nuevas contrataciones. Si alguien se jubila, «los empleados en plantilla —advierte Parolin— no dejarán de hacerse cargo generosamente de las actividades antes desempeñadas por los colegas». Pero estamos todavía muy lejos de la meta. «Quiero una Iglesia pobre y para los pobres» había afirmado sin ingenuidad Francisco el 16 de marzo de 2013, durante la audiencia con los medios. Ahora, en la curia, muchos recuerdan estas palabras y las confrontan a la célebre frase de monseñor Marcinkus, exdirector del IOR, que solía repetir: «No se puede administrar la Iglesia solo con avemarías». Así ilustraba el orden político vigente durante una época en el Vaticano, que todavía sobrevive en muchos ambientes de la curia.

10

LA GUERRA, ACTO SEGUNDO: LA REVOLUCIÓN DE FRANCISCO Y EL ASCENSO DEL CARDENAL PELL

LA REVOLUCIÓN DE FRANCISCO

En el clima de tensión descrito, llega el detonante que pondrá en marcha la reforma estructural de la Iglesia, tan esperada como temida. Los días 21 y 22 de febrero Francisco celebra el consistorio y nombra por primera vez a diecinueve cardenales: dieciséis electores y tres con más de ochenta años. Mientras tanto, en los momentos de reflexión y rezo, define los últimos detalles del nuevo proyecto para la arquitectura del Estado. Entre los papeles que Bergoglio lleva consigo a su habitación en Santa Marta se encuentra un documento confidencial de seis páginas[1] preparado por la comisión COSEA que le fue entregado el 18 de febrero. Contiene todas las acciones que es preciso emprender para revolucionar el pequeño Estado. La mayor parte de las proposiciones serán aceptadas.

---

[1] El documento de COSEA (cuyo elocuente título es «*Proposed Coordination Structure for Economic-Administrative Functions*») dibuja la curia del futuro con todas las nuevas oficinas que Francisco presentará el 24 de febrero a los cardenales.

Pero la situación es de profundo nerviosismo. Pocas semanas antes del consistorio, el 3 de febrero, Francisco, por medio de su exsecretario particular, Alfred Xuereb, había recibido el informe final de COSEA, con las observaciones sobre los puntos críticos y los grandes riesgos descubiertos en pocos meses de trabajo. El tono es durísimo[2]:

Propuestas finales que hay que entregar al Santo Padre [...].

1. Una falta de *governance,* de controles y de profesionalidad producen un alto nivel de riesgos en el APSA. Se identificaron 92 recomendaciones para superar esos riesgos. [...] COSEA propone informar a la autoridad judicial cada vez que las conclusiones lo requieran.

2. Se prepararon propuestas concretas para cada actividad comercial de la Gobernación, con las ventajas y desventajas que los impuestos sobre la renta y las ventas (IVA) del Estado puedan suponer.

Es la mañana del domingo 23 de febrero. La plaza de San Pedro está en ebullición; miles de peregrinos la abarrotan. A Roma han regresado todos los purpurados que, apenas un año antes, reunidos en cónclave bajo las bóvedas de la Capilla Sixtina, eligieron al cardenal argentino como Pontífice. Francisco ha preparado hasta el último detalle la homilía que pronunciará durante la misa prevista en la basílica de San Pedro. Ahora tiene ante sí a los 19 hermanos recientemente nombrados cardenales.

Los exhorta con ímpetu: «El cardenal entra en la Iglesia de Roma, no en una corte [...] Ayudémonos unos a otros a evitar hábitos y comportamientos cortesanos: intrigas, habladurías, camarillas, favoritismos, preferencias». Una breve pausa. Luego, el sucesor de San Pedro los anima una vez más a detener la espi-

---

[2] Es lo que se deduce claramente de la síntesis del séptimo encuentro de la comisión COSEA del 21 de febrero de 2014.

ral de luchas clandestinas: «Amemos a quienes nos contrarían. No solo no se ha de devolver al otro el mal que nos ha hecho, sino que debemos esforzarnos por hacer el bien con largueza».

El mensaje de paz quiere rebajar la tensión y adelantar la extraordinaria acción que exactamente el día después, 24 de febrero, el Papa comunicará al Consejo de los quince, el organismo creado por Juan Pablo II para examinar los presupuestos vaticanos. Al finalizar el consistorio, los cardenales del Consejo deberán permanecer en Roma para discutir los presupuestos de 2014, bloqueados por los auditores. La situación es delicada: las cuentas han sido apenas revisadas y el propio Papa ha recortado el número de asesorías y congelado la contratación para reducir los costes de personal. Si los purpurados no aprobaran ahora los presupuestos, se correría el riesgo de bloquear toda la actividad de la Santa Sede. Los cardenales conocen bien la situación, pero no todos saben que está a punto de crearse un nuevo dicasterio que los relegará a un segundo plano. Una novedad preparada por Bergoglio siguiendo las directrices de COSEA y el C8.

La reunión reservada del 24 de febrero entrará por derecho propio en la historia de la Iglesia. Excepcionalmente contamos con la documentación. Después de años de estancamiento, se anuncia una reforma del pontificado y de la curia nunca vista antes. Para encontrar un antecedente de semejante importancia hay que retrotraerse a 1988, con la Constitución Apostólica *Pastor Bonus* de Juan Pablo II, que diseñó la nueva estructura del Estado. Mientras tanto, se está redactando la nueva constitución que sustituirá a la precedente a partir del invierno de 2015-2016.

En la sala, ya sentados, los purpurados esperan conocer las novedades anunciadas por Francisco. Pertenecen al Consejo de los quince, entre otros, Joaquim Meisner, en aquel momento arzobispo de la archidiócesis de Colonia (Alemania)[3]; el francés

---

[3] El arzobispo de Colonia se encontraba inmerso en una gran polémica en Alemania debido a una frase desafortunada, pronunciada durante un

Jean-Pierre Bernard Ricard, arzobispo de Burdeos; Antonio María Rouco Varela, arzobispo de Madrid[4]; Francis Eugene George, por aquel entonces arzobispo de Chicago[5]; el arzobispo de Milán, Angelo Scola; el australiano George Pell; el vicario del Papa para la diócesis de Roma, Agostino Vallini, y el cardenal brasileño Odilo Pedro Scherer[6].

LA CONSTITUCIÓN DE LA SECRETARÍA Y DEL CONSEJO PARA LA ECONOMÍA

Francisco interviene primero, anunciando de inmediato las novedades. El estilo es el de siempre, sobrio y directo:

> [...] Durante el consistorio decidí crear este dicasterio de las finanzas, la Secretaría de Economía, y hoy se lo entregué [el Papa se refiere al acta de constitución] al secretario de Estado. Esta maña-

---

encuentro con las comunidades del Camino neocatecumenal: «Cada una de vuestras familias vale fácilmente por tres familias musulmanas». La frase indignó a los representantes del mundo islámico. El prelado adujo que «tal vez sus palabras habían sido inoportunas», y que «en ningún caso era mi intención ofender a la gente de otra religión». Cuatro días después del Consejo de los Cardenales, Meisner renunciará a causa de su edad. Francisco lo reemplazó por el cardenal Rainer Maria Woelki, de cincuenta y ocho años, uno de los cardenales más jóvenes actualmente, procedente de la sede de Berlín.

[4] Hasta el 12 de marzo de 2014 fue presidente de la Conferencia Episcopal española. Le sustituyó el arzobispo Ricardo Blázquez Pérez.

[5] Falleció el 17 de abril de 2015.

[6] Los otros miembros son el tanzano Polycarp Pengo, presidente del Simposio de las Conferencias episcopales de África y Madagascar; el arzobispo de Ciudad de México, Norberto Rivera Carrera; el sudafricano Wilfrid Fox Napier; el arzobispo peruano Juan Luis Cipriani Thorne; el indio Telesphore Placidus Toppo, arzobispo de Ranchi (India) y presidente de la conferencia episcopal latina india; Jorge Liberato Urosa Savino, arzobispo de Caracas (Venezuela) y John Tong Hon de Hong Kong.

na firmé el *motu proprio*. Hablé con el cardenal Pell, a quien ustedes conocen, y le pregunté si él podría ser el jefe de este dicasterio. Dije jefe… y no sé si secretario, presidente…, la terminología hay que estudiarla, está escrita, pero no lo recuerdo. […] Soy consciente de que es una *deminutio capitis* [una reducción de poder], porque él es el jefe de una iglesia [Pell es arzobispo de Sídney y primado de Australia]. La deja para volverse banquero, lo cual es una *deminutio capitis,* pero él respondió de inmediato que aceptaría. Se lo agradezco mucho. He firmado con fecha de hoy, en colaboración con la Secretaría de Estado y teniendo en cuenta la peculiaridad de los organismos. Por ejemplo, la Gobernación no es el mismo [organismo] que la Congregación para las Causas de los Santos, también Propaganda Fide tiene una peculiaridad especial por las donaciones recibidas. […] Lo que habéis escrito me ha iluminado […][7]. Quería decírselo personalmente a ustedes quince, ya que ahora no serán quince cardenales, sino ocho entre obispos y cardenales y siete laicos, así [la composición del nuevo Consejo] queda más equilibrada [entre laicos y sacerdotes]. […] Gracias y adelante.

Emoción, nerviosismo y entusiasmo: tras la intervención del Santo Padre surge el aplauso, pero Parolin lo sofoca con un gesto de la mano. Nace, por tanto, un nuevo dicasterio: la Secretaría de Economía. Mientras, el Consejo de los quince, en el que los purpurados alardean de participar, es suprimido. Mejor dicho, va a ser sustituido por un organismo gemelo que se denominará

---

[7] Bergoglio hace también referencia a AIF (Autoridad de Información Financiera), el órgano de control contra el blanqueo de capitales instituido para la transparencia financiera: «Espero que, con la colaboración de todos, [la Secretaría de Economía] siga adelante y ayude a todos a alcanzar una mayor transparencia y confianza. Para mí ha sido un valioso ejemplo el encuentro de la Santa Sede con AIF. Hoy tenemos mucha credibilidad ante los gobiernos a través de Moneyval [organismo contra el blanqueo de capitales del Consejo Europeo] por todo lo que se realizó en AIF gracias al cardenal Nicora. Ahora hay que lograr lo mismo con esta comisión».

Consejo para la Economía. Pero en este, siete de los quince participantes serán expertos cualificados que provienen del ámbito profesional. No simples consultores, sino miembros con pleno derecho de voto, exactamente igual que los religiosos. Francisco comienza así a concretizar y evidenciar dentro de la jerarquía aquella proporción entre religiosos y laicos estudiada durante meses por COSEA y por los asesores de Promontory y McKinsey. Se trata indiscutiblemente de un cambio radical: por vez primera, un grupo de funcionarios laicos entrará en el mundo cerrado e intocable de las finanzas vaticanas. Parolin levanta levemente la mano derecha, reclama atención y agradece al Papa:

—Gracias, Santo Padre, por venir. Gracias por el mensaje que nos ha dado. Estamos aquí para asegurarle nuestra colaboración.

A lo que Francisco responde:

—De eso estoy seguro, vi cómo colaboraron con COSEA y me siento seguro.

Un documento secreto excepcional

Aquí reproducimos algunos pasajes de ese encuentro decisivo e histórico que pudimos escuchar en exclusiva. Este excepcional documento nos permite entrar, como no se había hecho antes, en el Concilio secreto de los cardenales que mejor conocen los asuntos económicos de la Iglesia:

PAROLIN: Gracias, de verdad. El Santo Padre ha anunciado y felicitado al cardenal Pell. Nos unimos a la felicitación del Papa por este nombramiento, aunque signifique, como ha dicho, una *deminutio;* de todas maneras, él ha aceptado, en espíritu de servicio, el ejercicio de esta nueva responsabilidad.

PREGUNTA DE UN CARDENAL: ¿Este [nuevo dicasterio] será hecho público de inmediato o aún no es público?

PAROLIN: No es público, me decía el Papa. Tampoco yo lo sabía. Él también dijo aquí que ya firmó el *motu proprio* que instituye este nuevo organismo. Imagino que se hará público en los próximos días. Tal vez el cardenal Pell sepa algo más...

COMENTARIO IRÓNICO EN VOZ BAJA DE UN CARDENAL: ... Je, je, je... Pell lo sabe todo... (carcajada).

PELL: Me parece que se hará público quizá hoy o mañana. Puesto que ya se ha anunciado su formalización, como bien sabemos, se podría decir que ya es público... Pero el anuncio oficial, según me ha dicho el Santo Padre, se publicará hoy o mañana en el *L'Osservatore*. Luego seguiremos adelante.

PAROLIN: Gracias. Pienso que será mañana, porque se necesita al menos un día para todos los procedimientos, pero el Papa me confirmó que envió hoy a la oficina el quirógrafo [al acta oficial que instituye la nueva Secretaría]. Ahora se necesitará un periodo mínimo para el procedimiento, para enviarlo arriba a la primera sección [de la Secretaría de Estado] y para preparar el comunicado de prensa, etcétera [...]

COMENTARIO IRÓNICO DE UN CARDENAL: Mejor hoy... en caso contrario Tornielli lo contará todo esta noche [Andrea Tornielli es un periodista bien informado del Vaticano que trabaja para *La Stampa*].

PELL: Sí, seguramente sería mejor hoy. Un comunicado de prensa ya está listo, ahora somos un mundo nuevo, tenemos toda la colaboración, pero este comunicado está fuera de este dicasterio [está a punto de difundirse el comunicado de prensa que anuncia la creación de este ministerio] [...]

PAROLIN: Está bien, ningún problema. Pero debo ausentarme para asegurarme de que las cosas sigan adelante, porque imagino que [el comunicado] se encuentra ahí, esperando en mi escritorio. Así que, si me lo permiten, mientras presentan el presupuesto yo voy a echar un vistazo... ya que hay esta... esta urgencia. Me pregunto si nuestra reunión continúa ahora...

VOCES SUPERPUESTAS DE CARDENALES: No... No...

PAROLIN:… O si ahora podemos considerar concluido nuestro trabajo... Esta era también la pregunta que quería hacer. Si tienen algunas consideraciones…

PELL: Muchas gracias, Eminencia. Me parece que no sirve de mucho continuar ahora, pero creo que debemos definir unas políticas [prioritarias], al menos, para los próximos dos o tres meses. Sugiero que algunas normas que están ahora vigentes permanezcan y esperemos a que se produzca un encuentro de este nuevo Consejo, compuesto por cardenales, obispos y laicos, antes del verano, en junio o julio. Este Consejo debe ser constituido y el Santo Padre está listo para hacerlo lo más pronto posible; me parecería oportuno que las cosas se quedaran como están ahora hasta que se defina el momento. No obstante, estoy abierto a sugerencias.

Los cardenales están desorientados; la situación se enmaraña. Si el Papa suprime el Consejo, ¿qué sucederá con aquellos tormentosos presupuestos que, una vez revisados, deben ser aprobados con urgencia? El riesgo radica en que todo se bloquee. Por un lado, el nuevo dicasterio altera el orden del resto de organismos; por el otro, el Consejo llamado a aprobar el presupuesto de 2014 se suprime y queda privado de poderes y prerrogativas. Sin embargo, la vida económica y financiera de la Santa Sede debe seguir adelante: hay que aprobar trabajos de construcción, establecer abastecimientos, reconsiderar asesorías. ¿Qué hacer? Y sobre todo, ¿quién decide ahora?

EL ENFRENTAMIENTO A PUERTA CERRADA ENTRE PELL, PAROLIN Y LOS CARDENALES DE LA CURIA

Quien asume la dirección de la reunión del Consejo de los quince no es Parolin, sino Pell, el ambicioso «mastín» de Sídney, que desembarcó silenciosamente en la Santa Sede en la primavera de 2013 con la intención de representar un papel importante en la estrategia de Francisco. Hombre de gran personalidad y mando, no se fía de nadie y tiende a monopolizar cada decisión. Hoy es el protagonista del encuentro, y desde ese momento, al menos en teoría, será el nuevo jefe de las finanzas vaticanas por voluntad del sucesor de San Pedro.

Nadie habría podido apostar por la fulgurante carrera de este sacerdote, poco menos que un superviviente, como veremos más adelante, de las acusaciones de haber «encubierto» a algunos curas pedófilos en su país. Todo esto, al menos, hasta abril de 2013, cuando Francisco, indiferente a cualquier advertencia, lo eligió entre los ocho cardenales que tenían que aconsejarle respecto a la orientación de la Iglesia Universal y la reforma de la curia romana. Día tras día, Pell prepara el cambio con el objetivo de asumir el mando de la curia. ¿Por tanto, qué *deminutio*? Está claro para todos, incluido el Vaticano, que quien gobierna realmente es quien controla el dinero. Y Pell acertó en su objetivo.

Volvamos a la explosiva reunión del Consejo. El prefecto de la recién nombrada Secretaría de Economía debe enfrentarse ahora con los eclesiásticos más preocupados y desconfiados por los cambios apenas anunciados. El diálogo entre el cardenal australiano, la vieja guardia —representada por el jefe de la Prefectura Versaldi y el presidente de la Gobernación, Bertello— y el nuevo secretario Parolin resulta muy tirante. Los purpurados aspiran a aprobar los presupuestos para poder hacer borrón y cuenta nueva con el pasado, pero Pell se resiste. Y no solo resiste, sino que con la elegancia y la ironía típicas de cierto estilo propio de la curia, el *ranger* —como lo definirá frecuentemente Bergoglio apreciando su «tenacidad»[8]— amonestará y criticará también a Parolin:

---

[8] Como cuando, durante el Consejo para la Economía del 2 de mayo de 2014, dijo: «Aprovecho para dar las gracias también al cardenal Pell por su esfuerzo, su trabajo; también por su tenacidad de *ranger* australiano... ¡Gracias, Eminencia!».

VERSALDI: Debemos tener cuidado al dar los próximos pasos, aunque sean necesarios, para no generar no tanto una *vacatio,* como un vacío legal. [...] Cada uno de nosotros necesita saber si todavía tiene la autoridad, la autonomía... Por ejemplo, ¿la Prefectura mantiene su independencia en la revisión de las cuentas? Y mientras tanto, me pregunto..., ¿nosotros continuamos?

PAROLIN: Habrá que ver lo que dice el quirógrafo respecto a eso; no lo sabemos, así que es imposible contestar a esa pregunta; pero me parece lógico que, hasta que el nuevo organismo esté en marcha y defina sus propias funciones, las cosas continúen como hasta ahora. Lo deduzco según los principios de la lógica...

PELL: El quirógrafo dirá que el mundo ha cambiado. Obviamente debemos continuar con el diálogo, hay muchas discusiones que deben avanzar. Ninguno quiere hacer todo esto como si de una revolución se tratase, pero sería un error pensar en seguir adelante exactamente igual que antes: el mundo ha cambiado. La vida de la Santa Sede debe continuar, obviamente debemos buscar la colaboración. Sin ella es imposible alcanzar el bien de la Iglesia. Y todos nosotros queremos eso, el bien de la Iglesia.

PAROLIN: El cardenal Cipriani [arzobispo de Lima (Perú) y miembro del Opus Dei] quería...

VOZ DE FONDO: De todas formas te pido una cosa... Libérame de Calcagno, yo vuelvo a ejercer con gusto de profesor, pero basta que no [parece escucharse: «... me maten»] a mí también...

CIPRIANI: La única duda es si no debemos paralizar este presupuesto..., si existe una forma, como piensa el cardenal Pell, de aprobarlo [provisionalmente] dos o tres meses, o algo por el estilo, porque ahora, aprobado, no hay nada. Debemos seguir adelante hoy, o de lo contrario mañana [en la Santa Sede] no sé cómo lo harán...

PELL: Me parece, Eminencia, que una cosa debe quedar clara: una aprobación *ad interim* de tres meses sería no solamente útil, sino necesaria, porque la vida debe continuar...

VERSALDI: Propondría ver esta hoja que nos han entregado por separado, donde está la modificación del presupuesto no aprobado, respecto a la carta que envió la Secretaría de Estado con los criterios dados por el Papa para reducir los gastos del personal. Si, tal como sugiere Cipriani, pudiéramos aprobar el presupuesto, que contemplaba veinticinco millones de deuda, y decir que fue reducido diez millones, bajando por tanto a quince, el mismo podría mantenerse según los criterios de la Secretaría de Estado.

PELL: Me parece que en estos tres meses no deben hacerse cambios radicales. Estas sugerencias son excelentes, serán de gran ayuda; pero por el momento me parece que hay que cambiar muy poco, casi nada, hasta que juntos podamos averiguar dónde nos situamos. No queremos grandes revoluciones en los próximos tres meses, queremos estudiar esto poco a poco...

CALCAGNO: Sí, gracias. Entre tanto, le aseguro a Su Eminencia nuestra plena colaboración, tal como hicimos con las visitas de Promontory y con COSEA en los meses pasados. Dicho esto, pienso que el presupuesto para las operaciones ordinarias de la Santa Sede, si se aprueba hoy, debería tener una validez no por el hecho de que el APSA siga existiendo o no, sino porque la Santa Sede debe poder seguir adelante. Entonces la nueva estructura, de la cual usted es presidente, seguramente deberá llevar a cabo todas sus acciones, propuestas...

COMENTARIO IRÓNICO DE UN CARDENAL: ... Maniobras...

CALCAGNO: ... variaciones. Pero para mí, como base fundamental, el presupuesto debe considerarse válido para el año en curso, ¡porque el año ya empezó!

PELL: No estamos hoy en disposición de aprobar algo para un año. Pero algo *ad interim* sí [...].

VALLINI: Nosotros nos fijamos solo en el texto leído en la Comisión de los quince, que afirma la necesidad de instalar una Secretaría de Economía de la Santa Sede. Hoy por la mañana el Santo Padre nos confirma que la cuestión está aprobada, además, ya se nombró al responsable, y esto es algo bueno [...], pero habrá tiempo suficiente para que el dicasterio se provea de herramientas que hoy, nosotros, no conocemos [...] salvo que el cardenal Pell no nos diga que todo este trabajo ya se hizo y que con el quirógrafo del Santo Padre *motu proprio* se edite también un estatuto que reglamente las competencias de este nuevo organismo que conocimos esta mañana.

MEISNER: Estimados hermanos, primero de todo, los mejores deseos para el cardenal Pell. Se sienta con [nosotros] desde hace muchos años, hemos luchado juntos, y estoy contento de que lleguemos a una nueva solución. El camino de Sídney a Roma no debe ser un vía crucis, sino una Via Triumphalis. Ahora, una simple pregunta: nos han presentado, como siempre cuando nos reunimos aquí, los presupuestos de la Santa Sede y del Vaticano, pero esta vez es un presupuesto reelaborado. Y desearía saber si nuestro trabajo hoy —y mañana— es discutir sobre el nuevo dicasterio o sobre estos presupuestos y sus futuras consecuencias... Me siento sobrepasado si ahora hay que hablar acerca del nuevo dicasterio, cuando no tenemos ningún documento y el Santo Padre ha hablado de ello por primera vez. Nosotros deberíamos atenernos a este pequeño trabajo: examinar hasta el más mínimo detalle los presupuestos de la Santa Sede y del Vaticano, por cierto, reelaborados y provisionales. Gracias.

Pell recalca los puntos del *motu proprio,* es decir, el acta papal que instituye el nuevo organismo y que retoma las palabras del evangelio de Lucas, *Fidelis dispensator et prudens*:

Como el administrador fiel y prudente tiene la tarea de cuidar con atención lo que se le confió, así la Iglesia es consciente de la responsabilidad de tutelar y administrar con gran atención sus bienes, a la luz de su misión de evangelización, con particular atención a los más necesitados.

Especialmente, la gestión del sector económico y financiero de la Santa Sede está íntimamente vinculada a su misión específica, no solo al servicio del ministerio universal del Santo Padre, sino también en relación con el bien común, en la perspectiva del desarrollo integral de la persona humana.

La tarea del nuevo dicasterio es compleja y debe articularse: la Secretaría se ocupará del ordenamiento financiero y deberá preparar desde ya el presupuesto. Tendrá que custodiar la gestión económica y vigilar las estructuras administrativas y financieras, además de las actividades de las instituciones de la Santa Sede y de la Ciudad del Vaticano. Se trata de funciones hasta ahora gestionadas por la Secretaría de Estado, que, a partir de ese momento y en adelante, se ocupará solo de las relaciones diplomáticas. Ya por el propio nombre se entiende que Secretaría de Estado y Secretaría de Economía estarán al mismo nivel: ambas responderán directamente ante el Papa, mientras que Parolin y Pell tendrán que colaborar. Durante el Consejo de los quince, para evitar fricciones, Pell se adelanta: esta colaboración, jura, es «obvia y absolutamente fundamental. Lo comprendo con claridad y estoy más que dispuesto a seguir adelante juntos».

Es un intento inútil, ambos jamás lograrán la esperada sintonía. Y quedará sin efecto también el plan del Pontífice para ampliar el Consejo de los ocho cardenales —donde está Pell— incluyendo a Parolin. El Consejo recibirá el sobrenombre de «C9».

Con la creación de la Secretaría de Economía se desata un terremoto que se transmite también a los dicasterios económicos, no solo a la Secretaría de Estado. Con el nombramiento de un auditor general con poderes sobre todos los presupuestos, la Prefectura se encuentra, de hecho, «vaciada de contenido». El APSA, a partir de julio de ese mismo año (2014), debería ser dividida en dos partes, perdiendo la sección ordinaria, cuyas funciones terminarían en manos de Pell. El APSA ejercería únicamente las funciones de banco central, perdiendo el control del inmenso patrimonio de casas, oficinas y edificios. Pero este propósito nunca se llevará a cabo.

¿Y el IOR de los escándalos? Francisco prefiere no incluirlo, así queda fuera del área de influencia de la Secretaría de Economía, faltando entonces un control pleno de las cuentas internas. El IOR «no se ve afectado por esta reorganización, que tiene un horizonte mucho más amplio —explicará serenamente el padre Lombardi en una rueda de prensa—, pero seguirá siendo objeto de estudio y reflexión».

En síntesis, Francisco no manda a casa a los hombres de Bertone, no los fuerza a renunciar, pero priva de poder y funciones a los ministerios que presiden. Es un gesto que recuerda el paso atrás dado por Benedicto XVI: si Ratzinger hubiera sustituido al secretario de Estado o a los jefes de los dicasterios, habría puesto en entredicho la credibilidad de su pontificado. Sin embargo, al renunciar, él mismo quitó legitimidad a todos los jefes, dejando íntegra, aunque solo en apariencia, la estructura.

LA APROBACIÓN DE LOS PRESUPUESTOS

Volvamos a la reunión, que estaba a punto de concluir. Antes, sin embargo, se necesitaba superar la suspensión para la aprobación de los presupuestos. El cardenal Angelo Scola, arzobispo de Milán, se muestra como el más realista de todos:

SCOLA: Entiendo que la novedad es radical y requiere, evidentemente, un tiempo de profundización y afianzamiento. Pero me parece inútil que nosotros, aquí, mantengamos una discusión sobre ello, ya que es un hecho y encontrará su camino. No sé tampoco si tenemos autoridad: ¿por qué nosotros, y no los demás cardenales, tenemos que discutir sobre cómo quiere concebir la estructura el Papa, máxime ahora que se ha nombrado al cardenal Pell? Podemos aprobar tranquilamente el presupuesto siguiendo la lógica de los así llamados asuntos ordinarios. No es que podamos aprobarlo por un año o por dos meses o por tres meses. Cuando la nueva realidad [la Secretaría de Economía] esté en condiciones de preparar otra vez el presupuesto, lo hará y lo presentará: esta es mi opinión. Añado que lamentablemente no estaré presente a partir de esta tarde, ya que Milán no es una diócesis pequeña, y llevo ausente desde hace ocho días...

PAROLIN: Creo que ninguno se quedará, Eminencia. Quédese tranquilo.

SCOLA: Bien, entonces alabo el esfuerzo que permitió el ahorro de 9.612.000 euros. Por lo que he podido ver, y no quiero bloquear la discusión de nadie, apruebo el presupuesto modificado que se preparó para la Santa Sede.

TONG: Yo también querría congratularme con mi compañero de escuela George Pell, y únicamente proponer que la nueva estructura preste especial atención sobre dos asuntos: el primero es el de intentar establecer gradualmente una serie de parámetros estándar para los equipos y [...] un esquema de salarios [...]. No se puede esperar que todos trabajen gratis.

PELL: [...] Para que la gente de las congregaciones entienda cómo debe realizarse un presupuesto, tal vez se preparen disposiciones para enviar a alguien a París, Oxford y Madrid con la finalidad de hacer cursos cortos o largos de administración o economía. Tomaremos muchas iniciativas respecto a la eficiencia y la economía, pero no entraremos en cuestiones de religión, espiritualidad, capacidad [profesional]. Nosotros, como dijo el Papa, somos simplemente banqueros.

PAROLIN: El cardenal ha hecho intervenir a otros. Cardenal Scherer...

SCHERER: Ahora entiendo más claramente que nosotros, aquí, como Consejo, no tenemos nada que decir porque ya no cuenta. En lo concerniente al presupuesto, si hay que aprobarlo o no, si ha esperado hasta ahora, puede esperar dos meses más, si es necesario, al menos hasta que el nuevo consejo, el nuevo dicasterio, se organice y asuma seriamente también la tarea de analizar el nuevo presupuesto.

Pero querría hacer una observación: me parece muy útil que se den algunas reglas, algunos principios generales para realizar el presupuesto, si no, cada uno lo hará como más le guste, [...] como a cada uno se le ocurra, y no se logrará el objetivo: reordenar los gastos. Gracias.

PELL: Veremos una congregación y les diremos: este año ustedes tienen este dinero y podrán tener únicamente este número de empleados, pero en el interior de la congregación la responsabilidad de las decisiones será suya... Y si la congregación gasta más, mucho más, el año que viene disminuiremos la cantidad y ustedes deberán buscar ese dinero en sus reservas. En muchos lugares las reservas son adecuadas, gracias a Dios... Gracias a Dios porque existen muchos desafíos para la Santa Sede. Aquí y allí hay mucho más dinero de lo que se ha sabido, y nunca apareció reflejado en los presupuestos. Y nosotros agradecemos a Dios estos tesoros ocultos.

PAROLIN: Bueno, podemos dar por terminada nuestra reunión [...]. Se continuará con los presupuestos corregidos hasta que la nueva estructura establezca un nuevo presupuesto.

La reunión se cierra con dos propósitos firmes. El primero es, sin duda, el giro en la jerarquía de la curia en todo lo concerniente al aspecto económico y financiero. El segundo tiene que ver con los presupuestos, que serán aprobados por el nuevo Consejo. Gana la línea de Pell, que respecto a los presupuestos de 2014 estaba de acuerdo con los razonamientos de los auditores. Los presupuestos quedarán durante meses en el limbo, sin aprobación, dejando a la Santa Sede en una especie de «purgatorio» financiero. Se sigue adelante con los presupuestos corregidos por los auditores —es la línea de Parolin— hasta que no intervenga el nuevo Consejo creado por Bergoglio. Evidentemente, las explicaciones ofrecidas por la Gobernación, el APSA y la Secretaría de Estado en las difíciles semanas de enero y febrero no se consideran suficientes. El estancamiento durará hasta el 21 de marzo, cuando Luigi Mistò, mano derecha de Calcagno, envíe a todos los organismos dependientes del APSA las directivas para volver a redactar el presupuesto de 2014 con «correcciones y modificaciones en los costes inicialmente planificados teniendo presentes las observaciones de los auditores internacionales».

Por su parte, Pell da a entender que conoce bien los secretos de la curia. Al concluir el Consejo de los quince, anticipa a los hermanos purpurados lo que descubrieron los expertos de

COSEA tras analizar las cuentas de la Santa Sede: muchos organismos disponen de «tesoros ocultos» no presupuestados. Pero que nadie se ilusione, apunta el australiano, estas misteriosas provisiones extracontables hoy, en un momento de crisis, resultan providenciales, y serán indispensables para seguir adelante, vistas las constantes noticias, cada vez más graves, de los agujeros en las cuentas.

Pell tiene razón. Baste un ejemplo, entre otros muchos. Tan solo unas semanas antes, al presentar el trabajo de COSEA, los cardenales del C8 se habían centrado en la alarmante conclusión final de los analistas de Oliver Wyman sobre el futuro de las pensiones vitalicias. La diferencia entre el patrimonio y el total de las pensiones que había que pagar resultaba nada menos que de 862 millones de euros más para 2013. Por ello, hay que actuar con firmeza, sin cometer errores.

Desde marzo de 2014, Pell desempeña su nuevo cargo. Se cita varias veces en privado con Francisco para acordar la elección de los nuevos miembros del Consejo para la Economía; vuela a Malta para consultar a Zahra, que será uno de los cinco miembros de COSEA elegidos por el Pontífice entre los laicos del nuevo Consejo, además del exministro de Singapur Yeo, Jean-Baptiste de Franssu, el alemán Messemer y el español Llano. Los otros dos puestos para los laicos se los adjudican el auditor canadiense Kyle y el italiano Francesco Vermiglio, amigo de Zahra.

Esta elección provoca descontento y críticas por el potencial conflicto de intereses: según una investigación del semanario italiano *L'Espresso*, Vermiglio es socio de Zahra en Misco Advisory Ldt, una alianza estratégica creada para estimular las inversiones italianas en la pequeña isla del Mediterráneo. Pero de este nuevo frente de poder que se está desarrollando a espaldas del Papa hablaremos más adelante, ya que será el propio Bergoglio quien intente detener su vertiginoso crecimiento.

Fueron confirmados también seis de los cardenales presentes en el C15: Juan Luis Cipriani Thorne (Perú), Wifrid Fox Napier

(Sudáfrica), Jean-Pierre Ricard (Francia), Agostino Vallini (Italia), John Tong Hon (Hong Kong) y Norberto Rivera Carrera (México). Las únicas caras nuevas son: el consejero procedente de la diócesis de Galveston-Houston, el cardenal Daniel N. DiNardo y el presidente Reinhard Marx, arzobispo de Múnich (Alemania). La sede de la Secretaría se emplazará en el Torrione San Giovanni, una torre medieval situada en la parte más alta de los jardines vaticanos que se destina normalmente a alojar huéspedes de relieve. En la práctica, el único edificio que todavía estaba disponible en todo el Vaticano.

De la logística se ocupará Xuereb, que pide a Calcagno y a monseñor Fernando Vérgez Alzaga, secretario de la Gobernación, permiso para comprar «veinte ordenadores, seis impresoras, veintiún teléfonos fijos y un intercomunicador para recibir y hacer llamadas»[9], con sus correspondientes conexiones a Internet, a fin de que se pueda operar de inmediato desde todos los puestos de trabajo, distribuidos en cuatro plantas. Eso no es todo. Xuereb pide que en los despachos más importantes estén presentes también máquinas trituradoras de papel para garantizar la privacidad de los expedientes reservados.

En la agenda de 2014 están definidas cuatro importantes reuniones del nuevo Consejo: la primera será el 2 de mayo en la Sala Bologna del palacio apostólico; las otras, en julio, septiembre y diciembre. Ya desde la primera reunión, por la disposición de las butacas, se percibe un cambio. Religiosos y laicos se alternan: una demostración visual de cómo se distribuye el poder. Pero ¿será así en la práctica? Lamentablemente no. La comunidad elegida por Francisco, formada por hombres de fuerte personalidad, con identidades y culturas diferentes, está cada vez más contaminada por murmuraciones e insidias. Y su proyecto inicial será reajustado mes a mes.

---

[9] Carta enviada por Alfred Xuereb al cardenal Domenico Calcagno a principios de abril de 2014.

EL AUGE DE PELL, SUPERVIVIENTE DE LOS ESCÁNDALOS DE PEDOFILIA

Ciertamente el currículum de ciertos jefes elegidos por el Pontífice no ayuda. Comenzando por el propio Pell, nombrado cardenal en 2003 por Juan Pablo II[10], cuyo controvertido pasado merece especial atención. En 2010 Benedicto XVI lo tomó en consideración como posible prefecto de la potentísima Congregación de los Obispos para suceder a Giovanni Battista Re, que estaba en edad de jubilarse. Cuando Francisco llega al Vaticano apenas lo conoce, o al menos no mantiene con él una relación de amistad, aunque se habían encontrado en 2012, cuando el australiano fue nombrado padre de la XIII Asamblea General del Sínodo de los Obispos.

En el Vaticano, inmediatamente después de la elección de Francisco, Pell es uno de los consejeros del C15, el consejo de cardenales que Bergoglio señala de inmediato como clave para introducirse en el núcleo financiero de la Santa Sede. Una idea difícilmente realizable. El Consejo es un órgano arcaico y desprovisto de grandes poderes. Sin embargo, potenciando sus funciones, con un auditor interno, podría transformarse en el brazo operativo para la «revolución suave» del Papa.

En aquellos meses de la primavera de 2013, Pell trata de encontrar el camino para el cambio y para identificar a los consejeros más partidarios del Pontífice. Intuye muy bien los nuevos aires que el Santo Padre quiere llevar a la curia y aspira a inter-

---

[10] Pell nace en Ballarat, una pequeña ciudad en el sureste de Australia a casi una hora en coche de Melbourne, en 1941. Su padre, de origen inglés, era un campeón de boxeo de peso pesado. Anglicano no practicante, dejó la educación del hijo en manos de su mujer, ferviente católica de origen irlandés. En 1987 Pell fue elegido obispo auxiliar de Melbourne, y diez años más tarde se convirtió en arzobispo de la capital por voluntad de Juan Pablo II. En 2001 aceptó el mismo cargo en Sídney para ejercer como primado de Australia.

pretar un papel central en ese proyecto de reestructuración del Vaticano. Frecuenta, sobre todo, al cardenal Santos Abril y Castelló, gran amigo de Francisco, como ya hemos visto, que será el siguiente presidente de la comisión sobre el IOR. Se aproxima también a monseñor Vallejo Balda, secretario de la Prefectura y, después, coordinador de COSEA. Vallejo Balda es el prelado que desde el principio le señaló al Pontífice los muchos problemas que había, empezando por las cuentas de la basílica de Santa Maria Maggiore. El cardenal australiano también establece una sólida relación con Maradiaga, arzobispo de Tegucigalpa (Honduras), coordinador del C8.

En los pasillos del Vaticano, los detractores de Pell afirman que el cardenal, en aquellas semanas, tenía un solo objetivo: obtener un cargo en el palacio apostólico y alejarse de Sídney, evitando así la rigurosa indagación de la Comisión Nacional de Investigación australiana sobre la respuesta de las instituciones respecto a los abusos sexuales a menores. Se trata de numerosos casos de pedofilia que habrían ocurrido en la diócesis de Melbourne entre 1996 y 2001, cuando Pell era arzobispo. Se supone que no colaboró con los investigadores, omitiendo información y encubriendo dramáticos casos de menores que sufrieron abusos por parte de algunos sacerdotes de su diócesis. Por no hablar del episodio ocurrido en octubre de 2002, cuando el propio Pell fue absuelto de la acusación de haber abusado de un catequista de doce años durante un curso para monaguillos, allá por el lejano 1961. O de las acusaciones de un exmonaguillo, John Ellis, poco tiempo después del nombramiento de Pell como prefecto. Ellis señaló a la Iglesia como responsable de la violencia que él padeció entre 1974 y 1979, cuando sufrió abusos por parte de un cura ya fallecido. El exmonaguillo perdió un primer juicio en 2007, pero durante la investigación se comprobaron los abusos, aunque la diócesis no fue considerada legalmente responsable por el triste caso.

Las acusaciones terminaron sin consecuencias para Pell, que siempre las negó, aunque llevaron al cardenal a los titulares de los medios de todo el mundo. Su gran acusador será Peter Saunders, quien también sufrió abusos durante su infancia en Wimbledon, y que, desde diciembre de 2014, elegido por Bergoglio, es miembro de la comisión pontificia para la protección de los menores. Saunders solicitó varias veces la renuncia de Pell. Durante una emisión del programa de la televisión australiana *60 Minutes*, Saunders acusó a Pell de haber eludido las preguntas de la Comisión Nacional de Investigación: «Se burla de los menores y víctimas de abusos sexuales. Es un individuo peligroso, casi un sociópata. Actuó con insensibilidad y crueldad».

Tampoco hay que olvidar las críticas al «Melbourne Response», el protocolo de 1996 aprobado por Pell, que contemplaba modestas indemnizaciones para las víctimas de los curas pedófilos. El documento fijaba un límite máximo de apenas 50.000 dólares, cuando en los tribunales las víctimas lograban obtener hasta seis veces más. La réplica del purpurado fue muy hábil: antes no estaban previstas indemnizaciones y «muchas de las personas a las que asistimos habrían recibido poco o nada si hubieran recurrido al tribunal». Pero el juicio de la comisión gubernamental australiana en el informe preliminar fue realmente negativo:

El alto prelado, con su conducta, no fue justo desde una perspectiva cristiana. La archidiócesis que él presidía prefirió tutelar y proteger sus propios recursos en lugar de hacer justicia.

Se hicieron famosas, también, algunas declaraciones públicas de Pell particularmente desafortunadas. Empezando por aquellas sobre el Islam, que es «una religión belicosa por su naturaleza; el Corán está sembrado de invocaciones a la violencia». Otro incidente similar ocurrió el 22 de agosto de 2014, cuando, durante una audiencia por videoconferencia ante la Comisión Nacional de Investigación australiana, Pell afirmó que «los curas pedófilos son como camioneros que acosan a las mujeres que hacen autostop. Ni la Iglesia ni la empresa de transportes pueden ser consideradas responsables», generando todo tipo de polémicas. Cabe también recordar que, cuando dio testimonio, el cardenal reconoció que su diócesis «no actuó con equidad».

LOS GASTOS DE LA COMISIÓN

Sin embargo, nada parece oponerse a la carrera de este cardenal, que tiene una agenda muy apretada con el objetivo de racionalizar de forma definitiva las cuentas de la curia. Una acción que será planificada y desarrollada durante un trienio (2014-2016). Esta hoja de ruta originará enfrentamientos y enemigos, pero puede también contar con recursos muy importantes.

En el esquema constitutivo, la Secretaría de Economía se halla dotada de un presupuesto sorprendente: 4,2 millones de euros. Una suma hasta ahora nunca hecha pública, que genera descontento y tensión en los palacios sagrados. ¿Para qué sirve todo ese dinero? Vamos a examinar las cuentas. Ciertamente, el dicasterio de Pell pagará los gastos de COSEA, que costó 2,5 millones de euros. Una gran parte de esta suma sirve para abonar los honorarios de los consultores, porque todos los miembros trabajaron *pro bono*.

Aquí podemos documentar con precisión, por primera vez, los gastos generados por el trabajo de la comisión. Hay 980.000 euros para Promontory por las verificaciones en el APSA; 420.000 asignados a McKinsey por el Centro de Prensa del Vaticano; 270.000 para Oliver Wyman por los análisis sobre el fondo de pensiones; 230.000 para Ernst & Young por las comprobaciones sobre la Gobernación y 110.000 para KPMG por los procedimientos contables. Si bien los números oficiales nunca saldrán del pequeño círculo de los hombres más fieles al Papa, los gastos por las consultorías representarán la base de uno de los primeros ataques a Francisco. ¿Por qué se encargan a grupos internacionales, cuyo trabajo es tan caro? ¿Cómo puede la Santa Sede mejorar los presupuestos si termina gastando sumas tan considerables por nuevas consultorías?

Es interesante también entender cómo se gastó la otra parte de la cifra inicialmente prevista, ya que la estructura será plenamente operativa solamente un año después, en marzo de 2015, con la aprobación de los estatutos. En 2014, según algunas reconstrucciones periodísticas, se descubre que se gastaron más de 500.000 euros en viajes, ordenadores, atuendos y consultorías. Empezando por la de Danny Casey, laico, *business manager* de la archidiócesis de Sídney y amigo de siempre de Pell, que habría recibido 15.000 euros mensuales por su colaboración.

> Para Casey, la Secretaría de Economía ha alquilado un apartamento por 2.900 euros mensuales en via dei Coronari y pagado mobiliario de lujo para el despacho y la vivienda. Las datos indican, bajo la categoría «tapicería», 7.292 euros; casi 47.000 por «muebles y armarios» (entre ellos, destaca un mueble de cocina de 4.600 euros), además de otros trabajos por 33.000 euros. En la nota de gastos, el cardenal [Pell] incluyó también compras hechas en la tienda Gammarelli, sastrería histórica que desde 1798 viste a la curia de la ciudad eterna: generalmente, los purpurados pagan de su bolsillo la sotana y el capelo cardenalicio, pero esta vez la Secretaría facturó directamente ropa por 2.508 euros[11].

En realidad, Pell, aparte de su controvertida trayectoria y su evidente y discutible ligereza con los gastos en un periodo de recortes y austeridad, provoca miedo. Para muchos en la curia esta es la razón principal de los ataques en su contra. No es casualidad que el cardenal Maradiaga califique estas noticias como «calumnias: es como el marxismo —afirma— que atacaba a la persona porque no podía atacar la idea. Pell es un hombre sobrio, que no ama el lujo».

---

[11] Emiliano Fittipaldi, «I lussi del moralizzatore», *L'Espresso*, 5 de marzo de 2015.

NOTICIAS Y RUMORES VENENOSOS

Desde el día que tomó posesión de su cargo en la Secretaría de Economía, se difunden toda clase de noticias y rumores venenosos contra Pell. El objetivo es aislarlo, desacreditarlo, debilitarlo. Además, el súper proyecto de reunir los dicasterios económicos bajo su guía tarda en concretarse: la transferencia de funciones, así como el paso de la oficina del personal desde la Secretaría de Estado hacia un único centro dirigido por Pell, permanece bloqueado durante meses. Faltan las normas de actuación, que no se concretarán hasta marzo siguiente. El organigrama ha quedado sin completarse durante meses. Todo esto deja la situación de los dicasterios económicos exactamente igual que antes. Más allá de los anuncios, nada ha cambiado. Incluso los propios anuncios se minimizan: basta recordar aquel relativo al paso a la jurisdicción de Pell de la sección ordinaria del APSA que se ocupa de los inmuebles: no sucede nada.

¿La Prefectura? Según Pell, habría tenido que cerrar cuanto antes, pero permanece abierta durante todo el verano de 2015. ¿El auditor? Previsto en febrero de 2014, es nombrado dieciséis meses después, el 5 de junio de 2015. Se trata de Libero Milone, un profesional con treinta y dos años de experiencia en Deloitte, empresa de consultoría en la que ejerció también como administrador delegado para Italia. Todavía, mientras este libro se está editando, se desconoce cuál será exactamente su ámbito de acción. En el verano de 2015, se produjeron fricciones entre la Secretaría de Economía y el APSA acerca de a quién correspondía guardar el archivo, siendo doble la jurisdicción sobre los inmuebles: quién lo gestiona y quién lo vigila.

Los funcionarios del Vaticano se oponen y retrasan los proyectos de Pell y Bergoglio, convencidos de que el agotamiento deteriorará cualquier innovación y hará perder credibilidad a un Papa que realiza grandes proclamas, pero que después ve su acción obstaculizada en los pasillos del palacio. «Estos», así llama Francisco a algunos dirigentes de la Secretaría de Estado sin indicar nunca sus apellidos. «Hace un tiempo —le confía a un cardenal— se decía que la Iglesia tiene dos mil años y sobrevive incluso a los curas. Hoy, con amargura, se dirá que cierta curia malsana sobrevive incluso a los pontífices del cambio».

LIMPIEZA

Para acelerar las reformas y debilitar a la oposición que disiente, tanto en el nivel de la doctrina como en el de los cambios para la gestión financiera, Francisco lleva a cabo una modificación inexorable en la dirección de las muchas oficinas que controlan la actividad del pequeño Estado. Primero, se aprovisiona de una herramienta que lo ayude. En otoño de 2014 aprueba las normas que obligan a la renuncia, después de cumplir los setenta y cinco años, de los responsables de los dicasterios de la curia e introduce la posibilidad de que el Papa pida a un obispo la renuncia anticipada, «después de haberlo informado de los motivos de esta solicitud» y «después de haber escuchado atentamente sus razones», como se lee en el documento firmado por Parolin el 5 de noviembre de 2014.

Así, despide a muchos cardenales de la curia, como Angelo Amato, prefecto de la Congregación para las Causas de los Santos; Antonio Maria Vegliò, presidente del Pontificio Consejo para la Pastoral de los Emigrantes, o Zenon Grocholewski, prefecto de la Congregación para la Educación Católica. Y mientras se preparan los reglamentos para Pell, el Santo Padre destituye al cardenal estadounidense Raymond Leo Burke del cargo de prefecto del Tribunal Supremo de la Signatura Apostólica. Burke es nombrado patrono de la soberana orden de Malta, en realidad, un cargo honorífico. El purpurado conservador, definido irónicamente como «un címbalo que toca en el desierto» por alguno de los hombres más fieles de Francisco, es uno de los mayores enemigos del Pontífice: «Muchos fieles —afirmó después del sínodo— se sienten un poco mareados porque tienen la sensación de que la Iglesia ha perdido su rumbo».

Ya desde los primeros meses, Bergoglio empieza a despedir a los colaboradores menos estimados: además de Sciacca y Bertone, el cardenal Mauro Piacenza, que pasa de ser prefecto en la Congregación para el Clero a ocuparse de las indulgencias y dispensas en la Penitenciaría Apostólica. Piacenza era candidato a secretario de Estado en caso de ser elegido Papa el cardenal brasileño Scherer, que tampoco fue confirmado tras el paso desde el Consejo de los quince al nuevo Consejo para la Economía.

Otro prelado apartado es Versaldi, presidente de la Prefectura, nombrado en marzo de 2015 al frente de la Congregación para la Educación Católica en lugar de Grocholewski. Se retira monseñor Guido Pozzo, desvinculado del cargo de limosnero de Su Santidad para ejercer nuevamente como secretario de la Pontificia Comisión Ecclesia Dei, creada en 1988 por Wojtyla para estudiar el fenómeno del cisma provocado por el obispo conservador Marcel Lefebvre. Desde 2009 hasta 2012, Pozzo había sido secretario de la misma comisión: ahora vuelve al punto de partida. También es alejado monseñor Mariano Crociata: pasa de ser el poderoso secretario general de la Conferencia Episcopal Italiana (CEI) a simple obispo de la pequeña diócesis de Latina. Fue estrepitosa la metedura de pata de Crociata el día de la fumata blanca, cuando la CEI envió una nota para saludar la elección del cardenal Angelo Scola. Crociata es sustituido por monseñor Nunzio Galantino, que, en agosto de 2015, se enfrentó con el estamento político italiano, «harén de cooptados y listillos: un pueblo no es solo una grey para guiar y esquilar»[12]. En su punto de mira también está la línea intransigente de la Liga Norte contra la inmigración: «No busquen votos jugando con la vida de las personas»[13].

---

[12] *Lectio magistralis* sobre Alcide De Gasperi en Pieve Tesino (Trento), 18 de agosto de 2015.

[13] *Ibidem.*

También hay quien desaparece de la escena pública, como monseñor Leonardo Sapienza, desde 2002 regente de la Prefectura de la Casa Pontificia. Hoy, Sapienza no sale de su oficina en el palacio apostólico, y ya no se le ve con la misma frecuencia en la curia, al contrario de lo que debería ocurrir con un regente cuyo papel implica estar junto al Papa en todos los actos institucionales.

«JESSICA» Y LOS DEMÁS

La acción quirúrgica del Papa interviene también en la retaguardia del poder. Y se dan a conocer historias muy diferentes de las que hemos contado hasta ahora, algo que es bueno explicar. Durante meses, Francisco mantiene un silencioso tira y afloja con el decano de ceremonias pontificias, el poderoso Francesco Camaldo, desplazado a la función de simple canónico de la basílica vaticana. La noche del 13 de marzo de 2013, después de la fumata blanca, es Camaldo el prelado que se ve, en segunda fila, a la derecha del Papa en el pórtico de la basílica. Imágenes que dieron la vuelta al mundo y que incomodan a Francisco por diferentes razones. Camaldo estaba cercano al *lobby* de Diego Anemone y Angelo Balducci, exgentilhombre de Su Santidad involucrado en los escándalos de corrupción en Roma en 2010. A Balducci le confiscaron una fortuna en inmuebles valorada en trece millones de euros.

Pero no solo Balducci, Camaldo fue durante muchos años secretario del exvicario de Roma, cardenal Ugo Poletti. Aunque no están imputados, ambos aparecen varias veces en la investigación sobre Emanuela Orlandi, la joven hija de un empleado de la Prefectura de la Casa Pontificia, desaparecida a los quince años de edad, el 22 de junio de 1983, después de haber asistido a una clase de música en la basílica de San Apollinare, en Roma. Por razones misteriosas, en la cripta de la basílica reposaron durante muchos años los restos de Renatino De Pedis, supuesto cajero de la banda *della Magliana*, una organización criminal que controlaba el narcotráfico en la capital en los años ochenta. La magistratura italiana relacionó durante mucho tiempo la anómala sepultura de De Pedis con la desaparición de la chica: fue el cardenal Poletti quien autorizó esta sepultura, y se cree que fue el fiel secretario Camaldo quien tramitó el expediente.

Existe un aspecto más que debe de haber convencido a Francisco para destituir al decano, que se había convertido en una figura muy expuesta y que tenía una reputación que incomodaba a la curia. A Camaldo, en ciertos círculos de la capital —como se hizo evidente en el curso de las investigaciones de la magistratura—, se le conoce con el apodo de «Jessica». Tener a tu lado un monseñor con un sobrenombre femenino resulta impensable.

Otros prelados y cardenales también reciben motes peculiares. Está la *«Beddazza»* («tía buena»), que corresponde a un monseñor siciliano devoto del champán y los novicios; está el «Pavo real», vanidoso cardenal del norte de Italia que se hace mimar por un joven y hermoso empresario que frecuenta los sagrados palacios por razones de trabajo o «Monica Lewinsky», y así tantos otros más. Muchos exponentes del llamado *lobby gay* tienen apodos, nombres cariñosos que los identifican según el origen y los gustos sexuales. Para ellos trabajan laicos de dudosa reputación que, después de la jornada laboral, salen por la noche a buscar jóvenes en los locales de alterne de Roma para satisfacer los vicios de los altos prelados que los protegen. A cambio, reciben retribuciones o se labran carreras protegidas en los organismos vaticanos o en empresas públicas del Estado italiano, con nóminas superiores a sus funciones y capacidades.

Cabe precisar que el papa Francisco no encuentra en el Vaticano un verdadero *lobby gay*. Mejor dicho, no existe una organización homosexual estructurada que determine nombramientos, asigne licitaciones, controle ministerios, dinero, vidas y carreras. No en este sentido. En realidad, la situación es peor. La homosexualidad es vivida como un tabú, como un secreto, una debilidad inconfesable. Y se transforma en una razón de chantaje. «Muchos cardenales cultivan en secreto un vicio —explica un banquero, asesor del Vaticano, que pide conservar el anonimato—: alguno ama a un joven, alguno a una modelo, otro está cautivado por los manjares y los vinos, otros sienten avidez por el dinero. Si alguien tiene malas intenciones, basta que identifique la debilidad del purpurado y ¡bingo! Lo contentará, satisfaciendo sus exigencias, y luego será recompensado como es debido, viviendo de las rentas». ¿Pero todo esto no sucede en todas las estructuras de poder del mundo? «No, en el Vaticano se vive con la hipócrita angustia de provocar un escándalo, un miedo que condiciona las elecciones, las reacciones, y que no encuentra parangón en ningún otro lugar del mundo. Se teme que la verdad aleje a los fieles, por eso se oculta todo. Con costes altísimos. La pena es que cada secreto alimenta presiones y chantajes. Francisco está intentando romper esta situación, pero encuentra fortísimas resistencias».

Así, se habla de persecuciones a monseñores que frecuentan centros de masajes para *gays* en via Merulana o en la zona de Parioli. Alguna foto elocuente y el sacerdote caerá en desgracia. Quienes no quieren terminar enredados por los chantajes, buscan amistades y contactos en sitios *gay* que garantizan el total anonimato. Pero no es suficiente. A veces estos encuentros se transforman en verdaderas tragedias, como el del joven amante de un cardenal de la curia que se arrojó hace años desde un edificio de la administración pública de Roma, angustiado por la presiones y los chantajes padecidos por su amado purpurado.

Apenas nombrado Pontífice, Francisco lee los apuntes dejados por Benedicto XVI, el informe sobre el robo de documentos y entiende que la situación, también por lo que concierne a la moralidad de sus colaboradores, está fuera de cualquier control. Se hace entregar las nóminas y los honorarios mensuales de los consultores y descubre que hay empleados, simples funcionarios, que llegan a ganar hasta 15.000 euros al mes. «Estas sumas

—comentan los colaboradores de Bergoglio— son pruebas de amistades de tipo sexual». No se conoce la reacción del Pontífice, pero ciertamente tiene que ser muy consciente de que, desde este punto de vista, la situación, desde los tiempos de Benedicto XVI hasta hoy, no muestra signos de mejoramiento.

Epílogo
¿También dimitirá Francisco?

Una revolución inconclusa

Como ya hemos explicado, Francisco se encontró con una curia deficitaria, marcada por los escándalos, la corrupción, el robo y los intereses opacos. Una curia tan poco digna de confianza que llevó a la renuncia a Benedicto XVI y a muchos católicos a alejarse de la Iglesia. Para cambiar esta situación, Francisco recurrió a los hombres y mujeres más inteligentes del Vaticano y gastó millones de euros en profesionales laicos externos a quienes dio autoridad para poner en orden las cuentas de la Santa Sede. Un gesto de confianza poco usual. Un camino obligado. Solo así, el Papa podrá derrotar los viejos *lobbys* de poder que nacieron en tiempos de la Guerra Fría y que fueron creciendo en la sombra a lo largo de décadas. Solo así podrá recuperar una confianza plena en el futuro de una Iglesia afectada por una crisis crónica de fieles, propuestas y vocación.

De todas las reformas estudiadas durante el primer año de su pontificado, solamente unas pocas, muy pocas, lograron ponerse en marcha tal como fueron anunciadas. Se analizó mucho y se hizo poco. Esto significa sobre todo una cosa: la estrategia de Bergoglio para alejarse de los mercaderes del templo sigue, casi tres años después de su elección, inconclusa. Hasta ahora, el único proyecto que sí se concretó es el referido al ámbito de las comunicaciones, con el nacimiento del nuevo dicasterio.

En cuanto a lo demás, los planes y los cambios tan anunciados se han quedado en agua de borrajas, o bien se han iniciado solo parcialmente. Una situación que genera malestar en más de uno. No es casual que cada vez sean más los cardenales que critican al Santo Padre. Están quienes lo hacen abiertamente, como el exarzobispo de Liubliana, el esloveno Franc Rodé. «Sin lugar a dudas, el Papa es un genio de las comunicaciones. Se comunica muy bien con la multitud, los medios y los fieles», afirmó a la agencia nacional de noticias eslovena, y añadió: «Una gran ventaja de eso es que parece simpático. Por otro lado, sus opiniones relativas al capitalismo y a la justicia social son demasiado de izquierdas. Queda claro que el Papa está marcado por el ambiente del que proviene. En Sudamérica existen grandes diferencias sociales. Muchas discusiones sobre esta situación se suscitan a diario. Se trata de gente que habla mucho, pero resuelve poco». Lo mismo que el cardenal guineano Robert Sarah, prefecto de la Congregación para el Culto Divino, que en marzo de 2015, de regreso de un viaje a Francia, declaró: «También en el interior de la Iglesia católica existe cierta confusión sobre cuestiones doctrinales, morales y disciplinarias fundamentales».

Y también están los que manifiestan su desacuerdo con gestos más o menos explícitos, como por ejemplo Gerhard Ludwig Müller, prefecto de la Congregación para la Doctrina de la Fe, que se negó a participar en una misa por no compartir algunas interpretaciones teológicas del Santo Padre, o Camillo Ruini, expresidente de la Conferencia Episcopal Italiana, que, por disentir con la posición del Papa relativa a los divorciados que han vuelto a contraer matrimonio, se negó a estrechar la mano de Francisco después del sínodo de octubre de 2014.

A su vez encontramos a quienes se pronuncian a través de verdaderos manifiestos, como los cinco cardenales —el ya citado Müller; Raymond Leo Burke; el exnúmero uno de la Prefectura, Velasio De Paolis; el italiano Carlo Caffarra y el austríaco Walter Brandmüller— que suscribieron el documento «Permanecer en la verdad de Cristo», en desacuerdo total con la idea de que los divorciados puedan recibir los sacramentos. Sin olvidar nutridos grupos de obispos, ya sea en Italia —muchos de los cuales tienen como referencia a Angelo Bagnasco—, ya sea en Alemania, como Gregor Maria Hanke, Konrad Zdarsa, Rudolf Voderholzer y Wolfgang Ipolt.

Examinemos ahora los cambios, empezando por la Secretaría de Economía encabezada por el cardenal Pell, que debía alcanzar el objetivo de una gestión unificada de todas las finanzas. Así lo quería Francisco; sin embargo, a día de hoy, aún no se ha realizado. Una muestra de ello es su organismo gemelo, la Secretaría de Estado, que conserva el control pleno de los recursos que ya dominaba en el pasado, como el Óbolo de San Pedro, el generoso flujo de dinero proveniente de las diócesis de todo el mundo que debería destinarse a sostener la misión pastoral de la Iglesia y que, por el contrario, se dedica a cubrir las pérdidas de las diversas áreas de la curia. La administración de los fondos del Óbolo debería haber quedado bajo la órbita de la Secretaría de Economía, pero la resistencia de los departamentos a cargo de Parolin resulta evidente. Además, entre Pell y Parolin nunca ha habido una verdadera colaboración, sino más bien todo lo contrario, se han sucedido frecuentes y acalorados encontronazos, como los que se registraron en diciembre de 2014 y febrero de 2015, cuando Pell difundió algunos datos sobre fondos extracontables que afloraron en el transcurso de las investigaciones de los meses precedentes. «En el consistorio expliqué que hasta la fecha [13 de febrero de 2015] existen 442 millones de activos adicionales en las distintas áreas (registrados en los presupuestos de 2015), y esos fondos deben sumarse a los 936 millones que habíamos identificado en un primer momento». En total, por tanto, se trata de 1.400 millones de euros no incluidos en los registros contables. Y ahí llega la estocada a Parolin: «Ni siquiera la propia Secretaría de Estado sabía que no era la única que tenía ahorrado tanto dinero para las malas épocas». Algunos vaticanistas interpretaron esas declaraciones como un ataque a Parolin, hasta tal punto que la oficina de prensa vaticana se vio obligada a emitir aclaraciones y rectificaciones para demostrar que no se trataba de fondos de dinero negro, sino no contabilizados, como ya hemos relatado aquí. El hecho más relevante, sin embargo, era otro: sacar a la luz una suma tan abultada de dinero que hasta el momento no figuraba en las cuentas oficiales, y que recortaba muchos recursos, permitía limitar el poder discrecional de quienes, hasta ese momento, habían controlado esos fondos sin rendirle cuentas a nadie.

Pero analicemos también el resto de organismos y entidades. La Gobernación sigue siendo autónoma, al igual que Propaganda Fide y el APSA. Si bien es cierto que desde julio de 2014 el APSA perdió la gestión de los alquileres de su propio patrimonio, algo que fue cedido a Pell, aún controla la propiedad de esos bienes. También en este caso, las fricciones entre el equipo de Pell y el del cardenal Calcagno están a la orden del día. El último enfrentamiento registrado data de entre julio y agosto de 2015, con el enésimo pulso entre el APSA y la Secretaría de Economía sobre quién debía controlar el archivo de los usos referidos al inmenso patrimonio inmobiliario de la Santa Sede: un archivo histórico tan importante como imposible de calcular. Esas carpetas guardan los secretos sobre la venta y ubicación de los palacios y viviendas de los amigos de los amigos. ¿A quién le corresponde por tanto la gestión de este archivo? ¿Al APSA, propietaria de todo el conjunto de bienes, o a los hombres del cardenal australiano que quieren que el alquiler de esos inmuebles genere beneficios? Una nueva ocasión para el enfrentamiento y la falta de entendimiento.

Otra medida prevista que quedó en el limbo es la del censo y tasación del patrimonio artístico, uno de los frentes más ambiciosos abiertos por COSEA en el que nunca se ha profundizado. Lejos también de concretarse quedó la reforma de las pensiones de los empleados, un elemento imprescindible para evitar la pérdida de más de ochocientos millones de euros descubierto por COSEA. Se encuentran completamente obstaculizados todos los proyectos referidos a la sanidad y a la creación de un centro único de recursos humanos. El secretario de Estado, Parolin, ha tomado a su cargo la coordinación de las distintas oficinas de personal, pero nos encontramos muy lejos de la indispensable centralización. Aunque así se evitaría la existencia de tantos pequeños feudos, se ve que la fragmentación favorece intereses y privilegios espúreos.

Con un año de retraso empezó a funcionar, no obstante, la oficina del auditor, punto de control de todos los presupuestos. Depende directamente del Papa, pero todavía quedan por definir su papel y responsabilidades a través de la aprobación de las regulaciones que le permitirán completar su funcionamiento. Pasos adelante en materia contable destinados a obtener, finalmente, presupuestos homogéneos y, sobre todo, creíbles.

RESISTENCIAS, SABOTAJES Y PISTAS FALSAS

Tal vez Francisco no llegó a imaginar nunca que iba a encontrarse con una situación tan enquistada, ni con resistencias tan feroces. Sacar a la luz componendas y negociados no resulta una tarea fácil, ni siquiera para un monarca absoluto como el Papa. Para empezar, es difícil reunir las pruebas: en el Vaticano nadie denuncia, nadie confía y son pocos los que abren la boca. Además, esa perversa maquinaria tiene la acentuada e inquietante habilidad de mimetizarse y de reaccionar. El motor de las reformas de Francisco es blanco permanente de las más variadas operaciones de desinformación y de lisos y llanos intentos de sabotaje: no solo cartas anónimas, furtivas o veladas amenazas como la ya mencionada reaparición de las cartas de Michele Sindona, sino también verdaderas operaciones criminales, como las escuchas ilegales.

Historias que emergen periódicamente como ríos subterráneos y que dejan consternada a la pequeña comunidad vaticana. El último caso se conoce en marzo de 2015 y ocurre en el interior de los palacios pontificios, aunque, como suele suceder, poco o nada se filtra extramuros. Y no es que no haya motivo de alarma. Se descubren micrófonos ocultos en algunas dependencias de la Prefectura. Un sistema de micrófonos que «manos desconocidas» habían colocado en coches, despachos y viviendas de los sacerdotes que trabajaban en esa dependencia. No se trata de sacerdotes y monseñores como los demás. Como hemos visto, la Prefectura es el corazón de los controles internos del sistema financiero de la Santa Sede. ¿Quién puso esos micrófonos? ¿Con qué objetivo? Esas son las preguntas que desconciertan durante semanas a cardenales y monseñores. La noticia también cae como una bomba en la Secretaría particular de Francisco. Y hay un detalle que complica aún más el asunto: no todos los micrófonos encontrados eran reales. Algunos resultaron ser un engaño, elementos electrónicos rudimentarios, como si se tratase de un mensaje, una advertencia a quienes trabajan para el Papa.

A estas alturas, surgen espontáneamente otros interrogantes que corren el riesgo de quedar sin respuesta. ¿Por qué instalar micrófonos que solo aparentan serlo? ¿Quizá para dar a entender que quien los coloca puede entrar donde se le antoje y cuando se le antoje? Otro misterio: la Gendarmería. Hasta donde hemos podido reconstruir, no participa de las investigaciones. ¿Por qué? ¿Por qué no denunciar el hecho ante la policía interna del pequeño Estado, cuya tarea es identificar a los responsables de cualquier actividad ilegal dentro de la Santa Sede?

Interrogantes que socavan la confianza de quienes han decidido colaborar con Francisco porque creen en su mensaje. Interrogantes que hacen que este Papa llegado de la periferia del mundo decida moverse aún con más cautela. No es casualidad que todo el bloque de cardenales italianos, a quienes se considera de algún modo responsables de tantas crisis surgidas a lo largo de los años, haya logrado oponerse con éxito a la determinación del Papa argentino durante algunos meses. Es cierto que muchos de ellos fueron destituidos, pero no todos. Bertello sigue encabezando la Gobernación, Calcagno lidera el APSA y Versaldi, que hasta hace muy poco tiempo continuaba al frente de la Prefectura, ha puesto rumbo a su nuevo cargo de prefecto de la Congregación para la Educación Católica, una de las más importantes.

Las acciones de Francisco nunca son fortuitas. Su estrategia es más sutil. El Papa espera pacientemente que muchos den un paso atrás al alcanzar el límite de edad. Mientras tanto, los pone bajo la tutela de personas de su confianza, como el obispo español Fernando Vérgez Alzaga. Ascendido a secretario de la Gobernación, Vérgez Alzaga fue un hombre cercano al cardenal argentino Eduardo Francisco Pironio durante muchos años. Pironio es uno de los purpurados con los que Bergoglio se complacía de encontrarse durante sus visitas al Vaticano en las décadas de 1980 y 1990. Francisco no parece darle importancia a que un monseñor o un cardenal pertenezcan a organizaciones como el Opus Dei, los Legionarios de Cristo o los Focolares. Bergoglio se asegura, antes que nada, de la independencia, confiabilidad y línea de continuidad de varios purpurados. Aquel que no pasa la prueba, se queda fuera.

Cuentan que una vez Francisco encontró a un monseñor que ocupaba un cargo de mucha responsabilidad en actitud poco acorde con el hábito que representaba. Sin hacer aspavientos, le dijo apenas siete palabras: «Desde mañana estarás fuera, después, veremos dónde». Solo Francisco sabe si la historia es cierta o es parte de las leyendas urbanas que se tejen en torno a su persona, pero resulta muy creíble: se corresponde con el carácter de este Papa.

DIVIDE Y VENCERÁS

De todos modos, sería simplista y engañoso reducirlo todo a una división entre dos mundos: el de Francisco, que con Pell, Zahra y De Franssu —a cargo del IOR desde julio de 2014—, quieren impulsar la reforma, y el de la curia «italiana», que pone obstáculos y resiste. La situación es mucho más compleja y comprometida. El ejemplo más evidente es, quizá, el proyecto de Administración de Activos Vaticanos (VAM) propuesto por De Franssu para revalorizar los bienes del Vaticano.

El VAM tuvo fundamentalmente dos versiones. En la primera, el proyecto proponía reunir todo el patrimonio inmobiliario del Vaticano para constituir una especie de fondo soberano. Luego fue propuesto para gestionar parte de las inversiones del IOR en una sociedad de inversión de capital variable en Luxemburgo. De Franssu ya había hablado mucho de este tema con el objetivo de sumar apoyos cuando era consejero de COSEA, allá por enero de 2014. Fueron numerosas las cenas y reuniones con monseñor Wells, de la Secretaría de Estado, y con Ernest von Freyberg, por entonces jefe del IOR. De Franssu encontró apoyo en Zahra, a quien conocía de cuando trabajaban juntos para Misco, la sociedad maltesa perteneciente al presidente de COSEA que se creó para incentivar las inversiones italianas en la pequeña isla del Mediterráneo. COSEA se une entonces a la batalla y De Franssu lleva el proyecto del VAM ante el consejo directivo del IOR, presidido por el cardenal Santos Abril y Castelló. Pero el anciano purpurado rechaza la idea. El proyecto, sin embargo, es uno de los que De Franssu considera fundamentales para su futuro. Y no se detiene: decide recurrir directamente al Pontífice.

El proyecto del VAM termina de ese modo en el escritorio del Papa, en su pequeña habitación de Santa Marta. No obstante, a finales de mayo de 2015, el Pontífice también desestima la idea y confirma la elección de su cardenal amigo. El Santo Padre no quiere dejar demasiado poder en manos de pocas personas. *Divi-*

de et impera (Divide y vencerás) afirmaban los latinos de la antigua Roma, y aún hoy la expresión tiene total vigencia: para gobernar hay que dividir el poder entre los súbditos. Además, durante 2015 la confianza de Francisco en De Franssu fue decayendo mes a mes, no tanto porque apenas dos años antes el propio Bertone lo señalase como su candidato para presidir el IOR en sustitución de Ettore Gotti Tedeschi, sino por ciertas informaciones que llegaban a Santa Marta, como la contenida en un informe muy detallado que recibió el Papa en junio de 2014 sobre las relaciones de De Franssu y Zahra, y las relaciones entre este último y el estudio de Francesco Vermiglio en Mesina, para quien trabaja el nuevo referente del Consejo para la Economía. Relaciones absolutamente transparentes y legítimas, pero que hicieron reflexionar al Papa argentino sobre el riesgo de transferir demasiado poder a manos de los laicos.

Otra piedra en el zapato terminaron siendo las propias firmas auditoras a las que se encargó diseñar la nueva estructura de la curia en 2013 y 2014. La estadounidense Promontory, por ejemplo, recibió algunas de las tareas más difíciles, como el control de las cuentas del IOR. Promontory debía ser una garantía en sí misma dada la relevancia de su fundador y presidente, Eugene A. Ludwig, amigo y compañero de estudios del expresidente estadounidense Bill Clinton, con quien colaboró entre 1993 y 1998. Después de una larga carrera, muchos ejecutivos de esa firma asumieron cargos importantes en organismos federales norteamericanos, tanto que las malas lenguas del Vaticano y los conspiranoicos creen ver en Promontory la *longa manus* de la CIA.

En la Santa Sede no faltaron las críticas a la poderosa firma estadounidense por decisiones que se juzgaron incongruentes. Como muestra, recordemos la planteada por un prelado que prefirió mantenerse en el anonimato y que fue entrevistado en junio de 2015 por el periodista Paolo Mondani en el programa televisivo *Report:* «Para ser transparente hay que contar con un auditor independiente que certifique todas las cuentas. Actualmente, quien revisa las cuentas del IOR es la firma estadounidense Promontory, que, como está contratada por el IOR, dirá lo que al IOR le interese que diga. Además, el hijo de De Franssu ocupa un puesto en Promontory». Se trata de Louis Víctor de Franssu, que, tras licenciarse en la universidad católica estadounidense de Notre Dame (Indiana), colaboró en la filial londinense de Goldman Sachs y fue asistente parlamentario de la Cámara de los Comunes del Reino Unido antes de ingresar en Promontory. Allí se ocupa del control de riesgo y de la adecuación de las empresas a los marcos legales y regulatorios.

Por si esto fuera poco, algunas semanas después aparece en primera plana de los periódicos norteamericanos la noticia de que el Departamento de Servicios Financieros ha denunciado precisamente a Promontory por su presunta participación en la transferencia de fondos a Irán desde la filial neoyorquina del banco inglés Standard Chartered, un hecho ocurrido en 2011, cuando pesaba sobre el país asiático el embargo financiero. La denuncia de los Servicios Financieros genera cierto temor en los palacios pontificios dada la cantidad de información sensible a la que tuvo acceso Promontory durante su auditoría sobre el IOR. Como consecuencia, durante el verano de 2015 se dispone un control en profundidad de todas las consultas aún vigentes con firmas auditoras para interrumpir todas aquellas que no fuesen imprescindibles.

Otro de los frentes que todavía sigue abierto es el del IOR. En este libro solo hemos mencionado el tema de pasada, ya que no era objeto de la amplia investigación impulsada por COSEA, punto central al que nos hemos dedicado. El banco vaticano sigue siendo en la actualidad un ámbito que muchos consideran impenetrable. Ciertamente no puede decirse que el IOR sea una entidad desconocida, como ocurría durante los pontificados de Wojtyla —cuando ni siquiera presentaba balances y blanqueaba dinero de la corrupción— o Benedicto XVI, pero la banca vaticana está aún muy lejos de poder ser considerada una entidad fiable. Los organismos internacionales de control se han expresado positivamente sobre los sistemas de transparencia implementados, pero Francisco alimenta un profundo desconcierto. Todavía no se ha intervenido de manera directa sobre la estructura interna. Muchos funcionarios y dirigentes de la vieja guardia se mantienen en puestos de importancia. Y se teme que ocurra lo mismo que sucedió con el expresidente Gotti Tedeschi: que la malversación de fondos continúe sin que la cúpula del banco lo sepa. Cambiar las leyes y los hombres al mando, por tanto, no resulta suficiente. También aquí se necesitará tiempo.

¿PODRÁ EL PAPA GANAR LA BATALLA?

Es difícil responder con algún grado de certeza. Quien escribe considera que el proyecto de Francisco es impostergable y necesario, pero afirmar que tendrá éxito y que podrá llevar a término la ambiciosa misión que se ha propuesto es una cuestión muy distinta. Existen demasiados intereses en juego, ya sea intramuros como extramuros. Las organizaciones mafiosas siempre han combatido a quienes procuran acabar con esos sistemas delictivos capaces de blanquear ingentes sumas de dinero y de convertir en lícitas y aparentemente normales las realidades financieras provenientes del blanqueo. No por nada, los magistrados italianos, profundos conocedores de las mafias —como el procurador adjunto, Nicola Gratteri—, han manifestado muchas veces su temor por la integridad física del Papa. Pero Francisco afronta un camino inevitable, y ciertamente el Pontífice no se dejará intimidar, a menos que las presiones se vuelvan tan insoportables que le obliguen a renunciar, como cada tanto se filtra a modo de provocación. Precisamente él, este Papa grande, único, que día a día debe hacer un recuento de sus amigos para no quedarse solo.

CRONOLOGÍA ESENCIAL DE LOS PRINCIPALES HECHOS NARRADOS EN ESTE LIBRO

2013 *11 de febrero.* Benedicto XVI renuncia como Papa de Roma. A partir del 28 de febrero la sede de San Pedro quedará vacante.

13 de marzo. Jorge Mario Bergoglio es elegido Papa de la Iglesia católica. Escoje el nombre de Francisco y ocupa el número 266 en la lista de los pontífices.

16 de marzo. Declaraciones del papa Francisco: «¡Cómo me gustaría una Iglesia pobre y para los pobres!».

13 de abril. Francisco nombra una comisión de ocho cardenales para reformar la curia romana.

24 de junio. El Papa crea la comisión pontificia para analizar las actividades del IOR. La preside el cardenal Raffaele Farina.

27 de junio. Los auditores internacionales escriben al Papa, «sub secreto pontificio», denunciando irregularidades y puntos oscuros en las cuentas de la curia.

3 de julio. Frente a los jerarcas de la Iglesia, Francisco, en un encuentro reservado, denuncia la gravedad de la situación financiera y los riesgos futuros.

18 de julio. Se constituye la comisión COSEA (Comisión encargada de la organización de la estructura económico-administrativa de la Santa Sede), instituida por Francisco para controlar las finanzas vaticanas. El presidente es el economista maltés Joseph F. X. Zhara. Solo hay un representante italiano (mujer), Francesca Immacolata Chaouqui.

5 de agosto. COSEA bloquea cuatrocientas cuentas corrientes del IOR.

Octubre. COSEA encuentra continuas dificultades en su investigación y no obtiene la información que requiere.

2 de diciembre. COSEA pide al Papa su intervención por las irregularidades descubiertas en la gestión del Óbolo de San Pedro.

18 de diciembre. Entrega del presupuesto previsto por la Santa Sede para 2014. Falta la aprobación. La tensión suscitada por las investigaciones de COSEA aumentan. Obstáculos, silencios, negaciones.

2014   *16 de enero.* Carta alarmante del presidente de COSEA, Zhara, a Francisco.

22 de enero. Reunión para abordar el enorme agujero existente en el sistema de pensiones: están en riesgo las pensiones de los trabajadores del Vaticano. Son necesarias drásticas correcciones.

30 de enero. La Secretaría de Estado entrega a COSEA un expediente de veintinueve páginas sobre cuentas secretas.

18 de febrero. COSEA entrega al Papa un documento secreto de seis páginas que esboza cómo «revolucionar» el Vaticano. Los cardenales son conscientes de todas las anomalías descubiertas por la comisión.

21-22 de febrero. Francisco celebra su primer consistorio y nombra por primera vez diecinueve cardenales: dieciséis electores y tres con más de ochenta años.

24 de febrero. Reunión decisiva. Francisco presenta el Consejo de los quince (que será sustituido por el Consejo para la Economía, con siete miembros laicos entre los quince miembros) la nueva organización de la curia, y nombra al cardenal australiano, George Pell, primer prefecto de la Secretaría de Economía.

30 de marzo. Durante la madrugada son robados documentos de COSEA, que estaban custodiados en los archivos de la Prefectura. Se abren armarios blindados y cajas fuertes.

8 de julio. Francisco atribuye a la Secretaría de Economía las competencias de la sección ordinaria del APSA que se ocupa de los inmuebles.

Julio-agosto. Francisco da vía libre a la reforma sobre la gestión de los bienes muebles e inmuebles de la Santa Sede. El inmenso patrimonio del Vaticano se pondrá bajo la tutela del VAM (Administración de Activos Vaticanos).

2015 *Marzo.* Se descubren teléfonos pinchados en las oficinas de la Santa Sede.

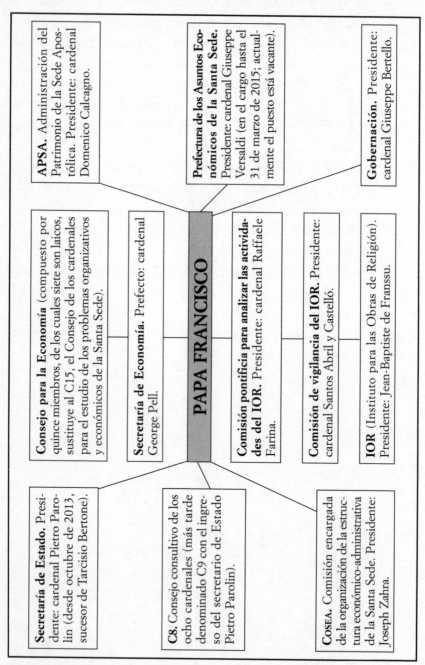

Organigrama de las principales estructuras que controlan y/o administran las finanzas vaticanas.

APSA. Administración del Patrimonio de la Sede Apostólica. Presidente: cardenal Domenico Calcagno.

Prefectura de los Asuntos Económicos de la Santa Sede. Presidente: cardenal Giuseppe Versaldi (en el cargo hasta el 31 de marzo de 2015; actualmente el puesto está vacante).

Gobernación. Presidente: cardenal Giuseppe Bertello.

Consejo para la Economía (compuesto por quince miembros, de los cuales siete son laicos, sustituye al C15, el Consejo de los cardenales para el estudio de los problemas organizativos y económicos de la Santa Sede).

Secretaría de Economía. Prefecto: cardenal George Pell.

PAPA FRANCISCO

Comisión pontificia para analizar las actividades del IOR. Presidente: cardenal Raffaele Farina.

Comisión de vigilancia del IOR. Presidente: cardenal Santos Abril y Castelló.

IOR (Instituto para las Obras de Religión). Presidente: Jean-Baptiste de Franssu.

Secretaría de Estado. Presidente: cardenal Pietro Parolin (desde octubre de 2013, sucesor de Tarcisio Bertone).

C8. Consejo consultivo de los ocho cardenales (más tarde denominado C9 con el ingreso del secretario de Estado Pietro Parolin).

COSEA. Comisión encargada de la organización de la estructura económico-administrativa de la Santa Sede. Presidente: Joseph Zahra.

DOCUMENTOS

SUB SECRETO PONTIFICIO

Beatissimo Padre,

abbiamo sinceramente apprezzato l'opportunità di prendere parte alla Santa Messa da Lei celebrata martedì 18 giugno. Siamo stati particolarmente colpiti dalla Sua omelia e dalla Sua esplicita esortazione, rivolta a tutti i presenti, ad essere coraggiosi e franchi. Questo ammonimento ci ha spinti a scrivere la presente lettera. Siamo membri del Consiglio dei Revisori Internazionali della Prefettura degli Affari Economici della Santa Sede. Le stiamo scrivendo, tuttavia, in virtù della nostra personale, e non "ufficiale", possibilità di condividere con Lei le preoccupazioni riguardanti l'attuale situazione finanziaria del Vaticano e per proporre consigli su future riforme. Ciò non vuol dire che il Presidente e i collaboratori della Prefettura non siano d'accordo, parzialmente o totalmente, con le nostre preoccupazioni e raccomandazioni. Ciononostante, sentiamo di doverLe scrivere a titolo personale per esprimere i nostri punti di vista sollevando la Prefettura da ogni responsabilità derivante dalla nostra schiettezza e sincerità, che manca dello stile "diplomatico" generalmente presente nei documenti della Curia. Ci scusiamo in anticipo se il nostro atteggiamento può sembrare presuntuoso.

Secondo il nostro punto di vista, le problematiche finanziarie più urgenti sono le seguenti:

1. C'è una quasi totale assenza di trasparenza nei bilanci sia della Santa Sede che del Governatorato. Questa mancanza di trasparenza rende impossibile fornire una stima eloquente della reale posizione finanziaria sia del Vaticano nel suo insieme che delle singole entità di cui è composto. Questo implica anche che nessuno possa considerarsi realmente responsabile della gestione finanziaria. Inoltre, mentre è vero che i bilanci coprono le aree specificate nei regolamenti vigenti, è altrettanto vero che non tutte le attività vaticane sono incluse in essi. Sappiamo solo che i dati presi in esame mostrano un andamento davvero sfavorevole e sospettiamo fortemente che il Vaticano, nel suo complesso, abbia un serio deficit strutturale. Correggere questa situazione richiede impegno, ma ancor più richiede che ogni ente operante all'interno del Vaticano segua concretamente i requisiti di elaborazione e trasmissione dei dati piuttosto che ignorarli, come spesso accade oggi.

2. La gestione finanziaria generale all'interno del Vaticano può essere definita, nella migliore delle ipotesi, scarsa. Prima di tutto, i processi di pianificazione e di determinazione del budget sia nella Santa Sede che nel Governatorato, sono senza senso, nonostante la presenza di chiari requisiti definiti all'interno dei regolamenti vigenti. Inoltre, in molti uffici, non c'è una netta separazione di incarichi finanziari; questo comporta che, in generale, le stesse persone siano responsabili di decisioni finanziarie, dell'attuazione delle stesse, della registrazione delle transazioni e della comunicazione dei risultati alle Superiori Autorità. Nel migliore dei casi, ne scaturisce una limitazione nel controllo delle irregolarità, nell'individuazione di errori, nell'identificazione di opportunità di miglioramento nonché nelle modalità di incremento dell'efficienza. Queste carenze sono ben visibili nel settore immobiliare, dove per diversi anni i revisori esterni del Vaticano hanno commentato negativamente il (mancato) sistema di controllo, la difficoltà nel riscuotere i canoni d'affitto dovuti e altre questioni attinenti. Problemi simili esistono in fase di approvvigionamento di beni e servizi. Siamo anche preoccupati per il Fondo Pensioni, per il quale non esistono analisi attuariali professionali. Tale realtà sembra suggerire che l'atteggiamento rappresentato dalla formula *"le regole non mi riguardano"* prevalga come minimo in una parte del Vaticano.

3. I costi sono fuori controllo. Questo si applica in modo particolare ai costi del personale, ma si estende anche al di là del personale stesso. Ci sono diversi casi di duplicazione delle attività laddove, invece, un accorpamento potrebbe garantire significativi risparmi e migliorare la gestione dei problemi. Saremmo, però, piuttosto preoccupati se questo accorpamento si verificasse prima di aver messo in atto un miglioramento della pianificazione, della determinazione del budget, dei processi di controllo e rendiconto, perché in questo modo si svilupperebbe la possibilità di incrementare gravi perdite dovute a irregolarità. Questo è ancor più

Carta de denuncia de los revisores internacionales de la Prefectura al papa Francisco en la que se señalan derroches, agujeros en los balances, mala gestión y gastos fuera de control de las finanzas vaticanas (27 de junio de 2013).

rischioso nella gestione della liquidità e degli investimenti nonché in fase di approvvigionamento, fase in cui un maggiore accentramento della gestione sarebbe sì vantaggioso, ma potrebbe comportare rischi talmente grandi da non giustificare tale operazione di centralizzazione. In altre aree sembra ci sia semplicemente una ritrosia a cambiare il modo tradizionale di procedere, nonostante l'enorme potenziale che ne scaturirebbe a livello di risparmio.

4. Non siamo riusciti a identificare chiare linee-guida da seguire circa gli investimenti del capitale finanziario – titoli accettabili, limite massimo (e in alcuni casi minimo) di classi differenti di pacchetti azionari, affidabili criteri di gestione del rischio, e altri aspetti simili. Questo è un grave limite e lascia troppo spazio alla discrezione dei vari amministratori, aspetto che, a sua volta, non fa che aumentare il livello generale del rischio. La situazione, che è applicabile agli investimenti di Santa Sede, Governatorato, Fondo Pensioni, Fondo Assistenza Sanitaria e altri fondi gestiti da enti autonomi, dovrebbe essere immediatamente migliorata.

Raccomandiamo con forza di effettuare una riorganizzazione dei processi finanziari adeguandoli a criteri di gestione del rischio che si avvicinino il più possibile agli standard introdotti in alcune aree del settore finanziario globale. Gli amministratori dei vari uffici o enti devono assumersi con chiarezza la responsabilità di preparare i budget e attenersi ad essi in modo più realistico ed effettivo. Deve essere effettuata, inoltre, da parte di un organismo gestionale separato, una seria supervisione e verifica di tutti gli enti. Una terza entità dovrebbe svolgere una revisione interna e indipendente, da effettuarsi senza preavviso.

Abbiamo ripetuto sostanzialmente gli stessi commenti per anni e, in realtà, ci sono stati dei miglioramenti. Ma sono così lenti Crediamo che, quasi certamente, gli studi organizzativi attualmente in corso non possano determinare le fondamentali e necessarie riforme, a meno che queste problematiche finanziarie non vengano affrontate simultaneamente. Infatti, se il consolidamento non fosse accompagnato da un miglioramento del sistema di controllo, i rischi finanziari generali potrebbero addirittura aumentare.

Sappiamo di aver presentato forti, e in alcuni casi, severi consigli e suggerimenti. Sinceramente speriamo che Vostra Santità capisca che agiamo in questo modo in quanto spinti dall'amore per la Chiesa e dal sincero desiderio di aiutare a migliorare l'aspetto temporale del Vaticano. Siamo totalmente a disposizione di Vostra Santità o della Commissione dei Cardinali chiamati ad esaminare queste problematiche, per qualsiasi tipo di collaborazione o chiarimento dei punti sopra trattati.

Il Dott. Prato firmerà questa lettera a rappresentanza di tutto il Consiglio dei Revisori Internazionali.

Imploriamo su noi tutti e le nostre famiglie la Sua apostolica benedizione mentre ci confermiamo

della Santità Vostra umili e devotissimi figli

A Sua Santità
Papa Francesco
Felicemente Regnante

Esempi scoperti durante il lavoro di COSEA

- L'ultima revisione attuariale del Fondo Pensioni condotta nel 2011 stima un deficit di EUR 40m, l'esame condotto da COSEA mostra un deficit di almeno EUR 700-800m (**Fondo Pensioni**)

- Il reddito locativo delle unità immobiliari di Propaganda Fide potrebbe essere più alto del 50% aumentando gli affitti a valori di mercato per tutti gli affittuari esterni (**Beni Immobiliari**)

- Ci sono somme significative di denaro, proprietà e altri beni che non sono registrate nei bilanci annuali di Santa Sede: un'analisi di 4 entità campione mostra una quantità di almeno EUR 93m non registrati al 31 dicembre 2012 (**Procedure Contabili**)

- Durante gli ultimi 2 anni ci sono state perdite di EUR 1.6m per via di differenze di magazzino (beni che non sono stati trovati durante il conteggio degli stock in magazzino) (**Governatorato**)

- Un postulatore laico richiede un pagamento di EUR 40k per condurre un'investigazione iniziale prim'ancora di cominciare il processo di canonizzazione (**Causa dei Santi**)

- Di 60 clienti APSA, 60% hanno massimo 4 titoli nel loro portafoglio, quindi illustrando una totale assenza di diversificazione di investimenti e un tasso di rischio molto alto nei portafogli (**APSA**)

- Non esiste nessuno nel Vaticano che controlli il numero totale e i costi di tutti i dipendenti Vaticani (**Strategia HR**)

- ~80% dei Certificati di Deposito dell'APSA, per un valore di EUR 204m, sono investiti in 1 emittente, Banca Prossima, che porta a un alto rischio finanziarió (**Gestione Patrimoniale**)

- Il Governatorato e l'APSA utilizzano 2 sistemi informatici – implementati negli ultimi 2 anni – completamente diversi per la contabilità (**Struttura Futura**)

FONTE: COSEA

C.O.S.E.A. | 6

Principales críticas surgidas tras la investigación de la comisión Cosea y sometidas al Consejo de los Cardenales el 18 de febrero de 2014.

In riferimento alla richiesta d'informazioni da parte della Pontificia Commissione Referente di Studio e di Indirizzo sull'organizzazione della struttura economico-amministrativa della Santa Sede di cui all'allegato della lettera del 30 gennaio 2014, si fa presente quanto segue, rispondendo punto per punto alle domande:

Sub 1. Obolo di San Pietro: consiste nella tradizionale colletta delle offerte raccolte nella solennità dei Santi Pietro e Paolo. Essa è affidata ad uno specifico Ufficio della Sezione per gli Affari Generali della Segreteria di Stato che è incaricato di gestire la raccolta delle offerte per le opere caritative del Santo Padre e per la Santa Sede (Canone 1271 e Contributi). L'Obolo di San Pietro, in particolare, comprende:

- la raccolta effettuata in occasione della solennità dei Santi Pietro e Paolo in tutte le diocesi del mondo;

- Le offerte consegnate durante le celebrazioni ai diretti collaboratori del Santo Padre, o a Lui inviate, ad eccezione di quelle per le quali viene indicata una diversa finalità istituzionale (ad es., le PP.OO.MM., Basilica di San Pietro, Elemosineria Apostolica, etc...).

Alla raccolta delle offerte partecipano attivamente ed in misura rilevante le sedi delle Rappresentanze Pontificie all'estero. La rendicontazione e l'analisi della colletta viene fatta annualmente dall'Ufficio Obolo di San Pietro e presentata in occasione della Riunione del Consiglio di Cardinali per lo studio dei problemi organizzativi ed economici della Santa Sede. Essa, ad oggi, viene utilizzata per le iniziative caritative e/o specifici progetti segnalati dal Santo Padre (€ 14,1 milioni nel 2012), per la trasmissione di offerte con specifica finalità (€ 6,9 milioni nel 2012) e per il mantenimento della Curia Romana (€ 28,9 milioni nel 2012).

- Bilancio degli anni 2011 – 2012 - *(valori espressi in Euro)*

ENTRATE	Anno 2011	Anno 2012
Obolo di San Pietro	50.785.114,06	53.263.344,15
Interessi	3.168.398,60	2.979.015,89
Totale entrate	53.953.512,66	56.242.360,04

USCITE	Anno 2011	Anno 2012
Donazioni del Santo Padre *	7.500.567,17	14.144.872,41
Trasmissione offerte per specifiche finalità	9.249.486,87	6.912.208,46
Copertura disavanzo	31.754.157,31	28.886.015,07
Totale uscite	48.504.211,35	49.943.095,94
Acc.to al fondo Obolo	5.449.301,31	6.299.264,10

Donazioni del Santo Padre * dettaglio	Anno 2011	Anno 2012
• Latinitas		3.000,00
• Guardia Svizzera Pontificia	13.800,00	0,00
• Tip. Vat. Ed. L'O.R.	5.270.116,39	5.559.960,88
• Biblioteca Ap. Vat.	0,00	1.000.000,00
• Fondazioni	162.000,21	309.277,91

Documento reservado de la Secretaría de Estado relativo a las cuentas de la beneficencia (años 2011 y 2012) con las sumas del Óbolo de San Pedro, que no terminan en obras de caridad sino que sirven para tapar los agujeros financieros de la curia (30 de enero de 2014).

c/contributi		
• Obolo c/erogazioni	2.054.650,57	7.272.633,62
Totale	7.500.567,17	14.144.872,41

• Ammontare delle riserve, dettagli di dove sono tenute e chi le gestisce - *(valori espressi in Euro)*

DESCRIZIONE	Anno 2011	Anno 2012
Fondo Obolo di San Pietro	371.577.649,28	377.876.913,38
Totale	371.577.649,28	377.876.913,38

• Distribuzione - *(valori espressi in migliaia di Euro)*

DESCRIZIONE	Anno 2011	Anno 2012
A.P.S.A.	33.239	30.580
CREDIT SUISSE	41.317	46.585
CREDINVEST	21.082	12.290
CREDITO VALTELLINESE	351	359
FINECO	82.641	78.555
FONDI RR.PP.	47.985	40.134
INTESASANPAOLO	9.791	10.299
I.O.R.	53.743	89.569
MERRILL LYNCH	53.111	58.059
MPS	3.475	3.618
POSTE ITALIANE	4.074	4.656
UNICREDIT	2.599	3.949
Totale	353.408	378.653

Sub 2. Panoramica globale dei flussi

• Descrizione di come viene chiuso il gap tra il totale delle entrate e le uscite

Si uniscono degli schemi riepilogativi della situazione finanziaria della Segreteria di Stato, per gli Anni 2011 – 2012 (cfr. allegato) dai quali si evidenzia che il 2012 si è chiuso con un disavanzo finanziario di -€ 28,9 milioni, dato dalla differenza

di entrate per € 92,8 milioni, costituite da:

- € 22.347.425,81: Canone 1271
- € 814.803,93: Contributi alla Santa Sede
- € 50.000.000,00: Istituto per le Opere di Religione
- € 800.000,00: Fabbrica di San Pietro
- € 762.652,75: Libreria Editrice Vaticana
- € 4.368.453,83: Congregazione per l'Evangelizzazione dei Popoli
- € 373.134,33: Congregazione per le Chiese Orientali
- € 13.349.493,73: Governatorato 50% del deficit della Radio Vaticana

e di uscite per € 121,7, costituite da:

milioni

- € 66.025.911,39: APSA – per il deficit di bilancio
- € 25.022.920,90: Radio Vaticana – per il deficit di bilancio
- € 25.388.294,59: Rappresentanze Pontificie – per il funzionamento
- € 5.264.852,57: Spese dirette della Segreteria di Stato – per il funzionamento

A fronte delle suddette entrate, la Segreteria di Stato ripiana mensilmente, ed in via anticipata, il deficit dell'APSA e, in senso più ampio, della Curia Romana che, con le proprie risorse, non è in grado di raggiungere l'auspicato pareggio di Bilancio.

La Segreteria di Stato è quindi costretta ad attingere, ogni anno, alle risorse proprie dell'Obolo di San Pietro, sottraendone una consistente parte per il mantenimento della Curia Romana, soprattutto a copertura dei costi del Personale ivi impiegato che rappresenta la voce di spesa più consistente.

Se da un lato, viene pubblicato un analitico rendiconto annuale delle entrate relative all'Obolo di San Pietro, dall'altro si è mantenuto, finora, un assoluto riserbo, nel rispetto delle Superiori indicazioni, circa il suo utilizzo, in quanto escluso dal Bilancio Consolidato della Santa Sede.

- **Sintesi dell'uso delle risorse**
  Le risorse necessarie a finanziare i diversi Enti della Santa Sede sono raccolte dalla Segreteria di Stato in quanto Essa coadiuva da vicino il Sommo Pontefice nella sua suprema missione, attende al disbrigo degli affari quotidiani, esamina quegli affari che occorra trattare al di fuori della competenza ordinaria dei Dicasteri della Curia Romana e degli altri Organismi della Sede Apostolica, favorendo e mantenendo tutte le relazioni diplomatiche con gli Stati e con gli altri soggetti di diritto internazionale. Essa svolge, di fatto, un ruolo di coordinamento tra tutti gli Enti esortandoli alla reciproca collaborazione ed aiuto anche economico.
  La Segreteria di Stato, nel corso degli anni, ha assunto, di fatto e per necessità, il ruolo di ente finanziatore mediante l'utilizzo "improprio" dell'Obolo, raccogliendo anche le altre risorse (Canone 1.271) attraverso le Rappresentanze Pontificie che sono il collegamento della Santa Sede con le Conferenze Episcopali e le Diocesi nel mondo.

Sub 3. Bilanci e dettagli dei conti

- **Informazione inviata alla Prefettura AA.EE. – fondi passati all'APSA e altri enti**
  Si uniscono le copie delle Lettere inviate alla Prefettura AA.EE. con le relative tabelle (cfr. allegato).

- **Dettaglio di tutti i conti correnti, titoli o simili gestiti dalla SdS con saldo al 31.12.2011 e 31.12.2012**
  Cfr. tabella sopra

Organigramma

- **Nome di ogni ufficio, funzione e il numero di persone assegnate**
  Amministrativo:
  - 10 persone
  Obolo:
  - 3 persone

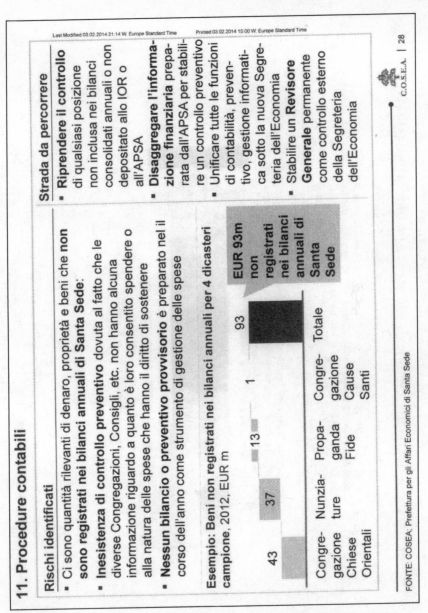

Documento con los primeros datos relativos a los fondos extracontables que aparecieron durante la investigación de la comisión Cosea, y que fueron presentados al Consejo de los Cardenales el 18 de febrero de 2014.

Documento alertando sobre los riesgos más relevantes detectados por la comisión Cosea de la gestión patrimonial. Fue presentado al Consejo de los Cardenales el 18 de febrero de 2014.

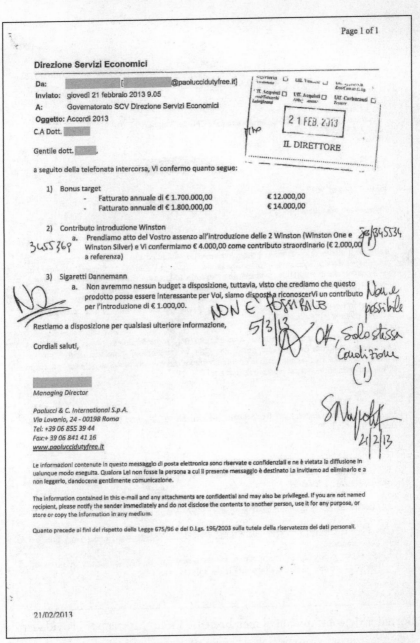

Direzione Servizi Economici

Da: [@paolucciidutyfree.it]

Inviato: giovedì 21 febbraio 2013 9.05

A: Governatorato SCV Direzione Servizi Economici

Oggetto: Accordi 2013

C.A Dott.

Gentile dott.   ,

a seguito della telefonata intercorsa, Vi confermo quanto segue:

1) Bonus target
   - Fatturato annuale di € 1.700.000,00   € 12.000,00
   - Fatturato annuale di € 1.800.000,00   € 14.000,00

2) Contributo introduzione Winston
   a. Prendiamo atto del Vostro assenso all'introduzione delle 2 Winston (Winston One e Winston Silver) e Vi confermiamo € 4.000,00 come contributo straordinario (€ 2.000,00 a referenza)

3) Sigaretti Dannemann
   a. Non avremmo nessun budget a disposizione, tuttavia, visto che crediamo che questo prodotto possa essere interessante per Voi, siamo disposta riconoscerVi un contributo per l'introduzione di € 1.000,00.

Restiamo a disposizione per qualsiasi ulteriore informazione,

Cordiali saluti,

Managing Director

Paolucci & C. International S.p.A.
Via Lovanio, 24 - 00198 Roma
Tel: +39 06 855 39 44
Fax:+ 39 06 841 41 16
www.paoluccidutyfree.it

21/02/2013

Correo electrónico enviado a la Gobernación referido a una oferta con incentivos y bonus por la venta de cigarrillos en el Vaticano (21 de febrero de 2013).

PHILIP MORRIS
INTERNATIONAL SERVICES SARL Branch office

Dott. Napolitano
Direzione Servizi Economici Governatorato della Città del Vaticano 00120
Città del Vaticano
Italia

RISERVATO

Roma,13 Marzo, 2013

Egregio Dott. Napolitano,

2013: Trade Program

Abbiamo il piacere di confermare il nostro consenso ai termini ed alle condizioni secondo le quali la Direzione Servizi Economici – Governatorato della Città del Vaticano (la "**Società**") si impegna nella conduzione di attività di merchandising (descritte all'interno della sezione 2) a favore delle sigarette (il "**Prodotto**") a marchio Philip Morris International ("**PMI**"). Per lo svolgimento di tali servizi, la Philip Morris International Services SARL – Filiale di Roma ("**PMIS – Roma**") corrisponderà alla Società un compenso secondo quanto esposto nei termini e le condizioni del presente accordo (l' "**Accordo**").

Il vostro consenso a detti termini e condizioni sarà considerato espresso salvo diversa comunicazione scritta da emettere entro e non oltre 14 (quattordici) giorni dal ricevimento del presente Accordo. Tale comunicazione dovrà pervenire a mezzo posta raccomandata come indicato all'interno della sezione 5 del presente documento.

1. Durata

Il presente Accordo decorre dal 01 Gennaio 2013 ed ha validità fino al 31 Dicembre 2013 (la "**Durata**")

2. Servizi

La Società dovrà fornire alla PMIS - Roma i servizi descritti all'interno della sezione 2 (complessivamente, i "**Servizi**").

2.1. La Società dovrà fornire mensilmente alla PMIS – Roma i seguenti dati:

(a) volume di acquisti ("**COT**") per ciascun marchio all'interno dei Negozi Duty Free dello Stato Vaticano.
(b) campagne promozionali competitive in corso e/o già realizzate, lancio di prodotti ed iniziative relative ai prezzi di vendita al dettaglio.

Borrador de contrato con el membrete de Philip Morris por actividades de comercialización y promoción de venta de cigarrillos en el Estado de la Ciudad del Vaticano.

2.2. I dati e le informazioni forniti dalla Società non dovranno contenere informazioni di natura riservata, o informazioni legate ad iniziative realizzate da una Società concorrente della PMIS - Roma o da una delle Società ad essa affiliate, che non abbiano ancora trovato attuazione sul piano della vendita al dettaglio.

2.3. Le informazioni ricevute dalla Società dovranno essere mantenute riservate, ed impiegate unicamente per uso interno, salvo necessità da parte della PMIS - Roma di divulgare tali informazioni a compimento del suo tentativo, e delle Società ad essa affiliate, di contribuire alla riduzione del commercio illecito di sigarette a livello globale.

3. Corrispettivo

3.1. Per la fornitura di detti Servizi, la PMIS - Roma corrisponderà alla Società un compenso pari a €12.500 (dodicimilacinquecento euro) (il **"Corrispettivo"**)

3.2. Il Corrispettivo costituirà per la Società il solo diritto al compenso da parte della PMIS-Roma relativamente alla fornitura dei Servizi. Inoltre, l'importo del corrispettivo si intende al lordo di IVA, laddove applicabile, e la Società sarà unicamente responsabile del versamento di altre tipologie di imposta, comprendente ma non limitato al pagamento dell'imposta sul reddito da lavoro, in relazione al Compenso percepito.

4. Fatturazione/ Termini di Pagamento

4.1. La Società fatturerà il Corrispettivo alla PMIS- Roma nel mese di Ottobre 2013. Il pagamento della fattura dovrà avvenire entro e non oltre 30 (trenta) giorni a decorrere dalla data di ricevimento della stessa, posto che tale fattura sia preparata ed emessa dalla Società in conformità con i seguenti requisiti:

Indirizzo di Fatturazione	la Fattura dovrà essere spedita a
Philip Morris International Services SARL - Filiale Via Santa Teresa 35 00198 ROMA Italia	PMI Service Center Europe Sp. Z.o.o, P.O. Box 96 Al. Jana Pawla II 196 31-982 KRAKOW Polonia

4.2. L'accredito del pagamento da parte della PMI – Roma dovrà avvenire sul conto corrente bancario nominativo in Germania intestato alla Società.

5. Comunicazioni

5.1. Le notificazioni e le comunicazioni relative al presente Accordo dovranno essere redatte in lingua inglese, in forma scritta ed essere trasmesse personalmente o inviate tramite raccomandata in busta preaffrancata o tramite corriere, indirizzate al destinatario agli indirizzi sopra indicati, o come altrimenti specificato dalla Parte in questione.

6. Legge Applicabile

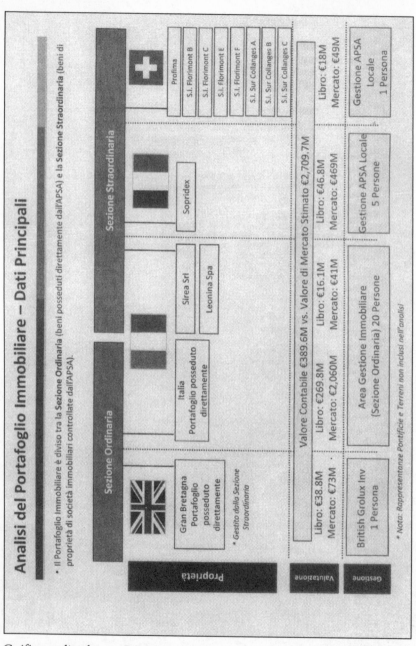

Gráfico realizado por Promontory que sintetiza la cartera inmobiliaria del APSA en Europa. Está dividido en Francia, Inglaterra, Suiza e Italia.

DATA	ART.	VALUTA	DESCRIZIONE	IMP.DIV D+/A-	SALDO DIVISA	IMP.EURO/DARE	IMP.EURO/AVERE	SALDO EURO
** 19	5	60	RESIDUI ATTIVI E PASSIVI					
* 19	5	60	FONDO LAVORI LAURENTINA					
					IN EUR			
6 12 2012	8094		VERSAMENTO	3.000,00-	3.000,00-		3.000,00	3.000,00-
6 12 2012	8095		VERSAMENTO ASSEGNO	750,00-	3.750,00-		750,00	3.750,00-
6 12 2012	8096		REGOLAMENTO	1.250,00-	5.000,00-		1.250,00	5.000,00-
20 12 2012	8516		versamento assegno	25.000,00-	30.000,00-		25.000,00	30.000,00-
20 12 2012	8517		Fondo carità	1.000,00-	31.000,00-		1.000,00	31.000,00-
21 12 2012	8564		pagamento fattura Leroy Merlin	735,99	30.264,01-	735,99		30.264,01-
2 1 2013	2000010		BONIFICO	57.982,52-	88.246,50-		57.982,49	88.246,50-
3 1 2013	2000016		fatture Leroy Merlin	945,95	87.300,55-	945,95		87.300,55-
8 1 2013	2000062		fattura Leroy Merlin	441,99	86.858,56-	441,99		86.858,56-
10 1 2013	2000122		fattura FASI DUE SRL	1.580,00	85.278,56-	1.580,00		85.278,56-
29 1 2013	2000421		GOVERNATORATO SCV	270,00	85.008,56-	270,00		85.008,56-
14 5 2013	2001941		FATT.13/5 LEROY MERLIN	621,88	84.386,68-	621,88		84.386,68-
14 5 2013	2001942		FATT. DEL 9/02/13 LEROY MERLIN	817,43	83.816,78-	569,90		83.816,78-
16 5 2013	2002024		fatt. del 16/3 Leroy Merlin		82.999,35-	817,43		82.999,35-
			* TOTALI		82.999,35-	88.982,49	88.982,49	82.999,35-
			** TOTALE GRUPPO					82.999,35-
			*** TOTALE CONTO					82.999,35-
			**** TOTALE GENERALE			5.983,14	88.982,49	82.999,35-

Extracto de la cuenta del «Fondo de pensiones Laurentina» donde se observa la cantidad de 57.000 euros con bonificaciones provenientes de la operación con el IOR.

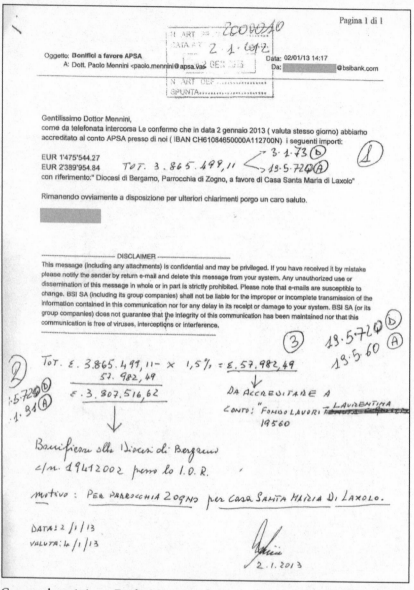

Oggetto: **Bonifici a favore APSA**
A: Dott. Paolo Mennini <paolo.mennini@apsa.va>

Data: 02/01/13 14:17
Da: ▓▓▓▓▓@bsibank.com

Gentilissimo Dottor Mennini,
come da telefonata intercorsa Le confermo che in data 2 gennaio 2013 (valuta stesso giorno) abbiamo accreditato al conto APSA presso di noi (IBAN CH61084650000A112700N) i seguenti importi:

EUR 1'475'544.27
EUR 2'389'954.84

con riferimento:" Diocesi di Bergamo, Parrocchia di Zogno, a favore di Casa Santa Maria di Laxolo"

Rimanendo ovviamente a disposizione per ulteriori chiarimenti porgo un caro saluto.

------------------ DISCLAIMER ------------------
This message (including any attachments) is confidential and may be privileged. If you have received it by mistake please notify the sender by return e-mail and delete this message from your system. Any unauthorized use or dissemination of this message in whole or in part is strictly prohibited. Please note that e-mails are susceptible to change. BSI SA (including its group companies) shall not be liable for the improper or incomplete transmission of the information contained in this communication nor for any delay in its receipt or damage to your system. BSI SA (or its group companies) does not guarantee that the integrity of this communication has been maintained nor that this communication is free of viruses, interceptions or interference.

Correo electrónico a Paolo Mennini, dirigente del APSA e hijo del exbrazo derecho de Paul Casimir Marcinkus, relativo a una operación financiera de 3,8 millones de euros desde el Bsi Bank de Lugano (Suiza) al IOR. La operación es a favor de la diócesis de Bérgamo. Los intereses irán, sorprendentemente, a alimentar el «Fondo de pensiones Laurentina», propiedad del Vaticano.

 **OLIVER WYMAN**

Oliver Wyman
Galleria San Babila 4B
20122 Milano
Tel: 39 02 30577 1 Fax: 39 02 303 040 44
www.oliverwyman.com

MEMO

A:

DATA: 23 gennaio 2014

DA:

OGGETTO: Sintesi dell'incontro del 22 Gennaio 2014

Partecipanti:

- Sua Eminenza Card. Calcagno

- Monsignor Mistò

- Monsignor Balda

- dott. Messemer

- dott. Stattin (Oliver Wyman)

Tutti i partecipanti sono concordi nel sostenere che, sulla base della revisione attuariale condotta da Oliver Wyman, il Fondo Pensioni Vaticano presenti un funding gap molto significativo. La dimensione di questo gap è tale da mettere potenzialmente a rischio le pensioni future per i dipendenti del Vaticano.

La medesima revisione mostra tuttavia che nel breve termine il Fondo è in grado di finanziare le sue attività, il che permette di procedere con una ristrutturazione per evitare il collasso del Fondo.

Rimane, in ogni caso, necessario implementare con la massima urgenza drastiche misure per evitare che il deficit si allarghi ulteriormente

Tali misure dovrebbero includere:

- Un rafforzamento del patrimonio del Fondo per mezzo di un'iniezione di capitale da parte delle Amministrazioni Vaticane;

- una ridefinizione delle pensioni future. Un benchmark con l'attuale sistema pensionistico italiano dovrà assicurare un trattamento per i dipendenti Vaticani equiparabile a quello attualmente in uso per i dipendenti delle pubbliche amministrazioni Italiane.

Oliver Wyman S.r.l. con socio unico Sede Legale:
Largo Donegani, 2– 20121 Milano, Italia
Registro delle Imprese di Milano Codice Fiscale e P.IVA n. 03540920968 Capitale Sociale:
€10.000,00 i.v.

 **MARSH & McLENNAN** COMPANIES

Memorándum secreto del consejero de Oliver Wyman sobre los peligros para el fondo de pensiones vaticano (23 de enero de 2014).

Oliver Wyman ha avanzato una possibile soluzione che, qualora implementata, porterebbe alla chiusura del deficit del Fondo. Questa soluzione proposta dovrebbe essere utilizzata come principale riferimento nelle future discussioni.

Riguardo il Fondo di Assistenza Sanitaria (FAS) una prima analisi mostra un incremento significativo nei costi che le istituzioni Vaticana dovranno coprire nei prossimi 10 anni. Attualmente non vi è alcuna riserva di capitale per il prevedibile aumento dei costi futuri nel bilancio di FAS.

Tutti i partecipanti concordano che debba essere analizzata la possibilità di sottoscrivere una polizza assicurativa privata per tutti i dipendenti e pensionati attualmente iscritti al FAS. L'estensione della copertura offerta sarà almeno comparabile a quella offerta dallo stato italiano ai cittadini Italiani. Si dovrà inoltre tenere in conto gli effetti di natura politica nelle relazioni con lo Stato Italiano di un eventuale maggior uso dei servizi sanitari italiani da parte dei lavoratori vaticani residenti in Italia.

I partecipanti inoltre concordano che si debba creare un'unica struttura dedita alla gestione delle pensioni e delle coperture sanitarie del Vaticano. Nel Consiglio di Amministrazione di tale fondo sarà richiesta la presenza di competenze assicurative e manageriali nel campo pensionistico e sanitario. Dovranno inoltre essere presenti nel consiglio stesso 1/2 rappresentanti dei lavoratori del Vaticano.

È stato concordato di costituire un gruppo di lavoro di 4 persone sotto la guida di Monsignor Mistò. Il gruppo di lavoro non avrà alcuna carica formale è dovrà:

- identificare 4-6 nuovi membri del consiglio per il nuovo fondo unico per le pensioni e la sanità, che soddisfino i profili professionali definiti nel corso dell'incontro;

- concordare un piano d'azione per assicurare l'effettiva implementazione dei cambiamenti necessari entro la fine del 2014.

COSEA parteciperà a questo team con l'inserimento nello stesso del dott. Messemer.

Monsignore Mistò e il dott. Messemer proporranno due ulteriori membri del team entro il 18 Febbraio 2014.

Vi porgo nuovamente i miei più sentiti ringraziamenti e spero sinceramente che saremmo in grado di risolvere positivamente le sfide che ci aspettano, per il bene della Santa Madre Chiesa.

Cordialmente,

Jochen Messemer

Oliver Wyman

British Embassy
Holy See

Nigel Baker
Her Majesty's Ambassador
British Embassy to the Holy See
Via XX Settembre 80/A
00187 Rome

Tel: +39 06 4220 4200-4202
Fax: +39 06 4220 4205

Email: Nigel.Baker@fco.gov.uk

gov.uk/world/holy-see

Personal and in Confidence

Reverend Monsignor
Peter Bryan Wells
Assessor, General Affairs
Secretariat of State
00120 Citta' del Vaticano

03 October 2013

Dear Msgr. Wells,

I may have mentioned to you my conversations with Lord Camoys, a senior British banking expert who also served as Consultor to APSA between 1991 and 2004.

In 2004, Lord Camoys presented Cardinal Nicora with a memorandum of recommendations for improving the financial management and structures of the Holy See and the Vatican. Given the current discussions around the role of the IOR and economic governance in the Holy See, as well as the two commissions recently established by His Holiness Pope Francis, I thought that you might find it useful to see a copy of that original memorandum.

As you will see, the memorandum is brief and focused on practical measures that could be taken to improve economic and financial governance and structures. It remains relevant to current debates. I enclose versions in Italian and English.

Lord Camoys has asked me to note that, as in 2004, the memorandum is submitted frankly and in complete fidelity to the service of the Holy See. He hopes that it might be of some personal use to you during your current deliberations. It may be worth adding that Lord Camoys believes that the original memorandum was probably filed with little action taken back in 2004.

Yours most sincerely,

Nigel Baker
Her Majesty's Ambassador

19.317

Carta del embajador británico en la Santa Sede, Nigel Baker, a monseñor Peter Bryan Wells, para transmitir un memorándum secreto sobre las reformas financieras que podrían hacerse en el Vaticano sugeridas por lord Camoys, banquero inglés (3 de octubre de 2013).

Fotografías del misterioso robo en la Prefectura, en el archivo de la comisión Cosea, en la noche del 29 al 30 de marzo de 2014.

26 marzo 2014

CITTÀ DEL VATICANO ....

535669

Eminenza Reverendissima,

La prego innanzitutto di accogliere le mie più vive felicitazioni per la Sua nomina a Prefetto della Segreteria per l'Economia.

Nel contempo mi pregio di informare Vostra Eminenza che a favore degli Eminentissimi Cardinali sono previste le seguenti facilitazioni:

- l'acquisto di prodotti alimentari, in quantità compatibile con il fabbisogno familiare, presso lo Spaccio Annona e presso il Magazzino Comunità con lo sconto del 15%;
- uno sconto del 20% sul prezzo di listino limitatamente a 200 pacchetti di sigarette dei 500 complessivi assegnati mensilmente;
- uno sconto del 20% sul prezzo di listino nel settore abbigliamento;
- una assegnazione di 400 litri mensili di carburante a prezzi particolari così suddivisi:

   a) Buoni ad addebito interno (Buoni Verdi)   100lt
   b) Buoni a prezzo speciale (sconto del 15% sul prezzo in vigore)   300lt
      - da richiedere con buoni Cardinalizi (di colore bianco) da utilizzare presso gli impianti interni della Santa Sede;
      - e/o con Buoni Fuori Roma da utilizzare presso i distributori esterni alla rete AGIP dell'ENI, esclusivamente con autovetture targate SCV – CV – CD. Per dare corso a questa ultima assegnazione sarebbe utile che un Suo incaricato prendesse contatti con l'Ufficio Carburanti della Direzione dei Servizi Economici.

Mentre rimango a disposizione per ogni ulteriore chiarimento, profitto volentieri della circostanza per confermarmi, con i sensi del mio più devoto ossequio,

dell'Eminenza Vostra Reverendissima

dev.mo

F. Vergez

A Sua Eminenza Reverendissima
Il Sig. Card. GEORGE PELL
Prefetto
Segreteria per l'Economia

CITTÀ DEL VATICANO

Carta del secretario general de la Gobernación al cardenal George Pell en la que se indican todos los beneficios y descuentos concedidos a los cardenales (26 de marzo de 2014).

Milan, February 24th, 1970.
MS/xv

Mr. James M. Easterling, Jr.,
2121, First National Life Building,
Houston, Texas 77002.

Dear Mr. Easterling,

I have for acknowledgement your letter of January 28th, 1970.

I should be pleased if you would note that I have no office at the Vatican and it is quite by chance that I have received your letter at all.

I should like to thank you for the proposal you have put forward, but I must decline as it is not of interest to my group.

For the future please note that my associate in the United States, who is responsible for all my business there is:

Mr. Daniel A. Porco,
Henry W. Oliver Building,
Mellon Square,
Pittsburgh 22, Pa.,

Very truly yours,

Carta de Michele Sindona que forma parte de la correspondencia que apareció, de forma anónima, en la Prefectura en abril de 2014.

313

❶

Milano, 24 febbraio 1970

Eminenza Re rendissima,

ho ricevuto la lettera che Le unisco indirizza-
tami da Mr. James M. Easterling, c/o Pope Paul VI,
The Vatican, Rome, e La ringrazio per avermela inviata.

La Segreteria di Stato mi ha già inviato in passato altre lettere pervenutemi da varie parti del mondo.
Normalmente a simili lettere non rispondo anche perchè
nella maggior parte dei casi si tratta di proposte di affari non interessanti o di pressioni per interventi economici.

Invece, in tutti i casi in cui le lettere mi sono
state inviate "c/o the Vatican", ho ritenuto doverosamente
di rispondere per chiarire che io non ho alcun recapito
presso il Vaticano stesso e che solo la cortesia dei Signori
di Roma mi fa pervenire tali lettere. Con ciò spero di evitare che successive missive vengano ancora a disturbare
lo Stato della Città del Vaticano.

Con mia lettera 27 novembre 1969, Le facevo
presente che ero molto dispiaciuto di ciò che aveva pubblicato il "Time Magazine" del 28 novembre dello stesso anno.
Le confermavo anche che non avevo mai ricevuto il giorna-
lista di Time, che non consegno fotografie a nessun giorna-
lista e che sono contrario ad ogni forma di pubblicità e
quindi di esibizionismo.

Le confermavo poi, e Le confermo ancora oggi,
che sono a Sua completa disposizione per ogni intervento o
chiarimento che Vostra Eminenza ritenesse opportuno.

Sino ad oggi non ho mai voluto smentire o confermare le notizie pubblicate dai giornali, sia che esse siano
state positive o negative, per evitare di prestarmi al gioco

Otra de las cartas de Michele Sindona.

MICHELE SINDONA

dei giornalisti e di aumentare una pubblicità che, sicuramente, non serve a nessuno e che non è utile sopratutto a chi basa il proprio lavoro sulla riservatezza.

Oggi Le scrivo sempre più amareggiato per quanto avviene per confermarLe che sono disposto ad intervenire nelle forme che Vostra Eminenza riterrà più opportune.

Gradisca, La prego, i miei devoti ossequi,

Eminenza Reverendissima
il Signor Cardinale Sergio Guerri
Propresidente della
Pontificia Commissione per lo
Stato della Città del Vaticano
CITTA' DEL VATICANO

SEGRETERIA DI STATO

SEZIONE
PER GLI AFFARI GENERALI

Dal Vaticano, 13 Febbraio 2014

N.004445/G.N.

Signor Cardinale,

desidero portare a Sua conoscenza come lo stato dei Bilanci Preventivi della Santa Sede per il 2014 necessiti dell'immediata adozione di alcuni provvedimenti, utili al contenimento delle voci di spesa concernenti il Personale. Pertanto, a seguito del parere negativo circa tali Bilanci, espresso dai Revisori Internazionali della Prefettura degli Affari Economici della Santa Sede, il Santo Padre, dando disposizioni per la loro revisione secondo i criteri che Egli ha indicato il 3 luglio 2013 nella riunione del Consiglio di Cardinali per lo studio dei problemi organizzativi ed economici della Santa Sede, ha stabilito le seguenti determinazioni, valide per i Dicasteri, gli Uffici, gli Organismi della Curia Romana e le Istituzioni collegate con la Santa Sede, a partire dalla data della presente circolare e fino a nuova decisione.

Assunzioni

Sono sospese le assunzioni a tempo indeterminato e determinato di nuovo Personale, anche nei casi in cui siano rispettati i limiti della Tabella organica. Tale sospensione vale pure nell'eventualità di sostituzione di Personale cessato dal servizio. Pertanto, i dipendenti in forza non mancheranno di farsi generosamente carico, secondo le indicazioni ricevute dai Superiori, delle attività non più svolte dai colleghi.

L'inserimento definitivo in ruolo, successivo alla data della presente circolare, a seguito di regolamentare periodo di prova, non costituisce nuova assunzione.

La sospensione riguarda, altresì, i rinnovi contrattuali delle assunzioni a tempo determinato, salvo specifiche necessità da documentare accuratamente.

Per profili professionali altamente specializzati o per mansioni che è assolutamente impossibile ripartire tra il Personale in servizio, la Segreteria di Stato può valutare richieste di eccezione solo se specificatamente e adeguatamente documentate.

Incarichi professionali

Sono sospesi i conferimenti di nuovi incarichi professionali. Eventuali rinnovi sono possibili solo in caso di accertate e documentate esigenze, alle quali non possa provvedersi mediante le strutture esistenti.

Passaggi di livello

Sono bloccati i passaggi di livello e le attribuzioni di nuovi profili professionali, anche in presenza di posti disponibili nella Tabella organica.

Agli Eminentissimi Signori Cardinali
Capi Dicastero della Curia Romana
CITTA' DEL VATICANO

Carta del secretario de Estado, Pietro Parolin, a todos los jefes de departamento para bloquear las contrataciones, los aumentos salariales y las asesorías, tal como solicitó el papa Francisco (13 de febrero de 2014).

2

Trasferimenti interni

Per ricoprire i posti che si rendono vacanti nell'Organico e per favorire una migliore collocazione delle professionalità esistenti, si invita a fare maggiore uso dello strumento del trasferimento, anche temporaneo, di Personale da un Ente all'altro. Per facilitare la compilazione di elenchi contenenti i nominativi del Personale assoggettabile a mobilità, i Superiori sono invitati a fornire informazioni alla Segreteria di Stato.

Lavoro straordinario

E' vietato il ricorso al lavoro straordinario che si presenti con ricorrenza abituale nell'orario di servizio del dipendente. Il lavoro straordinario, da considerarsi quindi un'eccezione, è da adottare nei soli casi di effettiva necessità e va limitato anche con il ricorso a turni di lavoro, che comportino un risparmio non solo in termini di ore lavorate, ma anche di maggiorazioni festive e notturne.

Si esige l'osservanza puntuale delle *Norme sul lavoro straordinario e sul lavoro ordinario festivo e notturno* (1998), soprattutto per quanto attiene le autorizzazioni previe.

Attività di volontariato

Il volontariato può essere un utile strumento per far fronte a temporanee e particolari esigenze lavorative, a condizione che siano osservate rigorosamente le disposizioni normative in materia, soprattutto per quanto riguarda la spontaneità della prestazione e la gratuità della stessa.

Nell'attuale difficile momento di crisi economica, che tocca anche i Bilanci vaticani, l'applicazione delle suddette determinazioni contribuirà, in generale, a garantire il mantenimento dell'intera Comunità di lavoro al servizio del Santo Padre e della Chiesa Universale.

Mentre La ringrazio per l'apprezzata collaborazione, profitto volentieri della circostanza per confermarmi con sensi di distinto ossequio

dell'Eminenza Vostra Rev.ma
Dev.mo

+ Pietro Parolin

Segretario di Stato

PONTIFICIA COMMISSIONE
REFERENTE DI STUDIO E DI INDIRIZZO
SULL'ORGANIZZAZIONE DELLA STRUTTURA
ECONOMICO-AMMINISTRATIVA DELLA SANTA SEDE

<u>Sintesi dell'incontro No. 7 della Commissione (21 febbraio, 2014)</u>

Proposte finali da consegnare al Santo Padre e al Prefetto della Segreteria per l'Economia

1. Un'assenza di governance, controlli e professionalità conducono a un alto livello di rischi in **APSA**. Sono state identificate **92 raccomandazioni** per indirizzare quei rischi e sono state riassunte in un resoconto esecutivo. COSEA propone di coinvolgere le **adeguate autorità giudiziarie** ogniqualvolta le conclusioni lo richiedano.

2. Sono state preparate raccomandazioni concrete per ogni **attività commerciale** del Governatorato e una proposta per **l'organizzazione futura**. Il resoconto esecutivo includerà un'analisi qualitativa dei vantaggi e svantaggi che una **tassa sul reddito e sulle vendite (IVA)** dello Stato Vaticano possano apportare.

3. È stato preparato un resoconto esecutivo sui **rischi** dell'**approccio contabile** attuale e della strada da percorrere per adottare gli **standard contabili internazionali**.

Iniziative da sottoporre al Prefetto della Segreteria per l'Economia

4. Sarà preparata una **lista delle iniziative prioritarie** che la **Segreteria per l'Economia** dovrà adottare per iniziare l'implementazione delle riforme. A tal fine, un incontro tra la COSEA e il Prefetto della Segreteria per l'Economia sarà organizzato per presentargli le conclusioni del lavoro in dettaglio.

5. Una proposta di KPMG per condurre un esame dei conti delle **Cause dei Santi** sarà presentata a Cardinal Pell. In futuro, lavoro in questo campo dovrà essere condotto sotto la guida della Segreteria.

6. I progetti dei **Fondi Pensioni e Assistenza Sanitaria** sono stati conclusi e l'implementazione delle iniziative proposte, compresa l'immediata necessità di nominare nuovi professionisti al Consiglio d'Amministrazione, dovrà essere guidata dalla Segreteria per l'Economia.

7. La proposta per un'entità di **gestione patrimoniale** che unifichi tali attività di tutte le istituzioni relazionate alla Santa Sede, compresi i beni dello IOR e quelli appartenenti ai clienti dello IOR, è stata approvata all'unanimità dalla Commissione dello IOR a gennaio. COSEA evidenzierà al Prefetto della Segreteria per l'Economia l'importanza di includere i beni dello IOR e dei suoi clienti nella soluzione proposta in modo da realizzare le efficienze.

8. COSEA propone che un headhunter professionista sia selezionato per individuare un **Direttore per le Risorse Umane** con la rilevante esperienza.

9. Sarà chiesto al Prefetto della Segreteria per l'Economia di dare supporto quando arriverà il momento di domandare alle varie istituzioni soggette agli studi dei consulenti, di pagare per i servizi di tali consulenti. Tutte le **fatture in sospeso** dovranno essere pagate **entro la fine di marzo**.

Prossimi passi concreti e discussioni sui progetti COSEA in corso

10. Una lettera a Msgr. Camilleri e Msgr. Wells sarà preparata per chiarire questioni relative alle informazioni finanziarie che la Segreteria di Stato ha inviato alla COSEA.

11. COSEA finalizzerà entro la fine di Marzo tutti i progetti in corso:
    - Una revisione dei beni immobiliari (condotta internamente con il supporto di Promontory)
    - Una proposta per un unico centro mediatico vaticano (condotta da McKinsey)
    - Una due diligence degli ospedali Bambino Gesù (condotta da PWC) e Casa Sollievo della Sofferenza (condotta da Deloitte)

***

Acta del séptimo encuentro de la comisión Cosea que sugiere la intervención de la autoridad judicial cada vez que se descubran anomalías (21 de febrero de 2014).

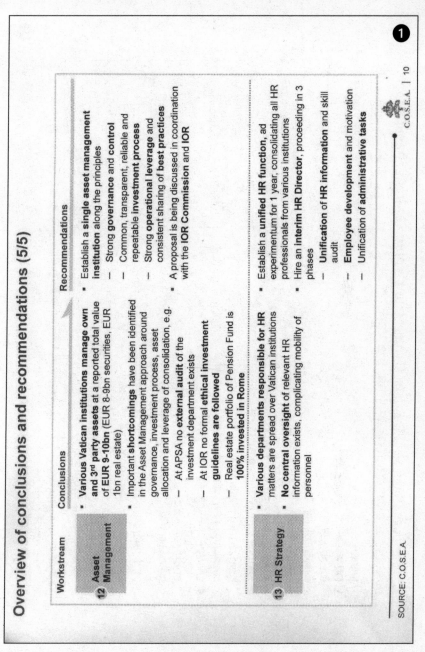

Overview of conclusions and recommendations (5/5)

Workstream	Conclusions	Recommendations

12 Asset Management

Conclusions:
- **Various Vatican institutions manage own and 3rd party assets** at a reported total value of **EUR 9-10bn** (EUR 8-9bn securities, EUR 1bn real estate)
- **Important shortcomings** have been identified in the Asset Management approach around governance, investment process, asset allocation and leverage of consolidation, e.g.
  - At APSA no **external audit** of the investment department exists
  - At IOR no formal ethical investment guidelines are followed
  - Real estate portfolio of Pension Fund is **100% invested in Rome**

Recommendations:
- **Establish a single asset management institution** along the principles
  - Strong **governance and control**
  - Common, transparent, reliable and repeatable **investment process**
  - Strong operational leverage and consistent sharing of **best practices**
- A proposal is being discussed in coordination with the **IOR Commission and IOR**

13 HR Strategy

Conclusions:
- **Various departments responsible for HR** matters are spread over Vatican institutions
- **No central oversight** of relevant HR information exists, complicating mobility of personnel

Recommendations:
- Establish a **unified HR function**, ad experimentum for 1 year, consolidating all HR professionals from various institutions
- Hire an **interim HR Director**, proceeding in 3 phases
  - **Unification of HR information** and skill audit
  - **Employee development** and motivation
  - Unification of **administrative tasks**

Documentos de la comisión COSEA para constituir el VAM (Administración de Activos Vaticanos), bloqueado posteriormente por el papa Francisco.

A newly created Vatican Asset Management would centrally manage assets for all institutions within the Vatican

FOR DISCUSSION | PRELIMINARY

→ Mandate for management of all long-term assets

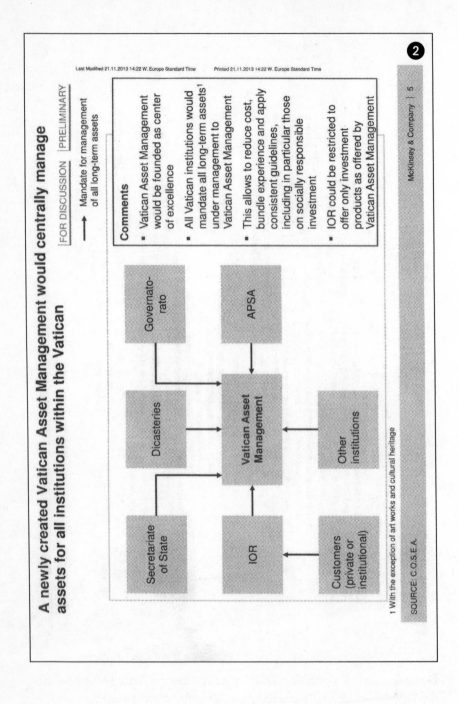

Comments

- Vatican Asset Management would be founded as center of excellence

- All Vatican institutions would mandate all long-term assets[1] under management to Vatican Asset Management

- This allows to reduce cost, bundle experience and apply consistent guidelines, including in particular those on socially responsible investment

- IOR could be restricted to offer only investment products as offered by Vatican Asset Management

1 With the exception of art works and cultural heritage

SOURCE: C.O.S.E.A.

320

Dal Vaticano, 2 giugno 2014

Illustrissimo Signore,

il 19 luglio scorso ho istituito la Commissione Referente sull'Organizzazione ella struttura economico-amministrativa della Santa Sede, affidandone a Lei la Presidenza.

Le sono riconoscente per il lavoro che tale Commissione, insieme con i consulenti e tutti coloro che hanno collaborato con essa, ha svolto con dedizione e riservatezza nell'adempimento del mandato affidatoLe; in modo particolare, desidero ringraziarLa per i diversi rapporti consegnatimi al riguardo nel febbraio scorso.

Grato delle proposte avanzate da codesta Commissione circa la futura organizzazione delle strutture in parola, ritengo ora lodevolmente concluso il compito assegnatole e, pertanto, informo che ho deciso di sciogliere la Commissione Referente sull'Organizzazione della struttura economico-amministrativa della Santa Sede, a far data dal 22 maggio 2014.

Prego dunque la Signoria Vostra di voler disporre affinché il rapporto finale, insieme all'intero archivio della Commissione, mi siano trasmessi appena possibile.

Mentre ringrazio, insieme con Lei, anche gli altri componenti della Commissione, cioè il Rev.mo Segretario Mons. Lucio Angel Vallejo Balda, il Sig. Jean-Baptiste de Franssu, il Dott. Enrique Llano, il Dott. Jochen Messemer, la Sig.ra Francesca Immacolata Chaouqui, il Sig. Jean Videlain-Sevestre ed il Sig. George Yeo, di cuore imparto a tutti la mia benedizione.

Franceco

_____
Illustrissimo Signore
Dr. Joseph FX ZAHRA
Presidente della Commissione Referente
sull'Organizzazione della struttura
economico-amministrativa della Santa Sede
CITTÀ DEL VATICANO

Carta de agradecimiento del papa Francisco a Joseph Zahra, presidente de la comisión Cosea (2 de junio de 2014).

C.O.S.E.A.

Pontificia Commissione Referente di Studio e di Indirizzo sull'Organizzazione della Struttura Economico-Amministrativa della Santa Sede

CONFIDENTIA no.3

BRAINSTORMING REPORT

■■■

Joseph F X Zahra, President (JFXZ), Mgr Lucio Angel Vallejo Balda, Secretary (LAVB), Jean-Baptiste de Franssu (JBF), Enrique Llano (EL), Jochen Messemer (JM), Francesca Immacolata Chaouqui (FC), Jean Videlain-Sevestre (JV), and George Yeo (GY).

■■■

GY: La Santa Sede (SS) è un'istituzione unica nel suo genere: a differenza dei paesi membri delle Nazioni Unite, non persegue un interesse proprio bensì l'interesse morale universale di migliorare il mondo. Attraverso le diverse famiglie di nazioni, la Santa sede esercita un'influenza morale a livello nazionale.

Domanda: *La funzione del segretario di Stato dovrebbe unire quella del ministro degli Affari esteri e del primo ministro?*

Le decisioni della Santa Sede dovrebbero essere indipendenti dalla composizione dei collegi cardinalizi.

È difficile che la funzione della Santa Sede coincida con quelle del ministro degli Affari esteri e del Primo ministro messe insieme.

Abbiamo bisogno di un ministero delle Finanze che abbia pieni poteri e gestisca un bilancio. La prefettura per gli Affari economici potrebbe essere trasformata in ministero degli Affari esteri, cosicché tutte le altre congregazioni sarebbero tenute a contribuire al bilancio e a rispettarne esigenze e previsioni.

Il ministero delle Finanze dovrebbe avere responsabilità di bilancio. La Chiesa è missionaria e perciò transfrontaliera, e il ministero delle Finanze deve vigilare sulle sue finanze.

Con l'istituzione del ministero delle Finanze, il ruolo e la funzione dell'Apsa (l'Amministrazione del patrimonio della sede apostolica) andrebbero ridefiniti. Domanda: L'Apsa continuerebbe a essere una banca centrale? Gli accordi pregressi che, in quanto banca centrale, attualmente

1

Resumen del tercer encuentro de la comisión Cosea con indicaciones para la reconstrucción de la arquitectura política e institucional del Vaticano.

intrattiene con Fed, Bank of England e la tedesca Bundesbank andrebbero preservati perché la rinegoziazione degli stessi sarebbe difficile.

***

La terza questione riguarda il Governatorato (questi punti andrebbero discussi con il Santo Padre): il governo della Città con i suoi conti e i suoi bilanci ✦ L'autosostentamento e le fonti di finanziamento del ministero delle Finanze ✦ L'inutilità di cardinali e altri membri del clero ✦ E altre questioni ovvie come: sicurezza, trasparenza e buona gestione ✦ I Musei vaticani dovrebbero essere un'entità a sé.

■■■

LAVB: *** NUOVO AGGIORNAMENTO DAL C8 *** Non vogliono che sia confuse la Curia con la Curia diocesana. Non vogliono un Moderator Curiae ma un coordinatore (e un vescovo anziché un cardinale), il quale non dovrebbe esercitare autorità sulle congregazioni, ma limitarsi a coordinarle.

La Santa sede dovrà essere ribattezzata Segreteria papale (è utile ricordare che, dopo il Concilio Vaticano II, Paolo VI conferì nuovi poteri alla segreteria di Stato, che conosceva bene in quanto ne aveva fatto parte per diversi anni). Con il tempo si è rivelato un ostacolo perché la segreteria di Stato deve dare la sua approvazione su qualsiasi questione.

I concili pontifici saranno aboliti perché, tra le varie funzioni, l'unica veramente valida è quella di coordinamento tra le diverse conferenze episcopali (per cui, ad esempio, in campo culturale, Roma non può diffondere insegnamenti per influenzare il resto del mondo).

In questo modo la Curia sarà più agile e gestibile (c'è una notevole sproporzione tra i cardinali di Roma e quelli delle altre regioni d'Europa).

Alla testa degli apparati amministrativi non dovrebbero esserci solo cardinali: gli organi puramente amministrativi come l'Apsa non necessitano di un cardinale.

I concili cardinalizi continueranno a esistere.

Il Governatorato potrà recuperare la vecchia figura del governatore, assimilabile a quella di un sindaco, con un'assemblea di consiglieri.

■■■

EL: Non mi addentrerò, come nell'incontro precedente, sulla disputa riguardante il Governatorato – se sia uno Stato o una municipalità –, per soffermarmi sulle questioni più urgenti all'ordine del giorno.

Sono fortemente a favore dell'istituzione di un ministero delle Finanze (PEA) e dell'idea che debba fare capo all'autorità suprema ovvero, se prevarranno le funzioni di primo ministro, alla segreteria di Stato, se prevarranno quelle di ministero degli Affari esteri, al Santo Padre. Il ministro delle Finanze dovrà avere la responsabilità ultima del controllo finanziario della Santa sede e del Governatorato.

■■■

2

JV: Vediamo nella pratica quali sono i problemi e le criticità. Semplificando quella parte sradicheremo il male alla radice anziché chiedere a 200-300 cardinali di attuare questa rivoluzione.

Andiamo alla radice del malfunzionamento e otterremo il consenso dei cardinali: loro sono gli esperti di vita ecclesiastica, noi gli esperti di economia.

Dobbiamo riconoscere che corriamo il rischio di proporre soluzioni non realistiche.

■■■

FC: Sono due le questioni da affrontare: 1) come riformare la gestione finanziaria per aiutare subito il Santo Padre; 2) in passato la Roma di Bernini, Michelangelo ecc. era il fulcro culturale del mondo e la Chiesa la matrice di civiltà: come possiamo procurarci i mezzi per diventare una sorgenti di talenti tale per cui la Chiesa possa diffondere la parola di Dio e al tempo stesso un sistema finanziario pulito? Immaginiamo di creare un sistema finanziario che sia esemplare.

■■■

JBF: Dobbiamo considerare entrambi gli aspetti: quello della fede e quello dell'uomo comune.

Dovremo investire tempo nella riforma e nel miglioramnto della gestione finanziaria.

Nel tempo il ruolo dei laici muterà.

■■■

JM: è utile isolare dei principi guida nella nostra proposta di riorganizzazione (tra questi la separazione tra potere temporale (di Stato e Comuni) e potere spirituale (della Chiesa nel mondo); o il fatto che la congregazione De Propaganda Fide si occupi di diffondere principi e contenuti tralasciando però la gestione dei beni preposti all'assolvimento di questa funzione).

Dobbiamo avanzare un numero di 1-3 proposte.

Non dobbiamo avere timore. Il nostro compito è proporre delle soluzioni che consideriamo migliorative. In seguito il Santo Padre e il C8 le valuteranno e trarranno le loro conclusioni.

Dobbiamo ricorrere a competenze internazionali per la parte amministrativa-finanziaria (si potrebbe anche chiedere di imporre la lingua inglese ai vertici del settore amministrativo-finanziario).

■■■

LAVB: Il ministero delle Finanze si rende indispensabile perché il PEA non svolge le funzioni necessarie.

Fornirò un elenco di libri al servizio di COSEA sulla storia finanziaria della Santa Sede.

L'idea base è che SCV (Stato Città del Vaticano) serva alla libertà del papa e non a negozi e giardini.

La verità che abbiamo bisogno di denaro per conseguire la libertà finanziaria.

3

Perché l'SCV (Stato Città del Vaticano)? Benedetto XVI si accontentava di uno spazio minimo per la propria libertà personale. Per capire meglio la questione dovremmo leggere le bozze preparatory dei Patti lateranensi.

Il papa non ha mai perso la sovranità del Vaticano. Dobbiamo tenerlo bene a mente e valutare come sfruttare al meglio questo dato di fatto.

Infine bisogna considerare che il papa è il vescovo della diocesi di Roma e che, fino al 1990, quest'ultima è stata il dicastero della Santa Sede.

■■■

JFXZ: [CONCLUSIONI] Prendere in considerazione fatti e obiettivi menzionati da GY, FC, e LAVB.

I principi guida, soprattutto quello della laicità. I sacerdoti non dovrebbero essere carrieristi. Per alcune posizioni sarebbero più adatti dei professionisti competenti anziché dei prelati.

È positivo che i punti che abbiamo sollevato siano stati ascoltati.

Dedicheremo una giornata a discutere di queste idee e a stilare una bozza di riforma. Nel frattempo continuiamo a documentarci, seguendo il consiglio di LAVB.

4

CONSOLIDATO	2010		
	Costi	Ricavi	Risultato
Radio Vaticana	26.842.870	745.634	-26.097.236
Fondazione Casa Sollievo della Sofferenza	285.109.000	267.444.000	-17.665.000
Segreteria di Stato 1ª Sez. Aff. Generali	5.749.109	0	-5.749.109
Nunzi Apostolici	5.489.955	0	-5.489.955
Tipografia Vaticana - Editrice L'Osservatore Romano	18.555.182	13.285.066	-5.270.116
Guardia Svizzera Pontificia	4.649.742	0	-4.649.742
Op. Rom. per la Preserv. della Fede e la provv. di nuove Chiese in Roma	18.825.026,40	14.541.618,90	-4.283.408
Cardinali di Curia	4.243.202	0	-4.243.202
Pontificia Delegaz. per il Santuario di Pompei	13.427.973	10.199.522	-3.228.451
Archivio Segreto Vaticano	2.731.060	0	-2.731.060
Congregazione per la Dottrina della Fede	2.531.117	144.359	-2.386.758
Segreteria di Stato 2ª Sez. Rapporti con gli Stati	2.108.285	0	-2.108.285
Tribunale Rota Romana	2.226.290	194.753	-2.031.537
Congregazione per il Culto Divino e la Disciplina dei Sacramenti	1.813.597	153.381	-1.660.215
Pontificio Consiglio per i Laici	1.397.574	0	-1.397.574
Ufficio Celebrazioni Liturgiche del Sommo Pontefice	1.385.760	0	-1.385.760
Congregazione per gli Istituti di Vita Consacrata e le Società di Vita Apostolica	1.511.791	130.420	-1.381.371
Congregazione per i Vescovi	1.366.509	0	-1.366.509
Prefettura della Casa Pontificia	1.353.423	0	-1.353.423
Congregazione per l'Educazione Cattolica	1.303.477	36.877	-1.266.600
Pontificio Consiglio per la Promozione dell'Unità dei Cristiani	1.250.966	0	-1.250.966
Cappella Musicale Pontificia	1.211.786	0	-1.211.786
Congregazione delle Cause dei Santi	1.396.731	248.106	-1.148.625
Sala Stampa della Santa Sede	1.121.777	0	-1.121.777
Segretari di IIª classe	1.097.537	0	-1.097.537
Pontificio Consiglio delle Comunicazioni Sociali	1.074.702	0	-1.074.702
Sinodo dei Vescovi	1.024.989	0	-1.024.989

Elenco de las entidades que registran mayores pérdidas en el Vaticano. Datos del balance realizado en 2010.

ÍNDICE ONOMÁSTICO